을 유 세 계 문 학 전 집 · 40

주홍 글자

주홍 글자

THE SCARLET LETTER

너새니얼 호손 지음 · 양석원 옮김

❀ 을유문화사

옮긴이 양석원

연세대학교 영문과에서 학사 및 석사를 취득했으며 뉴욕 주립대(버펄로)에서 허먼 멜빌에 대한 연구로 박사 학위를 취득했다. 1997년부터 연세대학교 영문과 교수로 재직하고 있으며 2003년에 풀브라이트 교환교수로 캘리포니아 주립대(어바인)를 방문했다. 「모비딕과 숭고성의 정치」 등 미국 소설에 대한 다수의 논문과 「편지는 왜 어떻게 목적지에 도착하는가?: 라캉의 '도난당한 편지'에 대한 세미나 다시 읽기」 등 정신분석에 관한 다수의 논문이 있다. 저서로는 『『모비딕』 다시 읽기』(공저), 『미국소설 명장면 모음집』(공저), 『탈식민주의 이론과 쟁점』(공저), 『영미문학의 길잡이2: 미국문학과 비평이론』(공저), 역서로는 『미국소설사』(공역)가 있다.

을유세계문학전집 40
주홍 글자

발행일·2011년 1월 30일 초판 1쇄 | 2022년 5월 25일 초판 4쇄
지은이·너새니얼 호손 | 옮긴이·양석원
펴낸이·정무영 | 펴낸곳·(주)을유문화사
창립일·1945년 12월 1일 | 주소·서울시 마포구 서교동 469-48
전화·02-733-8153 | FAX·02-732-9154 | 홈페이지·www.eulyoo.co.kr
ISBN 978-89-324-0370-0 04840 978-89-324-0330-4(세트)

차례

서문

    저자는 『주홍 글자』 서론으로 쓴 공직 생활의 스케치가 주변의 점잖은 사회*에 전례 없는 격분을 불러일으켰다는 것을 알게 되었는데, 아마 더 무례하지 않으면서 이런 말을 할 수 있다면, 이는 놀랍고도 아주 흥미로운 일이었다. 저자가 세관을 불태우고, 특별한 앙심을 품고 있던 한 유명 인사의 피로 연기에 그을린 마지막 잿불을 껐다 할지라도 이보다 더 격렬하지는 않았을 것이다. 저자가 공적인 비난을 받을 만하다고 여긴다면 이런 비난이 심한 압박을 줄 것이기에, 이 서론적 글에 뭔가 잘못된 것이 있으면 고치거나 없애고, 잘못했다고 여기는 가혹한 말들을 힘 닿는 대로 개선할 요량으로 주의 깊게 읽어 보았다. 그러나 이 스케치에서 눈에 띄는 유일한 특징이라곤, 솔직하고 진솔한 유머로, 또 대체로 정확하게 이 안에 묘사된 인물들의 진지한 인상을 전달했다는 것밖에 없는 듯싶다. 저자는 개인적이건 정치적이건 어떤 종류의 적의나 반감도 가질 이유가 없다. 이 스케치를 전부 생략하더라도 아마 독자에게 손실을 주거나 이 책 자체에 해가 되지는 않을 것이다. 하지만 저자가 이 글을 쓰고 보니 이보다 더 선하고 친절한 마음으로, 또 저자의 능력이 허락하는 만큼 더 생생한 진실의 효과를 전달하면서 쓸 수는 없었으리라는 생각이 든다.

그래서 저자는 이 서론적 스케치를 한마디도 바꾸지 않고 재출판할 수밖에 없었다.

1850년 3월 30일 세일럼에서

세관
─ 『주홍 글자』 서론

    나 자신이나 내 가정사 혹은 개인적인 친구들에 대해 좀처럼 말하려 하지 않는 내가 생애에 두 번씩이나 독자들에게 자서전적 이야기를 할 충동에 사로잡혔었다는 것은 조금 놀라운 일이다. 첫번째는 3~4년 전에 내가 ─ 관대한 독자나 간섭하기 좋아하는 작가가 상상할 수 있는 별다른 이유나 변명의 여지 없이 ─ 깊숙하고 조용한 구목사관에서 어떻게 살았는지를 묘사했을 때이다.* 그리고 지금 ─ 당시 분에 넘치게 한두 명 들어주는 사람이 있다는 것을 알게 되어 너무 기뻤던 나머지 ─ 이제 나는 다시 독자를 붙잡고 내가 세관에서 보낸 지난 3년간의 경험을 이야기하게 되었다. 유명한 『이 교구 직원 P. P.의 일기』*의 본보기를 이보다 더 충실히 따른 적은 없을 것이다. 그러나 실제로 작가는 책을 세상에 내놓을 때 그 책을 휙 집어 던지거나 아예 한 번 집어 들지도 않을 다수가 아니라, 학교 친구나 평생지기들보다 자신을 더 잘 이해해 줄 소수에게 건네는 것이다. 더 나아가 어떤 작가들은 책이 넓은 세상 속으로 던져졌을 때 작가의 분열된 반쪽을 찾아 그와 교감함으로써 작가의 존재를 완성하듯이, 자신을 온전히 이해해 줄 마음을 지닌 한 사람에게만 말하는 것처럼 마음속 비밀을 털어놓기도 한다. 공적으로 말할 때라도 모든 것을 말하는 것은 예의 바른 일이 아니다. 하지만 독자와 진실된 관계에 있지 않을 때에는 생각이 굳고 말이 나오지 않는 법이기에, 가장 절친한 친구는 아니더라도 친절하고 잘 이해해 주는 친구가 우리 이야기를 들어준다고 상상하는 것은 허용될 수 있다. 이런 즐거운 생각을 하면 머뭇거리던 마음이 사라져 주변의 일들이나 자기 자신에 대해 말할 수 있게 되고, 그러면서도 자신의 가장 은밀한 모습은 베일 속에 남겨 둘 수 있다. 내 생각에 이런 범위 안에서라면 작가는 독자나 자신의 권리를 해치지 않고 자서전을 쓸 수 있게 된다.

이 세관의 스케치가, 이 책의 내용 중 상당 부분이 어떻게 내 손에 들어왔는지를 설명하고 그 속에 담긴 이야기가 사실임을 입증하는, 문학에서 늘 볼 수 있는 그런 종류의 예절을 갖추었다는 사실을 곧 알게 될 것이다. 사실, 지금 독자와 개인적인 관계에 있는 것처럼 말하는 참된 이유는, 내가 이 책의 이야기들 중 가장 긴 이야기*를 편집한 것에 불과했다는 진실을 알리고 싶기 때문이다. 이 주된 목적을 달성하는 과정에서 여분의 작업으로, 이제까지 묘사한 적이 없는 삶의 양식과 그런 삶 속에서 내가 우연히 함께 지냈던 몇 사람들을 희미하게라도 그리는 것이 허용될 수 있다고 여겼다.

반세기 전 킹 더비* 시절에 고향 세일럼 어귀에는 번잡한 부두가 있었다. 하지만 지금은 낡은 목조 창고들만 남아 상거래 흔적이 거의 없고, 쓸쓸해 보이는 뱃전에서 생가죽을 내려놓는 돛배 한 척이나, 그 근처에서 장작 짐을 내려놓는 노바스코샤 범선 한 척이 보일 뿐이다. 폐허가 된 이 부두 어귀에는 파도가 넘나들고, 길게 늘어선 건물들과 그 뒤의 무성한 풀들의 가장자리에서는 오랜 세월의 흔적을 엿볼 수 있다. 이곳에 넓은 벽돌 건물이 하나 서 있는데, 앞 창문에서는 아래쪽으로 생기 없는 전망과 건너편 항구가 보인다. 이 건물 지붕 꼭대기에는 매일 오전 정확히 세 시간 반 동안 국기가 바람에 펄럭거리거나 고개를 숙이고 있는데, 국기에는 열세 개의 줄무늬가 가로가 아닌 세로로 그려져 있어 이곳이 미국 정부의 군사 기지가 아니라 시민 기관임을 알 수 있다.* 이 건물 앞면에는 발코니를 떠받치고 있는 여섯 개의 나무 기둥으로 만든 현관이 있고, 현관에서 거리 쪽으로 넓은 화강암 계단이 놓여 있다. 입구 위에는 날개를 펼치고 가슴에 방패를 댄, 그리고 내 기억이 옳다면 수많은 번개와 가시 돋친 화살을 양 발톱에 움켜쥔 커다란 미국 독수리 모형이 있다. 이 불행한 새의 특징으로 알려진 습관적인 병적 기질 때문에 이 새는 매서운 부리와 눈매 그리고 호전적인 태도로 아무런 악의도 없는 사회에 위해를 가하려고 위협하며, 특히 안전에 유의하는 시민들에게 자신이 날개로 뒤덮고 있는 이 건물을 침입하는 데 대해 경고하는 것처럼 보인다. 이 새가 표독스럽게 보이는데도 불구하고 여전히 많은 사람들이 이 순간에도 연방 독수리의 날개 아래에서 안식처를 찾으려 하는 걸 보면 새의 가슴이 물오리 털로 만든 베개처럼 부드럽고 아늑하다고 생각하는 모양이다. 하지만 이 새는 기분이 좋을 때에도 별로 상냥하지 않으며, 자신이 품었던 새끼들을 발톱으로 할퀴고 부리로 쪼거나 혹은 가시 돋친 화살로 깊은 상처를 입혀 조만간 내쫓곤 한다.

우리가 곧 이 항구의 세관으로 부를, 지금까지 묘사한 이 건물 주위의 포장도로에는 틈새로 풀이 자라 최근에 상거래가 많지 않았다는 걸 알 수 있다. 그러나 1년 중 몇 달은 아침나절에 사업이 활기를 띠는 날들도 있다. 이런 날이면 나이 든 시민들은 지난 영국과의 전쟁*이 있기 전, 세일럼이 항구였던 시절을 떠올릴 것이다. 그 당시 세일럼은 지금처럼 이 지역 출신 상인들이나 선주들에게 경멸받지 않았는데, 이들은 부두를 폐허가 되게 내버려 두고 모험을 나서 뉴욕이나 보스턴의 거대한 무역의 물결이 부지불식간에 불필요할 정도로 불어나게 했었다. 이런 날 아침에 서너 척의 배가 아프리카나 남미에서 어쩌다 한꺼번에 도착하거나 혹은 그 지역으로 출항하려고 할 때면, 화강암 계단을 활기차게 오르내리는 발소리가 빈번히 들리곤 했다. 이곳에서 선박 서류가 든 변색된 양철 상자를 팔에 끼고 막 항구에 도착한, 항해로 얼굴이 불그스레해진 선장을 그의 아내가 맞기도 전에 당신이 먼저 만날 수 있다. 또 지금 끝난 항해 계획이 즉각 금으로 바뀔 수 있는 상품으로 실현되었는지 아니면 아무도 그에게서 덜어 주려 하지 않는 불편한 물건 더미 속에 그를 파묻어 버렸는지에 따라, 환하고 친절한 모습을 하거나 침울하고 부루퉁한 모습을 보여 줄 선주도 이곳에 온다. 마찬가지로 여기서, 마을 저수지에 종이배를 띄우는 것이 더 나을 그런 나이에, 늑대 새끼가 피 냄새를 맡은 것처럼 거래의 재미를 알아 자기 주인의 배에 투기성 물건들을 실어 보냈던 — 미래에 주름진 이마와 회색빛 수염을 기르고, 근심에 찌든 상인이 될 — 젊고 영리한 점원도 볼 수 있다. 이 장면에 등장하는 또 다른 인물은 통행권을 찾아 항해를 떠나는 선원이나 창백하고 병약한 모습으로 막 도착해 병원을 찾는 선원이다. 또 영국의 시골에서 장작을 싣고 온 작고 녹슨 배의 선장, 양키의 민첩한 모습은 없지만 세일럼의 쇠퇴해 가는 무역에 중요한 품목을 보태는 투박한 선원들도 빼놓을 수 없다.

한때 이들이 모였던 것처럼 이들을 다시 모으고 좀 더 다양한 집단을 만들 요량으로 다른 잡다한 인물들까지 동원하면 세관은 아주 번잡한 곳이 된다. 하지만 계단을 오르다 보면, 여름에는 입구에서, 겨울이나 날씨가 궂을 때에는 각자의 방에서 벽에 다리를 대고 뒤로 기운 구식 의자에 일렬로 앉아 있는 노인들을 더 자주 볼 수 있다. 그들은 보통 잠들어 있었지만, 가끔은 구빈원 신세를 지거나 생계를 위해 자선이나 독점된 노동에 의존하는, 혹은 자기 자신의 노력을 제외한 다른 것에 의존하는 사람들처럼 맥없이 앉아 말인지 코 고는 소리인지 분간되지 않는 소리로 말하는 것을 들을 수 있다. 세관 계산대에서 마태오처럼 앉아 있긴 하지만 마태오처럼 사도의 부름을 받을 가능성이 없는 이 노신사들은 세관 공무원들이었다.[*]

더구나 정문을 들어서면 왼쪽에 천장이 높은 15제곱피트 크기의 방 혹은 사무실이 있었는데, 이 사무실에 있는 두 개의 아치형 창문은 앞서 말한 폐허가 된 부두를 내려다보고, 세 번째 창문에 서는 좁은 골목이 가로질러 보이고, 더비 가(街) 일부가 보인다. 세 개의 창문으로는 식품점과 건축재 상점, 기성복 가게와 선구 (船具) 상점이 보이고, 이 상점들 문가에는 나이 든 뱃사람들과 항구 근처 부둣가의 빈민촌을 떠도는 부랑자들이 웃으며 잡담하는 모습을 볼 수 있다. 이 방은 거미줄투성이에 페인트칠이 낡아 지저분했고 바닥에는 회색빛 모래가 뿌려져 있었는데, 이는 다른 곳에서는 사용하지 않는 구식 방법이었다. 이렇게 지저분한 것으로 미루어, 이곳은 여성들이 마법의 도구인 빗자루와 대걸레로 자주 드나들지 않은 성소라는 결론을 쉽게 내릴 수 있다. 가구래야 큰 통풍구가 달린 난로와 낡은 소나무 책상과 세 다리 걸상, 아주 낡아 빠져 흔들리는 두세 개의 나무 의자가 있고, 서재를 빼놓지 않고 말한다면, 몇 개의 선반에 수십 권의 법령과 무거운 세법 관련 책이 있다. 양철 파이프는 천장을 뚫고 올라가 건물의 다른 부분들과 이어지는 통로가 되고 있다. 이곳에서 약 6개월 전에 독자들은 구목사관 서쪽에 있던 버드나무 가지 사이로 유쾌하게 햇빛이 반짝이던 작고 쾌적한 서재로 안내했던 당사자가 구석구석을 왔다 갔다 하거나 다리가 긴 걸상에 앉아 책상에 팔꿈치를 괴고 조간신문의 컬럼들을 아래위로 훑고 있는 모습을 볼 수 있었을 것이다. 하지만 지금 이곳에서 여러분은 로코포코*였던 검사관을 찾을 수 없다. 개혁의 빗자루가 그를 관직에서 쓸어버린 후 더 적격의 후임자가 그 자리를 꿰차고 앉아 봉급을 받고 있기 때문이다.

나는 유년 시절이나 성장한 후에도 멀리 떨어져 살았지만 여전히 내 고향인 이 오래된 세일럼에 내가 얼마나 애착을 가졌고 지금도 갖고 있는지를 실제로 그곳에 살고 있던 동안에는 결코 깨닫지 못했었다. 이 마을의 외형으로 말하자면, 지루하리만큼 평평한 표면을 주로 목조 가옥이 뒤덮고 있었는데 이 집들은 아름답거나 색다른 맛이 없고 단조롭기만 한 불규칙성을 지녀 건축미라곤 전무하다시피 했고, 길고 나른한 거리는 한쪽으로 갤로스 힐*과 뉴기니를, 다른 한쪽으로는 구빈원을 끼고 반도 전체를 지루하게 돌아가고 있었다. 내 고향의 모습이 이런 까닭에 어질러 놓은 체커 판에 감상적인 애착을 갖는 것은 당연할 것이다. 나는 어디에서든 늘 행복했지만, 마음속에는 이 오래된 세일럼에 대해 더 좋은 용어가 없어 그냥 애정이라 부를 만한 감정이 자리 잡고 있다. 내가 이런 감정을 갖는 것은 내 가계가 이 땅에 오랫동안 깊이 뿌리를 내렸기 때문이다. 내 이름을 지닌 최초의 영국인 이주민*이 나중엔 도시가 되었지만 당시에는 황량하고 숲으로 둘러싸인 정착지에 모습을 드러낸 것은 두 세기하고도 사반세기 전의 일이다. 이곳에서 그의 후손들이 태어나고 죽어서 그들의 몸이 땅과 섞였으므로 이 땅의 적지 않은 부분은 잠시 마을의 거리를 걷고 있는 내 육신과도 틀림없이 친족 관계에 있을 것이다. 그래서 내가 말하는 애착이란 어느 정도는 흙과 흙 사이의 단순히 감각적인 연민의 정일 수도 있다. 아마 이런 감정이 어떤 것인지 아는 이들도 드물 것이고, 자주 옮겨 다니는 것이 혈통에 좋을 수도 있기에 이들은 이런 감정을 아는 것이 바람직하다고 여기지도 않을 것이다.

그러나 이 감정에는 도덕적인 성격도 들어 있다. 가문의 전통에서 희미하고 어슴푸레한 위엄을 지녀 온 조상의 모습은 내가 기억하는 가장 어린 시절의 상상 속에서도 존재하고 있었다. 이 모습은 아직도 나를 따라다니며 과거에 대한 향수를 불러일으키는데, 마을의 현재 모습에 대해서는 이런 느낌을 갖지 못한다. 내가 이 지역에 연고가 있다고 할 수 있는 것은 이름이나 얼굴이 이곳에서 거의 알려지지 않은 나 자신 때문이라기보다 검은 복장에 뾰족모자를 쓰고 수염을 길렀던 근엄한 조상 때문이었는데, 그는 초기에 성서와 칼을 들고 이곳에 와 전쟁과 평화의 인간으로서 매우 위엄 있는 자태로 새로 난 길을 활보하였고 아주 큰 인물이 되었었다. 그는 군인이요 입법자요 판사였고 교회 지도자였으며 선하고 악한 청교도의 특징을 모두 갖고 있었다. 퀘이커 교도들이 증언하듯이 그는 혹독한 박해자였다. 퀘이커 교도들은 자신들의 역사책에서 한 여성 퀘이커 교도에게 가했던 그의 가혹한 처사를 말하고 있는데, 이 기록이 그가 했던 많은 선행들의 기록보다 오래가지 않을까 두렵다. 그의 아들* 역시 박해자의 정신을 이어받아 마녀들의 순교에 두각을 드러낸 탓에 이 마녀들의 피가 그에게 얼룩을 남겼다고 말할 수 있다. 이 얼룩이 얼마나 깊었던지 차터 가(街) 묘지에 있는 그의 낡고 말라비틀어진 뼈가 완전히 흙으로 변하지 않았다면 아직도 이 얼룩을 지니고 있을 것이다. 내 조상들이 회개하고 자신들의 잔혹 행위에 대해 하늘에 용서를 구했는지 아니면 그 행위의 무거운 대가로 지금 저승에서 신음하고 있는지 알 길은 없다. 어쨌든 그들을 대변하는 나는 그들을 대신하여 수치를 받아들이고, 그들이 초래한 저주가 — 그런 저주가 있다고 들은 데다, 또 우리 집안이 크게 번성하지 못하고 아주 오랫동안 미미하게 이어 왔던 걸 보면 그런 저주가 있었으리라 짐작도 된다 — 이제 앞으로는 사라지게 해 달라고 기도하는 바이다.

하지만 아주 오랜 세월이 지난 후에 그토록 훌륭한 이끼들이 많이 낀 내 가계의 오래된 줄기의 가장 높은 가지에서 나 같은 게으름뱅이가 나온 것을 본다면, 이 근엄하고 어두운 표정을 한 조상들은 자신들의 죄에 대한 대가를 충분히 치렀다고 생각할 것이다. 이들은 내가 소중히 여기는 목표를 칭찬할 만한 것으로 생각하지도 않을 것이고 — 내가 집안을 벗어나 성공의 영예를 얻은 적이 있다면 — 내 성공도 분명 치욕스러운 것은 아니라 하더라도 별 가치 없는 것으로 여길 것이다. 희끄무레한 그림자 같은 조상 중 한 사람이 다른 조상에게 이렇게 중얼거릴 것이다. "저 친구는 뭐하는 사람이지? 이야기 작가라니! 그게 도대체 무슨 직업이며, 어떻게 신을 찬양하고 이 시대의 인류에 봉사하는 길이라는 건가. 저 타락한 친구는 아예 깡깡이꾼이 될 수도 있었겠군!" 조상들은 시간의 계곡을 건너 내게 이런 칭찬(?)을 건넸을 것이다. 하지만 그들이 마음껏 나를 경멸한다 해도 그들의 강한 특성은 내 특성과 뒤얽혀 있다.

진지하고 기력이 넘치는 이 두 분의 조상이 오래전 이 마을에 깊이 뿌리를 내린 후 우리 집안은 이곳에서 계속 살아왔는데, 모두 존경을 받았으며, 내가 아는 한, 단 한 사람의 부끄러운 인물로 인해서도 불명예를 입는 일이 없었다. 하지만 첫 두 세대가 지난 후에는 기억할 만한 행적을 쌓거나 공적으로 인정받을 만한 일을 이룬 인물도 배출한 적이 없다. 때문에 거리 여기저기에 흩어져 있는 낡은 집들이 새로운 토양이 쌓이면 처마까지 반쯤 묻혀 버리는 것처럼 이들도 서서히 시야에서 사라졌다. 백 년 동안 이들은 아버지의 뒤를 이어 아들도 선원이 되었고, 머리가 희어진 선장이 갑판을 떠나 집으로 은퇴할 때쯤, 열네 살짜리 소년은 아버지와 할아버지에게 몰아쳤던 짜디짠 물보라와 강풍을 맞으며 다시 대를 이어 돛대 앞자리를 차지하곤 했다. 때가 되면 소년은 앞 갑판에서 선장실로 승진하여 거친 성년의 세월을 보낸 뒤에 노년이 되면 세상 곳곳을 돌아다니던 삶을 접고 죽음을 맞이하여 고향 땅에 자신의 육신을 섞었다. 어떤 집안이 태어나고 죽는 장소로 한 장소와 오랫동안 인연을 맺으면, 그곳의 풍경이 지니는 매력이나 그를 둘러싼 도덕적 상황과는 무관하게, 사람과 장소 사이에 친밀함이 생겨난다. 이는 사랑이 아니라 본능이다. 자신이나 아버지 혹은 할아버지가 다른 지역 출신인 주민은 세일럼 사람이라고 주장할 수 없으며, 이런 사람은 3세기째가 다가오는 옛 정착민이 자기 후손들이 대대로 뿌리내린 곳에 대해 갖는 *끈끈한* 정을 알지 못할 것이다. 이곳이 즐거운 곳은 못 되어도, 또 낡은 목조 가옥, 먼지투성이 진흙탕, 생기라곤 하나도 없는 느낌, 쌀쌀한 동풍, 쌀쌀맞기 그지없는 마을 분위기 등이 싫증 나도 문제가 되지 않으며, 그 밖에 눈에 거슬리는 것이 아무리 많아도 아무 소용이 없다. 이곳은 여전히 마치 지상 낙원이라도 되듯 강력한 마법을 행사하는 것이다. 내 경우가 그랬다. 세일럼이 내 고향이라는 것을 운명이라

느껴 온 탓인지 — 내 조상 중 한 사람이 이곳에 묻혀 있고, 또 한 사람은 메인 가(街)를 따라 보초를 서고 있는 셈이므로 — 내 소박한 시대에도 여전히 이곳의 친숙한 모습이나 특성을 이 오래된 마을에서 찾아볼 수 있었다. 그렇지만 이런 감정 자체가 이런 인연이 이제 건전치 못한 것이 되었으니 마침내 끊어 버려야 한다는 것을 입증해 준다. 인간 본성도 감자처럼 너무 오랜 세대 동안 진이 빠진 토양에 반복해서 심는다면 제대로 자라지 못할 것이다. 내 아이들은 다른 곳에서 태어났고 내가 그들의 운명을 다스릴 수 있는 한, 새로운 곳에 뿌리내리게 할 것이다. 구목사관에서 나온 뒤에 내가 다른 곳으로 갈 수 있었고 또 그렇게 하는 것이 더 좋았음에도 이곳의 공공 기관에서 일하게 된 것은 고향에 대한 이런 이상하고, 게으르며, 즐겁지 않은 애착 때문이었다. 내게 운명이 드리워진 것이었다. 내가 이곳을 떠난 적이 있고 그것도 영원히 떠난 것처럼 여겼지만, 진저리 날 정도로 마치 세일럼이 내게 우주의 불가피한 중심인 것처럼 되돌아왔던 적이 한두 번이 아니었다. 그래서 어느 화창한 아침에 나는 대통령의 임명장을 주머니에 지니고 화강암 계단을 올라가 세관 최고 책임자라는 내 막중한 책무를 도와줄 신사들에게 나를 소개했다.*

민간 기관이건 군 기관이건 간에 미국의 어느 공무원이 나만큼 자기 휘하에 이렇듯 늙은 고참 직원들을 둔 사람이 있었는지 의문이다. 아니면 의심할 여지 없이 그런 적이 없었을 것이다. 그들을 보았을 때 그들 중 가장 고참자의 행방은 금방 알 수 있었다. 20년도 넘는 세월 동안 이 징수관이 지니는 독립적 지위 때문에 세일럼 세관은 재직 기간을 단축시킨 정치적 변화의 소용돌이에서 벗어날 수 있었다. 뉴잉글랜드의 가장 뛰어난 군인이었던 그는 용감하게 공무를 수행하여 확고한 토대를 마련했고, 그의 공직 생활동안 여러 정권들의 관대한 인사 정책으로 입지를 다져 가슴 떨리게 하는 숱한 위기의 순간에도 부하 직원들을 안전하게 보호해 왔다. 밀러 장군*은 매우 보수적이고 어떤 환경에서도 변하지 않는 친절한 성품을 지녔으며 친숙한 사람에게 강한 애착을 보였고, 변화가 진보를 가져올 때에도 변화에 꿈쩍하지 않던 인물이었다. 이렇게 내가 임무를 맡았을 때는 거의 전부 나이 든 노인들만 있었다. 그들은 대부분 이런저런 바다에서 인생의 폭풍우에 맞서 강인하게 살아온 후에 마침내 이 조용한 구석으로 표류해 온 늙은 선장들이었다. 주기적인 대통령 선거의 공포를 제외하곤 누구도 간섭하지 않는 이곳에서 그들은 모두 새로운 수명을 얻은 셈이었다. 그들도 사람들과 똑같이 나이 들고 병에 걸리긴 했지만, 틀림없이 죽음을 물러서게 하는 부적이나 그 비슷한 것을 갖고 있었다. 이들 중 두세 명은 통풍과 류머티즘에 시달리거나 아마도 침대 신세를 지고 있어 1년 중 상당 기간 동안 세관에 모습을 드러낼 것을 꿈에도 생각하지 않았지만, 무감각한 겨울이 지나면 5월이나 6월의 따뜻한 햇볕 아래로 기어 나와 게으르게 직무를 한답시고 어슬렁거리다가 자기 편리한 대로 다시 침대로 돌아가곤 했다. 나는 이 존경할 만한 공무원들 몇몇의 공직 생활을 단축시킨 죄를 인정해야겠다. 그들은 내 덕에 힘든 일을 그만둘 수 있었고, 곧이어 — 틀림없이 그럴 것이라고 믿는데, 마치 자신들의 유일한 삶의 원칙이 국가를 위해 일하려는 열성이었던 것처럼 — 저세상으로 떠났다. 내가 개입한 탓에 그들이 세관 직원이라면 저지를 수밖에 없었을 악행들에 대해 회개할 시간을 갖게 되었다는 것은 내게 경건한 위로가 된다. 세관의 정문도 후문도 천국 가는 길로 통하지는 않으니 말이다.

세관 공무원들 대부분은 휘그 당원들이었다. 신임 검사관이 정치인이 아니었고 원칙상 충실한 민주 당원이긴 했지만 정치적 공로 때문에 직위를 받거나 유지하는 인물이 아니었다는 사실은 이 원로 동료들에게는 다행스러운 일이었다. 만약 그렇지 않고 활동적인 정치인이 이 영향력 있는 직위에 올라, 병약해서 자기 직책을 다하지 못하는 휘그 당원 징수관과 상대하는 쉬운 임무를 맡았다면, 이 심판의 천사가 세관의 계단을 올라온 지 한 달도 못 되어 이 나이 든 공무원들은 거의 모두 공직 생활에서 숨을 거두었을 것이다. 이런 문제들에 대한 관례에 의하면, 노인들 모두 단두대로 보내는 것은 정치인의 의무나 다름없었다. 나는 이 노령의 인물들이 내게서 그런 처형을 받을까 두려워하고 있었다는 것을 한눈에 알 수 있었다. 내가 도착했을 때 그들이 두려워하는 모습을 보는 것은 안쓰럽긴 했지만 재미도 있었다. 반세기 동안 인생의 폭풍우에 시달려 주름진 그들의 얼굴은 나같이 무해한 인물을 보자 창백하게 질렸고, 먼 과거에는 확성기로 거칠게 소리를 질러 북풍의 신도 놀라 잠잠하게 했을 그들이 앞에선 떨리는 목소리로 말했으니 말이다. 이 훌륭한 노인들은 관례상, 또 직무를 효율적으로 수행할 능력이 없었기 때문에 더 젊고 정치 노선도 더 적합하고 국가에 더 잘 봉사할 수 있는 자들에게 자리를 내주어야 한다는 것을 알고 있었다. 나도 이 사실을 알고 있었지만 실행에 옮길 마음까지 갖진 못했다. 따라서 내 불찰이었고, 또 내 공직의 양심에 크게 어긋나는 일이었지만 이들은 내 재임 시절 여전히 부둣가를 어슬렁거리고 세관 계단을 오르내릴 수 있었다. 그들은 늘 있던 곳의, 벽을 기대고 뒤로 기울인 의자에서 잠을 자며 많은 시간을 보냈고, 어쩌다 오전에 한두 번 깨어나 수천 번 오갔던 항해 이야기를 반복하거나 이제는 그들 사이에 암호와 응답 신호가 되어 버린 케케묵은 농담을 주고받으며 서로를 무료하게 했다.

　새로 온 검사관이 크게 해롭지 않은 인물이라는 점을 그들은 곧 알아차린 듯했다. 그래서 그들이 사랑하는 조국을 위해서는 아니더라도 적어도 자신들을 위해 유용한 일을 한다는 행복한 생각에 마음이 가벼워진 이 선량한 노신사들은 여러 가지 형식적인 직무를 계속 수행했다. 그들은 배의 선창도 안경을 쓰고 자세히 들여다보았으니 현명하기도 했다. 그들은 사소한 문제들에 대해서는 큰 논쟁을 벌였지만 놀랍게도 중대한 문제들은 손가락 사이로 빠져나가게 내버려 둘 만큼 아둔했다. 대낮에 귀중한 물건이 한 짐 가득 바로 그들 코밑에서 밀수되는 그런 불행한 일이 일어난 후에 그들은 아무도 따를 수 없을 만큼 주의 깊고 민첩하게 죄를 범한 배의 모든 통로를 이중으로 차단하고 테이프와 봉랍으로 봉쇄했다. 이런 사건은 자신들이 저지른 과실에 대한 책망 대신, 오히려 불상사가 일어난 후에야 자신들이 취했던 신중함에 대한 칭송과, 대책이 없어진 뒤에 보여 준 자신들의 신속한 열성을 고맙게 인정해 주기를 요구하는 것 같았다.

나는 어리석게도 웬만큼 싫지 않은 이상, 모든 사람에게 친절하다. 동료의 성격에 좋은 부분이 있다면 내가 그를 생각할 때 대체로 그 좋은 부분이 우선 떠올라 그를 인식하는 전형이 된다. 늙은 세관 직원들 대부분이 좋은 성격을 지녔고, 그들을 아버지처럼 보호해 주는 내 직위 때문에 친근한 감정이 자라나서 나는 곧 그들 모두를 좋아하게 되었다. 다른 모든 사람을 녹여 버릴 만큼 뜨거운 날씨였지만 그들의 반쯤 무감각한 체질에는 그저 온기를 돌게 할 그런 여름날 오전에 그들이 뒷문 입구에서 늘 그렇듯이 일렬로 벽에 기대어 나누는 잡담을 듣는 것은 유쾌한 일이었다. 그럴 때면 과거의 얼어붙었던 익살이 녹아 그들 입가에서 큰 웃음과 함께 흘러나오곤 했다. 겉으로 보기에 노인들의 명랑함은 어린이들의 명랑함과 많은 공통점이 있고, 이런 문제에는 유머 감각만큼이나 지성도 거의 관계가 없다. 두 경우 모두 이런 명랑함은 표면에서 반짝거리는 것이어서 푸릇푸릇한 가지나 썩어 가는 회색빛 나무줄기 모두를 밝고 유쾌하게 보이게 만든다. 하지만 아이들의 경우에 이 명랑함은 진짜 햇빛이지만, 노인의 경우에 그것은 썩어 가는 나무가 내뿜는 인광과 같은 것이다.

독자들은 내 훌륭한 동료들 모두 노망이 든 모습으로 그리는 것이 매우 부당하다는 걸 알아야 한다. 우선 내 보좌관들은 모두 노인들이 아니었고, 그중에는 한창 나이에 강인하고 탁월한 능력과 활기를 지녔으며, 불운에 빠진 나태하고 의존적인 생활에 비해 월등히 뛰어난 인물들도 있었다. 더구나 때로는 백발의 머리가 잘 수

선된 지성의 집을 덮고 있는 초가지붕으로 밝혀지는 경우도 있었다. 그러나 노인들 대부분이 다양한 삶의 경험에서 간직할 만한 가치가 있는 것을 하나도 건지지 못한 따분하고 늙은 영혼의 집단으로 평한다고 해도 잘못된 것은 아니다. 그들은 여러 번 추수할 기회를 가졌던 황금 같은 실용적 지식의 낟알은 버리고, 껍질로 기억을 채우는 데 온갖 주의를 기울였다. 그리고 40년, 50년 전에 난파당했던 일이나 젊은 시절에 목격했던 세상의 경이로운 일들보다는 그날의 아침 식사 혹은 어제 오늘 아니면 내일의 만찬에 대해더 많은 관심과 열정으로 말하곤 했다.

이 작은 공무원 집단 그리고 조금 과감하게 말하면 미국 전역을 감시하는 승선 세관 감시단의 우두머리인 세관의 아버지는 종신 검열관이었다. 살아 있는 사람 대부분이 기억도 하지 못할 먼 옛날에 미국 혁명기의 대령이었고 이 항구의 징수관이었던 그의 부친이 그를 위해 이 직위를 만들고 그를 임명했기 때문에, 그는 말하자면 세무 체제의 본가에서 태어나 이 체제에 철저히 물든 적자(嫡子)인 셈이었다. 내가 그를 처음 보았을 때 이 검열관은 여든 살쯤 되어 보였는데, 이를테면 평생 동안 찾아 돌아다니다 겨우 찾은 놀라운 상록수의 표본 같았다. 불그스레한 얼굴과 단단한 체격에 반짝거리는 단추가 달린 푸른 외투를 맵시 있게 입고 가볍고 활기차게 걷는 이 인물은 실제로 젊지는 않았지만 마치 자연이 나이와 질병에 무관한 인간의 모습으로 새롭게 빚어낸 존재처럼 보였다. 세관에서 끊임없이 울려 퍼졌던 그의 목소리와 웃음소리는 노인에게서 흔히 들을 수 있는 떨리는 목소리나 깰깰거리는 소리가 아니라, 마치 수탉이 울어 대거나 나팔이 울리는 것처럼 허파에서 당당하게 나오는 소리였다. 그를 동물로 본다면 — 사실 동물 이상으로 볼 여지도 없었다 — 그는 완전한 신체의 건장함에서부터 노년에도 불구하고 자신이 생각하거나 목표로 삼은 것은 무엇이든 마음먹은 대로 모두 즐길 수 있는 능력에 이르기까지 정말 만족스러운 존재였다. 세관에서 쫓겨날 걱정을 거의 하지 않고 고정 수입을 받는 안정된 생활 때문에 그는 틀림없이 세월의 무게를 별로 느끼지 않았을 것이다. 하지만 정작 더 본질적인 이유는 그가 완벽한 동물적 본성을 지닌 반면, 얕은 지성과 극소량의 도덕적이고 정신적인 요소만을 갖추었다는 데 있을 것이다. 도덕과 정신으로 말하면 이 노신사는 네발로 기어 다니는 동물이 되는 것을 겨우 피할 정도밖에 갖고 있지 않았다. 그는 사고력도 감정의 깊이도 번거로운 감성도 갖고 있지 않았다. 간단히 말해 그는 마음 대신 건강한 신체에서 필연적으로 발달한 흥겨운 기질의 도움을 받아 훌륭하게 그리고 일반의 호평을 받으며 의무를 수행하는 평범한 본능만을 갖고 있었다. 그에게는 세 명의 부인이 있었지만 모두 오래전에 죽었고 스무 명의 자식들도 어려서 혹은 성장한 후에 모두 죽었다. 이런 상황이라면 아무리 낙천적인 사람도 조금은 어두워지게 마련이라는 생각이 들겠지만, 우리의 노검열관은 전혀 그렇지 않았다. 그는 짧은 한숨을 한 번 내쉬는 것으로 이 암울한 기억이 갖고 있는 모든 짐을 날려 보냈다. 그러고 나면 그는 아직 바지도 입지 않은 아이만큼이나, 그리고 열아홉 살밖에 안 되었지만 그보다 더 노숙하고 진지했던 부하 직원보다 더 많이 장난칠 준비가 되어 있었다.

　나는 내 눈에 띈 다른 어떤 사람보다도 더 큰 호기심으로 이 원로급 인물을 관찰하고 살펴보았다. 그는 어떤 점에서는 완벽했지만 다른 관점에서 보면 너무 얄팍할뿐더러 포착하기 어렵고 또한 아무것도 아닌 하찮은 인물로서, 정말 보기 드문 존재였다. 내결론은 그가 영혼도 마음도 생각도 없고, 본능 이외의 어떤 것도 갖고 있지 않다는 것이었다. 그러나 그의 성격을 구성하는 몇 가지 특징들이 교묘하게 결합되어 있어 무언가 부족하다는 애처로운 생각을 갖게 하지는 않았으며, 나는 그에게서 발견한 것들로 만족할 수 있었다. 그가 너무나도 현세적이고 감각적으로 보인 탓에 그가 어떻게 내세에서 존재할 수 있을지를 생각하기는 정말 어려웠다. 그러나 현세에서 그의 삶은, 물론 그가 마지막 숨을 거두면 끝날 것이었지만, 매우 다복한 것이었다. 왜냐하면 그는 들판의 짐승들만큼이나 도덕적 책임을 갖고 있지 않았으나 짐승들보다 더 많이 향유할 수 있었고, 짐승들처럼 노년에 갖게 되는 황량하고 어두운 느낌에서 벗어나는 축복을 받았기 때문이다.

　그가 네발 달린 형제들보다 뛰어난 점이 있었다면 그것은 훌륭한 만찬을 회고할 수 있는 능력이었는데, 이는 그의 삶의 행복에서 적지 않은 부분을 차지했다. 그의 미식주의는 그야말로 즐거움을 주는 것이었다. 그가 구운 고기 요리에 대해 말하는 것을 듣노라면 마치 절인 오이나 굴처럼 식욕을 당기게 했다. 그에게는 고차원적인 능력이 없어서 먹는 즐거움과 이득을 위해 모든 힘과 재능을 바친다 해도 어떤 정신적 능력이 희생되거나 손상될 것이 없었으므로, 그가 생선이나 새고기 및 육류에 대해 그리고 이들을 조리하는 최상의 방법에 대해 상세히 말하는 것을 들을 때마다 늘 즐겁고 만족스러웠다. 실제로 연회가 열린 시기가 아무리 오래되었어도 그가 훌륭한 음식을 회상하는 것을 들으면 돼지고기나 칠면조 요리 냄새가 코끝에서 느껴지는 듯했다. 60년, 70년이 지났어도 그가 그날 아침 식사 때 먹은 양고기 맛처럼 신선하게 그의 미각에서 맴도는 맛도 있었다. 그가 자신을 제외한 모든 손님이 오래전에 죽어 벌레의 먹이가 될 만큼 오래된 만찬을 이야기하며 입맛을 다시는 소리를 들은 적이 있다. 지나간 음식의 유령들이, 분노나 복수심에서가 아니라 과거에 자신들을 음미해 준 것에 대한 고마운 마음으로, 희미하고도 감각적인 즐거움을 끊임없이 되살려 내려는 듯이 그 앞에 계속해서 떠오르는 모습을 보는 것은 정말 놀라운 일이었다. 그는 존 애덤스 대통령* 시절 그의 식탁을 장식했을 소고기 안심, 노루 뒷다리, 돼지 갈비, 특별한 닭고기나 칭송받을 만한 칠면조는 기억했지만, 그 이후에 일어난 인류의 중대사나, 자신의 개인적 생애를 밝게 하거나 어둡게 한 사건들은 마치 스쳐 가는 바람처럼 그에게 아무런 자취도 남기지 않고 지나가 버렸다. 판단컨대, 이 노인의 인생 중에 가장 비극적인 사건은 약 20년이나 40년 전에 살다가 죽은 거위와 관련된 불행한 사건이었다. 이 거위는 큰 기대를 모았지만 막상 식탁에 올라와 보니 너무 질긴 나머지 칼로는 아무런 자국도 낼 수 없어 결국 도끼와 톱으로 자를 수 있었다고 한다.

　내가 알던 사람들 중에는 그가 세관 공무원이 되기에 가장 적합한 인물이었으므로 기꺼이 더 오래 이야기할 수 있겠지만, 이제 그에 대한 스케치를 그만둘 때가 되었다. 내가 여기서 이유를 설명할 여유는 없지만, 대부분의 사람들은 이 특수한 직업적 삶을 살다 보면 도덕적으로 손상을 입게 된다. 하지만 이 노검열관은 도덕적으로 손상을 받을 여지가 없었으며, 세상이 끝날 때까지 근무하더라도 여전히 정정했을 것이고 여전히 왕성한 식욕으로 식사를 했을 것이다.

이 사람이 빠지면 내가 그리는 세관의 초상화 갤러리가 이상하게도 미완성이 될 것 같은 그런 이가 한 명 있었다. 하지만 그를 관찰할 기회가 비교적 적었던 탓에 이 사람의 초상은 대강의 윤곽만 그릴 수 있다. 그는 징수관이었는데 용감한 퇴역 장군이었다. 그는 화려한 군 생활을 마치고 황량한 서부의 영토를 통치한 후, 약 20년 전에 명예롭고도 파란만장했던 삶의 황혼기를 보내기 위해 이곳으로 왔다. 이 용감한 군인은 이미 70년의 세월을 살았고, 아무리 정신을 북돋게 하는 회상의 군대 음악으로도 가벼워지지 않는 무거운 질병을 안고 이 세상의 나머지 행진을 마치고자 했었다. 과거에 공격의 선봉에 섰던 발걸음은 이제 무기력해져서, 그는 하인의 도움을 받고 쇠 난간을 손으로 의지해야만 세관의 계단을 천천히 힘겹게 오를 수 있었고 복도를 간신히 가로질러 벽난로 옆의 자기 의자에 도달할 수 있었다. 그는 그곳에 앉아 오가는 사람들을 평온한 모습으로 바라보곤 했다. 종이를 뒤적이거나 선서를 집행하는 소리, 업무에 관해 토론하거나 사무실에서 잡담하는 소리들은 그에게 아주 희미하게 들렸을 뿐이며, 이 소리들이 그의 내적 사색의 영역에 도달하는 일은 거의 없었다. 이렇게 쉬고 있을 때, 그의 표정은 부드럽고 친절해 보였다. 그의 주목을 끄는 일이 있을 때면 호의적인 관심을 갖는 표정이 얼굴에서 반짝거리곤 했는데, 이는 그의 내부에 빛이 살아 있었고 바깥에 있는 지성의 램프가 이 빛을 잘 통과시키지 못할 뿐이라는 것을 증명해주었다. 그의 마음의 정수에 가까이 다가갈수록 그것은 더욱더 건강해 보였다. 그가 말하고 듣는 것은 아주 큰 노력을 요하는 일이었기에 말하거나 들을 필요가 없을 때 그의 얼굴은 즐거운 평온의 상태로 잠시 돌아가곤 했다. 이런 표정은 희미하긴 했지만 쇠퇴하는 노년에 나타나는 어리석은 모습이 없어서 보기에 크게 마음이 아프지는 않았다. 또 원래 강하고 듬직했던 그의 체격도 아직 몰락하지는 않았다.

그러나 이렇게 불리한 시점에서 그의 성격을 관찰하고 묘사하는 것은 폐허가 된 타이컨데로가*처럼 낡은 요새를 보고 상상력으로 그 옛 모습을 추적해 새롭게 지어내는 것만큼 어려운 일이었다. 아마 여기저기에 성벽이 거의 완전하게 남아 있는 곳도 있겠지만, 그 밖의 다른 곳은 오랜 세월 동안 평화롭게 방치된 탓에 풀과 이름 모를 잡초들로 가득 차 토성(土城)만 육중하게 남아 있을 것이다.

그러나 이 늙은 군인을 애정으로 보고 있노라면 — 우리가 이야기를 나눈 것은 드물었지만 그를 아는 존재가 사람이든 동물이든 모두 그랬듯이 내가 그에 대해 갖고 있던 감정을 애정이라 불러도 괜찮을 것이다 — 그의 초상화의 주요 특징들을 간파할 수 있었다. 그는 고결하고 영웅적인 면모를 지녔는데, 이는 그가 명성을 얻은 게 우연이 아니라 당연한 것이었음을 보여 주었다. 내 생각에 그의 정신은 불안한 행위의 특성을 지닌 적이 없었다. 그의 생애 언제라도 그가 행동하려면 어떤 충동이 있어야 했지만, 일단 그런 충동이 생기고 극복해야 할 장애물과 성취해야 할 적절한 대상이 있으면 그는 결코 포기하거나 실패하지 않았다. 과거에 그가 지니고 있었고 아직도 꺼지지 않은 열기는 불길처럼 타오르다 스러지는 그런 종류가 아니라 용광로 속의 쇳물처럼 깊고 벌겋게 타오르는 불꽃이었다. 내가 묘사하는 그 시점에 그에게 너무 일찍 닥쳤던 노쇠함 속에서도 그가 쉬고 있을 때의 표정은 듬직하고 견고하며 확고한 것이었다. 그러나 이럴 때에도 그의 의식 속 깊이 파고들 어떤 자극을 받으면, 즉 아직 죽지 않고 잠들어 있는 그의 모든 기력을 일깨울 정도의 큰 나팔 소리로 깨어난다면, 그는 환자복을 벗어 던지듯 질병을 벗어 던지고 지팡이 대신 총검을 집어 들고 다시 한 번 용사가 되는 것을 상상할 수 있었다. 그리고 그런 강렬한 순간에도 그의 행동은 여전히 침착했을 것이다. 하지만 이런 광경은 상상 속에서 그려지는 것일 뿐, 실제로 기대하거나 바랄 수는 없었다. 내가 이미 가장 적절한 비유로 제시했던 낡은 타이컨데로가의 난공불락의 성벽처럼 나는 그에게서 과거에는 완고함에 가까웠을 집요하고 견고한 인내, 그의 다른 재질처럼 다소 무겁게 그리고 철 광맥처럼 쉽게 다스리기 어려운 고결함, 그리고 그가 치페와 혹은 이리 요새에서* 맹렬히 보병을 이끌었던 것처럼 당대의 모든 논쟁적 박애주의자들을 행동하게 만드는 진정한 관대함의 성품을 보았다. 내가 알기로, 그는 자기 손으로 직접 사람들을 죽였을 것이고, 틀림없이 그의 정신이 승리의 활기를 불어넣은 공격이 시작되기도 전에 낫질을 당하는 풀잎처럼 적들이 쓰러졌을 것이다. 하지만 그야 어찌 되었든 간에 그의 마음속에는 나비 날개의 솜털을 털 만큼의 잔인함도 없었다. 이 사람만큼 타고난 친절함에 더 자신 있게 호소할 수 있는 이를 나는 알지 못했다.

많은 특징들이, 그리고 어떤 인물을 묘사할 때 실물과 유사하게 만드는 데 적잖이 공헌하는 그런 특징들도, 내가 장군을 만나기 전에 사라졌거나 희미해졌을 것이다. 우아한 속성들은 원래 가장 빨리 사라지는 법이다. 그리고 자연은 폐허가 된 타이컨데로가 요새에 계란풀을 피우는 것처럼, 폐허의 틈새에서만 적절한 영양분을 취하고 뿌리를 내리게 되는 새로운 아름다움의 꽃으로 노쇠한 인간을 꾸미지 않는다. 하지만 장군의 경우에는 우아함과 아름다움에 관해서조차도 주목할 만한 것이 있었다. 때때로 유머의 빛이 희미한 장애물의 베일을 뚫고 우리 얼굴에 유쾌하게 반짝였다. 또한 어린 시절이나 청소년 시절이 지나면 남자에게는 거의 나타나지 않는 우아한 속성도 꽃을 보고 향기를 맡기 좋아하는 장군에게서 찾을 수 있었다. 노병이라면 자신의 이마 위에 피로 얼룩진 월계관만을 중시한다고 여기겠지만 장군은 꽃을 좋아하는 어린 소녀와 같은 사람이었다.

이 용감한 노장군이 벽난로 옆에 앉아 있을 때, 피할 수 있다면 그와 대화를 하는 어려운 일을 시도하지 않았던 검사관은 멀리 떨어져서 이 조용하고 거의 잠들어 있는 얼굴을 바라보곤 했다. 불과 몇 야드 거리에서 그를 볼 때나, 그의 의자 곁을 지날 때에도 그는 멀리 떨어져 있는 것처럼 보였고, 손을 내밀어 그의 손을 잡을 수 있을 것 같았던 때에도 그는 도달할 수 없는 곳에 있는 것처럼 느껴졌다. 아마도 그는 징수관 사무실이라는 부적합한 환경에서보다 자신의 생각 속에서 더 현실적인 삶을 살고 있었을지 모른다. 군인들의 행진과 격렬했던 전투 그리고 30년 전에 울려 퍼졌던 옛날의 영웅적인 음악, 이런 광경과 소리가 그의 지적인 감각 앞에 생생하게 펼쳐졌을 것이다. 그러는 동안 상인들과 선장들, 말쑥한 직원들과 거친 선원들이 세관을 들락거렸고, 복작거리는 상거래와 세관의 생활은 그의 주변에서 계속 소란스러웠지만, 장군은 이 사람들이나 그들의 일에 조금도 관심 없어 보였다. 이제는 녹슬었지만 한때는 전투의 선봉에서 빛났고 아직도 칼날이 반짝이는 낡은 검이 부징수관의 책상 위에 잉크병, 종이첩, 나무 자 사이에 놓였을 때처럼 그는 주변과 어울리지 않았다.

나이아가라 전선에서 강인했던 군인이었고, 진정하고 순수한 활기를 지녔던 이 인물의 모습을 부활시켜 다시 창조해 내는 데 도움이 되는 것이 하나 있었다. 그것은 그가 필사적이고 영웅적인 작전에 임할 때 모든 위험을 이해하고 모든 것을 감당하며 뉴잉글랜드인의 강인한 정신과 기상을 머금고 외쳤던 "해 보겠습니다"*라는 말을 회상하는 것이었다. 만약 우리나라에서 명예로운 문장이 새겨진 방패를 만들어 주는 것으로 용감한 행위를 보상한다면, 말하기엔 쉬워 보이지만 실은 위험하고도 영광스러운 임무를 눈앞에 두고 오직 그만이 말할 수 있었던 이 문구가 장군의 방패를 장식하기에 가장 적합한 표어였을 것이다.

자신과 다르고, 자신이 갖고 있는 관심사 외에는 별 관심이 없는 사람, 그래서 그의 영역과 능력을 이해하는 일이 매우 힘든 그런 사람과 교분을 나누는 것은 도덕적·지적 건강에 큰 도움이 된다. 내 생애에 이런 기회를 갖게 해 준 사건이 여럿 있었지만, 세관에서 재직할 때만큼 이런 기회를 충분하고 다양하게 가져 본 적은 없다. 특히 그를 관찰함으로써 인간의 재능에 대해 새롭게 인식하게 된 사람이 한 명 있었다. 그는 틀림없이 사업가의 재능을 지니고 있었다. 그는 민첩하고 빈틈이 없었으며, 명료했고, 난감한 문제들을 꿰뚫어 볼 수 있는 눈과 마치 마법사의 지팡이를 흔들어 그 문제들을 사라지게 하는 능력을 지녔었다. 어렸을 때부터 세관에서 자랐기 때문에 그에게는 이런 일이 매우 적합한 일이었고, 외부에서 영입된 인물에게는 너무 어려워 보이는 많은 복잡한 업무들도 그에게는 완벽히 이해 가능한 체계의 규칙성을 지닌 것으로 보였었다. 내 생각에, 그는 자신의 직업에서 이상적인 인물이었다. 그는 세관 자체라고 볼 수 있는 자였으며, 세관의 여러 바퀴들을 굴러가게 만드는 태엽 같은 존재였다. 왜냐하면 공무원들이 수행해야 할 임무에 대한 적합성 여부와 관계없이 사적인 이익과 편의를 도모하도록 임명되는 이런 기관에서 공무원들은 자신이 갖고 있지 않은 재주를 부득이 다른 사람에게서 찾아야 하기 때문이다. 그래서 이 사업가는, 자석이 쇳가루를 모으듯, 다른 모든 사람이 부닥쳤던 어려운 문제들을 끌어모았다. 그리고 그는 우쭐한 태도로 자신에게는 거의 범죄에 버금갈 것처럼 보였던 우리의 어리석음을 친절하게 참으면서, 손가락 하나를 움직일 만큼 간단하게 불가해했던 것들을 대낮같이 명료하게 만들어 주곤 했었다. 상인들은 그의 비밀스러운 친구였던 우리들만큼이나 그를 존중했다. 그의 정직함은 완벽했고, 그에게 있어서 이 정직함은 어떤 선택이나 원칙이 아니라 자연의 법칙이었다. 그와 같이 놀라울 정도로 명료하고 정확한 지성의 소유자는 정직하고 균형 있게 업무를 집행할 수밖에 없었다. 이런 사람에게는 자기 직무의 범위 내에 있는 어떤 것이든 조금이라도 양심에 걸리는 것이 있으면, 회계 장부에 실수가 있다거나 깨끗한 기록부에 잉크 얼룩 한 점 있는 것만큼이나, 물론 그보다 더 심하겠지만, 그를 괴롭힐 것이다. 한마디로 말해 여기에서 나는, 내 인생에서 매우 드문 경우였지만, 자신이 처한 상황에 완벽하게 적응한 사람을 만났던 것이다.

이들이 내가 이곳에서 관계를 맺게 된 사람들이었다. 나는 이전에 가졌던 습관과 거의 무관한 이런 직책을 갖게 된 것이 상당 부분 신의 섭리였다고 여기며, 이런 상황에서 내가 얻을 수 있는 이득을 얻고자 진지하게 모색했다. 이전에 나는 브룩 농장에서 몽상적인 형제들과 함께 노동하며 비실용적인 계획을 세우는 우정을 나누었고, 에머슨과 같은 지성의 영향 아래 3년을 살았으며, 엘러리 채닝과 함께 떨어진 나뭇가지들로 모닥불을 피우고 환상적인 사색을 하면서 애서베스 강가에서 자유로운 야생의 세월을 보냈고, 월든에 있는 소로의 은둔지에서 그와 함께 소나무와 인디언들의 유골을 논했고, 힐러드가 지닌 교양의 고전적 세련미에 공감하여 세심한 태도를 갖기도 했고, 롱펠로의 화롯가에서 시적 감상에

물들기도 했었다.* 이런 세월을 보낸 뒤 마침내 내 본성의 다른 능력을 발휘하고 이전까지 식욕을 느끼지 못했던 음식을 먹음으로써 자양분을 취할 때가 되었었다. 올컷* 같은 인물과 알고 지내던 사람에게는 음식의 변화를 위해서라면 심지어 노검열관도 바람직했던 것이다. 이런 사람들을 기억하면서 이들과 전혀 다른 자질을 지닌 사람들과 어울리게 되어도 그 변화에 아무런 불평을 하지 않는다면 그것은 내가 천성적으로 균형 있고, 모든 필수적인 요소를 두루 갖춘 체질임을 어느 정도 입증하는 것이라 여겼다.

문학적인 작업이나 대상은 이제 내게 거의 중요하지 않은 것이 되었다. 이 시기의 나는 책에 무관심했고, 책은 나와 거리가 멀었다. 인간 본성을 제외한, 땅과 하늘에서 자라는 모든 자연은 어떤 의미에서 내게 모습을 감추었고, 자연을 영적인 것으로 만들었던 모든 상상적 즐거움도 내 마음속에서 사라졌다. 비록 어떤 재능이나 능력이 내 안에서 아주 사라지지는 않았다 하더라도 정지되거나 비활성적인 것이 되었다. 아마 과거에 귀중했던 것들을 다시 불러올 수 있다고 내가 생각하지 않았더라면 이 모든 일은 말로 표현할 수 없을 만큼 슬프고 황폐한 느낌을 주었을 것이다. 이런 삶을 오래 살면서 아무 일 없이 지낼 수 없다는 것이 아마 옳을 것이다. 그렇지 않다면 이런 생활을 오래 하면서 나는 과거의 나와는 영원히 다른 사람이 되었을 것이고, 내가 바람직하다고 여기는 모습으로 변하지는 않았을 것이다. 하지만 나는 이 생활을 일시적인 삶 이상으로 여기지 않았다. 머지않아 새롭게 관행을 바꾸는 것이 내게 반드시 유익할 때가 온다면 변화가 오게 될 것이라는 예언적인 본능이 늘 내 귓가에서 나지막하게 속삭이곤 했었다.

그러는 동안 나는 이렇듯 세관의 검사관이었고, 내가 아는 한 훌륭한 검사관이었다. 사고력과 상상력과 감수성을 갖춘 사람도(이런 능력을 나보다 열 배쯤 더 갖춘 사람이라도) 그런 수고를 들이기로 마음먹는다면 언제든 업무가가 될 수 있다. 동료 직원들, 그리고 내가 공식적인 임무로 관계를 맺게 된 상인들이나 선장들은 나를 업무가 이상으로 보지 않았고 아마도 내 다른 성격을 알지 못했을 것이다. 그들 중 어느 누구도 내 글을 한쪽이라도 읽어 본 사람이 없었을 것이고, 설령 읽었다 해도 내게 더 관심을 갖지 않았을 것이다. 또 내가 쓴 무익한 글을 나같이 당대에 세관 직원이었던 번스나 초서*가 썼다 하더라도 크게 나아지지 않았을 것이다. 문학적 명성과 문학으로 세계적 유명 인사의 대열에 들기를 꿈꾸던 사람이 자신의 주장을 인정해 주는 작은 집단에서 벗어나, 자신이 성취하고 또 목표하는 모든 것이 그 집단을 벗어났을 때 얼마나 무의미한 것인지를 깨닫는 것은 힘들긴 하지만 좋은 교훈이 된다. 내가 경고나 비난의 방식으로 특별히 교훈을 얻을 필요가 있는지는 모르겠다. 어쨌든 나는 이 교훈을 철저히 배웠다. 내가 이런 진리를 깨달았을 때는 어떤 고통이 따른 것도 아니고, 한숨을 쉬며 그 진리를 떨쳐 버릴 필요도 없었음을 이제 즐겁게 회상할 수 있다. 문학적 대화를 나눈 것이라곤 나와 함께 세관에서 일하게 되었지만 곧 그만두었던 해군 장교가 자신이 좋아했던 나폴레옹이나 셰익스피어에 대해 나와 논하고자 했던 것이 고작이었다. 간혹 멀리서 보면 시처럼 보이는 것을 세관의 편지지에 적곤 했다고 알려진 징수관의 부하 직원도 내가 잘 알고 있으리라 여겼는지 책에 대해 말을 걸어오기도 했었다. 이것이 내가 문학에 대해 나누었던 대화의 전부였고 내가 필요로 하기에 아주 충분했다.

나는 내 이름이 표지를 크게 장식할 것을 더 이상 바라거나 개의치 않았기에, 내 이름이 다른 용도로 인기 있다는 것을 생각하며 미소를 짓곤 했다. 세관의 인장은 후추 자루, 색료 상자, 담배 상자, 그리고 온갖 종류의 관세 대상이 되는 상품들 위에, 이 상품들이 관세를 지불했으며 정식으로 세관 절차를 통과했다는 증거의 표시로 내 이름을 검은색 형판(型板)으로 찍었다. 이름이 존재를 알리는 것이므로, 내 존재는 이런 특이한 명성의 통로를 타고 이전에는 결코 알려지지 않았고 앞으로도 결코 알려지고 싶지 않은 곳까지 알려지게 되었다.

그러나 과거는 죽지 않았다. 한때 너무 생생하고 활동적으로 보였지만 이제는 조용히 안식을 취하고 있던 생각들이 가끔씩 되살아나곤 했다. 지나간 세월의 습관이 내 안에서 다시 살아난 가장 괄목할 만한 경우 중 하나는 내가 지금 쓰고 있는 이 스케치를 문학적 예절의 법칙에 맞춰 독자에게 제시하는 것이었다.

세관 2층에는 큰 방이 있었는데 이곳의 벽돌과 서까래는 벽널이나 회반죽으로 덮여 있지 않았다. 건물은 원래 이 항구가 과거에 지녔던 상업적 기획에 걸맞은 크기로, 그리고 결코 실현되지는 않았지만 당시엔 앞으로 번성할 것이란 생각으로 설계된 탓에 이 건물의 현재 사용자가 활용할 수 있는 것보다 더 넓은 공간을 가지고 있다. 그래서 징수관의 사무실 위에 있는, 통풍이 잘되는 이

방은 오늘날까지 아직 미완성인 채로 남아 있으며, 거무스레한 대들보를 장식하는 오래된 거미줄에도 불구하고 아직까지 목수와 벽돌공의 손길을 기다리는 것처럼 보인다. 방 한쪽 끝 후미진 곳에는 공문서 뭉치들이 들어 있는 통들이 겹겹이 쌓여 있었고, 많은 양의 비슷한 잡동사니들이 마루에 널려 있었다. 이제는 세상에서 거추장스러운 물건이 되어 이 잊혀진 구석에 숨겨져서 다시는 사람의 눈에 띄지 못하게 된 이 케케묵은 종이에 몇 날, 몇 주, 몇 달, 아니 몇 년의 세월이 소모되었을까를 생각하면 애처로워진다. 그러나 당시에 공식 문서의 형식이 지니는 따분함이 아니라 창의적인 두뇌에서 나오는 생각과 풍부하게 발산되어 나온 심오한 마음으로 가득 찬 다른 원고 뭉치들이 얼마나 많이 망각되었단 말인가! 더구나 그런 원고들은 여기 쌓인 종이들처럼 당대에 소기의 목적을 달성하지 못했을뿐더러, 무엇보다 슬프게도, 원고를 쓴 작가들에게 세관 직원들이 이렇게 쓸모없이 펜을 끼적거린 대가로 받은 편안한 생계를 마련해 주지 못하지 않았던가! 그러나 이 종이들이 지역의 역사적 자료들로 아주 쓸모없는 것은 아닐지도 모른다. 여기에서 틀림없이 세일럼의 과거 무역 통계나 세일럼의 군주 같은 상인들, 즉 킹 더비, 빌리 그레이 혹은 사이먼 포레스터* 및 당대 많은 거물들의 연대기가 발견될 것이다. 하지만 이들의 분칠한 머리가 무덤에 묻히자마자 산처럼 쌓였던 이들의 재산은 줄어들기 시작했다. 여기서 지금 세일럼의 귀족 가문 대다수의 창시자들이 대체로 혁명보다 훨씬 이후의 시기에 볼품없는 장사를 시작한 것에서부터 그들의 자손들이 오래된 지위로 여기게 된 것에 이르기까지 그 자취를 찾아볼 수도 있을 것이다.

혁명 전의 기록은 많지 않은데, 이는 아마도 국왕의 모든 공무원이 보스턴에서 도망치는 영국군을 따라갔을 때 세관의 초창기 자료나 고문서들도 핼리팩스로 옮아갔기 때문일 것이다.* 이런 사정이 내겐 간혹 안타깝기도 했다. 왜냐하면 호민관 정치 시절*로 거슬러 올라가면 이 문서들은 지금은 잊혔거나 혹은 기억되는 사람들 그리고 옛날의 관습들에 대해 많이 언급했을 터이기 때문이고, 이는 내가 구목사관 근처 들판에서 인디언의 화살촉을 발견했을 때만큼 나를 즐겁게 했기 때문이다.

어느 한가롭고 비 오던 날, 운 좋게도 재미있는 발견을 하게 되었다. 나는 구석에 쌓여 있던 잡동사니들을 파헤치고 문서들을 하나하나 펼쳐, 오래전 바다에 침몰했거나 부둣가에서 썩어 가고 있는 선박의 이름이나, 이제는 거래소에서 들어 볼 수도 없고 그들의 이끼 낀 묘비에서도 잘 알아볼 수 없는 상인들의 이름을 읽으며, 이제 죽은 시체에게 울적하고 귀찮으며 반쯤 내키지 않는 관심을 보이는 그런 태도로 이런 것들에 눈길을 주고 있었다. 그리고 사용하지 않아 무기력해진 상상력을 가동해서, 이 말라 버린 뼈들로부터 인도가 발견되고 세일럼이 그곳으로 가는 유일한 통로였던 시절의 이 오래된 마을의 밝았던 모습을 불러일으키려 하던 중에, 나는 우연히 낡고 누런 양피지 속에 조심스럽게 싸인 작은 소포를 발견했다. 이 봉투는 공무원들이 지금보다 더 견고한 재료에 딱딱하고 형식적인 필적을 새겨 넣었던 아주 오래전의 공식 문서처럼 보였다. 거기에는 본능적인 호기심을 자극하는 무엇인가가 있어서 나는 어떤 귀중한 것이 세상의 빛을 보게 될 것 같다는 느낌으로 소포를 묶고 있던 색 바랜 빨간 끈을 풀었다. 양피지 덮개로 단단히 접힌 부분을 폈더니, 그것은 셜리 총독이 조너선 퓨라는 인물을 매사추세츠 베이 군(郡), 세일럼 항구에 있는 왕립 세관의 검사관으로 임명하면서 서명하고 날인한 위임장이었다. 나는 (아마도 펠트의 연대기에서*) 약 80년 전에 퓨 검사관의 사망에 관한 부고를 읽었던 것과 최근 한 신문에서 성 베드로 교회를 신축할 때 이 건물의 작은 묘지에서 그의 유해를 발굴했다는 기사를 읽은 것을 기억했다. 내 기억이 맞다면, 존경스러운 선임자의 유해에는 불완전하게 보존된 유골과 의복 부스러기 그리고 그것이 장식했던 머리와는 달리 아주 만족스러운 상태로 보존된, 품격 있는 곱슬머리 가발 이외엔 남아 있는 것이 없었다. 하지만 나는 양피지 위임장이 감싸고 있던 종이를 살펴보면서, 곱슬거리는 가발이 감싸고 있던 해골을 간직한 것보다 훨씬 더 많이, 퓨의 정신적 면모의 자취와 그의 머리의 내적인 활동에 대해 알게 되었다.

간단히 말해서 그것들은 공식 문서가 아니라, 사적인 자격으로 직접 쓴 문서들이었다. 이 서류들이 세관의 잡동사니 더미에 있었던 이유는 퓨가 갑자기 사망하는 바람에 그의 집무실 책상에 있던 이 서류들이 상속인들에게 알려지지 않았거나 아니면 세무와 관련된 것이라 여겼기 때문이라고밖에는 설명할 수 없었다. 고문서들을 핼리팩스로 이전할 때 이 서류 뭉치는 공적인 것이 아닌 것으로 판명되어 남았고, 그 이후로 개봉되지 않은 채 남아 있었을 것이다.

이 과거의 검사관은 아마도 당시 초창기에 공무와 관련된 일들로 크게 시달리지 않았기 때문에 지역 골동품 수집가로 연구하거나 아니면 이와 비슷한 탐구를 하는 데 많은 여가 시간을 할애했던 것 같다. 이런 탐구 작업은 그가 정신적으로 활동할 일거리들을 제공했는데 그렇지 않았다면 그의 마음은 아마 녹슬어 버렸을지도 모른다. 그가 수집한 기록들 일부는 이 책에 포함된 「메인 스트리트」라는 이야기를 준비하는 데 큰 역할을 했다.* 나머지 기록들도 앞으로 똑같이 중요한 목적에 사용될 수 있고, 혹은 내가 고향에 대한 존경심으로 세일럼 역사를 기록하는 경건한 임무를 수행한다면 이 역사의 일부로 사용될 수도 있을 것이다. 그때까지이 서류들은 이 무익한 노동을 내게서 덜어 줄 의향이나 능력이 있는 자라면 누구든 사용할 수 있다. 나는 궁극적으로 이 서류들을 에식스 역사 협회에 넘길 생각이다.

그러나 이 신기한 서류 뭉치에서 특히 내 관심을 끈 것은 아주 낡고 퇴색한 빨간 천으로 된 물건이었다. 이 물건에는 금색으로 수놓은 흔적이 있었는데 너무 닳고 해져서 원래의 광채는 거의 남아 있지 않았다. 그것이 뛰어난 바느질 솜씨로 만들어졌다는 것은 쉽게 알아볼 수 있었고, 그런 신비로운 작업에 능통한 부인들이 확인해 준 바에 의하면, 그 바늘땀은 이제는 잊혀 실오라기를 하나하나 가려내는 작업을 한다 하더라도 다시 알아내기 어려운 기술의 형적(形迹)을 보여 주고 있었다. 세월이 지나 닳고, 또 좀나방에 의해 거의 누더기가 된 주홍색 천 조각을 찬찬히 살펴보니 글자 모양을 하고 있었는데, 대문자 A였다. 재 보았더니 양쪽 길이가 정확히 3과 4분의 1인치였다. 의심의 여지 없이 이 글자는 옷의 장식용으로 의도된 것이었지만, 이 글자를 어떻게 달고, 이것이 과거에 어떤 신분이나 명예 혹은 품위를 나타냈는지는 (이런 일들에 관한 세상의 유행이 너무 급변하기에) 내가 해결할 가망이 없는 수수께끼였다. 하지만 이상하게도 글자는 내 관심을 끌었고, 내 시선은 이 오래된 주홍 글자에 고정되어 다른 곳으로는 향하려 하지 않았다. 틀림없이 이 글자 안에는 해석할 가치가 있는, 말하자면 이 신비로운 상징에서 흘러나와 내 감수성에 미묘하게 전달되었지만 내가 분석할 수 없었던 어떤 깊은 의미가 담겨 있었다.

당혹감에 싸인 채, 여러 가설 중에서도 그 글자가 백인들이 인디언들의 시선을 빼앗기 위해 고안해 냈던 장식품 중 하나가 아니었을까 하는 생각을 하던 중 우연히 그것을 내 가슴에 대 보았다. 그러자 — 독자는 이 부분에서 웃을지 모르지만, 내 말을 의심하면 안 된다 — 마치 뜨거운 열기 같은 것을, 글자가 빨간색이 아니라 붉게 타오르는 쇳덩어리 같다는 느낌을, 완전히는 아니지만 거의 피부로 경험했다. 나는 몸을 떨면서 나도 모르게 마루에 그것을 떨어뜨렸다.

주홍 글자를 생각하느라 골몰했던 탓에 나는 이때까지 그 글자에 싸여 있던 작고 퇴색한 종이가 돌돌 말려 있는 것을 살펴보지 못했었다. 종이를 펴 보니 만족스럽게도 사태의 전모에 관해 옛 검사관이 거의 완전히 설명해 놓은 기록을 발견할 수 있었다. 그것은 몇 쪽 분량의 대판 양지(大版洋紙)였고, 거기에는 우리 조상들에게 주목받은 인물인 것처럼 보이는 헤스터 프린이라는 한 여성의 생애와 담화에 관해 많은 것들이 소상히 적혀 있었다. 이 여인은 매사추세츠 초창기부터 17세기 말까지 활동했는데, 퓨 검사관 시대에 살아 있던 노인들은 자신들이 젊었던 시절에 나이가 많았으나 노쇠하지 않았고, 위엄 있고 엄숙한 풍모를 지녔던 여인으로 기억했고 퓨 검사관의 이야기는 이들의 구두 증언으로 이루어졌다. 아주 오래전부터 이 여인은 일종의 자원 간호사로 그 지역을 돌아다니며 자신이 할 수 있는 여러 가지 선행을 베풀었고, 모든 문제에 관해서 특히 마음의 문제에 관해 조언해 주는 일을 떠맡았기 때문에, 그런 일을 하는 사람이 항상 그렇듯, 많은 사람들로부터 천사가 받을 만한 존경을 받았다. 하지만 그녀는 또 다른 이들로부터는 사사건건 간섭하는 귀찮은 존재로 여겨지기도 했으리라 상상할 수 있다. 원고를 좀 더 들여다보면서 나는 이 특이한 여인의 행위와 고난에 관한 기록을 발견했고, 이에 관해 독자에게 『주홍 글자』라는 이야기를 볼 것을 권한다. 그리고 이 이야기의 주요 사실들은 퓨 검사관의 서류가 입증하고 인정하고 있음을 명심하기 바란다. 서류 원본은 매우 진기한 유물인 주홍 글자와 함께 내가 보관 중이며, 매우 흥미로운 이 이야기에 이끌려 원고를 보고 싶어 하는 사람이 있다면 누구에게든 기꺼이 보여 줄 수 있다. 내가 이 이야기를 꾸미고, 등장인물들에 영향을 미친 동기나 감정의 형태를 상상하는 데 줄곧 옛 검사관의 6쪽짜리 대판 양지의 범위에 구속되어 있었다고 오해하지는 말기 바란다. 오히려 반대로, 나는 그런 문제에 관해서는 그 사실들이 내가 만들어 낸 것처럼 거의 혹은 전적으로 자유롭게 다루었다. 나는 다만 이 이야기의 윤곽이 진실에 입각했다고 주장하는 것이다.

이 사건은 내게 어느 정도 그 사건의 옛 자취를 상상하게 했다. 여기에 이야기의 토대가 있는 것처럼 보였다. 이는 마치 옛 검사관이 백 년 전의 옷을 입고 — 그와 함께 묻혔지만 무덤에서 썩어 없어지지는 않았던 — 불멸의 가발을 쓰고 세관의 텅 빈 방에서 나를 만난 것 같았다. 그는 국왕 폐하의 위임장을 지니고 있어 왕좌의 찬란한 광채로 밝게 빛나는 위엄 있는 풍채의 인물이었다. 국민의 신하로서 자신을 주인의 가장 보잘것없고 미천하기 짝이 없는 존재로 여기는 공화당 공무원의 비열함은 이런 모습과 얼마나 다른가? 희미하게 보이지만 위엄 있는 이 인물은 유령 같은 손으로 내게 주홍색 상징과 설명이 담긴 원고를 주면서, 유령 같은 목소리로 — 그는 스스로를 내 공식적인 조상으로 여기기에 합당했다 — 자신에 대한 나의 자손으로서의 의무와 존경을 성스럽게 생각한다면, 자신의 케케묵고 벌레 먹은 역작을 독자들에게 보여 줄 것을 명령했다. 퓨 검사관의 유령은 잊히지 않는 가발 안에서 그처럼 당당하게 보였던 머리를 끄덕이며 말했다. "이 일을 하게. 그러면 모든 혜택이 자네 것일세! 자네 시대는 직업이 평생직장이거나 대물림을 할 수도 있었던 내 시대와는 다르므로 자네는 이 일을 필요로 할 걸세. 하지만 명령컨대, 이 노부인 프린의 문제에 관해서는 그대의 선임자에게 마땅히 해야 할 감사를 잊지 말게!" 그리고 나는 퓨 검사관 유령에게 "그렇게 하겠습니다"라고 말했다. 때문에 나는 헤스터 프린의 이야기에 대해 아주 많이 생각했다. 나는 아주 오랜 시간 방을 왔다 갔다 하거나 세관 정문에서 옆문으로 수백 번씩 왕복하며 이 이야기에 대해 숙고했다. 노검열관과 검량관(檢量官)들은 이렇게 오랫동안 왕복 운동을 하는 내 발소리 때문에 잠을 설쳐 매우 지치고 화가 났을 것이다. 그들은 전직의 습관을 기억하면서 검사관이 갑판을 걷고 있다고 말하곤 했다. 그들은 아마도 내 유일한 목적이 — 정말 제정신을 가진 사람이 자발적으로 움직이는 유일한 목적이 — 저녁 식사 때 식욕을 돋우기 위한 것이라고 생각했을 것이다. 사실 이렇게 지칠 줄 모르는 운동이 가져온 귀중한 결과가 있었다면, 그것은 통로를 통해 불어온 동풍 때문에 더 자극받은 식욕뿐이었다. 세관의 분위기는 상상력과 감수성의 섬세한 작용과 너무 맞지 않아서, 내가 열 명의 대통령이 바뀌도록 세관에 근무했다 하더라도 독자들이 『주홍글자』라는 이야기를 볼 수 있었을지는 의문이다. 내 상상력은 흐린 거울과 같아서 내가 창조해 내려고 애썼던 인물들을 비추지 못하거나 아주 희미하게 비출 뿐이었다. 등장인물들은 내가 아무리 지적인 용광로의 열을 가해도 따뜻해지거나 유연해지지 않았다. 그들은 불꽃같은 열정이나 부드러운 감정이 아니라 죽은 시체처럼 경직되었고, 경멸적이고 반항적으로 딱딱하고도 유령 같은 웃음을 지으며 나를 노려보았다. 그들의 표정은 이렇게 말하는 것 같았다. "당신이 우리들과 무슨 관계가 있죠? 당신이 상상의 무리들에 대해 가졌던 힘은 이제 사라졌어요! 당신은 그걸 몇 푼 되지 않는 공금을 받으려고 팔아먹었죠. 그러니 가서 당신의 월급이나 벌어요!" 다시 말해 내 상상력이 만들어 낸 거의 무감각한 인물들이 충분한 근거를 가지고 내 어리석음을 책망했던 것이다.

이런 비참한 무감각은 매일 국가의 공무원으로 일하는 세 시간 반 동안만 나를 사로잡은 것이 아니었다. 내가 바닷가를 거닐거나 시골 길을 산책할 때, 혹은 — 이런 경우는 드물고 별로 내키지도 않았지만 — 구목사관의 문지방을 건너는 순간 신선하고 활발하게 생각할 수 있게 했던 그런 자연의 활기찬 매력을 찾으려고 움직일 때에도 이런 무감각은 나를 따라다녔다. 지적 작업의 능력에서도 똑같은 무감각이 집까지 따라왔고 내가 터무니없이 서재라고 일컬었던 방에서도 무겁게 나를 짓눌렀다. 밤늦게 타오르는 석탄불과 달빛만 비치는 텅 빈 거실에 앉아 다음 날 밝은 지면에 여러 색깔의 묘사로 펼쳐질 상상의 장면을 그리려고 애쓸 때에도 이런 무감각은 떠나지 않았다.

이런 시간에도 상상력이 활동하지 않는다면 이는 가망이 없는 경우로 여길 것이다. 낯익은 방에서 카펫 위에 하얗게 떨어져, 카펫 무늬를 뚜렷이 보이게 하고, 모든 사물을 자세히 그러나 아침이나 낮에 보는 것과는 달라 보이게 하는 달빛은 로맨스 작가가 환상적인 손님들과 친숙해지는 데 가장 적합한 수단이다. 일상적인 방의 가정적인 풍경에는 각각 개성을 지닌 의자들, 바구니와 한두 권의 책 그리고 꺼진 등불이 놓인 중앙 탁자, 그리고 소파, 책장, 벽에 걸린 그림이 있다. 훤히 보이는 이 모든 것은 독특한 달빛에 의해 영적인 것이 되어 실체를 상실하고 지적인 사물이 된다. 아무리 작고 사소한 것들이라도 이런 변화를 거쳐 품위를 지니지 않는 것은 없다. 아이의 신발, 버들 세공으로 만든 유모차에 앉은 인형, 목마, 즉 무엇이든 낮 동안에 사용하거나 가지고 놀았던 것들은 아직 대낮같이 생생하게 존재하고 있지만 낯선 특성을 지니게 된다. 그래서 친숙한 방의 마루는 사실적인 것과 상상적인 것이 만나 서로 상대방의 성질과 혼합되는, 실제 세계와 동화의 세계 사이에 있는 중간 지대가 된다. 여기에는 유령이 들어와도 우리를 두렵게 하지 않을 것이다. 이런 시간에는 우리가 사방을 둘러보다가 한때 사랑했던, 그러나 이제는 떠나 버린 사람이 마법과 같은 달빛 속에, 먼 곳에서 돌아온 것인지 아니면 우리의 화롯가에서 아예 떠난 적이 없었던 것인지 의아하게 만들 그런 모습으로 앉아 있다 하더라도, 이런 장면과 너무 잘 어우러져 결코 놀랍지 않을 것이다.

약간 희미한 석탄불도 내가 묘사하는 효과를 만들어 내는 데 중요한 영향을 미친다. 석탄불 덕분에 방 전체에 은은한 색깔이 더해져 벽과 천장은 붉은색이 희미하게 감돌고, 윤이 나는 가구는 반사된 빛으로 반짝거린다. 이 따뜻한 빛은 차갑고 영적인 달빛과 섞여, 말하자면 상상력이 불러낸 형체들에게 마음과 인간의 부드러운 감성을 전달한다. 빛이 형체들을 눈사람 모양에서 남자와 여자로 바꾸는 것이다. 거울을 보며, 우리는 유령이 드나드는 거울 가장자리 깊숙한 곳에서, 반쯤 꺼져 연기가 나는 석탄불과 마루에 비친 하얀 달빛 그리고 그림의 광채와 그림자가 반복되는 모습을 실제 세계에서 한 걸음 떨어져, 상상의 세계에 근접해서 보게 된다. 이럴 때 이런 장면을 눈앞에 두고 혼자 앉아 낯선 사물들을 꿈꾸고 그것들을 진실인 것처럼 보이게 만들 수 없다면, 그는 결코 로맨스를 쓰려고 시도할 필요가 없다.

그러나 세관에서 일하고 있을 동안에 내게는 달빛과 햇빛, 불빛이 모두 똑같았고, 이들은 촛불보다 더 소용이 없었다. 내 모든 감성과 재능이 — 아주 풍성하거나 가치 있는 것은 아니었지만 내가 가진 최상의 것이었는데 — 내게서 사라졌던 것이다.

그러나 내가 다른 종류의 작품을 시도했더라면 내 능력이 그렇듯 헛되고 효험이 없지는 않았을 것이라고 나는 믿는다. 예를 들어 나는 검열관 중 하나인 은퇴한 선장 이야기를 쓰는 것으로 만족할 수도 있었는데, 이 선장은 하루도 빼놓지 않고 이야기꾼의 놀라운 재능으로 나를 웃기거나 존경하게 만들어 그를 언급하지 않는다는 것은 은혜를 저버리는 일이 아닐 수 없었다. 그가 묘사를 할 때 사용하는 생생한 문체와 해학적인 색채를 내가 보존할 수 있었다면, 솔직히 말하건대 그 결과는 새로운 문학이 되었을 것이다. 아니면 보다 진지한 과제를 찾을 수도 있었다. 일상생활의 물리적인 압력이 내게 계속 가해지고, 비누 거품 같은 상상력의 아름다움이 매 순간 현실 상황과의 거친 접촉으로 깨어질 때, 다른 시대로 되돌아가거나 상상적인 재료로부터 세상과 유사한 것을 창조해 내려고 고집하는 것은 어리석은 일이었다. 현재의 불투명한 실체에 사고력과 상상력을 흩뿌려 밝고 투명한 것으로 만들고, 무겁게 짓누르기 시작한 짐을 영적인 것으로 만들며, 사소하고 지루한 사건들과 이제는 친숙해진 평범한 인물들 속에 숨은 진실하고 영원한 가치를 찾고자 노력하는 것이 훨씬 현명한 일이었을 것이다. 모두 내 잘못이었다. 내 앞에 펼쳐진 삶의 책장이 따분하고 일상적으로 보인 것은 내가 그 깊은 뜻을 가늠하지 못했기 때문이었다. 내가 쓸 어떤 책보다 더 훌륭한 책이 내 앞에서 한 장 한 장 펼쳐졌고, 스쳐 지나가는 시간의 현실이 이 책을 쓰고 있었지만 쓰는 순간 곧바로 사라지고 있었는데, 이는 내 머리가 통찰력을 갖고 있지 못했고 내 손은 그것을 받아 적을 재주가 없었기 때문이었다. 아마도 먼 훗날에 나는 몇몇 흩어진 파편들과 조각난 문구들을 가까스로 기억해 쓰게 되고, 그 글자들이 책 속 종이 위에서 금빛으로 변하는 것을 보게 될지도 모른다.

이런 생각들은 너무 늦게 떠올랐다. 당시 나는 한때 즐거움이될 수도 있었던 일이 이제는 가망이 없는 작업이라고만 생각했고, 이런 사태에 대해 불평할 상황도 아니었다. 나는 이제 간신히 읽어 줄 만한 이야기나 수필을 쓰는 작가가 아니라 꽤 훌륭한 세관의 검사관이 되어 있었다. 그뿐이었다. 그러나 자신의 지적 능력이 쇠퇴하고 있거나 알지 못하는 사이에 병 속의 에테르처럼 증발해 버려서 볼 때마다 점점 더 남아 있는 양이 줄고 증발성이 약해진다는 의심에 시달리는 것은 결코 달가운 일이 아니었다. 이 사실은 의심의 여지가 없었다. 나 자신과 다른 사람들을 살펴본 결과, 나는 공직 생활이 성격에 미치는 영향과 관련해서 이 생활에 불리한 결론에 다다르게 되었다. 이런 영향이 다른 형태로 내게 나타날지도 모르는 일이었다. 어쨌든 세관 공무원을 오랫동안 지내면 칭송받거나 존경받는 사람이 될 수는 없었다. 거기에는 여러 가지 이유가 있었는데, 그중 하나는 그가 자신의 직업을 종신직으로 삼을 수 있었다는 것이고, 다른 하나는 그의 업무 성격이 ― 정직한 업무이긴 했지만 — 인류 공동의 노력으로 공유할 수 있는 종류가 아니었다는 것이다.

이 직업을 가졌던 모든 사람에게서 어느 정도 누구에게서나 발견할 수 있는 영향은 그가 국가의 큰 팔에 의지하는 동안 자신의 힘은 사라진다는 것이다. 그는 원래 지녔던 본성의 강도에 비례해 자립의 능력을 상실한다. 그가 왕성한 기력을 타고났거나 기력을 약하게 만드는 직장의 복무 기간이 그리 길지 않다면 아마 상실한 기력을 회복할 수도 있을 것이다. 쫓겨난 공무원은 — 불친절하게 퇴출되긴 했지만 고난의 세상에서 분투할 수 있도록 적기(適期)에 쫓겨났다는 것은 다행스러운 일이다 — 본래의 자신으로 돌아올 수 있을 것이다. 그러나 이런 일은 드물게 일어난다. 그는 스스로를 망칠 만큼 오랫동안 자리를 보전하다가 쫓겨나고 결국 모든 힘이 쇠약해져 인생의 어려운 길을 비틀거리며 걷게 되는 것이다. 자신의 기력을 상실해서 병약해진 것을 알기 때문에 그는 이후에도 계속해서 주변을 돌며 자기 바깥에 의지할 것을 찾아 헤맨다. 그리고 오래지 않아 어떤 우연에 의해 자신이 복직될 것이라는 희망을 줄기차게 품게 되는데, 이런 환각은 모든 절망도 불사하고 불가능성도 가볍게 여기면서 살아 있는 동안 내내, 콜레라가 임종 후에도 환자에게 잠깐 경련을 일으키는 고통을 주는 것처럼, 그를 쫓아다닌다. 무엇보다도 이런 믿음은 그가 시도하려고 꿈꾸는 모든 일에서 기력과 기회를 빼앗아 간다. 조금만 있으면 국가의 튼튼한 팔이 그를 일으켜 주고 먹여 줄 텐데 왜 힘들게 진창에서 일어나려고 애쓴단 말인가? 곧 몇 달 간격으로 정부의 주머니에서 반짝이는 금화를 한 더미씩 받아 행복해질 텐데 왜 생계를 위해 일하거나 캘리포니아로 금광을 캐러 간단 말인가?* 불쌍한 자가 공직의 맛을 조금만 봐도 이런 병에 감염되는 것을 보면 애처로울 정도로 신기할 뿐이다. 국가를 모독할 생각은 없지만 국가가 주는 녹봉은 이런 면에서 악마가 지급하는 임금과 같은 마력을 지닌다. 이것을 만지는 사람은 누구나 자신을 잘 돌보아야 한다. 그렇지 않으면 이 거래는 자신에게 불리한 것이 되고, 영혼은 아니더라도 자신의 여러 좋은 속성들, 즉 강인한 힘, 용기, 성실, 진실성, 자립심 그리고 그 밖의 모든 남자다운 성품을 잃을 것이다.

여기에 참으로 좋기도 한 미래의 전망이 있었다! 검사관이 이 교훈을 마음에 새긴 것도 아니었고, 계속되는 공직 생활이나 퇴출로 인해 완전히 망할 수 있음을 인정한 것도 물론 아니었다. 그러나 내 생각은 편치 않았다. 나는 우울하고 불안해졌고, 내 마음속을 들여다보면서 내 마음의 어떤 보잘것없는 자질들이 또 사라졌고, 남아 있는 자질에는 어떤 손해가 가해졌는지 끊임없이 살피곤 했다. 나는 세관에 남아 있으면서도 여전히 남성성을 유지할 시간이 얼마나 남았는가를 계산하려고 노력했다. 사실대로 고백하자면 — 정책상 나같이 조용한 사람을 내쫓는 일은 결코 없었고, 또 사직한다는 것은 공무원의 체질이 아니었기에 — 내가 검사관으로 백발이 되고 노쇠해져서 노검열관 같은 동물적 존재가 될 가능성이 높다는 것이 가장 큰 근심이고 고민거리였다. 내 앞에 놓인 지루한 공직 생활이 결국 내게도 이 존경스러운 인물처럼 작용해서 나 역시 만찬 시간이 하루의 가장 중요한 사건이 되고 나머지 시간은 늙은 개처럼 양지바른 곳 아니면 그늘진 곳에서 잠자게 되는 것일까? 자신의 재능과 감수성을 십분 발휘하며 사는 것을 행복의 정의로 삼고 있던 사람에게 이는 얼마나 비참한 전망이란 말인가? 하지만 나는 내내 정말 불필요한 걱정을 하고 있었다. 내가 스스로를 위해 생각할 수 있는 것보다 신의 섭리는 나를 위해 훨씬 더 좋은 계획을 세우고 있었던 것이다.

P. P.의 말투를 빌린다면, 내가 검사관으로 3년째 종사하던 때 발생한 놀라운 사건은 바로 테일러 장군이 대통령에 당선된 것이었다.* 공직 생활의 이점을 제대로 평가하려면 적대적인 정부가 들어설 때 현직에 있는 공무원의 상황을 봐야 한다. 이 경우 그의 입장은 모든 면에서 불쌍한 사람이 겪을 수 있는 가장 난처하고 불쾌한 것이며, 반면에 다른 좋은 대안이 전혀 없고 그에게 일어난 최악의 사건이 아마도 최상이 되는 그런 상황이다. 자부심과 감수성을 갖춘 사람에게는, 자신을 사랑하지도 이해하지도 못하는 사람들, 그리고 둘 중 하나가 되어야 한다면 그들의 은혜를 입느니 차라리 해를 입는 것이 나을 그런 사람들의 손에 자신의 이해관계가 달려 있다는 것을 아는 일은 이상한 경험이 아닐 수 없다. 선거 내내 조용히 지낸 자가 선거에 승리하면서 생겨나는 잔인함을 목격하고 자신도 그 잔혹함의 대상임을 아는 것 역시 이상한 일이다. 단지 해를 가할 힘을 갖고 있기 때문에 잔인해지는 이런 경향 — 나는 그들의 이웃보다 더 나쁘지도 않은 사람들에게서 이런 경향을 많이 목격했다 — 보다 더 추악한 인간의 특성도 별로 없을 것이다. 공무원들에게 적용되는 단두대가 적절한 은유라

기보다 실제의 사실이라면, 승리한 당의 극성 당원들은 우리 모두의 목을 자를 만큼 흥분해 있었고 또 그런 기회를 가진 것에 대해 하늘에 감사했을 거라고 나는 믿는다. 패할 때뿐 아니라 승리할 때에도 차분하고 호기심 있는 관찰자였던 내가 볼 때 휘그 당원들의 승리에 나타난 이런 잔혹하고 사나운 악의와 복수의 정신은 결코 우리 당이 승리했을 때에는 나타나지 않았다. 민주 당원들이 공직을 차지하는 것은 일반적으로 그 자리가 필요하기 때문이고, 오랫동안의 관행으로 그것이 정쟁의 법이 되었기 때문이며, 다른 제도가 선포되기 전에 이 법에 대해 왈가왈부하는 것은 유약하고 비겁한 것이다. 그러나 민주 당원들은 오랫동안 선거에서 이긴 습관 때문에 관대해졌다. 그들은 상황이 허락하면 관용을 베풀고, 혹시 목을 자를 경우에도 그들의 도끼는 날카롭긴 하지만 도끼의 날이 악의에 차 있지는 않다. 더구나 그들이 방금 자른 머리를 불명예스럽게 걷어차는 습관은 가지고 있지 않다.

간단히 말하자면 내가 처한 상황은 불쾌한 것이었으나, 이기는 편보다 지는 편에 속해 있다는 것은 충분히 자축할 만한 이유가 있었다. 이제까지 열성 당원이 아니었지만, 이런 위기와 역경의 시기에 나는 비로소 내가 어느 당을 선호하는가에 대해 아주 민감해지기 시작했다. 합리적으로 가능성을 계산해 볼 때 내가 다른 민주 당원 형제들보다 자리를 보전할 전망이 더 좋다는 것을 아는 데에도 후회와 수치심이 뒤따랐다. 하지만 누가 자신의 코끝보다 한 치도 더 먼 미래를 내다볼 수 있단 말인가? 내 목이 가장 먼저 떨어지고 말았으니!

자신의 목이 떨어지는 순간은 생애에서 가장 즐거운 때가 결코 아닐 것이라는 생각이 든다. 그럼에도 우리가 겪는 대부분의 불행처럼 만일 불행을 겪는 자가 자신에게 닥친 사건에서 최악이 아닌 최선의 상황을 만들려고 한다면 그렇게 심각한 사건에도 치유책과 위로가 따르는 법이다. 내 경우에는 위안이 될 만한 주제가 가까이 있었고 이를 사용해야 할 필요가 생기기 훨씬 전부터 내 머리에 떠오르곤 했었다. 내가 공직 생활을 지루해했고 막연히 사직할 생각을 갖고 있었다는 걸 고려하면 내 신세는 자살할 생각을 하던 희망을 잃은 사람이 운 좋게도 살인을 당하는 것과 비슷했다. 구목사관에서처럼 세관에서도 나는 3년을 보냈는데, 이는 지친 머리를 쉬게 하고 낡은 지적 습관을 끊어 새로운 습관을 갖기에 충분한 기간이었고, 아무에게도 이득이나 기쁨을 가져다주지 못할 일을 하면서, 뿐만 아니라 적어도 내 안의 불안한 충동을 다스릴 어떤 일도 하지 않으면서 부자연스러운 상태로 살기에 충분한, 아니 그러기에는 너무도 긴 세월이었다. 더구나 당시에 갑자기 쫓겨난 것과 관련해서 구검사관* 자신은 휘그 당원들에게 적으로 인식되는 것이 크게 불쾌하지 않았는데, 그 이유는 그가 정치적인 일에 무관심한 탓에 — 한 집안의 형제들이 서로 갈라서는 좁은 길에 갇혀 있기보다 모든 사람들이 만날 수 있는 넓고 조용한 들판을 마음대로 돌아다니는 그의 성향 탓에 — 동료 민주 당원들이 그를 친구로 여기는 것조차 의심스러웠기 때문이다. 그래서 이제 그가 순교의 왕관을 얻었으므로(왕관을 쓸 머리는 없었지만) 이 문제는 해결된 것으로 볼 수 있었다. 영웅적이진 않았으나 어쨌든 많은 훌륭한 사람들이 잘려 나가는 판국에 자신만 홀로 살아남아 적대적인 정권의 자비로 4년을 견딘 후에 또다시 자신의 입장을 새롭게 정의하며 자기 당의 정권에 굴욕스러운 자비를 구하기보다는 차라리 자신이 지지한 당의 몰락과 함께 퇴출되는 것이 더 점잖은 일이었다.

그동안 언론은 내 문제를 다루었고, 나는 어빙의 목 없는 기사처럼 목이 잘린 상태로 유령같이 무서운 표정을 짓고 정치적으로 죽은 사람이 그러듯 매장되기를 바라면서 신문 지상을 오르내렸다.* 이제 나 자신에 대해 비유적으로는 그 정도로 해 두자. 실제 인물은 그 기간 동안 어깨 위에 안전하게 머리를 단 채 마음 편히 모든 일이 잘되었다는 결론을 내리고, 잉크와 종이와 펜을 샀으며 오랫동안 사용하지 않던 책상을 열어젖혀 다시 문필가가 되었다.

이제 내 전임자인 퓨 검사관의 역작이 활동할 때였다. 워낙 오래 방치되어 녹슬었던 탓에 내 지성의 기계가 이 이야기에 가해져 만족스러운 결과를 낳기 위해서는 약간의 시간이 필요했다. 그러나 내가 이 작업에 심취하게 되었을 때조차도, 내 눈에 이 이야기는 엄숙하고 음울하게 보였으며 온화한 햇살로 밝아지거나 부드럽고 친밀한 영향을 받아 유연해지지도 않았다. 이런 영향이 거의 모든 자연 풍경이나 실제 삶을, 그리고 자연이나 삶을 그린 그림들 또한 틀림없이 부드럽게 만드는데도 말이다. 이야기가 이렇듯 무미건조했던 이유는 미완의 혁명기 그리고 여전히 혼란스러웠던 시기에 쓰였기 때문일 것이다. 그러나 이는 작가의 마음이 즐겁지 않았다는 뜻은 아니다. 왜냐하면 그는 구목사관을 떠난 후, 그 어느 때보다도 이 어둡고 우울한 환상 속을 거닐 때 가장 행복했기 때문이다. 이 책 속에 포함된 디 짧은 글들 중 일부 역시 내가 공직의 노고와 명예에서 뜻하지 않게 물러난 이후에 쓰인 것이며, 나머지는 너무 오래된 연대기와 잡지에서 모은 것이어서 한 주기를 거쳐 다시 새로워진 것들이다.* 정치적 단두대의 은유를 계속 사용한다면 이 이야기 모두를 '참수된 검사관의 사후 글 모음'으로 여길 수 있으며, 내가 이제 끝내려 하는 스케치가 겸손한 사람이 생전에 출판하기에 너무 자서전적이라면, 무덤 저편에서 쓰고 있는 한 신사의 것으로 이해해 줄 수 있을 것이다. 이 세상에 평화를, 내 친구들에게 축복을, 그리고 내 적들에게는 용서를 바랄 뿐이다. 왜냐하면 나는 이제 고요한 영역에 있기 때문이다.

세관의 삶은 내 뒤편에 꿈처럼 놓여 있다. 노검열관 — 그는 안타깝게도 얼마 전에 말에서 떨어져 죽었는데, 그렇지 않았다면 영원히 살았을 것이다 — 과 세관 입구에서 그와 함께 앉아 있던 다른 존경스러운 인물들은 이제 내게 그림자에 불과하다. 나는 한때 그들의 흰머리와 주름진 모습들을 상상하곤 했지만 지금은 그들을 영원히 잊었다. 상인들 — 핑그리, 필립스, 셰퍼드, 업턴, 킴벌, 버트럼, 헌트 — 과 6개월 전에 내 귓가에 친숙하게 들렸던 다른 많은 이름들 — 세상에서 그토록 중요한 위치를 차지했던 것으로 보였던 무역인들 — 내가 행위는 물론 기억에서조차 그들과 단절되는 데 얼마나 적은 시간이 걸렸던가! 이 몇 안 되는 사람들의 모습과 이름을 기억하는 것도 이제 아주 어려우니 말이다. 마찬가지로, 내 고향도 곧 기억의 아지랑이와 주위를 감도는 안개 속에서 내게 희미하게 나타날 것이다. 마치 고향이 실제 장소가 아니라, 목조 가옥에 살면서 정겨운 길을 거니는 상상의 주민들과 지루하고 멋없는 중심가가 있는 구름 나라 속에 자란 풀이 무성한 마을처럼 말이다. 그래서 고향은 더 이상 내 인생의 현실이 아니고, 나는 다른 어떤 세계의 시민이다. 고향 사람들도 나를 아쉬워하지는 않을 것이다. 왜냐하면 내가 문학적인 노력을 기울이면서, 그들에게 중요하게 보이고 수많은 내 조상들이 살고 묻혔던 이곳에서 즐겁게 기억되는 것이 무엇보다 값진 목적이긴 했지만, 문인이 마음의 수확을 무르익게 하기 위해 필요로 하는 쾌적한 분위기는 이곳에서 찾을 수 없었기 때문이다. 나는 다른 사람들과 더 잘 지낼 수 있으며, 말할 필요 없이 고향 사람들도 나 없이 잘 지낼 수 있을 것이다.

　하지만 먼 훗날 골동품 연구가가 이 마을의 역사에서 기억할 만한 장소 중에서 마을 펌프가 있던 곳을 찾아낼 때, 과거의 글쟁이에 대해 지금 세대의 증손들이 간혹 친절하게 생각할 수도 있다는 것은 그야말로 황홀하고 기운을 북돋는 생각이 아닐 수 없다.*

제1장
감옥 문

    우울한 색깔의 옷차림에 뾰족한 회색 모자를 쓰고 수염을 기른 남자들이 두건을 쓰거나 혹은 아무것도 쓰지 않은 여자들과 섞여 목조 건물 앞에 모여 있었다. 이 건물의 문은 두꺼운 참나무로 만들어졌는데 쇠못이 박혀 있었다.

    새로운 식민지 건설자들이 인간의 미덕과 행복에 대해 어떤 유토피아*를 꿈꾸었든 간에, 그들은 새로운 땅의 일부를 묘지로, 또 다른 일부를 감옥으로 할당하는 것이 실질적으로 필요하다는 것을 처음부터 깨닫지 않을 수 없었다. 이런 규칙에 따라 보스턴의 조상들은 아이작 존슨의 땅과 그의 무덤 주위에 최초의 묘지를 구획한 것에 때맞춰 콘힐 근처에 최초의 감옥을 세웠다. 이후 존슨의 무덤은 킹스 채플의 옛 교회 마당에 들어선 모든 무덤의 중심이 되었다. 마을이 자리를 잡은 지 15~20년이 지나자 목조 건물인 감옥은 날씨로 더러워진 자국들과 그 밖의 세월의 자취를 지니게 되었고 그래서 가뜩이나 험상궂고 암울한 감옥의 정면은 더욱 어두운 모습을 띠게 되었다.* 참나무로 만든 감옥 문의 커다란 철제 부품은 녹이 슬어 이 신세계에서 가장 오래된 것으로 보였다. 범죄와 관련된 모든 것이 그렇듯, 감옥은 청춘을 전혀 모르는 것처럼 보였다. 이 추악한 건물 앞에, 건물과 바퀴 자국이 난 거리 사이에 있는 풀밭은 우엉과 명아주, 애플페루 같은 흉측한 식물들로 뒤덮여 있었는데, 이들은 일찍부터 감옥이라는 문명사회의 검은 꽃을 피운 토양과 틀림없이 동질성을 발견했을 것이다. 그러나 지금 6월에 감옥 문의 한쪽 입구에 뿌리를 내린 야생 장미 덩굴에 맺힌 섬세한 장미꽃은 감옥으로 들어가는 죄수나 운명을 맞이하기 위해 나오는 사형수에게, 자연의 깊은 마음이 연민을 느끼며 친절을 베풀고 있다는 표시로, 향기와 가냘픈 아름다움을 건네는 것이라고 상상할 수 있을 것이다.

이 장미 덩굴은 이상한 우연으로 역사 속에 살아남았지만, 장미 덩굴을 압도했던 거대한 소나무와 참나무가 쓰러진 후에도 아주 오랫동안 험한 황야에서 살아남은 데 불과한 것인지, 아니면 믿을 만한 권위가 있는 주장대로 성녀 앤 허친슨*이 감옥에 들어갈 때 그녀의 발자국을 따라 피어난 것인지는 결론을 내릴 수 없다. 이 불길한 문을 통해 이제 막 나오려는 우리 이야기의 입구에서 이 장미꽃을 정면으로 발견하니 이 꽃을 뽑아 독자에게 건네는 일 외에 다른 도리가 없을 것 같다. 이 꽃이 길을 따라 발견될 어떤 달콤한 도덕적 꽃을 상징하거나, 인간의 연약함과 슬픔에 관한 이야기의 어두운 종말에 위로가 되길 바랄 뿐이다.

제2장
장터

    2백 년도 더 이전의 어느 여름날 아침에 프리즌레인 감옥 앞 풀밭에는 많은 보스턴 거주민들이 모여 있었다. 그들의 눈은 모두 철제 꺾쇠가 달린 참나무 문을 뚫어져라 보고 있었다. 다른 지역 주민들이나 혹은 뉴잉글랜드* 역사에서 더 훗날에 일어난 일이었다면 이 선량한 사람들의 수염 난 모습을 딱딱하게 굳게 만든 암울하고 경직된 상태는 어떤 끔찍한 일이 곧 일어날 것을 예견해 주었을 것이다. 이런 모습은 민중들의 감정이 내린 평결을 확인하는 데 불과한 법정 선고를 받은 악명 높은 범죄자의 처형을 예고하는 것일 수도 있었다. 그러나 초창기 청교도들의 엄격한 성격을 감안할 때 반드시 이런 종류의 추론을 내릴 수는 없었다. 어떤 게으른 종이나, 부모의 말에 복종하지 않아 공권력에 인도된 아이가 채찍질용 기둥에서 벌을 받는 것일 수도 있었고, 도덕률 폐기론자*나 퀘이커 교도* 혹은 다른 이단의 종교인이 채찍질을 당하고 마을에서 쫓겨나는 것일 수도 있었으며, 백인의 술을 먹고 거리에서 난폭해진 부랑아 같은 인디언이 채찍질을 당하고 숲 속 어두운 곳으로 내쫓기는 것일 수도 있었다. 또한 치안 판사의 과부로서 괴팍한 성격을 지닌 히빈스 부인*과 같은 마녀가 교수형을 당하는 것일 수도 있었다. 어떤 경우든 간에 구경꾼들은 똑같이 엄숙한 태도를 보였는데, 이는 종교와 법을 거의 동일한 것으로 여긴 나머지 종교와 법이 철저히 혼합된 성격을 지닌, 공적 훈육의 행위라면 가벼운 것이거나 엄격한 것이거나 모두 존중하고 두려워해야 할 것으로 여겼던 사람들에게 어울리는 것이었다. 그런 구경꾼들에게서 처형대의 죄수가 찾을 수 있는 동정심은 빈약하고도 차가운 것이었다. 반면, 우리 시대라면 조롱 섞인 오명과 비웃음을 받을 처벌도 그때에는 사형과 같은 정도의 엄격한 위중함을 지닌 것으로 여겼다.

이야기가 시작되는 여름날 아침, 군중 속에 있던 몇 명의 여인들이 어떤 처벌이 내려질지에 대해 특별한 관심을 갖는 것은 주목해야 할 일이었다. 당시는 세련된 시대가 아니었기 때문에 속 버팀이 있는 치마를 입은 여자들이 공적인 일에 나서거나, 때때로 처형이 있을 경우 처형대와 가장 가까운 곳에 운집한 무리들 속으로 당당하게 몸을 늘이미는 것이 적절치 못하다는 생각을 갖지는 않았다. 물리적으로뿐 아니라 도덕적으로도 옛 영국에서 태어나고 자란 부인네들과 처녀들에게는 그들보다 예닐곱 세대 떨어진 여성 후손들보다 더 거친 성품이 있었다. 왜냐하면 세대가 이어지는 동안 어머니는 자식에게 자신보다 약하고 무른 성격은 아니더라도, 더 연한 얼굴빛과 더 섬세하고 일시적인 아름다움과 더 가냘픈 몸매를 물려주었기 때문이다. 지금 감옥 문 근처에 서 있는 여인들은 남자 같은 엘리자베스 여왕*이 여성을 대표한다 해도 그리 이상하지 않았을 시대로부터 불과 반세기도 지나시 않은 시대에 살고 있었다. 이들은 엘리자베스 여왕의 동포였을 뿐 아니라, 고국의 건장한 체격과 거친 도덕성이 체질에 배어 있었다. 그래서 밝은 아침 햇살은 그들의 떡 벌어진 어깨와 잘 발달된 가슴, 그리고 머나먼 섬나라에서 잘 무르익어 뉴잉글랜드의 풍토에서도 창백해지거나 연해지지 않은 둥글고 혈색 좋은 뺨을 내리쬐고 있었다. 대부분이 부인이었던 여인들의 말은 대담하고 목소리가 크게 울려 퍼져서 이들이 하는 말의 내용이나 목소리의 크기는 깜짝 놀랄 만한 것이었다.

쉰 살쯤 된 거센 모습의 부인은 이렇게 말했다. "이봐요, 부인들. 내 생각에는, 나이도 있고 평판도 좋은 교회의 신자들인 우리가 이 헤스터 프린 같은 죄인을 다룬다면 공적으로 큰 이득이 될 것 같아요. 부인들, 어떻게 생각해요? 지금 여기 모인 우리 다섯 사람 앞에 저 부도덕한 계집이 심판을 받는다면, 존경하는 치안 판사들이 내린 선고만 받고 말았겠어요? 참, 어처구니도 없지. 그랬을 리가 없죠."

다른 부인이 말했다. "사람들이 그러는데, 저 여자의 담임 목사이신 딤스데일 목사님이 본인의 교구에서 이런 스캔들이 일어난 것을 아주 슬프게 여기신다는군요."

세 번째의 나이 지긋한 부인이 덧붙였다. "치안 판사님들은 정말 하느님을 두려워하시는 신사 분들이시지만 너무 자비로우신 게 사실이죠. 적어도 헤스터 프린의 이마에 뜨겁게 달군 쇠로 낙인을 찍었어야 해요. 그랬다면 헤스터 부인은 틀림없이 움찔했을 거예요. 하지만 저 건방진 계집은 자기 옷가슴에 무얼 단들 꿈쩍이나 하겠어요! 그걸 브로치나 이교도의 장신구로 가리고 다시 예전처럼 씩씩하게 거리를 활보할지도 모르죠."

아이를 한 손으로 안은 젊은 부인이 부드럽게 끼어들었다. "하지만 저 표식을 어떻게 가리든 마음속으로는 항상 그 고통을 느낄 거예요."

"도대체 옷가슴에든 이마의 살에든 표식이나 낙인을 찍는 걸 말할 필요가 뭐 있어요. 이 여자는 우리 모두에게 수치를 안겨 주었으니 죽어 마땅해요. 그런 법이 없단 말인가요? 아니, 틀림없이 성서와 법령집에 있죠.* 이런 법을 적용하지 않은 판사님들은 자신들의 아내와 딸들이 빗나가기라도 한다면 자업자득인 셈이죠." 이 자칭 평결인들 중에서 가장 추하고 가장 냉정한 또 다른 여인은 이렇게 고함을 치는 것이었다.

군중들 중 한 남자가 외쳤다. "부인, 자비심을 좀 가지시죠. 도대체 여자들에겐 교수대를 두려워하는 건전한 미덕 외에는 다른 미덕이 없나요? 이런 말은 듣던 중 가장 가혹하네요. 부인들, 이제 조용히 하세요. 저기 감옥 문 자물쇠가 열리고 헤스터 프린 부인이 나옵니다."

감옥 문이 안에서 활짝 열리더니, 마치 검은 그림자가 햇빛 속으로 나오는 것처럼, 옆구리에 칼을 차고 한 손에 공직용 지팡이를 든 관청 직원의 험상궂고 음산한 모습이 먼저 나타났다. 죄인에게 최후에 그리고 가장 가까이에서 청교도의 법을 집행하는 임무를 맡고 있는 이 사람은 외모에서부터 음산하고 엄격한 청교도 법의 모습을 미리 보여 주고 있었다. 그는 왼손에 든 지팡이를 앞으로 뻗으며 젊은 여인의 어깨 위에 오른손을 올려놓고 이 여인을 앞으로 내밀었는데, 감옥 문 입구에서 여인은 타고난 품위와 강인한 성격을 보여 주는 듯한 몸짓으로 그를 뿌리치고, 마치 자유 의지로 그러는 것처럼 열린 공간으로 발을 내디뎠다. 그녀는 석 달 정도 된 아기를 팔에 안고 있었고 아기는 눈을 감으며 너무 밝은 한낮의 햇볕으로부터 얼굴을 돌렸는데, 이는 아기가 이제까지 지하 감방이나 어두운 감옥의 희미한 빛에만 익숙해진 탓이었다.

젊은 여인은 관중들 앞에 모습을 드러내자 먼저 충동적으로 아기를 가슴으로 끌어당겼는데, 이는 모성애와 같은 사랑 때문이라기보다 그녀의 옷에 달린 어떤 증표를 감추기 위한 것처럼 보였다. 하지만 그녀는 이내 한 가지 수치의 증표로 또 다른 수치의 증표를 감추는 일이 쓸모없다는 것을 현명하게 알아차리고 아기를 팔로 안은 채, 얼굴은 빨갛게 달아올랐지만 당당한 미소와 부끄러워하지 않는 눈빛으로 주위의 마을 사람들과 이웃들을 돌아보았다. 그녀가 입은 가운의 가슴에는 빨간 고급 천 조각에 금빛 실로 정교하게 수놓고 화려하게 꾸민 글자 A가 보였다. 이 글자는 아주 정교하게 수놓였고 풍부한 상상력으로 매우 사치스럽게 꾸며 그녀가 입은 옷에 잘 어울리는 최후의 장식적 효과를 주었다. 그런데 이는 당대의 취향과 부합하는 것이긴 했지만 식민지의 사치 단속령이 허용하는 범위를 훨씬 넘어서는 것이었다.

젊은 여인은 훤칠한 키와 풍채에, 매우 우아한 모습이었다. 그녀의 검고 풍성한 머리는 윤기가 넘쳐흘러 햇빛을 반사하고 있었고, 균형 잡힌 형태와 풍부한 표정으로 아름다운 얼굴은 두드러진 이마와 깊고 검은 눈으로 인해 더욱더 인상적이었다. 그녀는 또한 귀부인다웠는데, 이 말은 오늘날처럼 정교하고 섬세하며 형용하기 어려운 우아함을 의미한다기보다, 당시의 여성적인 고상함을 나타냈던 위엄과 품위를 갖춘 것을 의미했다. 그리고 감옥에서 나올 때보다 헤스터 프린이, 이 말이 과거에 지녔던 의미로 더 귀부인답게 보인 적은 없었다. 이전에 그녀를 알았던 사람들은 그녀가 불행한 일을 겪은 탓에 어두운 모습일 것이라 예상했기 때문에 그녀가 아름다움을 발산하며 자신에게 휩싸인 불운과 오명을 후광으로 환히 비추는 것을 보고 놀라워하며 심지어는 크게 경악했다. 아마 예리한 관찰자라면 그녀에게서 미세하게 고통스러워하는 어떤 모습을 찾을 수도 있었을 것이다. 그녀의 옷은 출감하는 날에 입으려고 감옥에서 상상력을 동원해 만들었는데, 격정적이고 현란한 특징 때문에 그녀의 정신 상태와 필사적이고 무모했던 심정을 표현한 것처럼 보였다. 그러나 모든 사람의 눈을 사로잡아 마치 그녀를 변모시킨 듯한 특징, 그래서 헤스터 프린과 친했던 남녀 모두 마치 그녀를 처음 본 것 같은 인상을 받게 한 것은 그녀의 가슴에 환상적으로 수놓여 반짝거리던 주홍 글자였다. 그것은 그녀가 사람들과의 일상적인 관계에서 벗어나 어떤 곳에 혼자 갇히는 마법과 같은 효과를 지니고 있었다.

여자 구경꾼 하나가 말했다. "바느질 솜씨가 뛰어난 건 확실하군요. 저 뻔뻔스러운 계집 말고 저런 솜씨를 보여 준 여자가 있었나요. 이봐요, 저건 경건한 치안 판사님들을 면전에서 비웃으며 그분들이 내린 처벌을 오히려 자랑이라도 하는 것 같잖아요."

노부인들 중 가장 험상궂게 생긴 부인은 이렇게 투덜거렸다. "헤스터 부인의 고운 어깨에서 저 화려한 가운을 벗겨 버렸으면 좋겠군. 그리고 정교하게 수놓은 빨간 글자 대신 내 류머티즘용 헝겊 조각을 붙여 놓으면 더 잘 어울리겠어."

그들 곁에 있던 젊은 부인이 속삭였다. "진정들 하세요. 저 여자가 듣겠어요. 저 글자를 한 땀씩 수놓을 때마다 마음속을 바늘로 찌르는 것처럼 아팠을 거예요."

그때 엄숙한 관청 직원이 지팡이를 흔들며 말했다.

"국왕 폐하의 권위로 말합니다. 길을 내주십시오. 통로를 열어 주시면 남녀, 아이들 모두 그녀가 입은 의복을 잘 볼 수 있는 곳에서 헤스터 프린 부인이 지금부터 1시까지 서 있게 될 겁니다. 불의를 찾아내어 밝혀 주는 매사추세츠의 정의로운 식민지에 축복이 있기를! 자, 헤스터 부인. 이쪽으로 와서 장터에서 주홍 글자를 보여 주시오."

그러자 관객들 무리 사이로 통로가 열렸고, 관청 직원을 선두로 엄한 표정의 남자들과 불친절해 보이는 여자들이 엉성하게 만든 행렬과 함께 헤스터 프린은 처벌받기로 되어 있는 장소를 향해 움직이기 시작했다. 단지 반공휴일이라는 것 외에 무슨 이유 때문인지도 모르는, 어린 남학생들 한 무리가 호기심에 들떠 그녀 앞으로 달려가며 계속해서 그녀의 얼굴과 그녀의 품에 안긴 채 눈을 깜박이는 아기, 그녀의 가슴에 달린 치욕스러운 글자를 쳐다보느라 고개를 돌려 댔다. 당시, 감옥 문에서 장터까지는 그리 멀지 않았다. 하지만 죄수의 경험으로는 꽤 긴 여정으로 느꼈을 것이다. 왜냐하면 아무리 당당한 태도를 보였더라도 그녀는 자신을 보려고 운집한 사람들이 내딛는 걸음 하나하나마다 마치 자신의 심장이 거리에 내던져져 차이고 짓밟히는 것처럼 고통스러웠을 것이기 때문이다. 하지만 놀랍기도 하고 다행스럽기도 한 것은, 고통을 겪는 자가 자신이 견디는 것의 강도를 현재의 고통으로는 알지 못하고, 그것이 지나간 후에 겪는 고통으로 알게 만드는 무엇인가가 인간의 본성 속에 있다는 점이다. 때문에 헤스터는 평온한 태도로 이 시련의 과정을 통과하여 장터 서쪽 끝에 있는 처형대에 도달했다. 처형대는 보스턴 최초의 교회 건물 처마 밑에 서 있어서 이 건물에 붙어 있는 것처럼 보였다.

사실 처형대는 형벌 장치의 일부였고, 지금은 두어 세대 전부터 단지 역사적이고 전통적인 것에 불과하게 되었지만, 과거에는 프랑스의 공포 정치가들 사이에서 단두대가 그랬던 것처럼 선량한 시민 정신을 함양하는 데 효과적인 도구로 여겼었다. 다시 말해 그것은 형틀이었는데, 그 위에는 사람의 머리를 꽉 잡고 대중이 볼 수 있도록 들어 세우게 고안된 형벌 도구의 틀이 놓여 있었다. 이 나무와 쇠로 만든 장치에 치욕의 정수가 체현되어 나타난 셈이었다. 내 생각에, 죄수가 어떤 범죄를 저질렀든 간에 수치심에 얼굴을 가리는 일을 금하는 것보다 인간의 보편적인 본성을 거스르는 더 모욕적인 것은 없는데 이 처벌의 핵심이 바로 이런 모욕을 주는 것이었다. 그러나 헤스터 프린의 경우에는, 다른 경우에도 종종 그랬듯이, 이 추악한 기계가 악랄하게 가하려는 형벌, 즉 목에 칼을 쓰고 머리를 움직이지 못하게 하는 형벌을 받지 않고 단지 처형대에 일정 시간 동안 서 있으라는 선고를 받았다. 그녀는 자신의 임무를 알고 있었기에 나무 계단을 올라가, 땅에서 남자 어깨 높이쯤 되는 곳에 멈춰 서며 주위를 에워싼 군중에게 자신을 보였다.

청교도 군중 사이에 구교 신자가 있었다면 그는 아마도 매력적인 옷과 자태로 가슴에 아기를 안고 있는 이 아름다운 여인에게서, 그렇게 많은 걸출한 화가들이 서로 앞다퉈 그렸던 성모의 모습을 상기시키는 대상을 발견했을지도 모른다. 하지만 실제로 그는 세상을 구원할 아기를 가진, 죄 없는 모성의 성스러운 모습과 대조되는 무언가를 발견했을 것이다. 여기에서 인간의 가장 신성한 속성은 깊은 죄로 물들었기에 세상은 여인의 아름다움으로 인해 더 어두워졌고, 그녀가 낳은 아이로 인해 더 타락했던 것이다.

이 장면에는 경외적인 요소도 섞여 있었는데, 사회가 이런 장면을 보고 몸서리치는 것이 아니라 웃음을 지을 만큼 타락하기 전에, 이런 요소는 동료 인간이 죄를 짓고 수치를 겪는 광경에 모두 깃들기 마련이었다. 헤스터 프린의 치욕을 목격한 자들은 아직 이런 순박함을 넘어선 자들이 아니었다. 그들은 그녀가 사형 선고를 받았다 해도 이런 형벌의 가혹함에 이의를 달지 않고 그녀의 죽음을 목도할 만큼 엄격했지만, 지금처럼 그것을 전시장의 농담거리로 여기는 사회의 냉혹함을 갖고 있지는 않았다. 설령 이 문제를 조롱거리로 만들려는 충동이 있었다 해도, 교회 발코니에 앉거나 서서 처형대를 내려다보고 있던 총독과 그의 보좌관들, 판사, 장군 그리고 마을 목사들의 엄숙한 모습에 눌려 꼼짝 못했을 것이다. 이런 인사들이 광경의 일부가 되면서도 지위나 관직의 품위를 손상하지 않았다면, 법적 선고를 가하는 것이 진지하고도 유효한 의미를 띠었을 것이라고 추론할 수 있다. 따라서 군중은 진지하고 어두운 표정이었다. 그리고 불행한 죄수는 수많은 사람들의 눈이 자신에게 고정되어 한결같이 자신의 가슴을 뚫어지게 쳐다보는 중압감 속에서도 여인의 모든 힘을 동원해 견디고 있었다. 이런 상황은 거의 견디기 어려운 것이었다. 그녀는 충동적이고 열정적인 성격을 지녔기 때문에 온갖 모욕을 가하는 군중의 독기 서린 모독의 공격을 감당하고자 마음을 굳게 먹었지만, 군중의 엄숙한 분위기가 너무도 끔찍해서 차라리 그들의 엄숙한 얼굴이 자신을 대상으로 삼아 장난기 섞인 조롱으로 일그러지는 편이 낫겠다고 생각했다. 남녀와 목이 쉰 어린아이까지 모두 가담한 군중에게서 웃음이 터져 나왔다면 헤스터 프린은 쓰디쓴 경멸의 웃음으로 되갚아 주었을 것이다. 하지만 그녀는 자신이 감내할 수밖에 없었던 무거운 고통 속에서 문득문득 폐부의 힘을 다해 비명을 지르며 처형대에서 땅으로 몸을 던지지 않는다면 당장 미쳐 버릴 것 같았다.

그러나 때때로 자신이 주목의 대상이 된 이 모든 장면이 눈앞에서 사라지거나 아니면 적어도 흐릿한 형체의 거울 이미지 덩어리처럼 눈앞에서 희미하게 명멸하는 순간들이 있었다. 그녀의 정신, 특히 그녀의 기억은 초자연적인 힘을 발휘해 서구 황야의 끝자락에 위치한 작은 마을 속에 거칠게 다듬어 놓은 이 거리와는 다른 장면들, 뾰족모자의 챙 아래로 그녀를 바라보는 얼굴과는 다른 얼굴들을 계속 떠올리고 있었다. 아주 사소하고 중요하지 않은 일들에 대한 회상, 유년기와 학창 시절, 스포츠나 어린 시절의 말다툼 그리고 처녀 시절의 조그마한 가정적인 습관이 그녀의 뇌리에 쇄도하여 그녀 인생의 후반기에 일어났던 중대한 일들에 대한 회상과 뒤섞였는데, 마치 모든 장면이 똑같이 중요하거나 아니면 모든 게 하나의 연극인 것처럼, 하나의 장면이 다른 장면과 똑같이 생생하게 떠오르는 것이었다. 이는 아마도 그녀의 정신이 이런 몽환적인 형상들을 떠올림으로써 잔혹하리만큼 무겁고 엄정한 현실로부터 안식처를 찾으려는 본능 때문이었을 것이다.

어떻든 형틀이 있는 처형대는 행복했던 유년기부터 그녀가 걸어온 길 모두를 헤스터 프린에게 보여 주는 전망대였다. 그 비참한 곳에 높이 서서 그녀는 옛 영국의 고향 마을과 아버지의 집, 가난에 찌들었지만 과거 명문가의 표시로 반쯤 지워진 문장(紋章)이 새겨진 방패를 현관에 걸어 놓은, 낡은 회색 돌로 지은 집을 다시 보았다. 그녀는 머리가 벗어진 이마와 구식 엘리자베스 시대의 목깃 위로 넘쳐 났던 존경스러운 흰 수염을 지닌 아버지의 얼굴을 보았고, 늘 주의 깊고 걱정하는 애정 어린 사랑의 모습으로 기억되는, 그리고 죽은 후에도 딸의 인생 행로에서 부드러운 충고를 아끼지 않아 딸을 머뭇거리게 했던 어머니의 얼굴도 보았다. 그녀는 어린 소녀가 지닌 아름다움으로 자신이 들여다보곤 했던 희미한 거울 안쪽을 밝게 비추던 자신의 얼굴도 보았다. 그녀는 또한 꽤 나이

들고 창백하고 여윈 학자 같은 용모의 남자 얼굴도 보았는데 이 남자의 눈은 등불 아래에서 온갖 두꺼운 책들을 탐독하느라 희미하고 침침해져 있었다. 그러나 이 침침해진 눈은 인간의 영혼을 읽고자 했을 때 이상하리만큼 꿰뚫어 보는 힘을 지니고 있었다. 헤스터 프린이 여성의 상상력으로 어김없이 기억해 낸 이 수도자 같고 학구적인 인물은 왼쪽 어깨가 오른쪽보다 약간 올라간 기형이었다. 그다음, 그녀의 기억의 화랑에 떠오른 것은 복잡하고 좁은 통로와 높은 회색빛 집, 큰 성당들, 그리고 대륙 어느 도시의 오래되고 기묘한 건축술로 지어진 공공건물들이었는데, 이 도시에서 그 기형의 학자와 함께하는 새 인생이 그녀를 기다리고 있었다. 새로운 인생이긴 했지만 그것은 무너져 내리는 벽에 낀 초록빛 이끼처럼 낡아 빠진 원료를 먹고 사는 것이었다. 이런 장면들이 이어진 후에 마지막으로 청교도 정착지의 척박한 장터가 다시 눈에 들어왔고, 운집한 마을 사람들은 헤스터 프린에게 엄숙한 시선을 보내고 있는 것이었다. 그렇다. 한 팔에 아기를 안고 가슴에는 주홍색 금실로 환상적으로 수놓은 글자 A를 달고 형틀이 있는 처형대에 서 있던 그녀를 모두 쳐다보고 있었던 것이다.

이게 사실이란 말인가? 그녀가 너무 세게 아이를 가슴으로 끌어안아 아이는 울음을 터뜨렸고, 그녀는 눈을 내려 주홍 글자를 바라보고, 아기와 그 치욕의 상징이 사실인지 확인하려고 손으로 그 글자를 만져 보기까지 했다. 그랬다. 이 모든 것이 사실이었고, 다른 모든 것은 사라져 버린 것이었다.

제3장
알아봄

　주홍 글자를 단 여인은 군중의 가장자리에서 거부할 길 없이 자신의 생각을 사로잡은 한 인물을 발견하고 마침내 모두가 자신만을 뚫어지게 쳐다보고 있다는 강렬한 의식에서 벗어날 수 있었다. 원주민 복장을 한 인디언 하나가 그곳에 서 있었다. 그러나 당시에는 인디언들이 영국민 정착지에 자주 드나들었으므로 그중 한 명이 헤스터 프린의 관심을 받지는 못했을 것이고, 더구나 그녀의 마음에서 다른 생각을 몰아내지도 못했을 것이다. 인디언 옆에는 분명 그와 동반자로 보이는 백인 남자가 서 있었는데 그는 문명인의 옷과 야만인의 옷이 이상하게 뒤섞인 복장을 하고 있었다.

　그는 키가 작고 주름진 얼굴이었지만 아직 늙었다고 볼 수는 없었다. 그의 외모에선 지적인 면이 풍겨 나왔는데, 그것은 마치 정신적인 면이 너무 발달하여 신체마저 정신적이 된 것처럼 정신적인 면이 겉으로 명백히 드러난 사람의 용모였다. 그는 이질적인 것이 뒤섞인 옷을 아무렇게나 걸쳐 입음으로써 자신의 특색을 은

폐하거나 완화하려고 애썼지만, 헤스터 프린에게는 그의 어깨 한쪽이 다른 쪽보다 더 높이 올라가 있는 것이 완연히 보였다. 그의 야윈 얼굴과 약간 기형적인 모습을 알아차린 순간, 그녀는 자신도 모르게 아기를 세게 가슴으로 끌어당겨서 아기는 불쌍하게도 다시 고통의 울음을 터뜨렸다. 하지만 아기 엄마는 울음소리를 듣지 못하는 것처럼 보였다.

그녀가 그를 보기 조금 전에 이 낯선 사람은 장터에 도착해서 헤스터 프린을 응시했다. 처음에 그는 주로 자신의 내면을 보는 데 익숙해서 바깥의 사물들은 내면의 무언가와 관련되어 있지 않으면 별 가치가 없거나 중요하지 않게 여기는 사람처럼 무관심하게 보는 것 같았다. 하지만 곧 그의 시선은 날카롭고 예리해졌다. 마치 뱀이 눈앞에서 재빨리 미끄러지듯 움직이다가 휘감은 채 멈춘 것처럼, 꿈틀거리는 공포가 그의 모습을 휘감았다. 그의 얼굴은 강렬한 감정에 휩싸여 어두워졌지만, 곧바로 의지를 발휘해 이 감정을 제어했기 때문에 아주 잠깐을 제외하고 그 표정은 평온한 것으로 여길 수 있었다. 잠시 후, 그 경련은 거의 알아차릴 수 없게 되어 결국 그의 본성 깊숙한 곳으로 가라앉았다. 헤스터 프린의 눈이 자신에게 고정되어 그녀가 자신을 알아본 것을 깨닫자 그는 천천히 차분하게 손가락을 들어 올려 공중에서 제스처를 취한 뒤에 자신의 입술에 올려놓았다.

그러고는 옆에 서 있던 마을 사람의 어깨를 건드리고 형식적 예절을 갖춘 태도로 물었다.

"이보시오. 저 여인이 누구이고, 왜 저렇게 공개적으로 수치를 당해야 하는지 말해 주시겠소?"

마을 사람은 질분을 넌신 사람과 그의 야만인 동반자를 이상하다는 듯 쳐다보며 대답했다. "이 지역에 처음 온 양반이구려. 그렇지 않다면 헤스터 프린 부인과 그의 악행에 관해 틀림없이 들었을 텐데 말이오. 이 여자는 경건한 딤스데일 목사님의 교회에서 아주 큰 물의를 일으켰다오."

상대방이 말했다. "옳은 말씀입니다. 나는 이곳에선 이방인이고, 내 의지와는 정반대로 떠돌이입니다. 나는 바다와 육지에서 아주 심한 불행을 당해 남쪽 지역의 이교도들 사이에서 오랫동안 억류되어 있다가 포로 생활에서 벗어나 이 인디언이 여기까지 데려다 주었소. 그러니 헤스터 프린 — 저 여인의 이름을 내가 제대로 알고 있는 겁니까? — 에 대해, 그리고 여인이 지은 죄와 그녀가 저 처형대에 서게 된 경위를 말해 줄 수 있겠습니까?"

마을 사람이 대답했다. "황야에서 고초를 겪고 방황하다가, 불의를 색출하여 통치자와 국민들이 보는 앞에서 처벌하는 이 신성한 뉴잉글랜드에 온 것을 알게 되면 정말 마음이 밝아지겠구려. 저 여자는 영국에서 태어나 암스테르담*에서 오래 살았던 학자의 부인이었는데, 그 학자는 얼마 전 바다를 건너 매사추세츠에 와서 우리와 운명을 같이하기로 마음먹고, 남아서 필요한 일을 처리하느라 아내를 먼저 이곳으로 보냈습니다. 그런데 저 여자가 보스턴에 와서 산 지 2년이 지나도록 이 학식 있는 신사 프린 씨의 소식은 없었고, 그의 젊은 부인은 혼자 잘못된 길로 빠지게 되었죠."

이방인이 쓴웃음을 머금으며 말했다. "아, 그렇군요. 그 학자는 이 사실을 책에서 배웠어야 했겠군요. 그런데 프린 부인이 팔에 안고 있는, 내 생각에 아마 태어난 지 서너 달 된 것 같은 저 아기의 아버지가 누군지 말해 주시겠소?"

마을 사람은 대답했다. "사실, 그 문제가 수수께끼로 남아 있습니다. 그 문제를 해결해 줄 다니엘* 같은 예언자는 아직 나타나지 않았고요. 헤스터 부인이 대답을 완강히 거부하고, 치안 판사님들이 머리를 맞대고 알아내려 했지만 소용없었어요. 아마도 그 죄인은 신분을 감춘 채, 신이 자신을 보고 있다는 것을 잊은 채 이 슬픈 광경을 보고 있을지도 모릅니다."

이방인은 다시 웃으면서 말했다. "그 학자가 직접 와서 이 수수께끼를 풀어야겠군요."

마을 사람이 대답했다. "그가 아직 살아 있다면 그러는 것이 좋겠지요. 그런데 선생님, 우리 매사추세츠 치안 판사단은 이 여인이 젊고 예쁜 데다 틀림없이 큰 유혹을 받아 타락했을 것이고, 더구나 남편은 아마도 바다 밑에 숨겨 있을 것이라고 생각해서 이여인에게 우리의 공정한 법을 아주 엄격하게 적용하지는 못했지요. 아마 그랬다면 사형에 처했을 겁니다. 치안 판사단은 커다란 자비심과 온화함을 베풀어 프린 부인이 저 처형대 위에 세 시간동안만 서 있게 하고, 그 뒤로는 죽을 때까지 수치의 표식을 가슴에 달고 다니라는 선고를 내렸던 겁니다."

이방인이 엄숙하게 머리를 숙이며 말했다. "아주 현명한 선고로군요. 그렇게 되면 저 치욕스러운 글자가 그녀의 묘비에 새겨질 때까지 저 여인은 죄에 대한 살아 있는 설교가 될 테니까요. 하지만 그녀와 함께 죄를 범한 사람이 처형대에서 그녀 옆에 서 있지 않는다는 점이 좀 화가 나는군요. 그러나 그가 누구인지 밝혀질 겁니다. 밝혀지고말고요. 반드시 밝혀지고 말 겁니다."

그는 이야기를 들려준 마을 사람에게 공손히 인사하고 인디언 동반자에게 몇 마디 속삭이더니 군중 사이로 떠나갔다.

그들이 지나갈 때 헤스터 프린은 처형대 위에서 아직도 그 이방인에게 시선을 고정시킨 채 서 있었다. 시선을 고정한 채 그녀가 집중적으로 몰두한 나머지 다른 모든 가시적 사물들은 사라지고 그와 그녀만 남은 것 같았다. 아마 그렇게 둘만 만났더라면, 지금처럼 한낮의 타오르는 태양이 그녀의 얼굴에 내리쬐어 수치스러운 모습을 밝히는 동안, 가슴에는 주홍색 치욕의 표식을 달고 죄로 인해 태어난 아기는 팔로 안은 채 모든 사람이 마치 축제 때처럼 모여들어, 화롯가의 조용한 불빛이나 집 안의 행복한 그늘진 곳 아니면 교회에서 부인들이 쓰는 베일 뒤에 가려져 있어야 할 그녀의 모습을 꿰뚫어 보고 있는 가운데 그를 만난 것보다 더 끔찍했을 것이다. 두렵긴 했지만, 그녀는 이 수많은 증인들 가운데에서 안식처를 느끼고 있었다. 단둘이 얼굴을 맞대고 그를 만나는 것보다는 그와 자신 사이에 많은 사람들을 두고 서 있는 편이 더 나았다. 말하자면 그녀는 공개적인 노출로 피난을 간 것이고, 이 공개적 노출의 보호막이 거두어지는 순간을 두려워했던 것이다. 이런 생각에 잠겨 있던 탓에 그녀는 뒤에서 모든 사람이 들을 수 있을 만큼 크고 엄숙하게 그녀의 이름을 여러 차례 부르는 목소리를 듣지 못했다.

그 목소리는 "헤스터 프린, 내 말을 들으시오"라고 말했다.

이미 말했듯이 그녀가 서 있는 처형대 바로 위에는 교회에 딸린 일종의 발코니 혹은 열린 베란다가 있었는데, 이곳은 치안 판사단이 모여 있는 가운데 당시의 공공 의식을 수반하는 의례와 더불어 선언이 이루어지는 곳이었다. 이곳에 우리가 묘사하고 있는 이 장면을 보기 위해 벨링엄* 총독이 의자 주위에 도끼 창을 든 네 명의 병사를 의장병으로 거느리고 앉아 있었다. 그는 검은 깃털이 달린 모자와 가장자리를 수놓은 망토와 검은 벨벳으로 만든 튜닉을 입고 있었으며 주름살에 고된 경험이 새겨진 나이 지긋한 신사였다. 그는 이 사회를 대표하는 지도자로 적임이었는데, 이 사회가 생겨나고 현재의 상태로 발전한 것은 젊음의 충동이 아니라 엄격하고 절제된 남성적 힘과 묵직한 연륜의 지혜 덕택이었으며, 이 사회는 정확히 말해서 상상하고 희망하는 바가 적었기 때문에 그토록 많은 것을 성취할 수 있었다. 총독을 둘러싼 다른 저명인사들도 위엄 있는 태도를 보여 주었는데, 이런 태도는 권위의 형태가 종교 제도의 신성함을 겸비하고 있다고 여기던 시대의 것이었다. 그들은 물론 정의롭고 선한 현인들이었다. 그러나 지금 헤스터가 대면하고 있는 이 엄격한 모습의 현자들은 죄를 짓는 여성의 마음을 판단하여 그 선과 악이 얽힌 실타래를 풀 능력을 갖추지는 못했다. 아마도 이들보다 이런 능력이 더 결핍된 현명한 덕인들을 똑같은 수로 뽑는 것도 쉽지는 않았을 것이다. 그녀는 자신이 기대할 동정심이 있다면, 그것은 운집한 대중의 더 크고 따뜻한 마음속에 있다고 여기는 듯했다. 왜냐하면 이 불행한 여인은 발코니를 올려다보고는 얼굴이 창백해지며 몸을 떨었기 때문이다.

그녀의 관심을 끈 것은 유명한 존 윌슨* 목사님의 목소리였는데, 그는 보스턴의 최고 원로 목사로서 대부분의 다른 동시대 목사들처럼 위대한 학자인 데다 친절하고 온화한 마음을 가진 분이었다. 그러나 그의 친절함과 온화함은 지적인 재능만큼 신중하게 발달되지 못한 터라 실은 자축하기보다는 부끄러워해야 할 문제였다. 그는 고깔모자 아래 가장자리에 회색빛 머리 타래를 드러내며 서 있었고, 서재의 희미한 불빛에 익숙해진 회색빛 눈은 헤스터가 안고 있는 아기의 눈처럼 햇빛에 깜박거리고 있었다. 그는 낡은 설교집 앞에 붙은 어둡게 새겨진 초상화처럼 보였고, 그 초상화만큼이나, 지금 그가 하고 있는 것처럼 앞으로 나서서 인간의 죄와 열정 그리고 고뇌의 문제에 관여할 권리가 없었다.

윌슨 목사가 말했다. "헤스터 프린, 나는 그대가 이제까지 설교를 들은 특권을 누려 온 이 젊은 형제와 논쟁했소." 그러면서 윌슨 목사는 옆에 있는 창백한 젊은이의 어깨에 손을 올려놓았다. "나는 이분이 하늘 아래에서, 또 현명하고 강직한 통치자들 앞에서 모든 사람이 듣는 가운데 그대가 지은 사악하고 어두운 죄에 대해 그대를 심문해야 한다고 이 신성한 젊은 분을 설득하려고 애썼소. 이분이 나보다 그대의 타고난 성품을 더 잘 알고 있기에, 그대의 완강한 고집을 꺾기 위해서는 부드러운 말로 다스려야 할지 무서운 말로 다스려야 할지를 더 잘 판단할 수 있을 것이고, 그래서 그대를 이토록 애통하게 타락시킨 유혹의 장본인 이름을 더 이상 숨기지 않을 것이라 생각해서였소. 그런데 이분은 나이에 비해 지혜롭긴 하지만 청년답게 너무 부드러운 탓에, 대낮에 그토록 많은 사람들 앞에서 여인의 마음속 비밀을 밝히라고 강요하는 것이 여인의 속성을 욕되게 하는 거라며 반대했소. 내가 이분에게 설득시키고자 한 것이지만, 죄를 짓는 것이 수치스러운 일이지 죄를 드러내는 것이 수치스러운 일은 아니오. 다시 한 번 묻는데, 딤스데일 형제는 어떻게 생각하시오? 이 불쌍한 죄인의 영혼을 그대와 나 둘 중에서 누가 다루어야 하겠소?"

발코니에 있던 위엄 있는 인사들이 속삭였다. 그리고 벨링엄 총독은 권위 있는 목소리로, 그러나 젊은 목사를 존중해서 다소 완화된 목소리로 인사들이 속삭인 내용을 말했다.

"딤스데일 목사님, 이 여인의 영혼에 대한 책임은 당신에게 있습니다. 그러니 그녀를 회개시켜서 그 회개의 증거와 결과로 고백하도록 촉구할 의무가 당신에게 있습니다."

이 직접적인 호소에 모든 군중의 눈은 딤스데일 목사에게 쏠렸다. 그는 영국의 명문 대학 출신으로 당대의 모든 학식을 섭렵하고 이 황량한 숲 속에 들어와, 웅변력과 뜨거운 종교적 열의로 종교계에서도 이미 칭송받고 있었다. 그는 아주 특이한 외모를 지니고 있었다. 흰 이마는 높게 드리워져 있었고, 커다란 갈색 눈은 우수에 젖어 있었으며, 입은 힘주어 닫지 않을 때에는 예민한 감수성과 강한 자제력을 보여 주는 듯 떨리는 모습이었다. 이 젊은 목사는 뛰어난 재능과 높은 학식을 갖추었지만 어딘가 모르게, 삶의 행로에서 길을 잃고 방황하다가 혼자 있을 때에만 안정을 찾는 사람처럼, 불안하고 놀란 그리고 반쯤 겁먹은 표정을 하고 있었다.

따라서 그는 틈날 때마다 어두운 샛길을 거닐며 아이 같은 순진무구함을 추구해서, 때로는 신선하고 향기롭게, 그리고 상쾌하고 순수한 사상을 갖고 다시 나타날 수 있었으며, 그의 이런 사상은 많은 사람들이 말하는 것처럼 천사의 연설같이 그들을 감화시킬 수 있었다.

윌슨 목사와 총독이 공공연히 모든 사람이 듣는 가운데, 타락했지만 여전히 신성한 여인의 신비로운 영혼에 말을 하게 하라고 시킨 젊은이는 바로 그런 사람이었다. 곤혹스러운 입장에 처한 그의 얼굴에는 핏기가 사라졌고 입술은 바르르 떨렸다.

윌슨 목사가 말했다. "저 여인에게 말해요. 이건 저 여인의 영혼뿐 아니라, 총독님께서도 말씀하시듯이, 그녀의 영혼을 책임지고 있는 그대의 영혼에도 매우 중요한 일입니다. 그녀에게 진실을 고백하라고 촉구해요."

딤스데일 목사가 조용히 기도하는 듯 고개를 숙인 후 앞으로 나왔다.

그러고는 발코니에 기대어 그녀의 눈을 뚫어지게 내려다보면서 말했다. "헤스터 프린, 그대는 지금 말씀하신 것을 들어서 내가 어떤 책임을 지고 있는지 알고 있을 겁니다. 만일 당신 영혼이 평화를 얻는 데에, 그리고 당신이 지상에서 받는 처벌이 구원을 가져오는 데에 도움이 된다고 느낀다면, 당신과 함께 죄를 짓고 함께 고통을 받는 그 사람 이름을 말해요. 그 사람에 대한 잘못된 동정심이나 애정으로 침묵을 지켜서는 안 됩니다. 왜냐하면 헤스터, 그가 높은 지위에서 내려와 그대와 함께 치욕의 자리에 선다 할지라도, 죄지은 마음을 평생 숨기는 것보다는 더 낫기 때문입니다. 당신이 침묵을 지킨들 그자의 죄에 위선을 더하도록 유혹하는, 아니 강요하는 것밖에 무슨 도움이 되겠습니까? 하늘은 당신이 공개된 치욕을 받음으로써 내면의 악과 외면의 슬픔에 대해 공적으로 승리할 수 있도록 허락한 겁니다. 당신의 입술에 드리워진 그 쓰지만 유익한 잔을, 스스로 그 잔을 취할 용기가 없는 그 사람이 받지 못하게 하는 것은 아닌지 잘 생각해 봐요."

젊은 목사의 목소리는 떨리는 듯 맑고 깊고 풍부했지만 간혹 끊어졌다. 하지만 말의 내용보다 목소리에서 묻어 나온 감정 때문에 그 목소리는 듣는 사람 모두의 마음속에 울려 퍼져 그들을 하나의 동정심으로 일치되게 만들었다. 심지어는 헤스터의 가슴에 안긴 아기마저도 지금까지 허공을 향하던 시선을 딤스데일에게 돌려, 반쯤 쾌활한 그리고 반쯤은 슬픈 배냇소리를 내면서 작은 팔을 들어 올린 것을 보면 다른 사람들과 똑같이 감화된 것처럼 보였다. 목사의 호소력이 너무 컸기 때문에 사람들은 헤스터 프린이 죄인의 이름을 말할 것이라고, 아니면 죄인이 높은 지위에 있건 낮은 지위에 있건 간에 스스로 어떤 내적인 필연에 이끌려 처형대로 올라갈 것이라고 믿지 않을 수 없었다.

헤스터는 고개를 흔들었다.

윌슨 목사가 좀 더 거칠게 소리쳤다. "이보시오, 하늘이 베푸는 자비의 한계를 위반하지 마시오. 그 어린 아기도 그대가 들은 충고를 지지하고 확인하도록 목소리를 선사받은 것이오. 이름을 말해요! 이름을 말하고 회개를 해야 가슴에서 주홍 글자를 떼어 낼 수 있어요."

헤스터는 윌슨 목사가 아니라 젊은 목사의 깊고 고뇌에 젖은 눈을 바라보며 말했다. "절대 안 돼요. 주홍 글자는 너무 깊숙이 새겨져서 떼어 낼 수 없어요. 그리고 저는 제 고통뿐 아니라 그 사람의 고통도 같이 짊어지고 싶어요."

"이보시오, 말하시오." 처형대 근처의 군중 틈에서 차갑고 엄격한 목소리가 흘러나왔다. "말해요. 당신 아이의 아버지가 누군지 말하란 말이오."

헤스터는 죽은 사람처럼 얼굴이 창백해지면서 누구의 것인지 확실히 알 수 있는 목소리에게 대답했다. "말하지 않겠어요. 내 아이는 하늘에 계신 아버지만 찾을 것이고, 지상의 아버지는 절대 알지 못할 거예요."

손을 가슴에 얹고 발코니에 기대어 자기 호소의 결과를 기다리던 딤스데일이 말했다. "이 여인은 말하지 않으려 합니다." 그는 긴 숨을 들이쉬고 뒤로 물러서면서 말했다. "여인의 마음은 참으로 놀라운 힘과 자비심을 지녔습니다. 그녀는 말하지 않으려 합니다."

불쌍한 죄인의 마음을 다룰 수 없다는 것을 알고, 이럴 경우를 위해 용의주도하게 준비해 온 노목사가 군중들에게 그 치욕스러운 글자를 계속 언급하며 죄의 모든 것에 대해 설교했다. 그가 한 시간도 넘게 수사적인 말로 군중들에게 설교하는 동안 상징을 너무 강조한 나머지, 이 글자는 그들의 상상 속에서 무서운 모습으로 새로 나타나 지옥 불에서 나오는 주홍빛을 취한 것 같았다. 그동안 헤스터 프린은 흐린 눈빛을 한 채 지치고 무관심한 태도로 치욕의 처형대에 서 있었다. 그날 아침 그녀는 인간이 감내할 수 있는 극한을 견디어 냈고, 혼절해서 극한의 고통을 피하는 체질이 아니었기 때문에 동물적인 육체적 능력은 온전하게 남아 있었지만 정신은 돌같이 딱딱한 무감각의 표피 아래에서만 안식을 찾을 수 있었다. 이런 상태에서 목사의 목소리는 그녀의 귀에 가차 없이 울려 퍼졌지만 아무런 효과가 없었다. 그녀가 형벌을 받고 있던 시간의 후반부 내내 아기는 울고 비명을 질렀다. 그녀는 기계적으로 아기를 달래려고 애썼을 뿐, 아기의 고통에는 크게 공감하지 않는 것처럼 보였다. 그녀는 똑같이 무감각한 태도로 감옥으로 다시 이송됐고, 대중의 시야에서 벗어나 철제 꺾쇠가 달린 감옥 문 안으로 사라졌다. 그녀의 뒷모습을 쳐다본 사람들은 주홍 글자가 감옥 속의 어두운 통로를 따라 이글거리는 불빛을 내뿜었다고 속삭였다.

제4장
면회

　감옥으로 돌아온 헤스터 프린은 신경이 지나치게 흥분한 상태여서 자해하거나 아니면 불쌍한 아기에게 광적인 위해를 가하지 않도록 계속 주의 깊게 지켜볼 필요가 있었다. 밤이 늦도록 나무라거나 처벌한다고 위협해도 그녀의 동요를 진정시킬 수 없다고 판단한 간수 브래킷은 의사를 부르는 것이 좋겠다고 생각했다. 그는 의사를 기독교적 의술에 능통할 뿐 아니라 숲에서 자라는 약초와 뿌리에 관해 야만인이 알고 있는 모든 것에도 통달한 명인으로 설명했다. 사실 헤스터뿐 아니라 아기 때문에 더 절박하게 전문적인 도움이 필요했다. 왜냐하면 엄마의 젖을 통해 자양분을 얻는 아이가 자양분과 함께 엄마에게 퍼져 있던 모든 혼란, 고뇌 그리고 절망도 함께 빨아들인 것처럼 보였기 때문이다. 아기는 괴로운 듯 발작적으로 몸을 비틀었고, 그 작은 몸은 헤스터 프린이 낮 동안 견뎌 온 도덕적인 고뇌를 뚜렷이 보여 주는 것 같았다.

　간수의 뒤를 바짝 쫓아 어두운 감옥 안으로 들어온 의사는 군중

속에서 주홍 글자를 달고 있던 여인의 지대한 관심을 끌었던 기이한 외모의 소유자였다. 그는 범죄 때문이 아니라, 치안 판사들이 그의 몸값에 대해 인디언 추장과 의논할 때까지 가장 편리하고 적절하게 그를 처리하는 방편의 일환으로 감옥에 살고 있었다. 그의 이름은 로저 칠링워스로 알려졌다. 간수는 그를 감방으로 데리고 온 후 이내 감방이 조용해진 것에 잠시 의아해했다. 그것은 아이는 계속 울어 댔지만 헤스터 프린은 즉시 죽은 것처럼 조용해졌기 때문이었다.

의사가 말했다. "이보시오, 내 환자와 둘이 있게 해 주시오. 간수 양반, 나를 믿으시오. 이곳은 곧 평온해질 것이고, 프린 부인은 지금까지보다 정의로운 권위에 더 잘 복종하게 될 거라고 내가 약속하오."

브래킷이 대답했다. "그렇게만 해 주신다면, 정말 선생님을 신통력 있는 분으로 인정하겠습니다. 이 여인은 지금까지 신들린 것 같았거든요. 채찍질을 해서라도 사탄을 내쫓을 수 있다면 못할 게 없을 정도입니다."

그 이방인은 자신의 직업에 어울리게 조용히 감방에 들어왔다. 간수가 나가고 여인과 단둘이 남았을 때에도 그의 태도는 변하지 않았다. 이 여인이 군중 속에 있는 그에게 관심을 집중했던 것은 둘이 가까운 관계에 있음을 암시했다. 그는 먼저 아이부터 돌봤는데, 아기가 침대 위에서 누워 몸부림치며 울고 있어 만사를 제치고 여자아이를 진정시키는 것이 필요했기 때문이었다. 그는 아기를 주의 깊게 살피더니 입고 있던 옷에서 꺼낸 가죽 케이스를 열었다. 그 안에는 의약품들이 들어 있었는데 그중 하나를 물에 섞었다.

그가 말했다. "연금술을 오래 연구하고 약초의 효능에 능통한 사람들 사이에서 1년도 넘게 지낸 탓에 나는 학위를 딴 사람들보다 더 뛰어난 의사가 됐지. 자, 여기 있어! 이 아기는 당신 아이지 내 아이가 아니야. 또 이 아이가 내 목소리나 모습을 아버지로 여기지도 않을 거야. 그러니 당신 손으로 직접 이 약물을 먹여."

헤스터는 불안한 기색이 역력한 눈길로 그의 얼굴을 쳐다보며 그 약을 물리쳤다.

"아무 죄도 없는 아기에게 복수하려는 건가요?" 하고 그녀가 속삭였다.

의사는 냉정하면서도 달래듯이 말했다. "어리석은 여자로군. 잘못 태어난 이 불쌍한 아기를 해친들 내게 무슨 소용이 있겠어. 이 약은 효험이 있고, 설령 내 아이라 하더라도 이보다 더 좋은 약을 만들 순 없어."

그녀는 사실 제정신이 아니어서 여전히 망설였기 때문에 그가 아기를 안고 직접 약을 먹였다. 약은 곧 효험을 발휘했고 그래서 의사의 약속은 이루어졌다. 어린 환자의 신음 소리가 잦아들었고 경련을 일으키던 움직임도 점차 멈췄으며 고통에서 해방된 어린 아이들이 그렇듯 얼마 후엔 깊고 고요한 잠에 빠져들었다. 의사로 불릴 자격이 충분한 그 사람은 이제 아기의 엄마를 돌보기 시작했다. 그는 차분하고도 열성적으로 환자를 살피면서 그녀의 맥박을 짚고 눈을 들여다보았는데, 그의 응시는 익숙하긴 했지만 또 낯설고 차가운 것이어서 그녀의 심장은 오그라들고 떨렸다. 마침내 그는 검진을 끝내고 다른 약을 짓기 시작했다.

그가 말했다. "나는 레테나 네펜테는 모르지만 황야에서 많은 새로운 비밀을 배웠고, 이 약은 그중 하나야. 내가 알고 있는 지식을 가르쳐 준 대가로 인디언이 알려 준, 파라켈수스만큼 오래된 처방전이지.* 그러니 그 약을 마셔. 그건 죄 없는 양심만큼 마음을 달래 주지는 못하고, 죄 없는 양심은 내가 당신에게 줄 수도 없지. 하지만 그 약은 폭풍우 치는 바다의 파도에 던져진 기름처럼 당신의 요동치는 열정을 진정시킬 거야."

그는 헤스터에게 잔을 건넸고 그녀는 심각하게 그의 얼굴을 응시하며 천천히 그 잔을 받았는데, 그녀의 시선은 정확히 말해서 두려움의 눈빛이라기보다는 그의 목적에 대한 의심과 의문으로 가득 찬 눈빛이었다. 그녀는 잠들어 있는 아이도 내려다보았다.

그녀가 입을 열었다. "죽을까도 생각해 봤어요. 죽기를 바라기도 했고요. 나 같은 사람이 기도하는 것이 가당한 일이라면 죽기를 기도했을 거예요. 하지만 만일 이 잔에 죽음이 있다면 내가 마시는 걸 보기 전에 다시 생각해 봐요. 자, 이제 잔이 내 입술에 닿았어요."

그는 여전히 차갑고 침착하게 말했다. "그럼 마셔. 헤스터 프린, 당신은 나를 그리도 모르나? 내 목적이 항상 그렇게 얄팍했던가? 내가 복수를 계획한다 해도 당신을 살리고, 당신에게 삶의 모든 해악과 위험을 막아 줄 약을 줘서 이 뜨거운 치욕이 당신 가슴에서 여전히 타오르게 하는 것보다 내 목표를 위해 더 좋은 일이 무엇이겠어." 그렇게 말하면서 그는 기다란 검지를 주홍 글자에 갖다 댔고, 주홍 글자는 마치 붉게 달궈져 헤스터의 가슴으로 타들어 가는 것처럼 보였다. 그는 그녀가 자기도 모르게 취한 동작을 알아채고 웃으며 말했다. "그러니 살아서 남녀 모두의 시선을 받으며 당신의 운명을 참고 견뎌. 당신이 남편이라고 불렀던 사람의 시선을 받으면서, 그리고 저 아이의 시선을 받으면서 말이야! 그리고 살기 위해서 이 약을 먹으란 말이야."

헤스터 프린은 더 이상 따지거나 미루지 않고 잔을 비운 뒤, 의사의 손짓에 따라 아이가 잠들어 있는 침대 위에 앉았다. 그사이 그는 감방에 있던 의자를 끌어다가 그녀 곁에 앉았다. 그녀는 이런 행위에 몸서리를 치지 않을 수 없었다. 왜냐하면 인간적 연민으로 인해서였든 어떤 원칙에 의해서였든 혹은 순화된 잔인성으로 인해서였든 간에 그가 신체의 고통을 덜어 주기 위해 할 수밖에 없었던 일을 모두 했으므로, 이제 그는 그녀가 가장 깊이 그리고 돌이킬 수 없는 상처를 준 남자로서 그녀를 대하려 한다고 느꼈기 때문이었다.

그가 말했다. "헤스터, 나는 당신이 어떻게 이런 구덩이에 빠졌는지, 아니 내가 당신을 처음 보았던 그 치욕의 연단에 올라서게 되었는지 묻지 않을 거야. 그 이유는 멀리서 찾을 필요도 없어. 그건 내 잘못이었고 당신이 약했기 때문이지. 사상에 몰두하고 서재에서 책에 파묻혀 지내던 내가, 지식의 갈구라는 꿈에 청춘을 바치고 이미 늙어 가고 있던 내가 당신같이 젊고 아름다운 여인과무슨 관계가 있었겠어! 태어날 때부터 기형이었던 내가 어떻게 젊은 소녀의 환상 속에서 지적인 재능이 신체적 기형을 가릴 수 있다는 망상에 빠질 수 있었는지 모르겠어! 만일 현인들이 스스로를 위해 현명할 수 있다면 나는 이 모든 것을 예견할 수 있었겠지. 내가 저 거대하고 어두운 숲에서 벗어나 기독교인들의 정착지에 들어섰을 때, 내 눈에 들어올 최초의 대상이 사람들 앞에 치욕의 조각상으로 서 있는 당신 헤스터 프린일 것이라 예견할 수 있었겠지. 아니, 우리가 옛 교회의 계단을 부부가 되어 처음 내려오던 순간부터 우리의 행로 끝에서 타오르는 저 주홍 글자의 불을 내가 볼 수 있었을지도 모르지."

헤스터는 침울한 상태였지만, 그녀의 수치의 상징에 대한 그의 이 나지막한 마지막 언급을 참지 못하고 말했다. "당신은 내가 솔직했다는 걸 알잖아요. 나는 사랑을 느끼지 못했고, 그걸 속인 적도 없어요."

그가 대답했다. "맞아. 그건 내 잘못이었지. 내가 그렇다고 말했잖아. 하지만 그때까지 내 삶은 공허했어. 세상은 정말 아무런 즐거움이 없었지. 내 마음은 많은 손님을 맞을 만큼 넓었지만 쓸쓸하고 싸늘했고 화롯불도 없었지. 나는 화롯불을 피우고 싶었어. 내가 늙고 침울하고 기형이긴 했지만, 모든 사람이 다 누릴 만큼 사방에 널리 퍼진 그 소박한 축복을 나도 가질 수 있다는 건 그리 지나친 꿈은 아닌 것 같았지. 헤스터, 그래서 나는 당신을 내 마음으로, 내 마음의 가장 깊숙한 방으로 불러들여 당신이 거기에 있어 생긴 온기로 당신을 따뜻하게 해 주려고 했던 거야."

"내가 당신에게 너무 못된 짓을 했어요" 하고 헤스터가 나직이 말했다.

그가 대답했다. "우리는 서로 잘못한 거야. 젊음이 한창 꽃피기 시작하던 당신을 노쇠한 나와 부자연스럽고 잘못된 관계를 맺게 만들었을 때 내가 먼저 잘못한 거였지. 나는 사상과 철학을 헛되이 배우지 않았기 때문에 당신에게 아무런 복수심이나 악의를 갖고 있지 않아. 당신과 나 사이의 저울은 균형을 이루고 있는 거지. 하지만 헤스터, 우리 둘 다에게 잘못한 남자가 살아 있잖아! 그게 누구지?"

헤스터 프린이 그의 얼굴을 단호히 쳐다보며 "내게 묻지 말아요. 당신은 결코 알지 못할 거예요"라고 말했다.

그는 자신의 지략을 믿는 듯 음흉한 미소를 지으며 말했다. "지금 결코라고 말했나? 결코 알지 못할 거라고! 헤스터, 내 말을 믿어. 바깥세상에서든 혹은 보이지 않는 생각의 영역 깊숙한 곳에 있는 것이든, 수수께끼를 풀기 위해 진지하고 철저하게 혼신의 힘을 기울이는 사람으로부터 숨길 수 있는 것은 거의 없어. 캐내려는 군중들로부터 당신이 비밀을 가릴 수는 있겠지. 또 오늘 그런 것처럼 당신 마음에서 그 남자의 이름을 빼내 처형대에서 당신 옆에 세우려는 목사나 치안 판사들로부터 감출 수도 있겠지. 하지만 나는 그들이 갖고 있는 것과는 다른 감각으로 탐구하거든. 나는 책 속에서 진리를 찾고, 연금술에서 금을 찾는 것처럼 이 남자를 찾을 거야. 나에겐 그를 알아차릴 수 있게 하는 어떤 공감 같은 것이 있지. 나는 그가 떨고 있는 걸 보면 갑자기 알지 못하는 사이에 나도 떨고 있는 걸 느낄 것이고, 조만간 그는 내 것이 되고 말 거야."

주름진 학자의 눈이 그녀를 향해 너무 강렬히 불타올라 헤스터 프린은 그가 자기 마음속의 비밀을 이내 읽어 버릴까 두려워 손으로 가슴을 감싸 안았다.

그는 마치 운명이 자신의 손에 있는 것처럼 자신 있는 표정으로 말했다. "그자의 이름을 밝히지 않겠다고? 그래도 그는 내 거야. 당신처럼 옷에 수치의 글자를 달고 다니지는 않겠지만, 나는 그의 마음에 새겨진 글자를 읽을 거야. 하지만 그 사람 때문에 염려하지는 마. 내가 하늘이 내리는 고유의 응보의 방식에 관여한다든지, 나 스스로 손해를 보며 그가 인간의 법적인 형벌을 받게 하리라고는 생각하지 마. 내가 그의 생명을 음해하거나, 혹시 내 생각대로 그가 명성 높은 인사라면, 그의 평판에 대한 음모를 꾸밀 것이라고도 생각하지 마. 그자가 살아 있으라고 하지. 할 수 있다면 세상의 명예 뒤로 숨으라고 하지! 아무리 그래도 그는 내 것이 되고 말 테니까."

헤스터가 당황하고 경악하며 말했다. "마치 자비로운 것처럼 행동하는군요. 하지만 당신이 하는 말을 들으면 당신이야말로 정말 무서운 사람예요."

학자가 말을 이었다. "내 아내였던 당신에게 내가 한 가지 명령을 해야겠어. 당신 연인의 비밀을 지켰듯이, 내 비밀도 지켜 줘야겠어! 이 땅에서 내가 누군지 아는 사람은 아무도 없어. 당신이 나를 남편으로 불렀다는 사실을 어느 누구에게도 말하지 마. 지상의 외진 이곳 황야에서 나는 야영하려고 해. 왜냐하면 다른 곳에서는 모든 인간의 관심사에서 벗어난 떠돌이지만, 이곳에서는 나와 아주 가까운 인연을 맺었던 한 여인과 남자 그리고 아이가 있기 때문이지. 사랑이든 증오든 혹은 옳든 그르든 아무래도 상관없어. 헤스터 프린, 당신과 당신의 연인은 다 내 거야. 당신이 있고 그가 있는 곳이 곧 내 집이지. 그러나 나를 배신하지는 마!"

헤스터는 자신도 모르게 이 비밀스러운 인연으로부터 몸을 움츠리며 물었다. "당신은 왜 그걸 원하죠? 왜 당신의 신분을 공개적으로 밝히고, 당장 나와의 인연을 끊지 않는 거죠?"

그가 대답했다. "그건 아마도 내가 변절한 여인의 남편이라는 오명을 받고 싶지 않기 때문일 수도 있고, 다른 이유 때문일 수도 있겠지. 그걸로 충분해. 알려지지 않고 살다 죽는 게 내 목적이니까. 그러니 세상에는 당신 남편이 이미 죽어서 어떤 소식도 받지 못하는 걸로 해 둬. 말로든, 표시로든, 표정으로든 간에 나를 아는 체하지 마. 무엇보다 당신이 아는 그 사람에게 비밀을 말해선 안 돼. 만일 이 약속을 지키지 못하면, 조심해. 그의 명예와 직위, 그리고 생명은 내 손안에 놓이게 될 테니. 조심하라고!"

헤스터가 말했다. "그 사람 비밀을 지켰듯이 당신의 비밀도 지키겠어요."

그가 대답했다. "맹세해!"

그녀는 맹세했다.

앞으로 늙은 로저 칠링워스로 불릴 그가 말했다. "프린 부인, 이제 당신을 아기와 주홍 글자와 혼자 있게 놔두지. 헤스터, 어때? 잘 때도 그 표식을 달고 자도록 선고받은 건가? 악몽이나 무서운 꿈이 두렵지 않은가?"

헤스터가 그의 눈을 보고 당황해서 물었다. "내게 왜 그런 웃음을 짓는 거죠? 당신은 주변의 숲에 출몰하는 블랙 맨*과 같은가요? 당신이 내 영혼을 파멸시킬 계약으로 나를 유혹한 건가요?"

"당신 영혼이 아니야, 당신 영혼은 절대 아니지" 하고 그가 또 웃으며 말했다.

제5장
바느질하는 헤스터

헤스터 프린의 형기(刑期)가 끝났다. 감옥 문이 열리고 그녀는 햇빛 속으로 나왔는데, 이 햇빛은 모든 사물을 고루 비추는 것이지만, 병들고 침울한 그녀의 마음속에서는 오로지 자신의 가슴에 달린 주홍 글자만 드러내려는 것처럼 보였다. 아마도 앞서 묘사했던 행렬과 광경에서 그녀가 운집한 모든 사람이 똑같이 손가락질을 한 치욕의 대상이 되었을 때보다, 지금 혼자서 감옥 문을 나서는 것이 실제로는 더 고통스러웠을지도 모른다. 당시에 그녀는 신경이 잔뜩 긴장되어 있었고, 또 그 상황을 빛나는 승리로 바꿀 수 있는 투쟁적인 성격의 힘 덕분에 버틸 수 있었다. 더욱이 그것은 일생에 한 번 생기는 고립된 사건이어서, 그에 대처하기 위해 그녀는 수년 동안의 평온한 세월을 지내기에 충분한 생명력을 아낌없이 동원할 수 있었다. 그때 그녀에게 형벌을 내렸던 법 — 그 강철 같은 팔로 파멸시킬 뿐 아니라 떠받쳐 주기도 하는 기운을 지닌 엄한 표정의 거인 — 은 그녀가 끔찍한 치욕의 시련을 감내하는 동안 그녀를 지탱해 주었었다. 그러나 이제 그녀 혼자 감옥 문을 걸어 나옴으로써 매일 반복할 삶은 시작되었고, 그녀는 평상시의 힘으로 이 삶을 지고 나아가든지 아니면 그 무게로 인해 주저앉든지 해야 했다. 그녀는 현재의 슬픔을 극복하기 위해 미래에서 힘을 빌릴 수 없었다. 내일에는 내일의 시련이 있고 그다음 날도 또 그다음 날도 마찬가지로, 지금은 말로 표현할 수 없을 만큼 감내하기 힘든 시련이 있을 것이기 때문이었다. 먼 미래의 날들에도 그녀는 여전히 똑같은 짐을 짊어지고 인내하며 나아가야 했고 그 짐을 내팽개칠 수 없었다. 왜냐하면 하루하루가 지나고 한 해 두 해가 지나면서 그 세월 동안의 비참함이 수치의 더미 위에 차곡차곡 쌓여 갈 것이기 때문이었다. 그 세월 동안 그녀는 자신의 개성을 잃고 목사와 도덕가가 모두 똑같이 지적하는 상징이 될 것이었고, 그들은 그 상징이 여인의 연약함과 죄의 열정의 이미지를 나타낸다고 볼 것이었다. 그래서 젊고 순수한 사람은 가슴에 주홍 글자가 번쩍거리는 그녀를, 고귀한 부모의 자식이었던 그녀를, 앞으로 여인으로 성장할 아기의 엄마인 그녀를, 한때 순수했던 그녀를, 죄가 육화되어 현실로 나타난 모습으로 바라보라는 교육을 받을 것이었다. 그리고 그녀가 무덤에 가지고 갈 그 치욕이 그녀의 무덤을 장식할 유일한 기념비가 될 것이었다.

그녀가 받은 처벌에 멀고 외진 청교도 정착지를 떠나서는 안 된다는 조항이 없었으므로, 그녀에게는 세상이 모두 열려 있었다. 따라서 그녀가 자신의 출생지나 유럽의 다른 곳으로 돌아가 마치 완전히 다른 존재로 출현하는 것처럼 새로운 모습으로 자신의 신분을 숨길 자유가 있었고, 또는 어둡고 불가해한 숲의 길도 열려 있어 그곳에서 자신을 처벌한 법과는 다른 관습을 갖고 살아가는 사람들과 그녀의 야성적인 성품을 섞을 수도 있었다. 그런 까닭에 그녀가 수치의 전형이 될 수밖에 없었던 유일한 곳을 자신의 주거지로 삼은 것은 놀라운 일로 보일 수 있다. 그러나 숙명이란 게 있기 마련이다. 이는 거역할 수 없는 불가피한 느낌으로, 어떤 크고 독특한 사건이 사람들의 생애를 물들인 곳에서, 또는 그들의 생애를 슬프게 하는 색깔이 어두울수록 더 거역할 수 없게 만드는 장소에서 사람들이 예외 없이 유령처럼 머물러 떠돌게 하는, 운명의 힘 같은 것이다. 그녀의 죄와 오명은 그녀가 이 땅에 박아 넣은 뿌리였다. 그것은 마치 헤스터 프린이 태어날 때보다 더 큰 동화력을 지니고 새로 태어나 다른 모든 순례자나 방랑자에게는 여전히 이질적인 숲을 거칠고 황량하지만 평생 살게 될 그녀의 집으로 바꾸어 놓은 것 같았다. 세상의 다른 모든 장면들 — 심지어 그녀의 어머니가 그녀의 행복한 유년기와 순결한 처녀 시절을 오래전에 벗어 버린 옷처럼 보관하고 있는 듯한 옛 영국의 시골 마을도 — 이 집과 비교하면 낯설었다. 그녀를 이곳에 묶어 둔 사슬은 강철로 만든 것같이 단단하여 그녀의 마음을 괴롭히며 결코 끊어지지 않았다.

아마도, 아니 틀림없이 그녀가 자신에게 그토록 숙명적인 장소에 머물게 된 것은 또 다른 감정 때문이었다. 비록 자신에게도 비밀을 숨기고, 이 비밀이 구멍 속의 뱀처럼 마음속에서 나오려고 안간힘을 쓸 때마다 그녀가 창백해졌지만 말이다. 그녀는 그곳에 자신과 하나로 결합했다고 생각한 사람이 살고 있으며, 이 세상에 선 인정받지 못했지만 이 결합으로 인해 두 사람이 최후의 심판의 법정에 서게 될 것이고, 그 법정이 두 사람이 함께 끝없이 죄의 응보를 받는 미래를 약속할 결혼 제대(祭臺)가 될 것이라고 생각했다. 헤스터가 사색에 잠길 때마다 영혼의 유혹인은 계속해서 이런 생각을 헤스터에게 강요했고, 그녀를 사로잡았지만 그녀가 뿌리치려 한 열정적이고 필사적인 쾌감을 보며 웃어 댔다. 그녀는 이런 생각을 마주 대할 때마다 황급히 지하 감옥에 처박아 넣곤 했다. 그녀 스스로 믿도록 강요하고, 마침내 자신이 뉴잉글랜드에서 계속 사는 이유라고 합리화한 것은 반쯤은 사실이고 반쯤은 자기 망상적인 것이었다. 즉 그녀는 스스로 이렇게 생각했다. 이곳이 그녀가 죄를 지은 곳이므로 자신이 현세의 처벌을 받을 장소도 이곳이라고, 그리고 그녀가 매일같이 받는 수치의 고통은 마침내 그녀의 영혼을 정화시켜 자신이 상실한 순결과 다른, 그리고 순교의 결과로 얻었기에 더 성스러운 순결을 얻게 해 줄 것이라고.

그래서 헤스터 프린은 도피하지 않았다. 반도의 끝에 있는 마을 가장자리에, 그러나 다른 거주지와 가깝지 않은 곳에 작은 초가집이 있었다. 그 집은 초기 정착민이 지었다가 인근의 땅이 곡물을 재배하기엔 너무 척박해서 버린 것으로, 비교적 멀리 떨어져 있어서 이미 이주민들의 습관이 되어 버린 사회 활동의 영역에서도 벗어나 있었다. 그 집은 해변가에 있었고 숲으로 덮인 언덕 가에 바닷물이 고여 있는 곳을 가로질러 서쪽을 향해 있었다. 반도에만 자라는 관목 덤불은 오두막집을 시야에서 가리기보다는 이곳에 보이지 않는 게 좋은, 혹은 보이지 말아야 할 게 있음을 말해 주려는 것처럼 보였다. 이 직고 외로운 거처에서 헤스터는 보살것없는 생계 수단으로, 여전히 그녀를 예의 주시하며 감시하는 치안 판사들의 허락을 얻어 아기와 함께 정착했다. 신비로운 의문의 그림자가 곧 이 장소에 집중되었다. 이 여인이 왜 인간적인 자비의 영역에서 추방되어야 하는지를 이해하기에 너무 어린 아이들은 가까이 다가가 그녀가 오두막 창가에서 바느질을 하거나 문가에 서 있거나 작은 정원에서 일하거나 마을 쪽으로 뻗은 길가에서 걸어오는 것을 보았고, 그녀의 가슴에 달린 주홍 글자를 보고는 이상한 두려움에 전염되어 도망치곤 했다.

외로운 처지에, 세상에서 찾아 줄 친구 하나 없었지만 헤스터는 생계 수단이 부족하진 않았다. 그녀에겐 뛰어난 재주가 있었는데, 그것은 이 재주를 필요로 하기에 비교적 작은 이 땅에서도 자신과 자라나는 아기를 먹여 살리기엔 충분했다. 그것은 지금이나 당시에나 여성이 유일하게 할 수 있는 바느질 기술이었다. 그녀는 섬세하고 상상적인 기술의 표본으로 신비롭게 수놓은 글자를 가슴에 달았는데, 이는 궁정의 여인들도 비단과 금으로 만든 옷감에 보다 풍부하고 정신적인 인간 재능의 장식을 덧붙이기 위해 기꺼이 달고 싶어 할 만한 것이었다. 실제로 이곳에서는 검고 단순한 것이 청교도 의복 양식의 일반 특징이었기 때문에 그녀의 솜씨를 필요로 하는 보다 정교한 물건에 대한 수요가 많지 않았을지도 모른다. 그러나 이런 종류의 물건에서 섬세함을 요구하는 시대의 취향은, 더 포기하기 어려워 보이는 수많은 유행을 물리쳤던 우리의 엄격한 조상들에게도 어김없이 영향을 미쳤다. 서품식이나 치안 판사들의 취임식, 그리고 새로운 지도부가 민중 앞에 자신을 드러낼 의례에 위엄을 보일 만한 모든 공적 의식은 정책상 위엄 있는 행사로 거행되었고 엄숙하고 장대하게 준비되었다. 높은 주름 옷깃과 공들여 만든 띠, 아름답게 수놓은 장갑은 권력의 고삐를 쥐게 될 사람들의 공식적인 의례에 필요하다 여겼고, 비록 사치 단속령으로 인해 평민들에게 이와 유사한 사치와 더불어 금지되긴 했지만 높은 지위나 부를 지닌 사람들에게는 용인되었다. 장례식에서도 — 죽은 이의 옷을 위해서든 아니면 검은 천과 흰 무명으로 여러 가지 상징적인 도안을 만들어 유가족들의 슬픔을 나타내기 위해서든 간에 — 헤스터 프린이 제공할 수 있는 솜씨에 대한 요구는 많았다. 아기용 리넨 천은 — 왜냐하면 당시엔 아이들도 품위 있는 옷을 입었으므로 — 또 다른 노동과 보상의 기회를 제공했다.

점진적으로 아주 느리지 않게 그녀의 수공품은 요즘 말로 하면 유행이 되어 버렸다. 비참한 운명을 지닌 여인에 대한 동정심 때문이든, 아니면 평범한 일에도 가공의 중요성을 부여하는 병적 호기심 때문이든, 아니면 그때나 지금이나 다른 사람이 받으려 해도 받을 수 없는 것을 어떤 특정인에게 줄 만한 다른 말 못할 사정이 있었든, 아니면 빈 공간으로 남아 있을 틈을 헤스터가 실제로 메웠기 때문이든, 그녀가 하는 만큼 충분히 대가를 받을 수 있는 바느질감을 항상 맡을 수 있었다는 것은 확실하다. 화려하고 품위 있는 의례를 위해 죄인인 그녀의 손으로 만든 옷을 입음으로써 사람들의 허영심은 스스로 모욕하기를 선택했을지도 모른다. 그녀의 바느질은 총독의 옷깃과 군인의 스카프, 목사의 띠에서도 볼 수 있었고, 아기의 작은 모자를 장식했으며 망자의 관 속에 갇혀 썩어 가기도 했다. 하지만 붉게 물든 신부의 순수한 얼굴을 가리기 위한 하얀 베일을 수놓으려고 그녀의 솜씨를 요청한 적이 한 번이라도 있었다는 기록은 없다. 이런 예외는 사회가 그녀의 죄를 계속해서 가혹하게 바라보고 있었음을 보여 준다.

헤스터 자신은 가장 평범하고 금욕적으로 생활하면서 아기에게는 소박하지만 넉넉하게 해 주는 것 이상을 얻으려 하지 않았다. 그녀가 운명적으로 달고 다녀야 할 장식인 주홍 글자를 제외하면, 그녀의 옷은 가장 거친 재료로 만든 가장 어두운 색의 옷이었다. 반면에 아기의 옷은 상상적이거나 아니면 환상적이라고 해도 좋을 솜씨로 만들었는데, 그 솜씨는 어린 여자아이에게서 일찍부터 드러나기 시작한 요정 같은 매력을 더했을 뿐 아니라 어떤 심오한 의미도 깃들어 있는 것처럼 보였다. 이에 관해서는 앞으로 좀 더 이야기하게 될 것이다. 헤스터는 아기를 꾸미는 일에 약간의 지출을 하고 남은 모든 재산을 자신보다 더 궁핍하지도 않은 사람들을 위한 자선에 바쳤는데, 이들은 자주 그들의 생계를 도와준 손을 모욕하곤 했다. 그녀는 자신의 기술로 더 좋은 목적을 위해 쓸 수 있는 많은 시간을 가난한 이들을 위한 옷을 만드는 데 사용했다. 아마도 그녀가 이런 일을 하는 데에는 참회하려는 생각이 있었고, 그토록 많은 시간을 거친 수작업을 하는 데 바친 것은 실제로 즐거움을 희생하려는 것이었을지도 몰랐다. 그녀에게는 본래 풍부하고 관능적이고 동양적인 성격, 즉 찬란하게 아름다운 것을 좋아하는 취향이 있었는데, 정교한 바느질 작품을 만들어 내는 것 이외에는 이 취향을 발휘할 기회가 어디에도 없었다. 여자들은 정교한 바느질 작업에서 남자들이 이해할 수 없는 즐거움을 얻는다. 헤스터 프린에게 바느질은 자기 삶의 열정을 표현해서 달래는 방법이었을지도 모른다. 그녀는 다른 즐거움과 마찬가지로 바느질도 죄로 여겨 거부했다. 이렇게 사소한 일조차도 병적이리만큼 양심의 문제로 삼는 것은 진실하고 지속적인 회개가 아니라 무언가 의심스럽고 마음속 깊은 곳에서 매우 잘못된 것을 나타내는 것은 아닌지 염려되기도 했다.

헤스터 프린은 이처럼 세상에서 수행해야 할 역할을 갖게 되었다. 그녀가 활기 있는 성격과 보기 드문 능력을 갖고 있었기 때문에, 세상은 카인의 이마에 찍은 낙인*보다 여인의 마음이 더 감당하기 어려운 표식을 그녀에게 새겼지만 그녀를 완전히 버릴 수는 없었다. 하지만 그녀가 사회와 관계를 맺을 때 사회에 속한다고 느끼게 만드는 것은 아무것도 없었다. 그녀가 접촉한 사람들의 몸동작과 말, 심지어는 침묵조차도 그녀가 추방되었으며 마치 다른 영역에 사는 것처럼 혼자임을 혹은 여느 사람들과는 다른 기관과 감각으로 만물과 소통한다는 것을 함축적으로, 아니 때로는 명시적으로 보여 주었다. 그녀는 사람들의 관심사에서 떨어져 있었지만 그 곁에 가까이 있기도 했는데, 이는 마치 유령이 집 안의 화롯가를 다시 찾아와도 보이거나 느껴지지 않고, 집안의 기쁨에 함께 웃거나 가족의 슬픈 일을 같이 애도하지도 못하고, 설사 금지된 동정심을 나타내는 데 성공한다 할지라도 공포와 끔찍한 혐오감만 일깨우게 되는 것과 같았다. 이런 느낌과 세상의 기혹한 경멸이 그녀가 넓은 세계의 마음에서 차지할 수 있는 유일한 몫처럼 보였다. 당시는 섬세한 시대가 아니어서, 그녀는 자신의 처지를 잘 이해하고 이를 잊을 위험도 없었지만, 마치 새로 생긴 상처처럼 연한 곳을 거칠게 만지는 행위로 인해 그녀는 자신의 처지를 생생하게 다시 인식하게 되었다. 이미 말한 것처럼, 그녀가 자선의 대상으로 찾았던 가난한 이들은 자신들을 돕기 위해 내민 손을 자주 비난했다. 마찬가지로 높은 신분의 부인들도 그녀가 맡은 일 때문에 그들의 집에 들어설 때면, 때로는 여성들이 사소한 일상사에서 은밀히 몸에 퍼지는 독약을 만들어 내는 악의의 연금술을 이용해, 때로는 궤양이 생긴 상처를 거칠게 때리는 것 같이 고통받는 자의 마음에 야비한 표현을 가함으로써 그녀의 마음에 쓰라림이 스며들게 했다. 헤스터는 오랫동안 스스로 잘 단련한 탓에 이런 공격에 대해 아무런 반응도 하지 않았고, 단지 그녀의 창백한 뺨이 어쩔 수 없이 붉게 달아오르다가 가슴 깊숙한 곳으로 가라앉을 뿐이었다. 그녀는 정말 순교자처럼 인내했지만 적들을 위해 기도하려 하지는 않았는데, 이는 그들을 용서하고 싶은 열망에도 불구하고 축복의 언어가 고집스럽게 저주로 탈바꿈할지도 모르기 때문이었다.

그녀는 청교도 재판단이 자신에게 끊임없이 작용하도록 교묘하게 고안한 처벌, 즉 고뇌의 아픔을 계속해서 온갖 다양한 방식으로 느꼈다. 성직자들은 거리에 멈춰 서서 훈계를 했고, 이로 인해 군중은 웃기도 하고 찌푸리기도 하며 죄지은 가련한 여인에게 몰려들었다. 만일 그녀가 만인의 아버지인 하느님이 안식일에 짓는 미소를 나누어 가질 수 있다고 믿어 교회에 들어서기라도 하면, 불행하게도 자신이 설교 주제가 되는 것을 알게 되었다. 그녀는 아이들도 두려워하게 되었는데, 이는 아이들 역시 딸자식 이외에 아무 동반자도 없이 마을을 소리 없이 지나가는 음산한 여인에게 무언가 섬뜩한 것이 있다는 막연한 생각을 부모에게서 받았기 때문이었다. 그래서 아이들은 그녀가 지나가게 한 다음 멀리서 날카로운 소리를 지르며 그녀를 뒤쫓았고, 스스로 뜻도 이해하지 못하는 말을 퍼부었지만 그녀에게는 아이들의 입에서 의미도 모른 채 나오는 이 말들이 여전히 끔찍하게 들렸다. 이는 마치 그녀의 치욕이 널리 퍼져서 모든 자연이 알고 있다고 말하는 것 같았다. 설사 모든 나뭇잎이 그들끼리 이 어두운 이야기를 속삭이고, 여름 바람이 이 이야기를 중얼대고, 겨울 돌풍이 이 이야기를 크게 외친다 해도, 이보다 더 깊은 고통을 그녀에게 주지는 못했을 것이다. 새로운 인물의 눈이 응시할 때면 또 다른 특이한 고통을 느꼈다. 낯선 사람들이 주홍 글자를 호기심 어린 눈으로 바라볼 때 — 이들이 그러지 않은 적은 없었다 — 그들은 주홍 글자를 헤스터의 영혼에 새롭게 낙인찍는 셈이어서, 그녀는 손으로 그 상징을 가리는 것을 참기 어려웠다. 물론 항상 끝내 참아 냈지만 말이다. 그러나 친숙한 이의 눈도 마찬가지로 그 나름대로 고통을 안겨 주었다. 이 친숙하고도 차가운 시선은 참을 수 없는 것이었다. 다시 말해서 헤스터 프린은 처음부터 끝까지 사람의 눈이 이 표식을 응시할 때마다 항상 끔찍한 고뇌를 느꼈다. 이 부분은 결코 감각이 무뎌지지 않았고 오히려 반대로 매일같이 고통받음으로써 더 예민해지는 것 같았다.

하지만 때때로 며칠 혹은 몇 달에 한 번 그녀는 마치 자기 고통의 절반을 덜어 주는 듯한 일시적인 안도감을 주는 것처럼, 어떤 인간적인 눈이 이 치욕의 낙인을 응시한다고 느끼기도 했다. 그다음 순간, 고뇌는 더 깊은 고통의 박동과 함께 몰려왔다. 왜냐하면 그 짧은 순간에 그녀는 다시 죄를 지었기 때문이다. 그런데 헤스터는 혼자만 죄를 지은 것일까?

낯설고 외로운 고뇌의 삶을 살면서 그녀의 상상력도 영향을 받았다. 아마 그녀의 도덕적이고 지적인 성격이 좀 더 약했다면 더 큰 영향을 받았을 것이다. 헤스터는 자신이 표면적으로만 연결되어 있는 그 작은 세계를 외로운 발걸음으로 걸어 다니는 동안 주홍 글자가 새로운 감각을 갖게 해 주었다고 상상했는데, 이는 아마도 전적으로 상상한 것일지는 몰라도 거역할 수 없을 만큼 강력한 것이었다. 그녀는 주홍 글자로 인해 다른 사람들의 마음에 숨어 있는 죄를 공감할 수 있다고 믿게 되었는데, 이는 두렵긴 했지만 거부할 수 없을 만큼 강한 것이었다. 그녀는 그렇게 드러난 것들에 경악했다. 그것들은 어떤 것들이었을까? 그것들은 악의 천사가 아직 절반만 자신의 희생물이 된 이 고통받는 여인에게 순수의 외면적 위장은 거짓에 불과하고, 모든 곳에서 진리가 드러날 때 헤스터 프린 이외의 다른 많은 이들의 가슴에도 주홍 글자가 불타오를 것이라고 설득하는 교활한 속삭임이 아니면 무엇이었단 말인가? 혹은 그녀가 불분명하지만 한편으로는 명확하기도 한 이런 암시들을 진리로 받아들여야 하는가? 그녀가 겪은 모든 비참한 경험 중에 이 감각만큼 무섭고 역겨운 것은 없었다. 이런 감각이 특히 활발하게 작용하는 경우는 불경스럽게도 부적절한 때였기 때문에 그녀는 놀라기도 했지만 매우 당황했다. 때로 공경의 시대에 사람들이 천사들과 어울리는 인간을 공경하듯이, 경건과 정의의 모범으로 존경하는 목사나 판사 곁을 지나갈 때 그녀 가슴에 달린 그 빨간 오명의 상징은 공감의 박동을 느끼게 하는 것이었다. 그럴 때면 헤스터는 "어떤 사악한 존재가 가까이 있나?" 하고 자문하곤 했다. 그리고 나서 내키지 않는 눈을 들어 보면 시야에는 이 지상의 성인 형체 이외에 아무도 없는 것이 아닌가! 또 평생 가슴속에 눈같이 순결한 정절을 지켜 왔다고 소문이 자자한 노부인이 불쾌해하는 성스러운 표정을 대면할 때에도 신비로운 자매애가 느껴졌다. 노부인의 가슴속에 고이 보존된 눈 같은 절개와 헤스터 프린의 가슴에 타오르는 수치는 어떤 공통점이 있단 말인가? 혹은 그 전기 같은 전율이 "헤스터, 눈을 들어 봐, 여기 당신의 동료가 있어!"라는 경고를 보낼 때 그녀가 올려다보면, 수줍은 듯 곁눈질로 주홍 글자를 힐끗 보고는 마치 자신의 순결이 그 한순간의 시선으로 더러워진 것처럼 얼굴이 살짝 싸늘하게 붉어지면서 이내 피해 버리는 젊은 처녀의 눈을 발견하기도 했다. 저 치명적인 상징을 부적으로 삼고 있는 악마여, 그대는 젊은이이건 노인이건 이 불쌍한 죄인이 공경할 대상을 아무도 남겨 놓지 않으려 하는가? 이런 믿음의 상실은 항상 죄가 낳는 가장 슬픈 결과 중

하나이다. 하지만 헤스터 프린이 어느 인간도 자신만큼 죄를 짓지는 않았다고 믿으려 여전히 안간힘을 썼다는 사실이, 유약함의 불쌍한 희생자가 된 이 여인과 인간의 법이 모두 타락하지는 않았음을 증명하는 것으로 여기길 바랄 뿐이다.

그 황량한 시대에 자신들의 상상력을 자극한 것들에 항상 기괴한 공포를 더했던 속된 자들이 주홍 글자 이야기를 하고 있었는데 이는 우리가 곧 멋진 전설로 만들 수 있을 것이다. 그들은 그 상징이 지상의 염료 통에서 물들인 주홍색 천이 아니라 지옥 불로 붉게 달궈진 것이며 헤스터 프린이 밤에 걸어 다닐 때마다 밝게 빛나는 것을 볼 수 있다고 장담했던 것이다. 그리고 이런 말을 해 두어야겠는데, 그것이 헤스터의 가슴속을 너무 깊게 그슬렀기 때문에, 잘 믿지 못하는 요즈음의 성향이 인정하려는 것보다는 이런 소문에 아마 더 많은 진리가 담겨 있을지도 모른다.

제6장
펄

아직까지 아기에 대해서는 거의 이야기하지 않았다. 열정의 죄가 한창 번성하는 틈에서 불가해한 신의 섭리에 의해 사랑스러운 불멸의 꽃으로 그 순수한 생명이 자라난 어린 존재에 대해서 말이다. 아기가 자라면서 매일같이 점점 더 아름답게 빛나며, 그 작은 모습이 햇빛을 받은 듯 지혜로워지는 것이 이 슬픈 여인의 눈엔 얼마나 이상하게 보였을까! 그녀의 펄이 말이다! 헤스터는 이 아이를 펄이라 불렀는데, 이는 아기의 모습이 같은 이름의 보석과 비교될 만큼 조용하고 하얗고 차분한 빛을 갖고 있어서가 아니다. 그녀가 아기를 펄이라 부른 것은 엄마의 유일한 존재로서 자신이 가진 모든 것을 다 바쳐서 산, 아주 값진 존재이기 때문이었다. 정말 얼마나 이상한 일인가! 사람들은 여인의 죄를 주홍 글자로 낙인찍었고, 이 글자의 효과는 너무 크고 심각해서 그녀처럼 죄를 지은 사람이 아니고는 어떤 인간도 그녀에게 동정심을 베풀지 못했는데, 신은 인간이 그렇게 처벌한 죄의 직접적인 결과로 그녀에게 사랑스러운 아이를 주고 그 수치스러운 가슴에 안긴 이 아이는 엄마가 영원히 다른 사람들과 관계를 맺고 마침내 하늘에서 축복받는 영혼이 되게 했으니 말이다. 그러나 이런 생각 때문에 헤스터 프린은 희망보다는 걱정을 갖게 되었다. 그녀는 자신의 행위가 악한 것임을 알고 있었으므로 그 행위의 결과가 결코 좋다고 믿을 수는 없었다. 그래서 그녀는 항상 아기를 태어나게 한 죄에 상응하는 어떤 어둡고 광적인 특성을 발견하는 것은 아닐까 하는 두려운 마음으로 매일같이 아이가 성장해 가는 모습을 예의 주시했다.

어떤 신체적인 결함은 분명 없었다. 완벽한 형체와 발랄함을 지니고 아직 익숙하지 않은 팔다리를 타고난 기민함으로 움직이는 아이는 에덴동산에서 태어나 세상의 첫 부모가 쫓겨난 뒤에 그곳에 남겨 두어도 천사들이 함께 놀아 줄 만한 아이였다. 아이는 결점 없이 아름답다고 항상 나타나지는 않는 타고난 매력을 지니고 있었고, 아이의 옷은 단순하긴 했어도 보는 이로 하여금 가장 잘 어울리는 옷을 입었다는 인상을 주었다. 그러나 귀여운 펄은 시골 잡초같이 촌스러운 옷을 입지 않았다. 아이의 엄마는, 앞으로 더 잘 알게 될 어떤 병적인 목적을 가지고, 당시에 구할 수 있는 가장 비싼 옷감을 사서 아이가 사람들 앞에서 입을 옷을 재단하고 장식하는 데 자신의 상상력을 최대한 발휘했다. 그렇게 차려입은 아기의 모습은 워낙 수려했다. 아마도 그녀만큼 아름답지 못한 아이였다면 오히려 빛을 가리게 할 화려한 옷을 입고도 펄 고유의 아름다움이 너무도 찬란해서, 어두운 오두막 마루에는 그녀 둘레에 동그란 광채가 빛났다. 또 아이가 거칠게 다루어 더러워지고 찢긴,

손으로 짠 가운을 입어도 여전히 아이는 완벽해 보였다. 펄의 모습은 무한히 다양하게 바뀌는 마법을 지닌 듯했다. 아이 안에는 야생화 같은 시골 아기의 아름다움에서부터 아기 공주의 작은 화려함에 이르기까지 전 영역에 걸친 온갖 아이들의 모습이 있었다. 하지만 이 모든 모습 속에는 그녀가 결코 잃지 않은 열정의 특성과 어떤 진한 색깔이 있었는데, 혹시 그녀의 변화하는 모습에서 이 색깔이 연해지거나 창백해진다면 그녀는 더 이상 펄이 아닐 것이었다.

이렇게 변화무쌍한 외모는 그녀의 내면 삶의 속성들을 표현해주는 것이었다. 그녀의 본성은 다양할 뿐 아니라 깊이도 있는 것처럼 보였다. 하지만 그녀의 본성에는 자신이 태어난 세상의 규범에 적응하는 능력이 없었거나, 혹은 헤스터가 갖고 있는 두려움 때문에 그렇게 오인한 것일지도 모른다. 아이는 규칙을 따르게 만들 수 없었다. 아이가 생기는 과정에서 큰 법이 깨졌고, 그 결과 아름답고 화려한 요소들을 지녔지만, 이 요소들이 무질서한 상태에 있거나 자신만의 독특한 질서가 있어 다양성과 정렬의 지점을 찾기 어렵거나 불가능한 그런 존재가 태어난 것이다. 헤스터는, 펄이 정신세계에서 영혼을 흡수하고 지상의 물질로부터 신체적 형태를 취했던 그 중요한 시점에 자기 자신이 어떤 상태였는지를 회상함으로써만, 이 아이의 성격을 설명할 수 있었다. 물론 그럴 때에도 아주 희미하고 불완전했지만 말이다. 엄마가 격정에 휩싸였던 상태는 태아의 도덕적 생명의 빛이 전달되는 매개체였고, 이 빛이 아무리 순백으로 청결한 것이었다 할지라도, 매개체가 갖고 있는 붉은 금색의 얼룩, 불같이 타오르는 광채, 검은 그림자와 정제되지 않은 빛을 취하지 않을 수 없었다. 무엇보다도 그 당시 격전 상태에 있던 헤스터의 영혼은 펄 속에서 지속되었다. 그녀는 아이에게서 자신의 격렬하고 필사적이고 반항적이었던 감정과 동요했던 기질 그리고 자신의 마음속에서 자라났던 구름같이 어두운 우울함과 절망까지도 알아차릴 수 있을 것 같았다. 이런 것들이 어린아이의 아침 햇살 같은 기질로 인해 밝아지긴 했지만 훗날 살아가는 동안 폭풍과 회오리바람을 일으킬지도 모를 일이었다.

당시 가정 교육은 지금보다 훨씬 더 엄했다. 실제로 저지른 위반을 벌하기 위해서뿐 아니라 어린이의 미덕을 함양하고 고무하기 위한 교육법의 일환으로, 험한 얼굴 표정을 짓기도 하고, 가혹하게 질책하거나 성서가 명하듯이* 자주 체벌을 가하기도 했다. 그럼에도 한 아이의 외로운 엄마였던 헤스터는 지나치게 엄격한 실수를 저지르진 않았다. 하지만 그녀는 자신의 과오와 불행을 떠올리며, 이 불멸의 아기를 부드러우면서도 엄격하게 통제하려고 일찍부터 노력했다. 그러나 이 과제는 그녀의 재주로는 감당하기 어려운 것이었다. 웃기도 하고 인상도 써 보았지만 어느 방법도 아이에게 통하지 않는다는 걸 깨달은 헤스터는 결국 옆으로 비켜서서 아이가 자신의 충동에 따라 행동하도록 허용하고 말았다. 물론 신체적으로 강제하거나 구속하는 것은 그동안만큼은 효과가 있었다. 그러나 다른 종류의 교육은 그녀의 지성을 위한 것이든 감성을 향한 것이든 간에, 펄의 변덕에 따라 효과가 있기도 하고 없기도 했다. 펄이 아기였을 때, 그녀의 엄마는 끈질기게 주장하거나 설득하거나 혹은 애원해도 아무 소용 없을 것이라고 경고하는 어떤 특이한 표정에 점점 익숙해져 갔다. 그 표정은 너무 영리하지만 이해할 수 없고, 너무 심술궂으며, 때로 악의에 찬 것 같지만 동시에 영적 기운이 넘쳐 나는 것 같아 헤스터는 그럴 때면 펄이 인간의 자식인지 의문을 품지 않을 수 없었다. 그녀는 오두막의 마루에서 잠시 환상적인 놀이를 하다가 조롱 섞인 웃음을 지으며 날아가는 공중의 요정처럼 보였다. 그런 표정이 그녀의 야성적인, 검고 반짝이는 눈가에 나타날 때면, 그녀는 이상하게 멀고도 잡히지 않을 것 같은 기운에 휩싸였다. 이때의 그녀는 마치 어디에서 와서 어디로 가는지 알지 못할 반짝이는 빛처럼 공중에 떠돌다가 사라질 것 같았다. 그런 표정을 보고 헤스터는 날아오르려는 꼬마 요정을 쫓아가 가슴에 꼭 껴안고 진지한 입맞춤을 퍼부으려고 달려가지 않을 수 없었는데, 이는 넘쳐 나는 사랑을 주체할 수 없어서가 아니라 펄이 요정의 환영이 아니라 피와 살을 가진 아이임을 확인하고 싶어서였다. 그러나 그녀를 잡는 순간, 펄의 웃음은 음악같이 흥겹긴 했지만 엄마로 하여금 이전보다 더욱더 의구심을 갖게 만들었다.

헤스터는 값비싼 대가를 치르고 얻은, 자신의 세상 모든 것인 이 유일한 보물 같은 존재와의 관계에서 그렇게 자주 일어난 이런 당혹스러운 순간에 마음의 상처를 받아 때때로 격렬한 울음을 터뜨렸다. 그럴 때면, 아마도 이런 일이 그녀에게 어떤 영향을 미칠지 예측할 수 없었기 때문에, 펄은 인상을 찌푸리고 작은 주먹을 꽉 쥐면서, 작은 얼굴을 엄격하고 매정하며 불만족스러운 표정으

제6장 펄   III

로 만들곤 했다. 그러다가는 인간의 슬픔을 알지도 못하는 존재처럼 다시 전보다 더 크게 웃기도 했고, 이보다 드물긴 했지만, 격렬한 슬픔에 사로잡혀 더듬거리는 말로 엄마에 대한 사랑을 눈물로 쏟아 냄으로써, 자기에게도 애정이 있음을 자기 마음의 상처를 통해 증명해 보이려는 것처럼 보일 때도 있었다. 하지만 헤스터는 이렇게 돌발적으로 나타나는 애정을 안심하고 믿을 수는 없었다. 이런 애정은 너무 갑자기 나타났다 사라졌다. 이 모든 문제에 대해 고심하면서 엄마는 마치 마법으로 정령을 불러냈지만, 그 과정에서 어떤 불상사가 생겨 이 새롭고 불가해하고 영리한 존재를 통제할 마법의 주문을 잃어버린 것처럼 느꼈다. 그녀가 유일하게 안심할 수 있는 시간은 아이가 평온하게 잠들어 있을 때였다. 그럴 때 그녀는 아이에게 안도할 수 있었고, 귀여운 펄이 눈 밑에서 반짝거리는 그 심술궂은 표정을 지으며 눈을 뜨고 깨어날 때까지 몇 시간 동안은 고요하고 슬프지만 달콤한 행복감을 맛볼 수 있었다.

얼마나 빨리 — 정말 이상하리만큼 빠르지 않은가! — 펄이, 엄마가 늘 보여 주는 웃음과 별 의미 없이 하는 말을 넘어, 사람들과 교제할 수 있는 나이가 되었는가! 헤스터 프린이 새처럼 또렷한 펄의 목소리가 다른 아이들의 소란스러운 목소리와 섞이고, 아이들이 뒤섞여 뛰놀며 목청껏 지르는 소리 틈에서 자기 아이의 목소리를 찾아낼 수 있다면 얼마나 행복했겠는가! 그러나 그런 일은 일어날 수 없었다. 펄은 아이들의 세계에서 타고난 외톨이였다. 악동이자 죄의 상징이고 산물이었던 그녀는 기독교 아이들 사이에 있을 권리가 없었다. 이 아이가 자신이 외롭고, 자신의 둘레에

범할 수 없는 원을 만들어 낼 수밖에 없는 운명을 지녔으며, 다른 아이들과의 관계에서 아주 특이한 입장에 있다는 것을 본능적으로 이해하고 있는 것만큼 놀라운 일도 없을 것이다. 감옥에서 나온 이후 헤스터가 이 아이 없이 사람들의 눈에 띈 적은 없었다. 그녀가 마을을 돌아다닐 때마다 펄은 처음에는 팔에 안긴 아기로, 조금 후에 어린아이가 되어서는 손으로 엄마의 집게손가락을 잡고 헤스터가 한 걸음 걷는 동안 서너 발걸음 옮기며 따라다니는 작은 동반자로 늘 같이 있었다. 펄은 정착지 아이들이 길가의 풀밭이나 문지방에서 청교도 교육이 허락할 만한 섬뜩한 놀이들, 즉 교회 가기 놀이나 퀘이커 교도 매질하기, 혹은 인디언들과의 싸움 놀이에서 머리 가죽 벗기기, 아니면 마술 장난으로 겁주기 등을 하는 것을 보았다. 펄은 이들을 열심히 바라보았지만 결코 친구가 되려고 하지는 않았다. 아이들이 말을 걸어와도 대답하려 하지 않았고, 때때로 아이들이 그녀 주위에 몰려들면, 펄은 작은 몸집으로 화를 내며 무섭게 돌변해서 돌을 집어 들고 아이들에게 던지려 했고 날카롭고 종잡을 수 없는 소리를 질러 대곤 했는데, 엄마는 이 말들이 어떤 알 수 없는 언어로 된 마녀의 저주가 담긴 소리 같아서 몸서리치지 않을 수 없었다.

사실 이제껏 가장 편협한 사람들의 자손인 청교도 아이들은 두 모녀에게서 이국적이고 비현실적이며 보통의 방식과는 다른 어떤 것을 막연히 느끼고 있어서 마음속으로 이들을 경멸했고, 그들에 대해 자주 험담을 하기도 했다. 펄은 이런 분위기를 감지하고 어린아이의 마음에 사무칠 수 있는 극한의 증오심으로 맞섰다. 아이가 이렇게 격렬한 성격을 분출하는 것이 엄마에게는 중요하기도 하고 심지어는 위로가 되기도 했는데, 이럴 때에는 적어도 그녀가 이 아이의 행위에서 자주 좌절하게 만드는 변덕스러운 기운이 아닌 어떤 진지함을 찾을 수 있었기 때문이었다. 그럼에도 불구하고 이럴 때조차도 그녀는 자신에게 존재했던 악이 희미하게 반영된 것을 다시 발견하고 경악하지 않을 수 없었다. 펄은 헤스터의 마음으로부터 이 모든 증오와 열정을 생득권으로 물려받았던 것이다. 엄마와 딸은 똑같이 인간 사회로부터 고립되어 있었고, 아이의 성격에는 펄이 태어나기 전에 헤스터 프린을 빗나가게 했으나 이후에 모성애의 부드러운 영향으로 잠잠해진 격렬한 요소들이 영원히 지속되는 것처럼 보였다.

펄은 엄마의 오두막 안과 주변에서 다양하고 폭넓은 인물들을 아는 데 부족함이 없었다. 삶의 마법이 그녀의 창의적인 정신에서 흘러나와, 마치 횃불이 어느 곳에나 불을 붙이듯 온갖 사물에 전달되었다. 나무 막대기나 넝마 조각 혹은 꽃처럼 서로 어울리지 않을 것 같은 사물들은 펄의 마법의 꼭두각시가 되어 별다른 외적 변화 없이도 시시각각 그녀 마음의 세계를 차지했던 연극에 정신적으로 각색되었다. 아이는 자신의 목소리 하나로 늙고 젊은 수많은 상상적 인물들을 만들어 내어 대화 상대로 삼았다. 나이 들어 검고 엄숙하며 바람이 불면 신음 소리와 그 밖의 다른 우울한 말을 하는 소나무들은 별다른 변화 없이도 청교도 장로의 역할을 했고, 정원의 흉측한 잡초들은 이 장로의 아이들이 되었는데, 펄은 이들을 무참하게 때려눕히고 뽑아 버렸다. 펄이 그토록 수많은 형태의 사물들에게 이런 지적인 작용을 가했다는 것은 놀라운 일이었다. 물론 지속적으로 그런 것은 아니고 항상 초자연적인 행위의 상태로 춤추며 날아다니다가, 그렇게 빠르고 열정적인 삶의 물결에 지친 것처럼 이내 잠잠해지다가 또다시 전과 비슷한 광적인 기운에 사로잡히곤 했지만 말이다. 그것은 북극광이 몽환적으로 움직이는 것과 같았다. 하지만, 펄의 경우에 다른 놀이 친구들이 없어서 자신이 만들어 낸 상상적인 인물들에 더 의존한 것을 제외하면, 상상력을 발휘하며 자라나는 아이의 장난기를 보이는 것은 뛰어난 재능을 가진 다른 아이들에게서 볼 수 있는 것과 별반 다를게 없었다. 아이에게서 독특했던 점은 자신의 마음속에서 만들어 낸 인물들을 적대적인 감정을 갖고 대했다는 점이었다. 아이는 친구를 만든 적이 없고, 항상 용의 이빨을 뿌려 무장한 적들이 자라나면 이들과 싸우기 위해 돌진했다.* 이렇게 어린아이가 계속해서 세상을 적대하고 세상과 다투면서 자신의 주장을 펴기 위해 가혹할 정도로 힘을 단련시키는 모습을 보는 것은 표현할 수 없을 만큼 슬픈 일이었다. 그런데 하물며 그 원인이 자신의 마음속에 있다고 느낀 엄마의 슬픔은 얼마나 깊었겠는가!

펄을 보면서 헤스터 프린은 자주 하던 일을 무릎에 떨어뜨리고 울음을 터뜨렸다. 그때마다 그녀가 숨기고 싶었던 고뇌는 말과 신음 소리가 혼합된 형태로 튀어나왔다. "당신께서 아직 저의 아버지시라면, 하늘에 계신 아버지, 제가 낳은 이 아이는 도대체 어떤 존재인가요?" 그러면 펄은, 이 탄식을 들었는지 아니면 어떤 보다 정교한 회로를 통해 이 고뇌의 박동을 알았는지, 생기 넘치고 아름다운 얼굴을 엄마에게 돌리며 요정 같은 영리한 웃음을 짓고는 다시 놀이를 시작하곤 했다.

아이의 특이한 행동 중 이야기할 것이 하나 더 있다. 이 아이가 세상에서 맨 처음 눈을 마주친 것은 엄마의 웃음이 아니었다. 다른 아기들은 엄마가 웃는 것을 처음 보고 작은 입가에 배내 웃음을 지어 엄마의 웃음에 응답하는데, 사람들은 훗날 이를 어김없이 기억하여 그것이 정말 웃는 것이었는지를 놓고 흐뭇하게 논쟁을 벌인다. 하지만 펄의 경우에는 전혀 그렇지 않았다. 펄이 처음 알아차린 것으로 보이는 최초의 대상은 — 말을 해도 될지 모르겠지만 — 헤스터의 가슴에 달린 주홍 글자였다. 어느 날 엄마가 요람 위로 몸을 숙였을 때 이 글자를 감싸고 있는 반짝거리는 금색 자수가 아이의 눈을 사로잡았고, 아이는 작은 손을 들어 이 글자를 웃으며 잡았는데, 이때 아이의 얼굴엔 빛이 감돌아 더 큰 아이의 표정처럼 보였다. 그때 헤스터 프린은 숨을 몰아쉬며 본능적으로 그 치명적인 표식을 떼어 내려고 움켜쥐었었다. 펄이 어린 손으로 영악하게 그 글자를 만진 것이 그녀에게는 너무도 고통스러웠던 것이다. 그런데 엄마의 고뇌에 찬 행동이 단지 자신과 놀아 주려는 것처럼 보였던지 귀여운 펄은 엄마의 눈을 쳐다보며 다시 웃는 것이 아닌가! 그때부터 헤스터는 아이가 잠들어 있을 때를 제외하곤 한순간도 안심하지 못했고, 한순간도 펄의 모습을 즐겁게 바라보지 못했다. 물론 때로는 몇 주 동안 펄의 시선이 주홍 글자를 향하지 않는 적도 있었다. 하지만 그러다가도 갑작스러운 죽음의 일격처럼 펄은 그 특이한 웃음과 기묘한 눈의 표정을 지으며 알지 못하는 사이에 주홍 글자를 응시하곤 했다.

한번은 엄마들이 가끔 그러듯, 헤스터가 아이의 눈에서 자신의 모습을 보고 있을 때 아이의 눈가에 기이하고 요정 같은 표정이 감돌았다. 그런데 갑자기 — 마음이 괴롭고 외로운 여자들은 설명할 길 없는 망상으로 시달리기 때문에 — 그녀는 펄의 작고 검은 눈 속에서 자기 모습의 축소판이 아니라 다른 얼굴을 보았다고 상상했다. 그것은 악의적인 웃음이 가득하고 악마 같았지만, 그녀가 익히 잘 알고 있는, 그러나 거의 웃지도 않고 결코 악의를 품고 있지 않은 모습을 닮은 얼굴이었다. 이후에도 헤스터는 이보다 생생하게는 아니었지만 똑같은 환영에 시달렸다.

펄이 뛰어다닐 정도로 컸을 때 어느 여름날 오후에 펄은 야생화를 한 움큼 모아 엄마의 가슴에 하나씩 던지며, 주홍 글자를 맞힐 때마다 꼬마 요정처럼 춤추듯 뛰놀며 흥겨워했다. 헤스터는 처음에 두 손을 꽉 쥐고 가슴을 가리려고 생각했다. 하지만 자존심 때문인지 아니면 체념했기 때문인지 아니면 이렇게 말로 표현할 수 없는 고통을 겪는 것이 속죄의 길이라고 느꼈기 때문인지, 그녀는 이런 충동을 물리치고 죽은 것처럼 창백한 모습으로 펄의 귀엽고 야성적인 눈을 슬프게 쳐다보며 앉아 있었다. 꽃의 공격은 계속되었고, 거의 어김없이 표적을 맞혀 엄마의 가슴에 상처를 주었는데, 헤스터는 이 상처를 치유할 향유를 이 세상에서 찾을 수 없었고, 내세에서도 찾을 방법을 알지 못했다. 마침내 꽃이 다 떨어지자 아이는 조용히 일어나 헤스터를 응시했는데, 아이의 웃는 모습은 검은 눈의 미지의 심연으로부터 악마가 엿보는 그런 모습이었다. 그렇게 엿보든 아니든 간에 엄마는 그렇다고 상상했다.

헤스터가 소리쳐 물었다. "아기야, 너는 누구지?"

아이가 대답했다. "나는 엄마의 귀여운 펄이지."

그러나 이 말을 하면서 펄은 웃었고 작은 악동의 익살맞은 몸짓으로 춤추듯 날뛰기 시작했는데, 그다음에는 기묘하게도 굴뚝 위로 날아오를 것 같았다.

헤스터가 물었다. "정말 엄마 아이지?"

그녀는 이 질문을 별 뜻 없이 한 것이 아니라 그 순간 정말 진지하게 했는데, 그 이유는 펄이 워낙 놀랄 만큼 영리한 터라 엄마는 펄이 자신의 비밀스러운 존재의 마법을 알지 못하다가 이제야 자신의 본모습을 드러내는 것은 아닐까 반쯤 의아해하고 있었기 때문이다.

"맞아, 나는 귀여운 펄이야!" 하고 아이는 야릇한 동작을 계속하며 반복해서 말했다.

엄마는 반쯤 장난조로 "너는 내 아이가 아니야, 내 펄이 아니야! 그러니 너는 뭐고 누가 너를 보냈지?"라고 말했는데, 이는 그녀가 매우 괴로울 때 자주 장난기가 발동하기 때문이었다.

아이는 심각한 표정으로 다가와 엄마의 무릎을 꼭 껴안고 말했다. "엄마가 말해 줘, 엄마가 말해줘!"

헤스터 프린이 대답했다. "하늘에 계신 아버지가 보내셨지!"

하지만 그녀는 머뭇거리면서 말했고 영민한 아이는 이를 알아차렸다. 아이가 평상시 하던 이상한 행동인지 아니면 악령이 그녀를 자극했는지는 몰라도, 아이는 작은 집게손가락을 들어 올려 주홍 글자를 만졌다.

그러고는 자신 있게 "그가 날 보낸 게 아냐! 나는 하늘의 아버지가 없어!"라고 말했다.

엄마는 탄식을 억누르며 말했다. "펄, 조용히 해, 조용히. 그런 말 하면 안 돼! 그분이 우리 모두를 세상에 보내신 거야, 그분이 엄마도 보냈고, 또 너도 보내셨어. 그렇지 않다면 이상하고 요정 같이 이상한 애야, 너는 어디에서 온 거니?"

펄은 이제 심각하지 않게 웃으면서 마루를 뛰어다니며 말했다. "말해 줘, 말해 줘, 엄마가 말해 줘야 돼."

그러나 헤스터는 의문의 어두운 미로에 스스로 갇혀 이 질문에 답할 수 없었다. 그녀는 웃기도 하고 떨기도 하면서 이웃 마을 사람들의 말을 기억했는데, 그들은 아이의 아버지가 누군지 알아내지 못하자 아이의 이상한 특성을 보고 불쌍한 펄이, 과거 구교 시대 이후 때때로 어떤 부정하고 사악한 목적을 조장하기 위해 엄마의 죄를 통해서 지상에 나온 악마의 자식이라는 말을 했었다.* 그의 적이었던 수도사들이 퍼뜨린 비방에 따르면, 루터*는 그런 지옥의 자식이었고, 뉴잉글랜드 청교도들 사이에서도 펄만 이런 불길한 태생을 지닌 아이는 아니었다.

제7장
총독 저택의 홀

어느 날 헤스터 프린은 총독의 주문대로 술 장식과 함께 수를 놓은 장갑을 가지고 벨링엄 총독의 저택에 갔다. 총독은 중요한 행사에서 이 장갑을 낄 계획이었는데, 이는 주민 투표로 인해 이 전직 통치자가 최고의 지위에서는 한두 단계 내려왔지만 아직까지 식민지 치안 판사단에서 명예롭고 영향력 있는 위치를 차지하고 있기 때문이었다.*

당시 헤스터가 정착지의 행정 업무에서 그처럼 큰 영향력을 지니고 활동한 인물을 만나고자 했던 데에는 수놓은 장갑을 전달하는 것보다 훨씬 더 중요한 다른 이유가 있었다. 그것은 지도자들 일부가 종교와 통치에서 원칙의 질서를 보다 엄격히 세우고자 헤스터에게서 아이를 빼앗으려 계획하고 있다는 말이 그녀의 귀에 들어왔기 때문이었다. 이 선한 사람들은 앞서 암시한 대로 펄을 악마의 자손으로 여겨, 엄마의 영혼에 기독교적 관심이 있다면 아이의 행로에 이런 장애물을 없앨 필요가 있다는 합당한 주장을 폈던 것이다. 만일 반대로 아이가 정말 도덕적이고 종교적으로 성장할 능력이 있고 궁극적으로 구원받을 속성을 지니고 있다면, 아이는 헤스터 프린보다 더 지혜롭고 훌륭한 보호자에게 인도됨으로써 이런 장점들을 살릴 더 밝은 전망을 누릴 수 있었다. 이런 계획을 권장한 이들 가운데 벨링엄 총독이 가장 활발했던 인물들 중 하나라는 말이 있었다. 훗날이라면 마을 행정 위원 정도의 판단에 의뢰했을 이런 종류의 일에 당시에는 공적 토론의 문제로 저명한 정치인들이 참여했다는 사실이 이상하고 꽤 우습게 보일지도 모른다. 그러나 지극히 단순했던 그 시대에는 헤스터와 그녀의 아이의 안위보다 공적인 관심을 받지 못하고 본질적으로 중요하지 않은 문제에 대해서도 신기하리만큼 입법자들이 심사숙고했고 국가가 개입하기도 했다. 이 이야기가 일어난 시점보다 그리 앞서지도 않았던 때에 돼지 한 마리의 소유권을 둘러싼 논쟁이 식민지 입법부에서 격렬하고 신랄한 논쟁을 일으켰을 뿐 아니라 입법부의 구조 자체를 크게 수정하게 만들기도 했다.

따라서 걱정이 가득한 채로 — 그러나 자신의 권리를 확신한 나머지, 그것이 공적 사회와 자연의 공감을 받는 외로운 여인 사이의 불평등한 싸움이라고 느끼지는 않으면서 — 헤스터 프린은 자신의 오두막을 나섰다. 물론 귀여운 펄도 따라나섰다. 이제 그녀는 엄마 곁에서 가볍게 뛰어다닐 정도의 나이가 되었고, 아침부터 해가 질 때까지 끊임없이 활동적이었기 때문에 목전에 둔 여정보다 훨씬 더 긴 여행도 할 수 있었다. 하지만 그녀는 무슨 이유가 있어서가 아니라 변덕스러운 성격 때문에 자주 엄마에게 안아 달라고 요구하다가 곧 다시 내려놓으라고 떼를 쓰고는 다치진 않았지만 풀빝 길을 여리 빈 넘이지면서 헤스터 앞을 총총 뛰어갔다. 앞서 말한 바와 같이 펄은 풍성하고 화려한 아름다움, 즉 깊고 생생한 색깔로 빛나는 아름다움과 밝은 얼굴, 깊이도 있고 빛나기도 하는 강렬한 눈, 벌써 반짝이는 진갈색이 된 그리고 세월이 지나면 흑색에 가까워질 머리카락을 지녔다. 그녀의 내부와 그녀 전체에 불길이 감싸고 있어 그녀는 열정적인 순간에 우연히 파생된 존재처럼 보였다. 엄마는 아이의 옷을 고안하는 데 화려한 상상력을 백분 발휘하여, 특이하게 재단하고 금색 실로 화려하고 환상적으로 장식한 진홍색 우단으로 만든 튜닉을 입혔다. 펄보다 여린 색의 빰을 지닌 아이라면 오히려 창백하게 만들었을 그런 강한 색깔은 펄의 아름다움에 놀라우리만큼 잘 어울려 그녀는 지상에서 가장 밝은 작은 불길이 되어 춤추는 것 같았다.

그러나 이 옷, 아니 아이의 모습 전체가 이처럼 두드러진 특성을 지녔기 때문에 이를 보는 사람은 불가피하게 헤스터 프린이 운명적으로 가슴에 달게 된 표식을 떠올렸다. 이는 주홍 글자가 다른 형태로 나타난 것이고, 주홍 글자가 생명을 부여받은 것 같았다. 엄마 자신도 — 마치 붉은 오명이 뇌리에 너무 깊숙이 타들어가서 생각하는 모든 것이 이 오명의 모습을 취한 것같이 — 그녀가 쏟는 애정의 대상과 그녀의 죄와 고통의 상징을 비슷하게 만들기 위해 오랜 시간 동안 병적인 재주를 쏟아 부으며, 이런 유사성을 조심스럽게 만들어 냈다. 그러나 사실 펄은 애정의 대상이기도 했지만 죄가 주는 고통의 상징이기도 했으며, 이 둘이 동일했기 때문에 헤스터는 펄의 외모에서 주홍 글자를 그렇듯 완벽하게 표현하도록 고안할 수 있었던 것이다.

두 사람이 마을 주변으로 들어오자, 청교도 아이들은 하고 있던 놀이 혹은 그 칙칙한 어린 개구쟁이들에게 놀이로 통하던 것을 멈추고 올려다보더니 서로 진지하게 말했다.

"정말 저기 좀 봐. 저기 주홍 글자를 단 여자가 있고, 그 옆에는 주홍 글자와 똑같이 생긴 아이가 달려가고 있어! 그러니 가서 흙을 던지자!"

그러나 겁 없는 아이였던 펄은 얼굴을 찡그리고 발을 구르며 온갖 위협적인 제스처로 작은 손을 흔들어 대면서 적의 무리를 향해 돌진해서 그들 모두 도망가게 했다. 그들을 맹렬히 쫓아가는 펄은 자라나는 세대의 죄를 처벌하는 사명을 지닌 아기 역병, 즉 성홍열이나 그런 종류의 어린 심판의 천사 같았다. 그녀는 끔찍하게 큰 소리로 비명을 지르며 소리쳤고, 이로 인해 도망가던 아이들의 마음은 분명 떨렸을 것이다. 승리를 거두자 펄은 조용히 엄마 곁으로 돌아와 웃으며 엄마의 얼굴을 올려다보았다.

그들은 더 이상의 사건 없이 벨링엄 총독의 집에 도착했다. 그 집은 커다란 목조 가옥으로서, 옛 마을의 거리에 아직도 몇몇 견본이 남아 있는 양식으로 지어졌는데, 지금은 이끼가 끼고 썩어 무너져 가고 있으며 내부는 어두침침한 방 안에서 발생했다가 지나간, 기억되거나 잊힌 온갖 슬프거나 기쁜 일들로 인해 우울했다. 그러나 당시 이 건물 외부에는 신선한 세월의 모습이 있었고, 아직 죽음이 발을 들여놓지 못한 인간 거주지의 쾌활함이 밝은 창문에서 반짝이며 솟아 나오고 있었다. 집은 아주 상쾌한 모습을 지니고 있었다. 벽은 일종의 치장 벽토로 칠했고 여기에 깨진 유리 파편이 섞여 있어 햇빛이 건물 정면에 비스듬히 내리쬘 때면 마치 다이아몬드를 양손 가득 담아 그 벽에 던진 것처럼 반짝거리며 빛났다. 이런 화려한 모습은 근엄한 청교도 지도자의 저택보다는 알라딘의 궁전에 더 어울릴 것 같았다. 이 건물에는 또 당시의 특이한 취향에 어울리는, 이상하고 신비 철학적인 것처럼 보이는 그림과 도형의 장식도 있었는데, 이것들은 새로 만들어질 때 치장 벽토에 그려졌고, 이제는 단단하고 견고해져서 후대의 감탄을 받고 있다.

밝고 놀라운 집의 모습을 보자 펄은 춤추며 뛰놀기 시작했고, 건물 정면에 반짝이는 햇빛 모두를 벗겨서 같이 놀 수 있게 해 달라고 명령조로 요구했다.

엄마가 말했다. "펄, 그건 안 돼. 너는 스스로 네 햇빛을 모아야 해. 나는 네게 줄 햇빛이 없어!"

그들은 문에 다가섰는데, 문은 아치형이었고 양옆으로 건물의 좁은 탑 혹은 돌출부가 있었으며 여기에는 격자창과 필요할 때마다 닫을 수 있도록 나무 덧문이 각각 달려 있었다. 헤스터는 현관문에 걸려 있는 쇠망치를 들어 올려 신호를 보냈고 총독의 하인들 중 한 명이 대답했는데, 그는 자유인으로 태어난 영국인이었지만 지금은 7년간 노예의 신분이었다. 이 기간 동안 그는 주인의 재산이었고 황소나 걸상처럼 사고팔 수 있는 물건이었다. 이 하인은 당시에 또 그 이전에 영국의 오래된 세습 귀족 가문의 거실에서 하인들이 흔히 입던 푸른색 외투를 입고 있었다.

헤스터가 물었다. "벨링엄 총독님께서 안에 계신가요?"

그 하인은 이곳에 새로 온 터라 주홍 글자를 한 번도 본 적이 없었기 때문에 눈을 크게 뜨고 주홍 글자를 뚫어지게 보면서 대답했다. "네, 그렇습니다. 총독님은 안에 계십니다. 하지만 목사님 두 분과 의사 한 분이 같이 계셔서 지금은 만날 수 없습니다."

헤스터는 "그래도 들어가야겠어요"라고 대답했는데, 그 하인은 그녀의 단호한 태도와 가슴에 반짝이는 상징을 보고 그녀가 이 지역에서 고귀한 부인이라고 판단하여 감히 반대하지 못했다.

그렇게 해서 엄마와 귀여운 펄은 현관 입구로 들어갔다. 벨링엄 총독은 고국의 재력 있는 신사의 저택을 모방하여 새 집을 설계하면서, 이곳의 건축 자재와 다양한 기후 그리고 다른 방식의 사회생활을 고려해 여러 변화를 주었다. 여기에는 천장이 꽤 높고 넓은 홀이 있었는데 이 홀은 집의 깊이 전체에 걸쳐 있어서 다른 공간과 직접 연결되는 통로를 이루고 있었다. 이 넓은 방 한쪽 끝에는 두 개의 탑의 창문에서 빛이 들어오고 있었고, 이 탑들은 현관 양편에 작은 구석을 형성하고 있었다. 이 방의 다른 쪽 끝은 커튼 때문에 부분적으로 어둡긴 했지만 홀의 휘어진 창문이 더 밝게 비추고 있었는데, 고서에서나 볼 수 있는 그런 창문으로, 깊숙하고 쿠션 있는 의자가 있었다. 쿠션 위에는 2절판 책이 있었는데 아마도 영국 연대기*나 그런 종류의 무게 있는 책이었다. 이는 요즘에도 우리가 우연히 방문한 손님이 들춰 볼 수 있게 금박으로 장식된 책들을 중앙 탁자에 놓는 것과 같았다. 홀의 가구로는 뒷면에 참나무 꽃 화환이 정교하게 새겨진 커다란 의자 몇 개와 같은 취향으로 만들어진 탁자가 하나 있었다. 이것들은 모두 엘리자베스 시대 혹은 그 이전 시대의 것으로, 총독의 아버지 집에서 이곳으로 옮겨 온 조상 전래의 가재(家財)였다. 탁자 위에는 — 손님을 환대하는 옛 영국의 정서를 간직하고 있음을 상징하듯 — 큰 백랍으로 만든 주전자가 있었는데, 헤스터나 펄이 안을 들여다보았다면 주전자 바닥에서 방금 마신 맥주의 찌꺼기를 볼 수 있었을 것이다.

벽에는 벨링엄 가문의 조상들을 그린 초상화가 나란히 걸려 있었으며, 이들은 갑옷을 입거나 주름 목깃이 달린 품위 있는 평화 시의 의복을 입고 있었다. 이들은 모두 옛 초상화들이 어김없이 보여 주는 엄격하고 근엄한 표정을 하고 있어서, 마치 세상을 떠난 위인들의 그림이 아니라 살아 있는 사람들이 추구하고 즐기는 일들에 유령이 가혹하고 편협한 비판의 눈으로 노려보고 있는 것 같았다.

홀 가장자리를 둘러싼 참나무 패널의 중간쯤에는 갑옷 한 벌이 걸려 있었는데, 이는 그림들처럼 조상들의 유물이 아니라 벨링엄 총독이 뉴잉글랜드로 건너오던 해에 런던에서 재주 있는 갑옷 제조 업자가 만든 가장 최근의 것이었다. 갑옷 아래에는 철제 투구와 흉곽 갑옷, 목 가리개, 정강이 받이, 그리고 한 쌍의 장갑과 칼이 걸려 있었고, 이 모두는 특히 투구와 가슴받이는 하얗게 빛날 정도로 잘 닦여 있어서 마루 주변에 광채를 드리우고 있었다. 이 빛나는 갑옷은 단순 전시용이 아니라 총독이 여러 번의 소집과 훈

런장에서 입었던 것이고 무엇보다 피큇 전쟁* 때 연대의 선두에서 빛났던 것이다. 이는 벨링엄 총독이 법률가로 성장해 베이컨, 쿡, 노이, 그리고 핀치*를 직업적 동료로 언급하는 데 익숙했지만 이 새 나라의 급박한 사정 때문에 정치가와 통치자뿐 아니라 군인으로 변모했기 때문이었다.

펄은 집의 반짝이는 정면을 보고 즐거워했던 것처럼 빛나는 갑옷을 아주 좋아했기 때문에 거울처럼 윤이 나는 가슴받이를 한참 동안 들여다보았다.

그녀가 소리쳤다. "엄마, 여기에 엄마가 보여. 이것 좀 봐, 보라고!"

헤스터는 아이의 기분을 맞추려고 들여다보았고, 거기에서 이 볼록 거울이 가지는 이상한 효과로 주홍 글자가 과대하게 나타나 자신의 모습에서 가장 두드러진 부분이 되는 것을 보았다. 그녀는 주홍 글자 뒤에 완전히 가려진 것 같았다. 펄은 또 투구에서도 이와 비슷한 현상을 보고, 그녀의 작은 형체에 친숙하게 드러나는 요정같이 영악한 표정으로 엄마를 보고 웃었다. 그녀가 즐거워하는 표정도 거울에 비쳤는데 그 효과가 아주 강해서, 헤스터는 그것이 자기 아이의 모습이 아니라 꼬마 도깨비가 펄의 모양으로 변신하려 하는 것이라고 느꼈다.

그녀는 펄을 끌어당기며 말했다. "펄, 이리 와. 와서 이 아름다운 정원을 보렴. 아마 숲 속에 있는 꽃들보다 더 아름다운 꽃을 볼 수 있을 거야."

펄은 그 말을 듣고 홀 반대편 끝에 있는 활 모양의 창가로 뛰어가 짧게 깎은 잔디가 깔려 있고 거칠고 서투르게 만들어진 관목과 인접한 정원 산책로의 경치를 보았다. 그러나 집주인은 척박한 땅에서 어려운 생존 투쟁을 벌이며 대서양 이쪽에 고향 영국의 장식적인 원예의 취향을 보존하려는 노력을 이미 포기한 것처럼 보였다. 잘 보이는 곳에서 양배추가 자라고 있었고, 약간 떨어진 곳에 뿌리를 내린 호박 덩굴이 그 사이의 공간을 가로질러 홀의 창문 바로 밑에 큰 열매 하나를 남겼는데, 이 커다란 금색의 식물 덩어리는 뉴잉글랜드 땅이 총독에게 제공할 수 있는 화려한 장식이라고 경고하는 것 같았다. 하지만 장미 덩굴 몇 개와 사과나무들도 여럿 있었다. 이들은 아마도 이 반도에 최초로 정착했고, 초창기 기록에 황소를 타고 돌아다닌 것으로 나타나는, 반쯤 신화적인 블랙스톤 목사*가 심은 것들의 후예였을 것이다.

펄은 장미 덩굴을 보자 빨간 장미를 달라며 울기 시작했고, 이런 그녀를 쉽게 달랠 수는 없었다.

엄마가 간곡히 말했다. "조용히 해, 얘야, 조용히. 예쁜 아기 펄아, 울면 안 되지. 정원에서 목소리가 들리네. 총독님이 오시고 함께 계신 신사 분들도 오시네."

실제로 정원 산책로의 기다란 풍경 아래쪽에서 여러 사람들이 집을 향해 오고 있는 것이 보였다. 펄은 자신을 달래려는 엄마의 노력을 무시하고 섬뜩한 비명 소리를 내다가 조용해졌는데, 이는 복종심 때문이 아니라 새로운 인물들이 나타나 호기심이 빨리 작동하는 성격을 가진 그녀가 흥분했기 때문이었다.

제8장
요정 아이와 목사

노신사들이 집에서 사복으로 즐겨 입는 헐렁한 가운과 간편한 모자를 쓴 벨링엄 총독이 맨 앞에서 걸어왔는데, 자신의 집을 자랑하면서 계획했던 개량 공사를 설명하는 것처럼 보였다. 회색빛 수염 밑에 제임스 왕 통치 시절의 구식으로 만든 정교한 둥근 주름 목깃이 워낙 넓어서 그의 머리가 쟁반 위에 놓인 세례자 요한의 머리*처럼 보였다. 경직되고 엄격하며, 가을의 나이를 넘어 서리로 덮인 모습은 그가 분명 주변을 장식하려고 애써 사용한 세속적인 즐거움의 도구들과 어울리지 않았다. 그러나 우리의 엄숙한 조상들이 — 인간 존재를 단지 시련과 전쟁의 상태로 생각하고 말하는 데 익숙했으며, 의무를 위해서는 재화와 삶을 기꺼이 희생할 준비가 되어 있었지만 — 스스로 누릴 수 있는 편의의 수단, 심지어 사치의 수단들을 거부하는 것을 양심의 문제로 여겼다고 생각하는 것은 잘못이다. 예를 들어 존경받는 존 윌슨 목사는 그렇게 믿으라고 가르친 적이 없었다. 윌슨 목사의 눈발처럼 하얀 수염이 벨링엄 총독의 어깨 너머로 보였다. 이 수염의 주인공은 배와 복숭아가 뉴잉글랜드 기후에서도 새배될 수 있고, 석포도 역시 양지바른 정원의 돌담을 배경으로 자라게 할 수 있다고 주장했다. 이 노목사는 영국 교회의 풍요로운 품에서 자라 좋고 편안한 모든 것을 즐기는 오래되고 정당한 취향을 갖고 있었으며, 아무리 연단에서 엄격하게 보이고 헤스터 프린이 지은 죄에 대해 공공연히 비난을 했어도, 사적인 삶에서는 온화하고 관대해서 동료 목사들 어느 누구보다 더 따뜻한 애정을 받고 있었다.

총독과 윌슨 목사 뒤로 두 명의 손님이 따라왔다. 그중 한 명은 아서 딤스데일 목사였는데, 독자는 그가 헤스터 프린이 겪은 치욕의 장면에서 마지못해 떠안았던 짧은 역할을 기억할 것이다. 그와 가까이 있던 사람은 늙은 로저 칠링워스로서 2~3년 전 이 마을에 정착한, 뛰어난 의술을 지닌 인물이었다. 이 학식가가 최근 사목에 관련된 일과 의무에 아낌없는 희생을 바치다가 크게 건강을 해친 젊은 목사의 친구이자 주치의라는 것은 당연한 것으로 여겼다.

총독은 방문객들보다 앞서 계단을 한두 개 올라선 후 홀의 큰 창문을 활짝 열다가 귀여운 펄이 가까이 있는 것을 발견했다. 헤스터 프린은 커튼의 그림자에 부분적으로 모습이 가렸다.

벨링엄 총독이 자기 앞에 있는 주홍색의 작은 형상을 바라보며 말했다. "이게 누구지? 장담컨대, 제임스 왕 재임 시 내가 허세를 부리던 시절에 궁정 가면무도회에 입장할 수 있는 걸 큰 호의로 여겼던 때 이후로 이와 닮은 걸 본 적이 없어요. 그때는 휴일이면 이런 작은 유령 같은 아이들이 떼로 몰려들었고 우리는 그들을 무질서의 주인*의 자식들이라 불렀었죠. 그런데 이런 손님이 어떻게 내 집에 들어왔는지 모르겠군요."

선한 윌슨 목사가 놀라 소리쳤다. "아, 정말 그렇군요. 이 무슨 주홍색 깃털을 가진 작은 새인가요. 나도 이런 모습을 본 적이 있는 것 같습니다. 그때는 그림이 많이 그려져 있던 창문으로 햇빛이 통과해서 마루에 금빛과 주홍빛 형체들을 투사할 때였어요. 그런데 그건 옛날 땅에서였죠. 아가야, 너는 누구지? 그리고 도대체 네 엄마가 무엇 때문에 이렇게 이상한 모습으로 너를 꾸며 주었지? 너는 기독교 어린이니? 교리 문답은 알고 있니? 아니면 우리가 다른 가톨릭 교리의 잔재와 함께 즐거운 옛 영국에 남겨 두고 온 것으로 생각한 장난꾸러기 꼬마 요정이니?"

주홍빛 모습의 아이가 대답했다. "나는 엄마의 아이예요. 그리고 내 이름은 펄이에요."

노목사는 귀여운 펄의 뺨을 어루만져 주려고 손을 내밀었다가 다시 거두어들이며 대답했다. "펄이라고? 적어도 네 색깔로 보아 루비나 코럴 아니면 적어도 빨간 장미는 되겠구나. 그런데 네 엄마는 어디 있니? 아, 알겠구나" 하고 덧붙여 말하며 벨링엄 총독에게 돌아서서 속삭였다. "이 아이가 바로 우리가 같이 의논했던 그 아이입니다. 그리고 아이의 엄마인 헤스터 프린을 보세요. 불행한 여인이지요."

총독이 소리 높여 말했다. "그런가요? 글쎄요, 이런 아이의 엄마라면 틀림없이 주홍색 여인이고 전형적인 바빌론의 여인*이겠지요. 하지만 여인이 아주 제때에 왔군요. 그러니 이 문제를 지금 살펴봅시다."

벨링엄 총독은 창문을 통과해 홀로 들어왔고, 세 명의 손님이 뒤를 따랐다.

그는 주홍 글자를 단 여인을 엄격한 눈초리로 바라보며 말했다. "헤스터 프린, 최근 당신에 대해서 많은 의문이 있었소. 권위와 영향력을 지닌 우리가 저기 저 아이와 같은 불멸의 영혼을 속세의 유혹에 걸려 넘어졌던 사람이 돌보도록 맡기면서 과연 우리의 양심을 제대로 수행하고 있는지를 신중히 논의했소. 아이 엄마인 당신이 직접 말해 봐요. 당신의 아이를 데리고 나와서 건전하게 옷을 입히고 엄격히 다스리며 하늘과 땅의 진리를 가르치는 것이 어린아이에게 일시적으로뿐 아니라 영구적으로도 좋다고 생각하지 않아요? 이런 종류의 일에서 당신은 아이에게 무얼 해 줄 수 있지요?"

헤스터 프린은 빨간 표식에 손가락을 얹으며 "저는 여기에서 배운 것을 제 귀여운 펄에게 가르칠 수 있어요"라고 대답했다.

엄격한 치안 판사가 대답했다. "이보시오, 그건 치욕의 상징이오. 우리가 당신 아이를 다른 사람에게 넘기려 하는 것도 바로 그 글자가 나타내는 오점 때문이오."

엄마는 더 창백해지면서도 침착하게 말했다. "그래도 이 상징은 저에게는 아무 쓸모 없더라도 제 아이가 더 지혜롭고 훌륭하게 자랄 수 있는 교훈을 가르쳐 주었고, 매일같이 가르쳐 주고 있으며, 지금 이 순간에도 가르쳐 주고 있어요."

벨링엄이 말했다. "우리가 신중히 판단해서 어떻게 할지를 알아볼 거요. 윌슨 목사님, 이 펄을 — 아이의 이름이 그렇습니다 — 살펴보시고 또래 아이에 어울리는 기독교적인 성품을 갖추었는지 알아봐 주시기를 부탁합니다."

노목사는 팔걸이의자에 앉아 펄을 무릎 사이로 끌어오려고 했다. 그러나 엄마 이외에 다른 사람의 접촉이나 친근함에 익숙하지 않았던 아이는 열린 창문 사이로 도망쳐 깃털이 풍부한 열대 새처럼 하늘로 날아오르려는 모습을 하고 계단 위쪽에 서 있었다. 윌슨 목사는 — 할아버지 같은 인물로서 대개는 아이들이 좋아했기 때문에 — 이런 갑작스러운 행동에 적잖이 놀랐지만 계속해서 조사했다.

그는 아주 엄숙하게 말했다. "펄, 너는 열심히 배워서 나중에 때가 되면 가슴에 아주 값진 진주를 달 수 있어야 한다. 아가야, 누가 너를 만들었는지 말해 줄 수 있니?"

펄은 누가 자신을 만들었는지 잘 알고 있었다. 이는 경건한 집안의 딸이었던 헤스터 프린이 하늘의 아버지에 대해 아이와 이야기한 직후에, 아무리 어리더라도 인간의 영혼이라면 열성적인 관심을 갖고 받아들이는 그런 진리를 아이에게 가르쳐 주었기 때문이었다. 펄은 3년 동안의 생애에서 많은 것을 배웠기 때문에 뉴잉글랜드 기도서나 웨스트민스터 교리 문답서의 제1권에 대해 시험을 보아도 잘 치렀을 것이다. 이 유명한 책들의 외형을 본 적이 없어도 말이다. 그러나 모든 아이들이 조금씩은 다 갖고 있고, 또 귀여운 펄은 열 배나 많이 갖고 있는 그 장난기가 아주 부적합한 순간에 그녀를 사로잡아 입술을 다물게 했거나 아니면 실언하게 만들었다. 아이는 손가락을 입속에 넣고 선한 윌슨 목사의 질문에 불친절하게도 답하기를 거절한 후에, 마침내 자신은 만들어진 것이 아니라 감옥 문 옆에 자라던 야생 장미 덩굴에서 엄마가 따온 것이라고 대답했다.

이런 기발한 생각은 펄이 이 집으로 오다가 지나친 감옥의 장미 덩굴 생각이 떠올랐을 뿐 아니라 펄이 서 있던 창밖에 총독의 빨간 장미가 아주 가까이 있었기 때문이었을 것이다.

늙은 로저 칠링워스가 미소를 지으며 젊은 목사의 귀에 무언가를 속삭였다. 헤스터 프린은 의술가를 보고, 자신의 운명이 달려 있는 그 순간에도, 이 남자를 가까이 알았던 때 이후로 그의 모습이 얼마나 많이 바뀌었는지, 얼마나 더 추해졌고, 안색이 얼마나 더 어두워졌으며 형체는 얼마나 더 기형이 되었는지를 보고 깜짝 놀랐다. 그녀는 잠시 그의 눈을 보았지만 이내 지금 벌어지고 있는 상황에 자신의 모든 관심을 쏟았다.

총독이 펄의 대답으로 놀란 상태에서 서서히 깨어나며 소리쳤다. "이런 끔찍한 일이 있나요. 세 살이나 되었는데 누가 자신을 만들었는지도 말하지 못하다니! 의문의 여지 없이 이 아이는 자신의 영혼에 대해서, 자신의 영혼이 지금 타락한 상태와 미래의 운명에 대해서도 알지 못할 겁니다. 여러분, 제 생각에 이 문제는 더 이상 조사할 필요조차 없을 것 같습니다."

헤스터는 이 나이 든 청교도 치안 판사를 사나운 표정으로 대하면서 펄을 안아 힘껏 끌어당겼다. 세상에 버림받고 홀로되어 자신의 마음을 살아 있게 해 줄 존재라곤 이 유일한 보물밖에 없었던 그녀는 세상과 맞서 결코 파기할 수 없는 권리를 가졌다고 느끼며 죽음을 무릅쓰고 이 권리를 지킬 준비가 되어 있었다.

그녀가 외쳤다. "하느님께서 제게 이 아이를 주셨어요! 하느님께서는 당신들이 제게서 빼앗아 간 다른 모든 것에 대한 보상으로 이 아이를 주셨지요. 이 아이는 제 행복이에요! 하지만 제 고통이기도 해요! 펄은 제가 이 세상에서 살아갈 힘을 줘요! 제게 벌을 주기도 하고요! 그녀가 사랑받을 수 있고 제가 지은 죄에 대해서 백만 배도 더 속죄할 수 있는 힘을 갖춘 주홍 글자라는 걸 모르세요? 당신들은 그녀를 빼앗을 수 없어요. 그전에 제가 먼저 죽을 테니까요."

친절한 노목사가 말했다. "불쌍한 여인 같으니. 이 아이는 당신이 할 수 있는 것보다 훨씬 더 나은 보살핌을 받을 것이오."

헤스터 프린은 거의 비명에 가깝게 목소리를 높이며 반복해서 말했다. "신은 제가 보살피도록 그녀를 주셨어요. 저는 이 아이를 포기하지 않을 거예요." 그러고는 이때 갑자기 충동적으로 지금까지 한 번도 눈길을 보내지도 않았던 젊은 목사 딤스데일에게 돌아서며 그녀는 외쳤다. "저를 위해 말해 주세요! 당신은 제 목사님이셨고, 제 영혼을 책임지고 계셨고, 이분들보다 저를 더 잘 아세요. 저는 이 아이를 잃을 수 없어요! 저를 위해 말해 주세요! 당신은 이분들에겐 없는 동정심을 가졌으니 제 마음속이 어떤지, 엄마의 권리가 뭔지, 엄마에게 남은 것이 아이와 주홍 글자밖에 없을 때 엄마의 권리가 어떻게 강해지는지 아시잖아요! 이 점을 살펴 주세요. 저는 절대 아이를 잃지 않을 거예요. 이 점을 살펴 달라고요."

헤스터 프린의 상황이 그녀를 거의 광적으로 몰고 갔다는 것을 보여 주는 이런 격정적이고 비범한 호소를 듣고, 젊은 목사는 창백한 얼굴로, 또 특이하게 예민한 그의 기질이 동요할 때마다 보여 주는 습관처럼 가슴에 손을 대고 앞으로 걸어 나왔다. 그는 헤스터가 공적인 치욕을 겪던 장면에서 묘사된 것보다 더 근심에 차고 헐쭉해 보였으며, 건강이 악화되었기 때문인지 아니면 원인이 무엇이든지 간에 크고 검은 눈은 수심에 차고 우울한 깊숙한 곳에 고통의 세계를 담고 있는 듯했다.

목사가 감미롭고 떨리는, 그러나 홀이 공명해서 텅 빈 갑옷이 울려 퍼질 만큼 힘 있는 목소리로 말하기 시작했다. "그녀가 한 말에는 진실이 담겨 있습니다. 그녀가 한 말과 그런 말을 하도록 영감을 준 감정에도 진실이 있어요! 신은 그녀에게 아이를 주셨고, 이 아이가 어떤 성격을 가졌고 무얼 필요로 하는지 — 둘 다 특이한 것 같습니다 — 를 본능적으로 알게 하셨고, 이는 다른 어떤 사람도 알 수 없는 것입니다. 더구나 이 엄마와 아이의 관계에 어떤 경외로운 신성함이 있는 것은 아닐까요?"

총독이 끼어들며 말했다. "딤스데일 목사님, 어떻게 그렇다는 거지요? 그 점을 좀 설명해 주세요."

목사가 말을 이었다. "틀림없이 그렇습니다. 만일 그렇지 않다고 생각한다면, 우리는 모든 생명의 창조주이신 하늘의 아버지께서 범죄 행위를 가볍게 여기시며 부정한 육욕과 신성한 사랑의 구분을 중요하게 여기시지 않았다고 말하게 되는 건 아닌가요? 아버지의 죄와 어머니의 치욕에서 태어난 이 아이는, 이렇듯 진지하게 비장한 마음으로 아이를 지킬 권리를 호소하는 이 엄마의 마음에 여러 가지 방식으로 영향을 주기 위해, 신에게서 온 것입니다. 이는 그녀의 생에 단 하나의 축복을 주기 위해 의도된 거죠. 그리고 틀림없이, 이 엄마가 스스로 말했듯이, 속죄하기 위해서, 즉 예기치 못한 많은 순간에도 괴로움을 겪고 고난의 기쁨 속에서도 고통과 상처 그리고 항상 엄습하는 고뇌를 느끼도록 의도된 겁니다. 이 여인이 불쌍한 아이에게 입힌 옷을 통해 이런 생각을 표현함으로써 우리에게 자신의 가슴을 그슬린 그 빨간 상징을 강하게 상기시킨 것은 아닐까요?"

윌슨 목사가 소리쳐 말했다. "역시 말씀을 잘하셨습니다. 나는 이 여인이 아이를 사기꾼으로 만들 생각을 하고 있을까 걱정했었습니다."

딤스데일이 계속했다. "아닙니다. 그렇지 않습니다. 저를 믿으세요. 그녀는 아이의 존재를 통해 신께서 행하신 엄숙한 기적을 알고 있습니다. 그리고 무엇보다 신께서 엄마의 영혼을 살리기 위해, 그리고 펄이 없었다면 사탄이 빠뜨리게 할지도 모를 더 어두운 죄의 심연으로부터 그녀를 구하기 위해 이런 은총을 주셨다는 것을 — 제 생각에, 진리라 여기는 것을 — 이 여인도 느낄 수 있기를 바랍니다. 그렇기 때문에 그녀가 영원한 기쁨도 슬픔도 가질 수 있는 이 불멸의 아이를 맡아 올바르게 키우고, 또 매 순간 자신의 타락을 상기하며, 마치 창조주께서 신성하게 맹세하신 것처럼, 만일 이 아이를 천국으로 인도할 수 있다면 아이 역시 엄마를 천국으로 인도할 것이라는 점을 배울 수 있도록 하는 것이 이 불쌍하고 죄 많은 여인에게도 좋을 것입니다. 그 점에서는 이 죄 많은 엄마가 죄 많은 아빠보다 더 행복한 셈이지요. 따라서 헤스터 프린을 위해, 그리고 그에 못지않게 가엾은 아이를 위해서도 신의 섭리가 적절히 맡기신 것처럼 이들을 그대로 두시지요."

늙은 로저 칠링워스가 그를 보고 웃으면서 "이상할 정도로 진지하게 말씀하시는군요" 하고 말했다.

윌슨 목사도 덧붙였다. "내 젊은 형제가 한 말에 아주 중요한 뜻이 담겨 있습니다. 벨링엄 총독님, 어떻게 생각하십니까? 그가 이 불쌍한 여인에 대해 잘 변호하지 않았나요?"

치안 판사가 대답했다. "그렇고말고요. 아주 잘 변호했으니 적어도 이 여자에게 더 이상의 스캔들이 없는 한, 이 문제는 지금 상태로 둡시다. 하지만 이 아이가 목사님이나 딤스데일 목사에게 교리 문답 시험을 받도록 조치하고, 더구나 적절한 때가 되면 학교와 교회에 나가도록 교구 관리가 유념하도록 해야 합니다."

젊은 목사는 말을 끝내자 사람들로부터 몇 발짝 뒤로 물러서서 창문 커튼의 무거운 주름 속에 얼굴 일부를 가린 채 서 있었고, 마루에 비친 그의 그림자는 그가 격렬하게 호소한 것을 보여 주듯 떨리고 있었다. 야성적이고 변덕스러운 꼬마 요정 펄이 그에게 상냥하게 다가가 두 손으로 그의 손을 잡고 자기 뺨을 갖다 대었는데, 이 행위가 너무 부드럽고 상냥해서 그 모습을 지켜보고 있던 엄마는 '이 아이가 펄이란 말인가?' 하고 자문했다. 하지만 그녀는 아이의 마음속에 사랑이 있음을 알고 있었다. 그 사랑이 대부분 열정적으로만 드러나고 평생 동안 지금처럼 상냥함으로 부드러워진 적은 없지만 말이다. 오랫동안 받고자 했던 여성의 관심을 제외한다면 어린아이가 보여 주는 호감의 표시보다 더 달콤한 것이 없는데, 이는 아이들이 영적인 본능으로 자발적으로 이 표시들을 보여 주어 우리 안에 사랑받을 만한 무엇인가가 있다는 것을 넌지시 암시하기 때문이다. 그래서 목사는 주위를 둘러보고, 아이의 머리에 손을 얹고는 잠시 머뭇거리다가 이마에 키스했다. 보통 때와 다른 펄의 기분은 더 이상 지속되지 않았다. 그녀가 웃으며 홀 저쪽으로 날아오르듯 뛰어갔기 때문에 늙은 윌슨 목사는 과연 펄의 발가락이 마루에 닿느냐는 의문을 제기했다.

그가 딤스데일에게 말했다. "장담하건대, 저 여자아이는 마법을 부리고 있어요. 그래서 노파의 빗자루 없이도 날아오를 수 있을 거예요."

늙은 로저 칠링워스가 말했다. "이상한 아이로군요. 저 아이에게서 엄마의 일부를 알아보는 것은 쉬운 일입니다. 여러분께서는 저 아이의 성격을 분석하고 그 조직과 형태를 통해 아빠가 누군지를 추측하는 것이 철학자의 탐구를 넘어서는 일이라고 생각하십니까?"

윌슨 목사가 말했다. "안 됩니다, 그런 문제에 관해 세속적 학문의 단서를 따른다는 것은 죄를 짓는 일입니다. 차라리 단식을 하고 기도하는 것이 더 낫지요. 아니면 신의 섭리에 의해 스스로 밝혀지기 전까지는 그 비밀을 현재 상태로 두는 것이 더 좋을 겁니다. 그렇게 함으로써 선한 기독교인은 모두 버려진 불쌍한 아기에 대해 아버지의 친절함을 보여 줄 권리를 갖게 될 겁니다."

이 문제가 만족스럽게 해결되자 헤스터 프린은 펄과 함께 총독의 저택을 떠났다. 그들이 계단을 내려갈 때 방의 격자 창문이 활짝 열리고 벨링엄 총독의 사나운 여동생이자 몇 년 후 마녀로 처형될 히빈스 부인이 화창한 대낮 속에 얼굴을 내밀었다는 증언이 있다.

그녀가 말할 때 그녀의 불길한 얼굴은 쾌적하고 신선한 집에 그림자를 던지고 있는 것처럼 보였다. "쉿, 조용히 해, 오늘 밤 나와 같이 가지 않을래? 숲 속에 즐거운 친구들이 있어. 내가 블랙맨에게 아리따운 헤스터 프린이 올 거라고 약속하다시피 했거든."

헤스터는 승리에 찬 웃음을 지으며 대답했다. "미안하지만, 못 간다고 전해 줘요. 집에서 내 귀여운 펄을 지켜봐야 하거든요. 저들이 펄을 빼앗았다면 기꺼이 당신과 같이 숲 속으로 가서 블랙맨의 책에 내 이름을 쓰고 그것도 내 피로 그렇게 했겠지만요!"

"우리가 곧 너를 그곳으로 데려갈 거야!" 하고 마녀 부인은 얼굴을 찡그리고 내밀었던 머리를 다시 넣으며 말했다.

그러나 히빈스 부인과 헤스터 프린의 대화가 꾸며 낸 이야기가 아니라 사실이라고 가정한다면, 여기에서 타락한 엄마와 엄마의 허물로 인해 태어난 자식의 관계를 갈라놓는 것에 반대하는 젊은 목사의 주장을 뒷받침하는 예를 이미 찾아볼 수 있다. 그렇게 아이는 사탄의 함정에서 엄마를 구원했던 것이다.

제9장
의사

　독자들이 기억하듯이 로저 칠링워스라는 가명 뒤에는 다른 이름이 숨어 있었고, 과거에 그 이름을 썼던 장본인은 사람들이 더 이상 그 이름을 말하지 않게 하겠노라 다짐했었다. 헤스터 프린의 치욕적인 공개 노출을 목격했던 군중 가운데 여행에 지친 한 늙은 남자가 있었고, 그는 위험한 황야에서 방금 나타나 가정의 온기와 즐거움의 표상으로 나타나리라 기대했던 여인이 사람들 앞에서 죄의 표본으로 세워져 있는 것을 보았다고 앞서 이야기했다. 그녀의 평판은 남자들의 발아래 짓밟혔고, 공공연한 시장 바닥에서 그녀를 둘러싼 치욕스러운 이야기가 오갔다. 그녀의 친척이나, 그녀가 한 점 허물없이 살던 시절의 친구들에게도 이런 소식이 전해졌다면, 그녀의 불명예에 전염되었을 것이다. 왜냐하면 불명예는 원래 과거의 관계가 가깝고 신성한 것일수록 이와 엄밀히 비례하여 전염되기 때문이다. 그렇다면 이 타락한 여인과 가장 가깝고 신성한 관계였던 그가 — 선택은 자신의 몫이었으므로 — 구태여 그렇게 바람직스럽지 못한 유산을 자기 것이라 주장하며 나서겠는가? 그래서 그는 지옥의 서헝내 위에서 그녀와 나란히 형틀을 받지 않겠다고 결심했다. 헤스터 프린을 제외한 다른 사람들에게 알려지지 않고 헤스터의 침묵의 자물쇠와 열쇠를 쥔 그는 자기 이름을 인류의 명단에서 삭제하기로 마음먹었다. 그리고 자신의 과거와 관심사에 관해서는 오래전에 소문에서 알려졌던 것같이 자신이 바다 밑바닥에 있는 것처럼 완전히 삶에서 없애기로 했다. 이 목적이 성취되자 새로운 관심사와 새로운 목적이 곧바로 솟아 나왔는데, 그것은 죄를 짓는 것은 아니지만 어두운 것이었고, 자신의 능력을 최대한 발휘해야 할 만큼 강력한 것이었다.

이 결심을 추구하기 위해 그는 로저 칠링워스라는 이름으로 자신이 보통 이상의 학식과 지성을 갖추었다는 것 이외에 다른 어떤 사실도 알리지 않고 청교도 마을에 거처를 마련했다. 그는 당대의 의학에 대해 폭넓은 지식을 갖출 만한 학식을 이미 쌓았으므로 의사로 자처했고 또 그런 자격으로 받아들여졌다. 의학이나 외과 의학에 기술이 있는 사람은 식민지에서 매우 드물었다. 그런 사람들이 다른 이민자들처럼 대서양을 건너는 종교적 열의를 갖는 것도 드물었던 듯싶다. 인간 신체를 탐구하면서 그들의 고차원적이고 섬세한 능력이 물질적으로 변했을지도 모르고, 그들이 생명의 모든 것을 자체 내에 담고 있을 만큼 정교해 보이는 놀라운 신체 메커니즘의 복잡함 속에서 존재에 대한 정신적인 관점을 상실했을지도 모른다. 어쨌든 의술과 관련된 보스턴 마을 주민의 건강은 이제까지 약제사를 겸한 노집사의 보호 아래 놓여 있었고, 그가 인정을 받은 것은 학위가 있어서가 아니라 깊은 신앙심과 경건한 행동 때문이었다. 유일한 외과의는 이 고상한 의술을 가끔 행하는 것과 면도기를 매일같이 휘두르는 일을 겸한 자였다. 이런 집단에 로저 칠링워스는 매우 훌륭한 소득이었다. 그는 곧 오래된 의술의 장대하고 권위적인 체계에 능통하다는 것을 드러냈다. 그의 치료제는 마치 만병통치약을 만들려고 계획한 것처럼 서로 무관하고 이질적인 성분들을 많이 포함하고 있었다. 더욱이 그는 인디언의 포로 생활을 하면서 토속적인 약초와 뿌리의 특성들에 대해 많이 알게 되었고, 미개한 야만인들에게 자연이 혜택으로 베푼 이 단순한 약들을 수많은 박학한 의사들이 수 세기를 거쳐 정교하게 다듬은 유럽의 처방전만큼이나 신뢰하고 있음을 환자들에게 숨기지 않았다.

이 유식한 이방인은 적어도 종교적인 삶의 겉모습으로는 모범적이었고 이곳에 도착한 지 얼마 뒤에 자신의 정신적 안내자로 딤스데일 목사를 선택했다. 이 젊은 성직자는, 아직도 옥스퍼드에서 그의 명성이 살아 있고, 그를 열성적으로 따르는 사람들은 그가 평균 수명을 살아 일할 수 있다면 초기 교부들이 기독교 신앙의 유아기를 위해 그랬던 것처럼 지금은 유약한 뉴잉글랜드 교회를 위해 위대한 업적을 이룰 운명을 지닌, 하늘이 내린 사도로 여겼다. 그러나 이 시기에 딤스데일의 건강은 눈에 띄게 나빠지고 있었다. 그의 습관을 잘 아는 사람들은 젊은 목사의 뺨이 수척해지는 것이 너무 열심히 학문에 몰두하고, 교구의 의무를 철저히 수행하며, 무엇보다도 탁한 세상이 그의 영혼의 등불을 가로막지 못하도록 자주 단식하고 철야 기도를 했기 때문이라고 설명했다. 심지어 어떤 이들은 만약 님스데일이 정말 죽어 가고 있다면 이 세상이 더 이상 그가 걸어 다닐 만큼 가치가 없는 곳이 되었기 때문이라고 단언했다. 반면에 젊은 목사는 특유의 겸허함으로 만일 자신이 사라지는 것이 신의 섭리에 맞다면, 그것은 자신이 이곳 지상에서 가장 겸허한 사명을 수행할 만한 자격도 없기 때문이라는 믿음을 피력했다. 그가 쇠약해지는 원인에 대해선 의견이 분분했지만, 그가 쇠약해진다는 사실에는 의문의 여지가 없었다. 그의 모습은 더 야위어 갔고, 목소리는 여전히 풍성하고 감미로웠지만 쇠약해지는 것을 예견하는 듯 우울함이 담겨 있었다. 그는 조금만 놀라거나 갑작스러운 사건이 생기면 가슴에 손을 대었고 그때마다 처음엔 얼굴이 붉어지다가 그다음엔 창백해졌는데 이는 그의 고통을 보여 주는 것이었다.

로저 칠링워스가 마을에 나타난 것은 젊은 목사의 건강이 이처럼 나빠져 이제 막 밝아지려는 그의 빛이 너무 일찍 꺼질 것이라는 전망이 임박하던 때였다. 그가 갑자기 하늘에서 떨어졌거나 지옥에서 솟아났는지 아는 사람이 거의 없었기 때문에 그의 등장에는 신비로운 면이 있었고 이는 곧 기적적인 것으로 여기게 되었다. 그는 이제 의술가로 알려졌고, 보통 사람들의 눈에는 아무 가치가 없는 것처럼 보이는 것들의 숨은 가치를 잘 아는 사람처럼, 약초와 야생화 꽃잎을 모으거나 뿌리를 파고 숲의 나뭇가지를 따는 것이 목격되었다. 거의 초자연적인 과학적 업적을 이룬 것으로 추앙받는 케넬름 딕비*나 다른 유명인들이 자신과 편지를 주고받는다거나 친구라고 그가 말하는 것을 사람들이 듣기도 했다. 그런데 학계에서 그런 지위를 가진 자가 왜 이곳으로 왔을까? 대도시를 무대로 삼던 그가 이 황야에서 무엇을 찾는단 말인가? 이런 질문에 대한 답으로 한 가지 소문이 점차 퍼졌고, 터무니없는 것이었지만 아주 지각 있는 사람들까지도 받아들이게 되었는데, 이는 하늘이 기적을 일으켜, 저명한 의학 박사를 독일의 대학에서 공중으로 날아다가 딤스데일의 문 앞에 데려다 놓았다는 것이었다. 하늘은 기적적인 개입과 같은 무대 효과를 노리지 않으면서도 목적을 이룬다는 것을 아는, 더 현명한 믿음을 갖고 있던 자들도 로저 칠링워스가 제때에 나타난 것이 신의 섭리가 작용한 것이라고 보려 했다.

　이런 생각은 의사가 젊은 목사에게 강한 관심을 보였다는 사실이 뒷받침해 주었다. 의사는 교구인으로서 목사에게 애착을 갖고 천성적으로 내성적인 감성을 지닌 그에게서 관심과 신뢰를 얻으려고 했다. 그는 목사의 건강 상태에 매우 놀랐지만 이를 치유하고자 애썼고, 치료를 일찍 시작하면 좋은 결과가 있을 것이라는 데 그리 낙담하지 않았다. 딤스데일의 신도인 장로들과 집사들과 부인들, 그리고 젊고 아리따운 처녀들은 하나같이 의사가 진솔하게 제공한 의술을 그가 받아들여야 한다고 졸랐지만, 딤스데일은 그들의 간청을 조용히 물리쳤다.

　"저는 약이 필요하지 않습니다."

　하지만 매 주일마다 그의 뺨이 더 창백해지고 수척해지며, 목소리가 전보다 더 떨리고, 가슴에 손을 대는 것이 우연한 몸짓이 아니라 상습적인 습관이 되어 버렸는데도, 젊은 목사가 어떻게 이런 말을 할 수 있단 말인가? 그는 일에 지친 것일까? 아니면 죽고 싶어 하는 것일까? 보스턴의 고참 목사들과 교회의 집사들은 딤스데일에게 이런 질문들을 엄숙하게 던졌고, 그들의 표현을 빌리면, 신이 그렇게 분명히 제시한 도움을 거절하는 죄에 대해서 '그를 다루었다'. 그는 조용히 듣고 나서 마침내 의사와 상담할 것을 약속했다.

이 약속을 이행하기 위해 로저 칠링워스의 전문적인 상담을 요청하면서 딤스데일 목사는 이렇게 말했다. "만일 신의 뜻이 그러하다면, 내 일과 슬픔, 죄, 고통이 곧 끝나, 이들 중 지상에 속한 것은 내 무덤에 묻히고, 영적인 것은 나와 함께 영원한 상태로 함께 가는 것이 당신이 나를 위해 의술을 시도하는 것보다 저로서는 더 좋습니다."

로저 칠링워스는 꾸며 낸 것이든 자연스러운 것이었든 간에 그의 행위에 늘 동반되는 조용한 태도로 말했다. "아, 젊은 목사님은 그렇게 말하기 십상이지요. 젊은이들은 깊이 뿌리를 내리지 못했기에 삶에 대한 애착을 쉽게 포기하지요! 지상에서도 신과 같이 걷는 성자들은 새 예루살렘*의 금으로 만든 길을 그분과 같이 걷기 위해 기꺼이 떠나가고 싶어 하죠."

젊은 목사의 이마에는 고통의 붉은빛이 감돌았고, 그는 가슴에 손을 대며 대답했다. "아닙니다. 내가 그곳에서 걸을 자격이 있다면 차라리 이곳에서 기꺼이 일할 것입니다."

의사가 "의인들은 항상 스스로를 너무 겸손하게 해석하지요"

하고 말했다.

이렇게 해서 기이한 늙은 로저 칠링워스는 딤스데일 목사의 주치의가 되었다. 의사는 환자의 질병에만 관심이 있는 것이 아니라 환자의 성격과 특성을 들여다보고 싶은 생각이 강했기 때문에, 두 사람은 나이 차이가 있긴 해도 점차 많은 시간을 같이 보내게 되었다. 목사의 건강을 위해서, 또 의사가 효험 있는 식물을 모으기 위해서 그들은 바닷가나 숲 속을 오랫동안 걸었고, 그들이 나눈 대화는 파도가 부딪치거나 중얼대는 소리와 나무 꼭대기에서 바람이 만드는 엄숙한 소리와 섞이곤 했다. 때로는 한 사람이 상대방의 서재나 은신처의 손님이 되기도 했다. 목사는 과학자와 교제하는 것에 크게 매료되었다. 그는 과학자가 그 깊이와 폭에서 보통이 넘는 학식을 갖추었고, 또한 동료 성직자들에게선 찾아볼 수 없는 사상의 폭과 자유를 갖고 있다는 것을 발견했다. 실제로 그는 의사에게 이런 속성이 있음을 발견하고 충격을 받을 정도는 아닐지라도 적잖이 놀랐다. 딤스데일은 매우 성숙한 경건의 감정으로 믿음의 길을 강건히 따라가 시간이 흐를수록 계속 그 길 속으로 깊이 들어가는 심성을 지닌, 참된 목사이자 참된 신앙가였다. 어떤 사회에서도 그는 진보적 사상가가 되지는 않았을 것이다. 그를 신앙의 쇠틀 안에 구속하면서도 그를 지탱하게도 했던 신앙의 압력을 자신의 둘레에서 느끼는 것이 그의 평화에 항상 중요했을 것이다. 하지만 그는 자신이 일상적으로 대화하던 지성과는 또 다른 종류의 지성의 매개체를 통해 때때로 우주를 바라보는 안도감을 적지 않게 느꼈다. 비록 이런 즐거움을 느끼는 것이 떨리기도 했지만 말이다. 이는 마치 등불 밑에서, 그리고 감각적인 것이든 도덕적인 것이든 햇빛이 차단되어 있는 책에서 발산되는 케케묵은 냄새 속에 그의 삶이 소모되는 가운데 닫히고 막힌 서재에 창문이 활짝 열려 보다 신선한 공기가 들어온 것과 같았다. 그러나 그 공기는 너무 신선하고 차가워서 편안히 오래 들이마실 수가 없었다. 그래서 목사는 의사와 함께 교회가 정설로 규정한 테두리 안으로 다시 후퇴했다.

로저 칠링워스는 자신의 환자가 친숙한 사상의 범위 내에서 익숙한 길을 걷고 있는 일상생활에 있을 때는 물론, 보통과 다른 새로운 도덕적 상황에 처해 성격의 표면으로 무언가 새로운 것이 나타날 때 모두 그를 주의 깊게 관찰했다. 그는 환자에게 이로운 일을 하기 전에 먼저 그를 잘 아는 것이 필수라고 생각했다. 지성과 감성이 있는 자라면 누구든 신체의 질병은 이 지성과 감성의 특성을 갖고 있는 법이었다. 아서 딤스데일의 경우에는 사고력과 상상력이 매우 활동적이었고 감수성도 매우 강렬해서 신체적 질병의 근원이 여기에 있을 가능성이 높았다. 그래서 의술을 갖춘 친절하고 다정한 의사였던 로저 칠링워스는 환자의 심부를 깊숙이 파고들어가, 마치 어두운 동굴에서 보물을 찾는 사람처럼 환자의 원칙을 파헤치고 회상을 들추어 보며 조심스럽게 모든 것을 탐사했다. 그렇게 탐구할 기회와 허가, 그리고 기술까지 겸비한 탐구자의 손에서 벗어날 비밀은 거의 없었다. 비밀의 짐을 진 사람은 특히 주치의와 가까워지는 것을 피해야 한다. 만일 주치의가 타고난 지혜와 무어라 말할 수 없는 그 이상의 것, 즉 직관이라 할 만한 것을 갖추고, 간섭하려는 이기심이나 특별히 거슬릴 만한 특성을 보이지 않으며, 자신의 마음을 환자의 마음과 가깝게 해서 환자 자신이 생각하기만 했다고 상상하는 것을 자신도 모르게 털어놓게 만드는 타고난 힘을 지녔다면, 그리고 그렇게 드러난 것을 소란 없이 받아들이고 그에 공감하는 말을 하기보다는 침묵으로 인정하며 다 이해했다는 표시로 말없이 숨을 내쉬거나 간혹 한마디씩 떨어뜨린다면, 그리고 이렇게 비밀을 털어놓아도 좋을 친구의 자격에 의사로 인정된 성품이 가져다주는 장점까지 보태진다면, 어느 시점에 이르러서는 환자의 영혼은 불가피하게 용해되어 모든 비밀을 훤히 드러내면서 어둡지만 투명한 물길로 흘러내릴 것이다.

로저 칠링워스는 위에서 열거한 특성들 모두를, 아니 대부분을 갖고 있었다. 그럼에도 불구하고 시간은 흘러갔고, 우리가 말했듯이, 인간의 사고와 학문의 모든 영역을 포괄할 만큼 넓은 이 두 교양인 사이에 친밀한 관계가 생겨났다. 그들은 윤리와 종교, 공적 업무나 사적인 성격의 주제 모두에 관해 논의했고, 개인적인 문제들에 관해서도 서로 많은 이야기를 나누었지만, 의사가 틀림없이 있을 거라고 생각했던 어떤 비밀도 목사의 의식에서 자신의 귀로 흘러 들어오지 않았다. 의사는 딤스데일이 신체적 질병의 성격마저도 자신에게 완전히 밝히지 않았다고 의심했다. 정말 이상할 정도로 마음에 숨기고 있는 것이었다.

얼마 후 딤스데일의 친구들은 로저 칠링워스의 제안을 받아들여 애정을 갖고 염려해 주는 이 의사가 목사의 삶의 조수에서 모든 밀물과 썰물을 볼 수 있도록 두 사람이 같은 집에 거주할 수 있도록 주선했다. 이렇게 매우 바람직한 인물을 얻었을 때 마을은 온통 즐거워했다. 이를 젊은 목사의 건강을 위한 최상의 조치로 여겼던 것이다. 물론 권고할 만한 입장에 있는 사람들이 종종 권유했던 것처럼 그가 숱한 젊은 처녀들 가운데 정신적으로 헌신할 수 있는 누군가를 자신의 아내로 선택하는 것을 제외하고 하는 말이었다. 그러나 현재로서는 아서 딤스데일이 이런 선택을 하도록 설득될 가능성은 없었다. 그는 사제의 독신주의가 자신이 품은 교회 훈령의 한 조항인 것처럼 이런 종류의 제안을 모두 거절했다. 따라서 딤스데일은 스스로의 선택으로 타인의 집에서 맛없는 음식을 먹었고, 타인의 난롯가에서 몸을 녹일 운명을 타고난 자의 냉기를 평생 견디어 왔다. 이런 상황에서 현명하고 경험이 풍부하며 호의적인 늙은 의사는 젊은 목사에 대해 부모와 같은, 또 존경 어린 사랑을 갖고 있었으므로 모든 사람 중에서 목사가 목소리를 들을 수 있을 만큼 가까이 두기에 가장 적합한 인물로 보였다.

두 사람이 살 새 집은 훌륭한 신분의 경건한 과부가 사는 집이었는데, 이 집은 후에 킹스 채플의 웅장한 건물이 지어진 곳을 거의 포함하고 있었다. 이 집의 한구석에는 원래 아이작 존슨의 집터였던 묘지가 있었고, 목사나 의사 모두 각각의 직업에 맞는 진지한 사색을 하기에 매우 적합한 곳이었다. 친절한 과부는 모성적인 배려의 마음으로 딤스데일에게 햇볕이 잘 들면서도 필요할 때 대낮이라도 그림자가 질 수 있게 무거운 커튼이 달린 앞쪽 방을 배정해 주었다. 방의 벽에는 고블랭직(織)* 태피스트리가 걸려 있었는데 여기에는 다윗과 밧세바, 그리고 예언자 나단의 이야기가 아직도 퇴색하지 않은 색깔로 수놓여 있었지만, 이 색깔 때문에 이야기 속의 아름다운 여인은 비통한 사건을 힐난하는 예언자만큼이나 생생하게 보였다.* 목사는 이곳에 양피지 표지로 제본된 교부들의 2절판 책들과 율법 학자들의 지혜서 그리고 수도승들의 박식한 도서들을 쌓아 두었는데, 개신교 성직자들은 이 책들의 저자들을 비난하고 헐뜯으면서도 종종 이들의 책을 참고하지 않을 수 없었다. 늙은 로저 칠링워스는 이 집의 반대편에 자신의 서재와 실험실을 꾸렸는데, 이는 근대 과학자가 보기에 완벽할 정도는 아니었지만 증류기를 비롯해 약과 화학 물질을 혼합하는 도구들을 갖추었고, 숙련된 연금술사는 이 도구들을 목적에 맞게 사용하는 방법을 잘 알고 있었다. 이렇듯 편리하게 거처를 정리한 두 학자는 각자의 처소에 정착했지만 한쪽에서 다른 쪽으로 쉽게 드나들 수 있어 상대방의 일에 대해 서로 호기심 어린 관찰을 할 수 있었다.

앞서 말했듯이, 아서 딤스데일 목사를 가장 잘 아는 친구들은 이 모든 것이 — 수많은 공적, 가정적 기도, 그리고 비밀 기도에서 사람들이 염원했던 것처럼 — 젊은 목사가 건강을 되찾을 수 있도록 신의 섭리가 작용한 것이라고 합리적으로 상상했다. 그러나 이 점을 말해 두어야겠는데, 일부 마을 사람들은 딤스데일과 기이한 늙은 의사의 관계에 대해 나름대로의 견해를 갖기 시작했다. 교육을 받지 못한 대중이 자신들의 눈으로 보기 시작할 때 그들은 극히 속기 십상이다. 그러나 대중이 늘 그렇듯이 그 크고 따뜻한 마음의 직관으로 판단을 내릴 때 도출된 결론은 종종 심오하고 그릇

됨이 없어서 초자연적으로 드러난 진리의 성격을 지니게 된다. 우리가 지금 이야기하고 있는 경우에 사람들은 진지하게 반박할 만한 어떤 사실이나 논증으로도 로저 칠링워스에 대한 그들의 편견을 정당화할 수 없었다. 물론 약 30년 전 토머스 오버베리 경의 살인 사건* 때 런던 시민이었던 한 나이 든 장인은 이 의사가 당시에는 다른 이름을 갖고 있었고 — 서술자는 이 이름을 잊어버렸다 — 오버베리 사건에 연루된 유명한 늙은 마술사 포먼 박사와 같이 있는 것을 보았다고 증언했다. 또 몇몇 사람들은 이 의술인이 인디언의 포로로 있을 때 야만인 사제들의 주문에 동참해서 의학 지식을 넓혔으며, 이 사제들은 종종 마술로 기적적인 치료를 하는 주술사로 공히 인정되는 자들이었다고 넌지시 말하기도 했다. 많은 사람들은 — 이들 중 상당 수는 건전한 분별력과 실제적인 관찰력을 지녀 다른 문제에 타당한 의견을 보인 자들이었다 — 로저 칠링워스가 마을에 살면서부터 특히 딤스데일과 같이 살게 되면서부터 그의 모습이 놀랄 만큼 변했다고 입을 모았다. 그의 표정이 처음에는 차분하고 사색적이며 학자다웠지만, 지금은 과거엔 볼 수 없었지만 볼 때마다 더 뚜렷하게 보이는 추하고 사악한 면이 있다는 것이었다. 떠도는 소문에 의하면 그의 실험실 불은 하계에서 가져와 지옥의 연료로 태워지는 것이었고, 예상할 수 있는 것처럼 그의 얼굴은 연기로 검게 그슬리고 있다는 것이었다.

요약하면, 아서 딤스데일 목사는 기독교 역사에서 특히 성스러운 많은 분들이 그랬듯이 늙은 로저 칠링워스의 탈을 쓴 사탄이나 아니면 사탄의 사신에 의해 쫓긴다는 의견이 널리 퍼지게 되었다.

이 악마의 대리인은 한동안 목사의 내부를 파헤치고 그의 영혼에 대한 음모를 꾸미도록 신의 허락을 받았다고 여겼다. 분별력 있는 사람이라면 어느 쪽이 승리하게 될지 의심할 수 없다고 말하기도 했다. 사람들은 목사가 이 투쟁에서 승리하여 틀림없이 영광을 얻어 변신하리라는 것을 굳은 희망을 갖고 지켜보았다. 그럼에도 불구하고 그가 승리를 향해 투쟁하는 동안 죽음을 초래할지도 모를 고뇌를 겪을 것이라고 생각하는 것은 슬픈 일이었다.

슬프게도 이 불쌍한 목사의 눈 속 깊은 곳에 서린 우울함과 두려움을 볼 때 이 전투는 아주 혹독한 것이었고 승리는 결코 확고한 것이 아니었다.

제10장
의사와 환자

　늙은 로저 칠링워스는 일생 동안 차분한 성격으로 따뜻할 정도는 아니어도 친절한 애정을 지녔으며, 세상과의 관계에서 늘 순수하고 곧은 사람이었다. 그는 오직 진리만을 원하는 엄격하고 공평한 판사처럼 성실하게 마치 이 문제가 인간의 열정이나 자신에게 가하는 잘못에 관한 것이 아니라 공간에 그려진 선과 도형으로 표기된 기하학적 문제인 것처럼 조사하기 시작했다. 그러나 조사를 하면서 여전히 차분하긴 했지만 일종의 모질고 무서운 집착이 이 노인을 사로잡아 그가 이 집착의 명령을 다 수행하기까지는 그를 다시 놓아주지 않았다. 그는 이제 마치 금을 찾는 광부처럼 혹은 죽은 자의 가슴에 묻힌 보석을 찾아 무덤 속을 파헤치지만 죽음과 부패 이외에 어떤 것도 발견하지 못하는 교회의 머슴처럼 불쌍한 목사의 마음을 파헤쳤다. 그가 찾는 것이 이런 것들이었다면 그의 영혼에겐 참 슬픈 일이리라.

　때로는 용광로에서 반사되어 나오는 빛이나, 버니언의 책에 등

154

장하는 언덕 가의 섬뜩한 문의 입구에서 새어 나와 순례자의 얼굴에 명멸하는 음산한 불빛같이* 푸른색으로 불길하게 타오르는 빛이 의사의 눈에서 반짝였다. 이는 아마도 이 어두운 광부가 작업하고 있던 곳에서 고무적인 무언가를 발견했기 때문이었을 것이다.

그럴 때면 그는 혼자 이렇게 말했다. "이 사람은 순수하고 또 영적인 인물로 보이지만 아버지나 어머니에게서 아주 강한 동물적 특성을 물려받았어. 이쪽 방향으로 좀 더 파헤쳐 봐야겠어."

그러고 나선 목사의 희미한 내부를 오래 탐구했고 그 안에서 많은 진귀한 물건들을 들추어 보았는데, 이 물건들은 신도들의 안녕에 대한 고결한 열망과 인간에 대한 따뜻한 사랑, 순수한 감정과 천성적인 경건함이 사색과 연구로 더욱 견고해지고 계시에 의해 밝혀지는 모습으로 나타났다. 이 금과 같이 값진 모든 것이 탐색가에게는 쓰레기 같은 것일 뿐이었으므로 그는 낙담하며 돌아섰고, 다른 방향으로 다시 탐구를 시작하곤 했다. 그는 반쯤 잠들어 있거나 완전히 깨어 있는 사람이 누워 있는 방에 그 사람의 가장 귀중한 보물을 훔칠 목적으로 들어가는 도둑처럼 조심스러운 발걸음과 경계하는 눈초리로 몰래 길을 더듬어 나갔다. 그러나 그가 주의를 기울였음에도 불구하고 마루는 삐걱거렸고, 옷이 스치는 소리가 들렸으며, 금지된 거리에 접근했을 때 그의 그림자가 희생자에게 드리워지곤 했다. 다시 말해서 과민한 신경으로 인해 정신적인 직관을 갖게 된 딤스데일은 자신의 평화에 해로운 무엇인가가 다가서고 있다는 것을 희미하게 알아차렸다. 하지만 로저 칠링워스 역시 거의 직관에 가까운 인식 능력이 있었다. 그래서 목사가 자신을 보고 놀라는 듯한 시선을 보낼 때, 의사는 친절하고 동정 어린 그리고 주의 깊지만 결코 간섭하지 않는 친구로 그곳에 앉아 있었다.

그러나 마음이 병든 자가 갖게 마련인 병적 우울함으로 인해 모든 사람을 의심하게 되지 않았다면, 아마도 딤스데일은 이 사람의 성격을 더 완벽하게 알 수 있었을 것이다. 아무도 친구로 믿으려 하지 않았기 때문에 그는 실제로 적이 나타났을 때 그 적을 알아보지 못했다. 따라서 그는 매일 늙은 의사를 서재로 맞이하거나 혹은 실험실로 그를 방문해 기분 전환 삼아 잡초가 효험 있는 약으로 바뀌는 과정을 지켜보며, 그와 계속해서 친교를 나누었다.

어느 날 그가 한 손에 이마를 기대고 묘지 쪽을 향해 열려 있는 창틀 위에 팔꿈치를 기댄 채 로저 칠링워스와 이야기를 나눌 때 노인은 흉측한 식물들을 조사하고 있었다.

그는 이 식물들을 곁눈으로 쳐다보면서 — 목사는 특이하게도 이즈음 들어 사람이건 사물이건 어떤 대상도 똑바로 쳐다보지 않았기 때문에 — 이렇게 물었다. "의사 선생님, 저렇게 어둡고 축 늘어진 잎을 지닌 약초는 어디서 구하셨나요?"

의사가 하던 일을 계속하면서 대답했다. "바로 여기 묘지에서 구했지요. 저도 이것들은 처음 봅니다. 묘비나 망자를 기릴 기념비도 없고 그를 기억해 줄 것이라곤 이 흉측한 잡초들밖에 없는 무덤에서 이 식물들이 자라고 있는 것을 발견했죠. 이것들은 아마 그의 심장에서 자라 나왔고, 그와 함께 묻혔지만 그가 생전에 고백하는 것이 더 좋았을 어떤 끔찍한 비밀을 나타내는 것일지도 모룹니다."

딤스데일은 "어쩌면 그러길 원했지만 그럴 수 없었을지도 모르죠" 하고 대답했다.

의사가 되물었다. "왜 그렇죠? 자연의 모든 힘이 죄의 고백을 열렬히 요구해서, 이 검은 잡초들도 고백하지 않은 죄를 드러내기 위해 땅에 묻힌 심장으로부터 솟아 나오는데, 왜 고백하지 않은 거죠?"

목사가 대답했다. "선생님, 그건 선생님의 환상에 불과합니다. 제 예견이 옳다면, 인간의 마음과 함께 묻힌 비밀을 말 혹은 어떤 유형이나 상징으로 드러낼 수 있는 것은 신의 자비에 가까운 힘에 의해서만 가능하지요. 그런 비밀의 죄를 지은 마음은 모든 숨긴 것들이 드러날 그날까지 그 비밀들을 간직하고 있어야만 합니다. 그리고 저는 그때 인간의 생각과 행위가 드러나는 것을 징벌의 일부라는 식으로 성서를 해석한 적이 없습니다. 그렇게 보는 것은 분명 피상적인 견해입니다. 제가 크게 틀리지 않았다면, 이렇게 밝혀지는 것은 그날에 이 생애의 어두운 문제들을 뚜렷하게 보려고 기다리는 모든 지적인 존재들의 지적인 만족을 고무하기 위해서 의도된 것입니다. 그 문제를 완전히 해결하기 위해서는 모든 사람의 마음을 아는 것이 필요합니다. 더구나 선생님이 말씀하시는 그런 가련한 비밀들을 간직한 사람들은 최후의 날에 망설임 없이 형언할 수 없는 기쁨으로 그 비밀들을 내놓을 것입니다."

로저 칠링워스가 조용히 목사를 곁눈으로 바라보며 물었다. "그렇다면 왜 여기서 밝히면 안 되는 거죠? 왜 그 죄인들은 이 형언

할 수 없는 위로를 좀 더 빨리 얻을 수 없는 겁니까?"

목사는 마치 괴로운 격통에 사로잡힌 듯 가슴을 세게 잡으며 말했다. "대부분의 사람들은 그렇게 하지요. 수많은 불쌍한 사람들이 임종 때뿐 아니라 생전에 건강하고 명성이 높을 때에도 저에게 비밀을 털어놓았지요. 그렇게 비밀을 털어놓은 뒤에 제가 이 형제 죄인들에게서 얼마나 크게 안도하는 모습을 보았던지! 그건 마치 자신의 오염된 공기로 오랫동안 질식할 것 같다가 마침내 신선한 공기를 들이쉰 사람에게서 볼 수 있는 그런 모습이었습니다. 그럴 수밖에 없지 않겠습니까? 말하자면 살인죄를 저지른 가련한 자가 왜 당장 그 죽은 시체를 집어 던져 세상이 처리하게 하지 않고 그 시체를 마음속에 파묻고 싶어 하겠습니까?"

침착한 의사가 말했다. "하지만 어떤 사람들은 비밀을 그렇게 묻어 두지요."

딤스데일이 대답했다. "맞습니다. 그런 사람들이 있지요. 하지만 더 자명한 이유를 제외하고라도 아마 그들은 타고난 성격 때문에 그 비밀들을 말하지 않을 수도 있습니다. 아니면 그들이 죄를 짓긴 했어도 여전히 신의 영광과 인류의 복지에 대한 열의를 갖고 있기 때문에 사람들 앞에서 검고 더러운 자신들의 모습을 드러내기를 꺼린다고 생각할 수는 없을까요? 왜냐하면 그렇게 되었을 때 그들이 더 이상 선을 행할 수도 없고 보다 훌륭한 봉사로 과거의 잘못을 보상할 수도 없기 때문이지요. 그래서 그들은 스스로 이루 말할 수 없는 고통을 겪으면서 새로 내린 눈처럼 순수한 모습으로 동료들 사이에서 활동하지만 그들의 마음은 내내 벗어 던질 수 없는 죄악으로 온통 얼룩져 있는 것이지요."

로저 칠링워스는 집게손가락으로 작은 제스처를 취하면서 평소보다 강한 어조로 말했다. "그들은 스스로를 기만하는 것입니다. 그들은 마땅히 자신들이 겪어야 할 수치를 짊어지기를 두려워합니다. 그들의 마음속에는 그들의 죄가 빗장을 열어 맞아들인 사악한 죄수들 그리고 그 죄수들이 틀림없이 양산해 낼 지옥의 자식들과 함께, 인류애나 신에 대한 봉사의 열의 같은 신성한 충동들이 공존할 수도 있고 그렇지 않을 수도 있습니다. 그러나 만일 그들이 신을 찬양하고자 한다면 그들의 더러운 손을 하늘로 들어 올려서는 안 됩니다. 그들이 인간을 돕고자 한다면, 양심의 힘과 현실을 분명히 드러내고 회개하는 마음으로 자신들을 낮춤으로써 그렇게 해야 합니다. 지혜롭고 경건한 목사님이 설마 저보고 거짓된 허식이 신의 진실보다 더 좋은 것이라고 — 신의 영광이나 인류의 복지에 더 기여할 수 있다고 — 믿으라는 건가요? 확신하건대, 그런 자들은 스스로를 기만하는 것입니다."

"그럴 수도 있겠지요" 하고 젊은 목사는 자기와 무관하거나 적당한 시기가 아니라고 여기는 논쟁거리를 마다하듯이 무관심하게 말했다. 그는 실제로 자신의 과민한 성격을 자극하는 주제라면 어떤 것이든 피할 수 있는 능력을 갖고 있었다. "그런데 뛰어난 의술을 지닌 주치의에게 제 나약한 체질을 친절히 돌보신 만큼 제가 정말 좋아진 것인지 묻고 싶습니다."

로저 칠링워스가 대답하기 전에 그들은 이웃 묘지에서 나오는 어린아이의 또렷하고 활기찬 웃음소리를 들었다. 여름이어서 열려 있던 창문 밖을 본능적으로 내다본 목사는 헤스터 프린과 귀여운 펄이 울타리 쳐진 땅을 가로질러 난 샛길을 따라 지나가는 것을 보았다. 펄은 밝은 날처럼 아름다웠지만, 아주 심술궂게 발랄한 기분에 젖어 있었는데, 이럴 때면 그녀는 연민이나 인간적 관계의 영역을 완전히 벗어나 있는 것처럼 보였다. 펄은 이제 불경스럽게도 이 무덤에서 저 무덤으로 뛰어다니다가 어느 고인 — 아이작 존슨의 묘일지도 모른다 — 의 넓고 평평한 그리고 가문의 문장이 새겨진 묘비에 다다르자 그 위에서 춤을 추기 시작했다. 예절 바르게 행동해야 한다는 엄마의 명령과 간청에 대한 응답으로 귀여운 펄은 멈춰 서서 무덤 옆에 자라고 있던 큰 우엉의 가시 돋친 열매를 모았다. 그녀는 이것들을 한 줌 모아서 엄마의 가슴을 장식하고 있는 주홍 글자의 선을 따라 정렬했는데 우엉 열매는 들러붙는 성질 때문에 잘 붙어 있었다. 헤스터는 이것들을 떼어 버리지 않았다.

이 무렵 로저 칠링워스는 창문에 다가서서 굳은 표정으로 아래를 내려다보았다.

그는 동료에게 이렇게 말했는데, 이는 자신에게 하는 혼잣말이기도 했다. "이 아이의 성격에는 법도 권위에 대한 존경도 옳건 그르건 인간적 법령이나 의견에 대한 고려도 섞여 있지 않습니다. 지난번에는 저 아이가 스프링 레인에 있는 여물통에서 총독님에게 물을 뿌려 대는 걸 봤지요. 도대체 저 여자아이는 어떤 존재지요? 저 악동 같은 아이가 전적으로 사악한 것일까요? 애정을 갖고 있긴 한가요? 밝혀질 수 있는 존재의 원칙 같은 것을 갖고 있을까요?"

딤스데일은 마음속에서 이 문제를 생각하고 있었던 것처럼 나지막이 말했다. "없습니다. 법을 파기하는 자유밖엔 없지요. 선을 행할 능력이 있는지도 모르겠습니다."

아이가 이들의 목소리를 들었는지, 밝으면서도 발랄하고 지적인 개구쟁이의 미소를 지으며 창문 위를 바라보더니 딤스데일 목사에게 가시 돋친 우엉 열매 하나를 던졌다. 예민한 목사는 과민하게 겁먹은 모습으로 이렇게 던진 가벼운 물체에 몸을 움츠렸다. 그의 반응을 보고 펄은 열렬히 환호하면서 작은 손으로 박수를 쳤다. 헤스터 프린도 무의식적으로 올려다보았는데 순간 늙고 젊은 네 사람 모두 침묵 속에 서로의 눈이 마주쳤다. 마침내 아이가 크게 웃으며 소리쳤다. "엄마, 이리 와. 이리 와. 아니면 저 늙은 블랙 맨이 엄마를 잡을 거야. 블랙 맨이 벌써 목사님을 잡았어. 이리와, 엄마. 그렇지 않으면 엄마도 잡을 거야. 하지만 귀여운 펄은 잡지 못할걸."

이렇게 펄은, 죽어서 묻힌 세대와 아무 공통점이 없을 뿐 아니라 가까운 것도 인정하지 않는 존재처럼, 고인들의 무덤 사이를 춤추면서 환상적으로 뛰어다니며 엄마를 데리고 떠났다. 그녀는 새로운 요소로 새롭게 만들어져서, 자신의 기이한 행동을 죄로 여기지 않고, 스스로 법이 되어 자신만의 삶을 살아가도록 허락받은 것처럼 보였다.

잠시 후 로저 칠링워스가 말했다. "저기 가고 있는 여인은 어떤 과오를 저질렀든 간에 목사님이 견디기 슬픈 것이라 여기는 숨은 죄의 신비를 하나도 갖고 있지 않군요. 목사님은 헤스터 프린이 가슴에 주홍 글자를 달아서 오히려 덜 비참하다고 생각하십니까?"

목사가 대답했다. "저는 진심으로 그렇게 믿습니다. 하지만 그녀를 대신해서 대답할 수는 없겠지요. 그녀의 얼굴에는 고통스러운 표정이 있었습니다. 그 표정을 보지 않았더라면 좋을 뻔했습니다. 하지만 이 불쌍한 여인 헤스터가 그렇듯이 고통받는 자는 자신의 고통을 거리낌 없이 보여 줄 수 있는 것이 마음속에 가둬 두는 것보다 훨씬 좋다는 생각이 듭니다."

또다시 잠시 침묵이 흘렀고, 의사는 다시 자신이 모은 식물을 정돈하고 검사하기 시작했다.

마침내 잠시 후 그가 말했다. "조금 전, 목사님의 건강에 대해 제가 어떻게 판단하고 있는가를 물으셨죠."

목사가 대답했다. "그렇습니다. 정말 알고 싶습니다. 살든지 죽든지 제발 솔직히 말해 주세요."

의사는 여전히 약초들을 정리하느라 바쁜 가운데 경계하는 눈초리를 딤스데일에게 보내면서 말했다. "거리낌 없이 솔직히 말하면, 목사님의 병은 이상하긴 하지만, 적어도 제가 관찰할 수 있었던 증상들로 보면, 그 자체로나 겉으로 드러난 형태로는 크게 이상하지 않아요. 목사님, 제가 수개월 동안 목사님을 매일 보고 목사님 모습의 특징들을 관찰한 바에 의하면 목사님은 몹시 아픈 사람이지만 주의 깊은 의사가 치유할 가능성이 없다고 여길 만큼 아프지는 않습니다. 그러나 어떻게 말해야 할지 모르겠군요. 이

병은 제가 알 것 같기도 하면서, 또 알지 못할 것 같기도 한 그런 것입니다."

창백한 얼굴의 목사가 창문 밖으로 눈길을 돌리면서 말했다. "선생님은 수수께끼 같은 말씀을 하시는군요."

의사가 계속 말했다. "그렇다면 좀 더 솔직하게 말하지요. 그리고 제가 솔직히 말하는 걸 용서해 주시기 바랍니다. 용서가 필요한 것처럼 보인다면 말입니다. 목사님의 친구이자 그리고 신의 섭리 아래 목사님의 생명과 신체적 건강을 담당한 제게 이 질병의 모든 것을 솔직하게 드러내고 말씀하셨나요?"

목사가 물었다. "어떻게 그걸 의심하실 수 있나요? 의사를 불러 놓고 아픈 데를 숨기는 것은 아이들의 장난질 같은 거겠죠."

로저 칠링워스는 신중하게 그리고 강렬하고 집중된 지성으로 빛나는 눈을 목사의 얼굴에 고정시키며 말했다. "그렇다면 제가 모든 걸 안다고 말씀하실 수 있습니까? 그렇다고 치지요. 하지만 외관상의 신체적인 병만 볼 수 있도록 허락받은 자는 대개 자신이 치유하도록 소명받은 병의 절반밖에 알지 못하지요. 신체적 질병은 우리가 그 자체로 완전한 전부라고 생각하지만 결국 영적인 면에서의 어떤 질병의 징후에 불과하니까요. 목사님, 혹시 제 말이 조금이라도 불쾌했다면 거듭 용서를 부탁드립니다. 목사님은 제가 알게 된 모든 사람들 가운데에서 육체가 육체를 도구로 삼는 영혼과 가장 가깝게 결합되고 섞여서, 말하자면 일치하게 된 분입니다."

목사가 의자에서 다소 성급히 일어나면서 말했다. "그렇다면 더 이상 물을 필요가 없겠습니다. 제 생각에, 선생님은 영혼을 위한 의술은 다루시지 않으니까요."

로저 칠링워스는 목사의 말에 개의치 않고 일어서서 작고 어두운 기형의 모습으로 창백한 안색의 쇠약한 목사를 대면하며 변하지 않은 어조로 계속 말했다. "목사님 영혼 속의 질병, 아니 이렇게 불러도 된다면 아픈 곳이 목사님의 신체에 즉각 직접적으로 드러나는 것입니다. 그런데도 목사님은 의사가 신체의 질병을 치유하기를 바라십니까? 목사님이 먼저 의사에게 영혼 속의 상처나 괴로움을 털어놓지 않으신다면 어떻게 치유되겠습니까?"

딤스데일은 단호한 태도로 동그란 눈을 늙은 로저 칠링워스에게 돌리며 격렬하게 소리쳤다. "아닙니다. 선생님에게, 이 세상의 의사에게는 그럴 수 없습니다. 선생님에게 말할 수 없습니다. 만일 그것이 영혼의 병이라면 저는 영혼의 유일한 의사이신 그분께 저를 의탁합니다. 그분께서 탐탁하게 여기신다면 저를 치유하실 것이고, 그렇지 않다면 죽게 하실 것입니다. 그분이 그분의 정의와 지혜로 판단하시는 대로 저를 맡길 것입니다. 그런데 도대체 선생님은 누구이기에 고통받는 자와 신 사이에 감히 끼어들어 이런 문제에 간섭하시는 겁니까?"

그는 크게 분노하여 방을 박차고 나갔다.

로저 칠링워스는 근엄한 미소로 목사의 뒷모습을 보며 혼자 말했다. "이러길 아주 잘했어. 내가 잃은 건 없으니까. 우리는 곧 다시 친구가 될 거야. 하지만 이 사람이 이렇게 격정에 사로잡혀 주체하지 못하는 걸 볼 수 있게 되었지. 하나의 격정에 사로잡히면 또 다른 격정에도 그럴 수 있을 거야. 경건한 딤스데일 목사는 이전에도 뜨거운 마음의 격정에 사로잡혀 어떤 격렬한 일을 범했음에 틀림없어."

두 사람이 이전과 똑같은 수준의 관계로 다시 가까워지는 것은 어려운 일이 아니었다. 젊은 목사는 몇 시간을 혼자 있다가 자신이 신경 이상으로 인해 부적절한 흥분의 발작을 일으켰고, 그렇게 흥분한 것에 대한 변명이나 구실이 될 어떤 것도 의사의 발언에서 찾을 수 없다고 느꼈다. 목사는 이 친절한 노인이 자기 본분으로 해야 할 충고를 했을 뿐이고 자신도 애타게 그 충고를 갈구하고 있었는데, 자신이 이 노인을 난폭하게 물리친 사실이 놀라웠다. 이런 회한의 감정으로 그는 곧 친구에게 거듭 사과하고 완전히 건강을 회복시키지는 못했더라도 지금까지 연약한 자신을 연명시켜 온 수단이 되었던 치료를 계속해 달라고 부탁했다. 로저 칠링워스는 즉각 동의했고 목사를 계속 의학적으로 보살폈는데, 진심으로 목사를 위해 최선을 다했지만 의학적 상담이 끝나 환자의 방을 나설 때면 항상 입가에 알 수 없는 당혹한 듯한 미소를 머금었다. 이런 표정은 딤스데일이 있을 때에는 보이지 않다가 의사가 문지방을 건너는 순간 역력히 드러나곤 했다.

그는 이렇게 중얼거렸다. "참 이상한 사례야. 좀 더 깊이 들여다봐야겠군. 영혼과 육체가 이상하리만큼 공감하고 있어. 의술을 위해서라도 이 문제를 바닥까지 탐구해야 되겠어."

위에서 이야기한 장면이 있은 지 얼마 되지 않아 딤스데일 목사는 대낮에 의자에 앉아 앞에는 책상 위에 흑체 활자*로 인쇄된 책을 펼쳐 놓은 채 자신도 모르게 깊은 잠에 빠져들었다. 그 책은 졸리게 만드는 책 중에서도 특히 능력이 뛰어났다. 목사가 깊은 휴면 상태에 빠졌다는 것은 더 놀라운 일이었다. 왜냐하면 그는 보통 아주 가볍고 일시적으로 잠이 들어 나뭇가지 위를 뛰어다니는 작은 새처럼 쉽게 놀라기 때문이었다. 그러나 이제 그의 영혼은 예전에 가 보지 못한 먼 곳으로 깊이 빠져들어 의자에서 꼼짝도 하지 않았고, 이때 늙은 로저 칠링워스는 특별히 조심하지도 않고 방에 들어왔다. 의사는 환자 앞으로 곧장 다가와 환자의 가슴에 손을 대고는, 이제까지 의사도 볼 수 없도록 가슴을 가리고 있던 옷을 열어젖혔다.

그때 딤스데일은 몸을 떨며 가볍게 움직였다.

잠시 멈춘 후에 의사는 돌아섰다.

하지만 의사는 얼마나 광적인 놀라움과 기쁨과 공포의 표정을 짓고 있었던가! 말하자면 너무 압도적이어서 눈과 형체로만 표현할 수 있는 무서운 환희가 그의 흉측한 모습 전체를 통해 터져 나와, 팔을 천장으로 쳐들고 발을 마루에 구르는 과격한 몸짓을 통해 소란스럽게 나타나고 있었던가! 그가 황홀함에 젖어 있던 그 순간에 누군가가 늙은 로저 칠링워스를 보았다면 그는 아마도 한 귀중한 인간의 영혼이 천국으로 가는 길을 잃고 악마의 왕국으로 넘어갔을 때 악마가 어떻게 행동하는지를 묻지 않아도 될 터였다.

그러나 의사의 환희가 악마의 환희와 다른 것이 있었다면, 그것은 그 안에 놀라움의 특성이 담겨 있다는 점이었다.

제11장
가슴의 내부

 앞서 기술한 사건 이후에 목사와 의사의 관계는 겉으로는 동일했지만 실제론 이전과 달랐다. 지능적인 로저 칠링워스는 이제 뚜렷한 진로를 눈앞에 두고 있었다. 그것은 사실 정확히 말해서 그가 가겠다고 계획한 길이 아니었다. 침착하고 부드럽고 차분하게 보였지만, 이 불행한 노인은 이제까지 잠재해 있다가 이제 활동적이 된 조용하고 깊은 악의를 갖고 있어서, 이제껏 어느 인간이 적에게 가한 것보다 더 내밀한 복수를 상상하는 것이 아닐까 두려운 일이었다. 이는 자신을 유일하게 신뢰할 수 있는 친구로 만들어, 모든 두려움, 회한, 고뇌, 헛된 회개, 물리치려 해도 소용없이 다시 밀려드는 죄로 물든 생각들을 털어놓게 만드는 것이 아니었던가! 넓은 가슴으로 불쌍히 여기고 용서해 줄 세상으로부터도 숨겨 온 그 죄로 물든 슬픔을 용서할 줄 모르는 가혹한 그에게 털어놓게 하려는 것 말이다. 이는 어두운 마음속 보물들을 자신에게 털어놓게 하려는 것이었고, 이보다 더 복수의 빛을 제대로 갚게 만드는 것은 없었을 것이다.

목사의 수줍어하고 예민한 과묵함이 이런 계획을 방해했다. 하지만 로저 칠링워스는 — 복수하는 자와 희생자를 스스로의 목적을 위해 사용하고, 아마도 처벌하는 것처럼 보일 때 실제로는 용서하는 — 신의 섭리로 인해 자신의 사악한 계획과 다르게 전개된 사태의 형국에 크게 불만스러워하지 않았다. 그는 자신에게 계시가 허락된 것이라고 말할 수 있었다. 그의 목적을 위해서는 이 계시가 천국에서 오는 것이든 다른 곳에서 오는 것이든 별문제가 되지 않았다. 이 계시의 도움으로 이후 딤스데일과의 관계에서 딤스데일의 외면뿐 아니라 가장 깊은 영혼도 그의 눈앞에 훤히 드러남으로써 그는 딤스데일의 영혼의 모든 움직임을 보고 이해할 수 있었다. 그때부터 그는 불쌍한 목사의 내면세계에서 관객이 아닌 주연 배우가 되었다. 그는 목사를 마음대로 갖고 놀 수 있었다. 목사에게 욱신거리는 고뇌를 일으켜 볼까? 그렇다면 희생자는 영원히 고문대에 놓여 있기 때문에 고문 기계를 조절하는 용수철을 알기만 하면 되는 일이었고, 의사는 그것을 잘 알고 있었다. 아니면 갑작스러운 공포로 목사를 놀라게 할까? 마법사가 지팡이를 흔든 것처럼, 여러 형태의 죽음의 유령 혹은 그보다 더 끔찍한 치욕의 유령들이 일어나 수없이 목사 주위로 몰려들어 손가락으로 그의 가슴을 가리켰다.

이 모든 일은 너무 완벽하리만큼 교묘하게 이루어져 목사는 어떤 사악한 영향력이 자신을 지켜보고 있다는 막연한 인식을 계속 갖고 있음에도 불구하고 그것의 본성을 알지 못했다. 물론 그는 의심하고 두려워하며, 때로는 공포심과 독한 증오심으로 늙은 의사의 기형적인 모습을 바라보았다. 그의 몸짓과 걸음걸이, 회색빛 수염, 아주 사소한 행동들과 그가 입은 옷의 패션조차도 목사의 눈에는 역겹게 보였는데, 이는 목사가 스스로 용인하고 싶었던 것보다 더 깊은 반감을 가슴에 품고 있었다는, 암묵적으로 신뢰할 만한 징후였다. 왜냐하면 그런 불신과 혐오감의 이유를 찾을 수 없었으므로, 딤스데일은 어떤 병적인 부분의 독이 자기 마음 전체를 감염시키고 있다고 의식하여 자신의 모든 육감의 원인을 이것으로 돌렸기 때문이다. 그는 로저 칠링워스에 대한 나쁜 감정에 대해 스스로 자책했고 이 감정으로부터 이끌어 냈어야 했을 교훈을 간과했으며, 이 감정을 뿌리 뽑고자 최선을 다했다. 하지만 그렇게 할 수 없었기 때문에 그는 원칙상 이 노인과 사교적인 친분을 유지해 나갔고 — 불쌍하고 외로운 존재였을 뿐 아니라, 자신의 희생자보다 더 비참한 인물이었던 — 이 복수자가 전념하고 있던 목적을 완수할 기회를 끊임없이 제공했다.

이렇게 육체적인 질병에 시달리고 영혼의 어두운 고뇌로 괴롭게 고통을 겪으며 치명적인 적의 간계에 노출되어 있는 동안, 딤스데일 목사는 성직을 수행하는 데 있어서는 찬란한 인기를 얻었다. 그는 사실 이 인기를 대부분 자신의 슬픔으로 얻었다. 그가 일상생활에서 느끼는 고뇌로 인해 그의 지적 재능과 도덕적 혜안, 감정을 경험하고 전달하는 능력은 늘 초자연적인 활동 상태에 있었다. 여전히 치솟고 있던 그의 명성은 이미 동료 성직자들의 소박한 평판을 압도했는데, 이들 중 몇몇은 탁월한 성직자였다. 그중에는 성직과 관련된 심오한 지식을 쌓는 데 딤스데일보다 더 많은 세월을 보내서, 그런 진실하고 귀중한 학식에 이 젊은 형제보다 더 깊이 능통한 학자들도 있었다. 또한 그보다 더 강건한 정신을 지니고, 민첩하면서도 견고한 강철이나 화강암 같은 이해력을 더 많이 갖춘 자들도 있었다. 이런 이해력이 적절한 함량의 교리와 혼합되면 매우 존경스럽고 효율적이며 무뚝뚝한 종류의 성직자를 만들어 낸다. 그런가 하면 지치도록 책과 씨름하고 인내심 있는 숙고를 거듭하여 정신적 능력이 단련된, 더구나 더 좋은 세상과의 영적인 교감으로 인해 그 능력이 영화(靈化)된 성인 같은 교부들도 있었다. 이 성스러운 인물들은 순수한 삶을 살아왔기 때문에 여전히 육신의 옷을 걸치고 있다 하더라도 더 좋은 세상으로 들어서고 있었다. 그들에게 부족한 것이라곤 외국의 알지 못하는 언어로 말하는 능력이 아니라 마음의 모국어로 모든 인류의 형제에게 말할 수 있는 능력을 상징하는, 혀 모양의 불*로 오순절에 선택된 사제들에게 내려왔던 그런 재능이었다. 이 교부들은 그들의 성직을 증명하는 천국의 최종적이고 가장 희귀한 증거물인 불의 혀를 갖고 있지 못했다. 그렇지 않았다면 그들은 사도와 다름없었을 것이다. 그들이 친숙한 말과 형상이라는 겸허한 수단을 통해 지고의 진리를 표현하고자 했더라도 — 이렇게 하고자 꿈꾼 적이 있다면 — 아마 헛된 일이었을 것이다. 그들의 목소리는 그들이 늘 머물고 있던 그 높은 곳에서부터 멀리 그리고 불분명하게 내려왔다.

딤스데일은 성격상 여러 가지 특징으로 인해 자연히 이 두 번째

부류의 인물에 속했다. 그가 숙명적으로 짊어져야 할 죄나 고뇌가 무엇이었든 간에 그 죄나 고뇌의 짐으로 인해 그의 의도가 좌절되지만 않았다면, 그는 그들의 높은 신앙과 성스러움의 고지에 오를 수 있었을 것이다. 이 짐은 그로 하여금 가장 낮은 곳에 머물게 했다. 그렇지 않았다면 천사들이 그의 목소리를 듣고 대답했을, 이 천상의 자질을 갖춘 자를 말이다. 그러나 이 짐으로 인해 그는 죄를 지은 인류의 형제들과 아주 가깝게 공감할 수 있어서, 그의 마음은 그들의 마음과 같이 떨렸고 그들의 고통을 받아들였으며 슬프고도 설득력 있는 웅변의 분출을 통해 자기 고통의 경련을 다른 많은 사람들에게 전달할 수 있었다. 그의 웅변은 대개 설득력이 있었지만 때로는 무섭기도 했다. 사람들은 자신들을 그토록 감동시킨 힘을 알지 못하고, 젊은 목사를 신성한 기적이라고만 생각했다. 그들은 그가 하늘의 지혜와 비난과 사랑의 메시지를 전달하는 대변자라고 상상했다. 그들의 눈에는 그가 걸어 다니는 땅조차도 성스러웠다. 교회의 처녀들은 그의 곁에서 창백해졌고, 종교적 감정으로 깊이 물든 열정의 희생자들이었기 때문에 자신들의 열정이 종교적인 것이라고만 생각하여, 그 열정이 자신들 순백의 가슴 속에 있는 제단에 바치는 가장 훌륭한 희생 제물이라고 공공연히 털어놓곤 했다. 그의 신자들 중에서 노인들은 스스로 질병으로 괴로워하면서도 딤스데일의 몸이 쇠약해진 것을 보고 그가 자신들보다 먼저 천국에 갈 것이라 믿었고, 자식들에게 자신들의 늙은 뼈를 젊은 목사의 신성한 무덤 가까이 묻으라고 명하기도 했다. 그러는 동안 내내 아마도 불쌍한 딤스데일은 자신의 무덤을 생각할 때, 저주받은 것이 그곳에 묻힐 터이므로 그 무덤 위에 과연 풀이 자랄는지 자문했을지도 모른다.

이런 공적인 존경 때문에 그가 겪은 고뇌는 상상할 수조차 없었다. 그는 진리를 흠모하고, 신성한 본질을 그들 삶 속의 생명으로 갖고 있지 않은 모든 것을 그림자같이 중요하지도 가치도 없는 것이라고 여기는 진정한 충동을 갖고 있었다. 그렇다면 그는 과연 무엇이었던가? 실체였던가? 아니면 그림자 중에서도 가장 희미한 그림자였던가? 그는 연단에서 목소리를 높여 사람들에게 자신이 무엇이었는지를 말하고 싶었다. "여러분이 보시듯, 검은 사제복을 입고, 신성한 설교단에 올라 창백한 얼굴을 하늘로 쳐들면서, 여러분을 위해 지고하시고 전능하신 분과 영적으로 소통하는 저는, 여러분이 저의 일상생활에서 에녹*의 성스러움을 발견하고 제가 걷는 발걸음이 지상에 만든 자취를 따라 빛을 남겨 제 뒤에 올 순례자들을 축복받은 곳으로 인도한다고 생각하시는 저는, 그리고 여러분의 자녀에게 세례의 손을 얹고 방금 떠난 세상으로부터 희미하게 아멘 소리를 듣는 여러분의 죽어 가는 친구들에게 이별의 기도를 올렸던 저는, 여러분이 그토록 존경하고 신뢰하는 여러분의 목사인 저는 완전히 타락하고 거짓된 자입니다."

딤스데일은 여러 번 이렇게 말하지 않고는 결코 내려오지 않겠다는 마음으로 연단에 올랐었다. 그는 목청을 가다듬고 길고 깊게 떨리는 숨을 들이쉬었는데, 이 숨을 다시 내쉴 때 그의 영혼의 검은 비밀이 묻어 나올 것 같았다. 그는 사실 여러 번 아니 수백 번 실제로 말했다. 정말 말했었다. 그런데 어떻게 말했단 말인가? 그는 청중들에게 자신이 전적으로 사악하고 최악의 악인들 중에서도 매우 악한 자이며 모든 죄인 중에서도 가장 나쁜 죄인이고 상상할 수도 없는 죄를 지은 혐오스러운 자라고, 그리고 자신의 불쌍한 몸이 전능하신 분의 타오르는 분노로 인해 그들의 눈앞에서 불타 오그라드는 것을 그들이 목격하지 않는 것이 놀라울 뿐이라고 말했다. 이보다 더 명백한 설교가 있을 수 있단 말인가? 사람들이 모두 똑같은 충동으로 자리에서 일어나 자신이 더럽힌 연단에서 그를 끌어내리지 않을까? 그러나 그렇지 않았던 것이다. 그들은 그의 설교를 듣고 더욱 그를 존경했으며, 그가 자신을 비난하는 말에 어떤 치명적인 의미가 숨어 있는지 추측하지 못했다. 그들은 서로 말했다. "거룩한 젊은 목사님! 지상의 성인! 저분이 자신의 순백의 영혼 속에서 저런 죄를 발견하신다면, 당신과 나의 영혼에서는 얼마나 끔찍한 광경을 보시겠는가! 이 얼마나 슬픈 일인가!" 목사는 자신의 모호한 고백이 사람들에게 어떻게 비칠지 잘 알고 있었으니, 정말 교묘하지만 회한에 가득 찬 위선자가 아닌가! 그는 죄의식에 물든 양심을 고백함으로써 스스로를 속이려 했으나, 자기기만이 주는 일순간의 위안도 받지 못한 채 한 가지 죄를 더 범했고, 한 가지 수치를 더 자인하게 되었다. 그는 참된 진리를 말했지만, 그 진리를 순전한 거짓으로 탈바꿈시켰다. 하지만 그는 다른 누구보다도 타고난 본성상 진리를 사랑하고 거짓을 싫어했다. 그래서 그는 무엇보다도 비참한 자신을 혐오했다.

그는 심적인 고통으로 인해 자신이 태어나고 자란 교회의 더 훌륭한 빛보다는 로마의 낡고 타락한 신앙에 적합한* 수행을 감행했다. 열쇠와 자물쇠로 잠긴 딤스데일의 비밀 벽장 안에는 잔혹한 채찍이 있었다. 이 개신교도이자 청교도 성직자는 그 채찍을 자신의 어깨에 내리치면서 스스로를 가혹하게 비웃었으며, 그 가혹한 웃음 때문에 더 혹독하게 자신을 내리쳤다. 또한 그는 다른 많은 독실한 청교도들처럼 단식하는 습관이 있었지만, 그들처럼 신체를 순화하여 천상의 빛을 더 잘 전달하는 매개체로 만들기 위해서가 아니라 참회의 행위로서 무릎이 떨릴 때까지 단식을 했다. 뿐만 아니라 밤마다 때로는 완전한 어둠 속에서 때로는 희미하게 빛나는 등불 옆에서 때로는 가장 강력한 빛을 거울에 비추어 그 빛으로 거울 속의 자기 얼굴을 보면서 철야 기도를 했다. 그렇게 그는 부단한 내적 성찰의 표본이 되었지만 이 성찰로 자신을 고문했을 뿐 자신을 정화시키지는 못했다. 이 기나긴 철야 기도를 하면서 그의 머리는 자주 어지러웠고 환영들이 눈앞에서 날아다니는 것처럼 보였다. 이들은 방구석의 희미한 빛처럼 의심스럽게 보이거나 아니면 거울 속에서 그의 곁 가까이에서 더 생생하게 보이기도 했다. 때로 그것들은 창백한 목사에게 조롱하듯 웃으면서 같이 가자고 손짓하는 악마의 모습을 한 무리이기도 했고, 때로는 슬픔에 가득 차 무거운 표정으로 높이 날아올랐지만 올라갈수록 점점 더 공기같이 엷어진 빛나는 천사의 무리이기도 했다. 때로는 젊었을 때 죽은 친구들과 성인같이 언짢은 표정을 한 백발의 아버지가 나타나기도 했고, 어머니가 지나가면서 얼굴을 외면하기도 했다. 그래도 어머니의 유령, 어머니의 아주 희미한 환상은 아들에게 동정의 눈빛을 던졌으리라! 그리고 때로는 이 유령 같은 생각으로 인해 으스스해진 방을 통해 헤스터 프린이 귀여운 펄과 함께 지나갔는데, 펄은 주홍빛 옷을 입고 집게손가락으로 처음에는 엄마의 가슴에 달린 주홍 글자를, 다음에는 목사 자신의 가슴을 가리켰다.

이런 환영들 때문에 그가 정말로 망상을 갖지는 않았다. 그는 언제든 의지력으로 이 실체가 없는 희미한 환영들을 꿰뚫고 실체를 볼 수 있었는데, 그것들이 저만치 놓인 무늬가 새겨진 참나무 탁자나 가죽 제본과 청동 걸쇠로 장식된 큰 사각형의 신학 서적같이 실재하는 성격을 지니지 않았다고 확신했다. 그럼에도 불구하고 어떤 면에서 그것들은 이 불쌍한 목사가 지금 대면하는 가장 참되고 실체 있는 것들이기도 했다. 그의 삶처럼 거짓된 삶은 말할 수 없이 큰 재난을 가져오는데, 그것은 바로 인간의 영혼에 즐거움과 자양분이 될 수 있도록 하늘이 배려한 우리 주변의 모든 현실에서 골수를 다 빼앗아 간다는 것이다. 진실하지 못한 자에게 모든 우주는 거짓되고 잡히지 않는 것이어서 그가 잡으려 하면 아무것도 남지 않을 만큼 오그라든다. 자신이 거짓된 모습으로 보이는 한, 그 자신도 그림자가 되거나 아니면 정말로 존재하지 않게 되는 법이다. 딤스데일이 지상에서 실제로 계속 존재할 수 있게 해 준 유일한 진리는 그의 영혼 깊숙이 있는 고뇌와 이 고뇌가 그의 모습에 숨김없이 표현된 것뿐이었다. 만일 그가 한 번이라도 웃을 힘을 찾아 즐거운 표정을 짓는다면, 그는 아마 존재하지 않게 될 것이었다.

우리가 어렴풋이 암시하긴 했지만 자세히 묘사하지 않았던 그런 추악한 밤들 중 어느 날 밤, 목사는 의자에서 갑자기 일어섰다. 새로운 생각이 문득 떠올랐기 때문이었다. 이 생각에 마음이 한순간 평화로워졌을지도 모른다. 그는 공식적인 예배를 준비하듯 단정히 옷을 차려입고 예배를 준비하는 것과 똑같은 태도로 계단을 사뿐히 내려가 문을 열고 밖으로 나갔다.

제12장
목사의 경야(經夜)

딤스데일은 꿈의 그림자 속을 걸으면서 그리고 아마도 실제로 일종의 몽유병의 영향을 받으면서, 오래전 헤스터 프린이 공개적인 치욕의 시간을 겪었던 장소에 이르렀다. 그때와 똑같은 처형대 혹은 교수대가 7년이란 긴 세월의 폭풍우와 햇볕을 받아 날씨에 시달린 검은 모습으로, 또 그 후에 이곳을 오른 많은 죄인들의 발자국에 닳은 모습으로 교회 발코니 아래 서 있었다. 목사는 계단을 올라갔다.

이른 5월의 거무칙칙한 밤이었다. 구름의 장막이 천장부터 지평선까지 하늘 전부를 온통 뒤덮고 있었다. 만일 헤스터가 처벌을 감내하는 동안 증인으로 서 있던 사람들이 지금 똑같이 운집했다 하더라도 그들은 한밤중의 회색빛 어둠 속에 있기 때문에 처형대 위에서 어떤 얼굴도, 아니 인간 형체의 윤곽도 알아보지 못했을 것이다. 그러나 마을은 잠들어 있었으므로 발각될 위험은 없었다. 목사는 원한다면 아침이 동쪽에서 붉게 밝아 오기까지 그곳에 서 있을 수 있었고, 습하고 찬 밤공기가 그의 몸에 스며들어 류머티 즘으로 그의 관절은 굳고 감기와 기침으로 목이 부어 내일 청중에 게 기도하고 설교하지 못하게 되는 것을 제외하면 어떤 위험도 없 었다. 그가 벽장 안에서 잔혹한 채찍을 휘두르는 것을 보신, 영원 히 깨어 계신 그분을 제외하고는 어느 누구도 그를 볼 수 없었다. 그런데 그는 왜 이곳에 온 것일까? 단지 회개를 조롱하기 위해서 인가? 조롱이긴 했지만 그것은 그의 영혼이 스스로를 놀리는 조 롱이었다. 천사들이 얼굴을 붉히며 울고, 악마들은 야유하는 웃음 으로 즐거워하는 조롱이었다. 그는 어디에서나 자신을 따라다니 며 괴롭혔던 회한의 충동에 이끌려 그곳에 갔지만, 회한의 자매이 자 가까운 동반자인 비겁함은 회한의 충동으로 인해 그가 고백하 려고 하는 순간마다 어김없이 떨리는 손으로 그를 잡아 물러서게 했다. 얼마나 불쌍하고 가련한 사람인가! 그와 같이 병든 자에게 정말 범죄의 짐으로 자신을 짓누를 권리가 있단 말인가? 범죄란 그것을 견디어 내거나 혹은 압박이 너무 크면 선한 목적을 위해 사납고 맹렬한 힘을 발휘해 당장 그것을 벗어 던지는 길을 선택할 수 있는 무쇠같이 강한 신경을 가진 자를 위한 것이거늘! 이 연약 하고 극도로 예민한 사람은 둘 중 어느 것도 할 수 없었지만, 계속 해서 이 두 가지를 번갈아 가며 시도했고, 그 결과 천상에 도전하 는 죄와 헛된 회개의 고뇌가 풀 수 없는 매듭으로 뒤엉키고 말았 다.

때문에 처형대 위에 서서 이 헛된 속죄의 흉내를 내면서 딤스데 일은 마치 세상 모두가 자신의 심장 바로 위에 있는 주홍색 표식을 응시하는 것처럼 커다란 두려움에 사로잡혔다. 실제로 그곳에는 오랫동안 매우 독하고 괴로운 신체적인 고통의 이빨이 물어뜯고 있었다. 아무런 의지도 자제할 힘도 없이 그는 큰 비명을 질렀다. 이 비명 소리는 밤 속으로 퍼져 나가 집들 사이에서 울리다가, 마치 악마들이 그 속에서 고통과 공포를 알아차리고 장난으로 이 소리를 이리저리 던지는 것처럼 멀리 있는 언덕에서 되돌아왔다.

목사는 손으로 얼굴을 가리며 말했다. "이제 다 됐어. 마을 사람들이 모두 깨어나 급히 몰려들어 여기 있는 나를 발견하겠지."

하지만 그렇지 않았다. 비명 소리는 실제보다 그의 놀란 귀에 아마 더 크게 들렸을 것이다. 마을은 깨어나지도 않았고, 깨어났다 하더라도 졸음에 겨워 잠자던 사람들은 그 비명 소리를 꿈속에서 일어난 무서운 일로 여기거나 마녀들의 소리로 착각했는데, 당시에는 사탄과 함께 정착지나 외딴 오두막 위로 공중을 날아 지나가는 마녀들의 목소리를 들을 수 있었다. 따라서 아무런 동요의 징후도 보지 못한 목사는 눈을 뜨고 주위를 둘러보았다. 그는 다른 길 위에 멀찍이 서 있던 벨링엄 총독 저택의 방 창문에서 손에 등불을 들고 머리에는 흰 나이트캡을 쓰고 몸 전체를 휘감은 흰 가운을 입은 늙은 총독의 모습을 보았다. 그는 마치 무덤에서 갑자기 불려 나온 유령처럼 보였다. 비명 소리가 그를 놀라게 한 것이 분명했다. 더구나 같은 집의 다른 창문에서 총독의 누이인 늙은 히빈스 부인이 역시 등불을 들고 나타났는데, 이 등불은 그렇게 멀리 떨어진 곳에서도 그녀의 심술궂고 불만스러운 얼굴 표정을 드러내고 있었다. 그녀는 창틀에서 머리를 앞으로 내밀어 열심히 위를 쳐다보았다. 의심의 여지 없이 이 지체 높은 마녀 부인은 딤스데일의 비명 소리를 듣고는 그녀가 숲 속으로 갈 때 함께 간다고 알려진 악마들과 마녀들이 떠드는 소리로 해석했을 것이다.

벨링엄 총독의 등불 빛을 알아차린 노부인은 급히 자신의 등불을 끄고 사라졌다. 아마도 그녀는 구름 사이로 올라갔을지도 모른다. 어쨌든 목사는 그녀의 동작을 더 이상 볼 수 없었다. 총독은 어둠 속을 주의 깊게 관찰하다가 한 치 앞도 볼 수 없자 창문에서 물러났다.

목사는 비교적 차분해졌다. 하지만 처음에는 멀리서 거리를 통해 다가오고 있던 작은 불빛이 곧 그의 시야에 들어왔다. 이 반짝거리는 불빛으로 인해 여기 있는 기둥과 저기 있는 정원 울타리, 이곳의 격자 창문, 저곳의 물이 가득한 물통과 함께 있는 펌프, 다시 이곳에 철제 손잡이가 달린 아치형 참나무 문이 현관 계단에 쓰이는 다듬지 않은 통나무와 같이 있는 것이 드러났다. 딤스데일 목사는 자신이 지금 듣고 있는 발소리에서 자기 존재의 운명이 다가오고 있으며, 몇 분 후면 등불의 빛이 자신을 비추어 자신이 오랫동안 숨겨 온 비밀을 드러낼 것이라 확신하고 있는 동안에도 이 세세한 것들을 다 지켜보고 있었다. 빛이 가까이 다가오자 그는 둥글게 비친 곳에서 그의 형제 성직자 — 아니, 좀 더 정확히 말하면 매우 귀중한 동료이자 직업상의 아버지인 — 윌슨 목사를 보았다. 딤스데일은 윌슨 목사가 어느 죽어 가던 사람 곁에서 기도하고 있었으리라 추측했고 실제로 그랬었다. 이 선한 노목사는 바로 그 시간에 지상에서 천국으로 간 윈스롭 총독*이 임종한 방에서 금방 나온 터였다. 그리고 이제 — 마치 죽은 총독이 자신의 영광을 유산으로 물려준 것처럼, 혹은 승리에 찬 순례자가 천국의 문을 지나는 것을 보기 위해 그쪽을 바라보는 동안 스스로 천상 도시의 먼빛을 잡은 듯이 — 과거의 성인들처럼, 이 어두운 죄의 밤 한가운데에서 그를 영광스럽게 만드는 후광을 지니고, 간단히 말하자면 윌슨 목사는 이제 불 켜진 등불로 발걸음을 도와 가며 집으로 가고 있었다. 이 등불의 빛 때문에 딤스데일은 위와 같이 생각했고, 그는 이제 이런 생각에 미소를, 아니 거의 큰 웃음을 짓고는 자신이 미쳐 가는 게 아닌가 싶어 의아해했다.

윌슨 목사가 한 팔로 제네바식 외투*를 꼭 감싸고 다른 팔로 가슴 쪽에 등불을 든 채 처형대를 지나칠 때, 목사는 참지 못하고 이렇게 말할 뻔했다.

"존경하는 윌슨 목사님, 안녕하십니까! 청컨대 이리 올라와 저와 함께 즐거운 시간을 보내시지요!"

저런, 맙소사! 딤스데일이 정말 이렇게 말했단 말인가? 순간 그는 이 말이 자신의 입술을 통과했다고 믿었지만, 그 말을 한 것은 단지 그의 상상 속에서뿐이었다. 윌슨 목사는 발 앞의 진흙투성이 길을 조심스럽게 보면서 죄의 처형대 쪽으로는 고개도 한 번 돌리지 않고 천천히 계속 앞으로 걸어갔다. 반짝이는 등불의 빛이 사라졌을 때 목사는 정신이 아찔해지는 것을 느끼며, 비록 마음속으로는 자신도 모르게 지독한 장난기라며 안심하려고 노력했지만 지난 몇 분 동안이 엄청난 불안의 위기였음을 깨달았다.

잠시 후 전과 똑같은 섬뜩한 익살기가 그의 사고의 엄숙한 환영

사이로 숨어 들어왔다. 그는 익숙하지 않은 한밤중의 한기로 다리
가 뻣뻣해지는 것을 느끼며 처형대 계단을 내려갈 수 있을지 의심
스러워했다. 어느덧 아침은 밝아 와 사람들이 그곳에서 그를 발견
할 것이다. 이웃들은 일어나기 시작하고, 가장 먼저 일어난 자는
희미한 여명 속에 다가와 수치의 장소에 있는 희미한 모습을 보고
는 경계심과 호기심으로 반쯤 미친 상태에서 집집마다 문을 두드
리며 어떤 죽은 죄인의 — 그는 필시 이렇게 생각할 것인데 — 유
령을 보라고 사람들을 불러낼 것이다. 어스레한 소동의 날개가 집
집마다 퍼득거릴 것이다. 그러고는 — 아침 햇살이 좀 더 강해지
면 — 늙은 가장들은 플란넬 가운을 입은 채로, 부인들도 잠옷을
벗지 않은 채 성급히 일어날 것이다. 이제까지 한 올의 머리카락
도 흐트러진 모습을 보이지 않았던 점잖은 사람들 모두가 악몽에
혼비백산해서 세상에 나올 것이다. 늙은 벨링엄 총독은 킹 제임스
식의 목깃이 비뚤어진 채 무거운 표정으로 나올 것이고, 히빈스
부인은 치마에 숲 속 나뭇가지들을 달고 야간 비행을 해서 한숨도
자지 못한 터라 보통 때보다 더 심술궂은 모습으로 나타날 것이
며, 윌슨 목사도 임종의 침상에서 밤의 절반을 지낸 후 영광스러
운 성인들의 꿈을 꾸고 있는 가운데 그렇게 일찍 방해받기 싫어하
는 모습으로 나타날 것이다. 또한 딤스데일의 교회 장로들과 집사
들, 그리고 목사를 우상화하여 하얀 가슴속에 그를 위한 전당을
만들었던 젊은 처녀들이, 급히 허둥대느라 손수건으로 하얀 가슴
을 가릴 시간도 없이 이쪽으로 올 것이다. 한마디로 모든 사람이
문지방에 걸려 넘어지며 놀라고 공포에 젖은 표정으로 처형대 주

위로 몰려들 것이다. 그들이 그곳에서 발견할 동녘의 붉은 햇살이 이마에 머물고 있는 자는 누구인가? 몸이 얼어 반쯤 동사할 처지로 수치심에 압도되어 헤스터 프린이 서 있던 그곳에 서 있는 아서 딤스데일 목사가 아니고 누구이겠는가!

이렇게 괴이할 정도로 두려운 광경에 사로잡힌 목사는 자신도 모르게 큰 웃음소리를 내고는 스스로 깜짝 놀랐다. 그의 웃음소리에 곧 가볍고 경쾌한 아이의 웃음소리가 응답했는데, 그는 이 웃음소리에서 두근거리는 마음으로 — 그러나 그는 통렬한 고통 때문인지 예리한 쾌감 때문인지 알지 못했다 — 귀여운 펄의 목소리를 알아차렸다.

그는 잠시 머뭇거리다가 "펄! 귀여운 펄!" 하며 소리치고는 목소리를 낮추어 "헤스터! 헤스터 프린! 당신 거기 있소?"하고 말했다.

그녀가 놀란 목소리로 "네, 헤스터 프린예요!"라고 말했다. 목사는 그녀가 지나가던 보도에서부터 그녀의 발소리가 다가오는 것을 들었다 — "저예요. 그리고 귀여운 펄예요."

목사가 물었다. "헤스터, 어디서 오는 거요? 누가 당신을 이리로 보냈소?"

헤스터 프린이 대답했다. "저는 윈스롭 총독의 임종을 지켜보면서 그의 관복 치수를 쟀어요. 그리고 집으로 돌아가는 중이에요."

딤스데일 목사가 말했다. "헤스터, 귀여운 펄과 함께 이리 올라와요. 당신은 전에 펄과 같이 이곳에 있었지만, 그때 나는 같이 있지 못했소. 여기에 다시 올라와서 우리 셋이 같이 서 있습시다."

그녀는 조용히 계단을 올라가 귀여운 펄의 손을 잡고 처형대 위에 섰다. 목사가 아이의 다른 쪽 손을 더듬어 잡았다. 바로 그 순간, 마치 엄마와 아이가 그들의 따뜻한 생명력을 이 반쯤 마비된 신체에 전달해 주듯이, 자신의 생명과는 다른 새 생명의 기운이 쇄도하여 급물살처럼 그의 심부로 흘러 들어와 그의 모든 핏줄로 퍼져 나갔다. 세 사람은 전기가 흐르는 사슬로 이어진 것 같았다.

귀여운 펄이 속삭였다. "목사님!"

딤스데일이 대답했다. "아이야, 무슨 말을 하려는 거지?"

펄이 물었다. "내일 정오에도 엄마하고 나하고 같이 여기에 서 있어 주시겠어요?"

"아니야, 그렇게는 안 된단다. 귀여운 펄아." 목사는 이렇게 대답했다. 왜냐하면 그 순간의 새로운 기운과 더불어, 오랫동안 그의 생애의 고뇌였던 공개 노출에 대한 두려움이 다시 돌아와 — 그럼에도 불구하고 이상한 즐거움으로 — 그는 자신이 처한 상황에 대해 두려워 떨고 있었기 때문이다. "얘야, 그렇게는 안 된단다. 네 엄마와 너와 함께 다른 날에는 같이 서 있겠지만 내일은 안 된단다."

펄은 웃으며 손을 빼내려 했지만 목사는 펄의 손을 꽉 잡고 있었다.

"얘야, 조금만 더!"라고 그가 말했다.

펄이 물었다. "하지만 내일 정오에 내 손과 엄마의 손을 잡을 거라고 약속할 수 있어요?"

목사는 대답했다. "펄, 내일은 안 되고 다른 때에!"

아이는 끈질기게 물었다. "다른 때 언제요?"

"그 위대한 심판의 날에!"라고 목사는 속삭였는데, 이상하게도 자신이 전문적인 진리의 선생님이라는 느낌이 들어 아이에게 그렇게 말했던 것이었다. "그때 그곳 심판단 앞에 네 엄마와 너와 나는 함께 서야 한단다! 그러나 이 세상의 빛은 우리가 같이 만나는 것을 볼 수 없을 거야!"

펄은 다시 웃었다.

그러나 딤스데일이 말을 끝내기 전에 멀리서 거무칙칙한 하늘 위로 빛이 반짝였다. 이는 틀림없이 유성이 만들어 낸 빛이었고, 야경꾼은 하늘의 텅 빈 부분에서 이런 유성이 타 없어지는 것을 자주 보곤 했다. 이 유성의 빛은 너무 강해서 하늘과 땅 사이에 짙게 깔린 구름을 속속들이 밝게 비추었다. 하늘이 마치 거대한 등불에 드러난 천장처럼 밝게 빛났다. 이로 인해 거리의 낯익은 풍경이 대낮같이 뚜렷하게 보이긴 했지만, 익숙하지 않은 빛이 낯익은 사물을 비출 때 항상 그렇듯이 경이로운 모습을 만들었다. 돌출한 계단과 기묘한 박공들이 있는 목조 가옥, 현관 계단과 문지방, 그 주위에 일찍 자란 풀, 흙을 갓 뒤집어엎어 검게 된 정원 부지, 약간 닳았고 장터에서도 양쪽에 녹색의 가장자리를 지닌 마찻길 — 이 모든 것이 보였지만, 세상의 사물들이 이전에는 받지 못했던 또 다른 도덕적 해석을 받은 것처럼 이들은 독특한 모습을 보여 주었다. 그리고 그곳에 한 손을 가슴에 얹은 목사와 가슴에 수놓은 글자를 반짝이는 헤스터 프린, 또 스스로 하나의 상징이자 이 두 사람을 연결하는 귀여운 펄이 서 있었다. 그들은 그 이상하고 엄숙한 빛이 만들어 낸 대낮같이 환한 곳에 서 있었는데, 그것은 마치 모든 비밀을 드러내는 빛이자 서로에게 속한 자들을 모두 하나로 묶어 주는 새벽의 빛 같았다.

귀여운 펄의 눈에는 마법이 있었고, 그녀가 목사를 향해 위를 쳐다볼 때 그녀의 얼굴엔 자주 요정 같은 표정을 띠었던 장난기 어린 미소가 어려 있었다. 그녀는 딤스데일의 손에서 자신의 손을 빼내어 거리를 가리켰다. 하지만 그는 가슴 위에 두 손을 꼭 잡고 눈을 하늘의 천장으로 향했다.

당시에는 모든 유성의 출현 그리고 해와 달이 뜨고 지는 것만큼 규칙적으로 발생하지 않는 다른 자연 현상들을 초자연적인 계시로 해석하는 것만큼 더 흔한 것도 없었다. 그래서 밤하늘에 창 모양의 빛이나 칼 모양의 불빛, 활이나 화살 다발 등이 나타나면 이는 인디언과의 전쟁을 예고하는 것이었다. 붉은빛이 쏟아져 내리는 것은 전염병의 전조로 알려져 있었다. 정착 시절부터 혁명기까지 뉴잉글랜드에서 일어난 좋거나 나쁜 사건들치고 주민들이 이런 성격의 광경으로 미리 경고를 받지 않은 사건이 있었는지 의문이다. 많은 사람들이 이런 광경을 목격한 것도 드물지 않았다. 하지만 이런 광경의 신뢰는 대개 착색되고 과장·왜곡시키는 상상력을 통해 경이로운 광경을 본 후에 나중에 이를 생각하면서 그것을 더 분명하게 만드는 외로운 목격자의 믿음에 의존하는 경우가 더 많았다. 국가의 운명이 이런 경이로운 상형 문자로 하늘의 망토에 드러난다는 것은 실로 장엄한 생각이었다. 그렇게 넓은 두루마리도 신의 섭리가 한 민족의 운명을 쓰기에는 결코 크지 않았다. 우리 조상들이 애호했던 믿음은 갓 출범한 그들의 국가가 특별히 친밀하면서도 엄격한 하늘의 인도를 받고 있다는 것이었다. 그러나 한 개인이 똑같은 거대한 기록의 종이에서 자신에게만 향한 계시를 발견할 때 도대체 무슨 말을 할 수 있단 말인가! 그런 경우 오랫동안 강렬하고 비밀스러운 고통으로 병적인 자기 명상에 빠져 있던 사람이 자신의 생각을 자연의 광활한 창공으로 확장시켜 하늘 자체가 자기 영혼의 역사와 운명의 기록 장소로 보일 때, 그것은 고도의 정신 이상적인 상태를 나타내는 징후에 불과할 것이다.

따라서 우리는 목사가 하늘의 천장을 쳐다보았을 때 그곳에서 희미한 붉은빛의 선으로 표시된 큰 글자 — A — 의 모습을 본 것을 그의 눈과 마음의 질병 때문으로 여긴다. 유성이 그 순간 구름의 베일 사이로 희미하게 타오르지 않았다는 것이 아니라, 그의 죄의식에 찬 상상력이 만든 그런 모습으로는 나타나지 않았으며, 적어도 윤곽이 너무 희미해서 다른 죄를 지은 사람은 아마 다른 상징을 보았을 것이다.

이 순간 딤스데일의 심리 상태를 특징짓는 특별한 상황이 있었다. 하늘의 천장을 쳐다보고 있는 동안 내내 그는 귀여운 펄이 처형대에서 그리 멀리 떨어지지 않은 곳에 서 있는 늙은 로저 칠링워스를 손가락으로 가리키고 있다는 것을 알고 있었다. 목사는 그 기적 같은 글자를 알아차린 것과 같은 눈빛으로 그를 보고 있는 듯했다. 유성의 빛은 다른 모든 사물처럼 그의 모습도 새로운 표정을 띠게 만들었다. 아니면 그때 의사가 방심한 탓에 다른 때처럼 자신의 희생물을 바라볼 때 보여 주던 사악함을 숨기지 못했을 지도 모른다. 만일 유성이 하늘을 비춰 헤스터 프린과 목사에게 심판의 날을 경고하는 섬뜩한 모습으로 세상을 드러냈다면, 그들에게 틀림없이 로저 칠링워스는 자신의 몫을 요구하기 위해 미소를 지으며 인상을 찌푸린 채 그곳에 서 있는 악마의 수장으로 보였을 것이다. 그 표정이 너무 생생하고 그 표정을 목격한 목사의 깨달음이 너무 강렬해서, 그 길과 다른 모든 사물이 일시에 소멸된 것처럼 유성이 사라진 후에도, 그 표정은 여전히 어둠 속에 그려져 있는 것 같았다.

딤스데일은 두려움에 사로잡혀 숨 가쁘게 말했다. "헤스터, 저 사람은 누구요? 나는 그가 두렵소. 당신은 저 사람을 알고 있소! 헤스터, 나는 저 사람을 증오하오."

그녀는 자신이 한 맹세를 기억하고 침묵을 지켰다.

목사가 다시 머뭇거리며 말했다. "내 영혼이 저 사람을 두려워하오. 저 사람은 누구요? 도대체 누구요? 나를 위해 아무것도 해 줄 수 없소? 나는 저 사람이 왠지 모르게 두렵소."

귀여운 펄이 말했다. "목사님, 저 사람이 누군지 내가 말해 줄게요."

목사가 몸을 굽혀 그녀의 입술에 귀를 가까이 대며 말했다. "그래, 애야 빨리 말해 보렴. 빨리. 할 수 있는 만큼 낮게 속삭여 보아라."

펄은 그의 귀에 무언가를 중얼거렸는데 그 소리는 사람의 말처럼 들리긴 했지만, 아이들끼리 오랫동안 서로 놀면서 재잘거리는 뜻을 알 수 없는 소리에 불과했다. 어쨌든 이 소리에 늙은 로저 칠링워스에 관한 비밀스러운 정보가 담겨 있다 해도, 그것은 박학한 목사라도 알 수 없는 언어로 되어 있어 그를 더욱 어리둥절하게 만들었을 것이다. 그러고 나서, 요정 같은 아이는 크게 웃었다.

목사가 말했다. "지금 나를 놀리는 거니?"

아이가 대답했다. "목사님은 용감하지도 못했고 진실하지도 못했어요! 목사님은 내일 정오에 나와 엄마의 손을 잡겠다고 약속하려 하지도 않잖아요!"

이제 처형대 아래로 다가온 의사가 말했다. "거룩한 딤스데일 목사님! 정말 목사님이신가요? 정말 그렇군요. 책 속에 머리를 파묻고 지내는 우리 학자들은 분명히 살필 필요가 있지요! 우리는 깨어 있는 순간에도 꿈을 꾸고 자면서도 걸어요! 자 목사님, 제가 댁으로 인도하겠습니다!"

목사가 두려워하며 물었다. "내가 여기 있는 걸 어떻게 아셨습니까?"

로저 칠링워스가 대답했다. "저는 목사님이 여기 계신 줄 정말 몰랐습니다. 저는 존경스러운 윈스롭 총독을 제 보잘것없는 의술로 편하게 해 드리고자 애쓰면서 그분의 침상을 지키며 밤의 대부분을 보냈지요. 그분께서 저세상으로 가셔서 저도 집으로 가고 있었는데, 이상한 빛이 퍼졌습니다. 목사님, 청컨대 저와 함께 가시지요. 그렇지 않으면 내일 주일의 의무를 제대로 수행하지 못할 겁니다. 정말 책들은 머리를 어지럽힙니다. 책들 말이에요! 목사님께서는 공부를 줄이시고 좀 쉬셔야 합니다. 아니면 이렇게 한밤중의 이상한 생각들이 목사님의 머릿속에서 자꾸 떠오를 것입니다."

딤스데일이 말했다. "선생님과 같이 집으로 가지요."

기운이 쏙 빠진 채 추한 꿈에서 깨어난 사람처럼 싸늘한 낙담에 빠진 그는 의사에게 몸을 맡기고 그에게 인도되어 갔다.

하지만 주일이었던 다음 날, 그는 이제껏 자신이 했던 설교 중에서 가장 의미 깊고 감동적이며 천상의 감화력으로 가득 찬 설교를 했다. 수많은 사람들이 그 설교의 효험으로 진리를 알게 되어 마음속으로 아주 오랫동안 딤스데일 목사에게 경건한 감사의 마음을 품었다고 전해진다. 그러나 그가 연단에서 내려왔을 때 수염이 희끗희끗한 교회 청지기가 다가와 검은 장갑을 내밀었고, 목사는 그것이 자신의 것임을 알아차렸다.

청지기가 말했다. "오늘 아침 악인들이 공개 수치를 당하는 처형대 위에서 그걸 찾았습니다. 제 생각에는, 사탄이 무례하게 목사님을 놀리려고 그곳에 떨어뜨린 것 같습니다. 하지만 사탄은 항상 그렇듯이 눈멀고 어리석죠. 순수한 손은 장갑으로 가릴 필요가 없는데 말입니다."

목사는 무거운 표정으로 "정말 고마워요"라고 말했지만 속으로는 깜짝 놀랐다. 왜냐하면 그는 기억이 너무 혼란스러워서 지난밤 일을 환영으로 여긴 듯했기 때문이다. "그래요, 내 장갑인 것 같군요."

늙은 청지기가 굳은 표정으로 웃으며 말했다. "사탄이 그걸 훔치려고 하는 걸 보니 목사님은 앞으로 장갑 없이 사탄을 다스리셔야 할 것 같습니다. 그런데 목사님도 어젯밤에 본 징조에 대해 들으셨습니까? 하늘에 커다란 빨간 글자 — A — 가 나타났는데 우리 그걸 천사(Angel)의 A를 나타내는 거라고 해석하지요. 왜냐하면 우리의 윈스롭 총독께서 어젯밤 천사가 되셨으니, 그것을 나타내는 어떤 징조가 있는 것이 당연하다고 여기기 때문이지요."

목사는 "아니요, 못 들었습니다" 하고 대답했다.

제13장
헤스터의 또 다른 모습

지난번 딤스데일과 이상한 만남을 가진 후, 헤스터 프린은 목사의 쇠진한 모습에 충격을 받았다. 그의 기력은 완전히 소진된 것 같았다. 그의 지적 능력은 아직 원래의 힘을 유지했거나 아니면 병으로 인해 갖게 되는 병적 에너지를 얻었을지 몰라도, 그의 정신은 아이보다 더 유약해져서 무력하게 땅바닥에 나뒹굴고 있었다. 그녀는 다른 사람들이 모르는 일련의 상황들을 알고 있었기 때문에, 그의 양심의 정당한 작용 이외에도 어떤 끔찍한 장치가 딤스데일의 안락과 평안을 짓누르고 있다고 즉각 유추해 낼 수 있었다. 이 불쌍하고 타락한 사람의 옛 모습을 알고 있었기 때문에. 그가 본능적으로 알아차린 적에 맞서서 자신을 지켜 달라고 — 버림받은 여인이었던 — 그녀에게 그토록 두려워 떨며 호소하던 모습을 보고 그녀의 영혼 전체가 흔들렸다. 더구나 그녀는 그가 그녀에게 최대한의 도움을 받을 권리가 있다는 판결을 내렸다. 사회에서 오랫동안 격리되어 있어 옳고 그름의 생각을 외적인 기준에 맞추는 데 익숙하지 않았지만, 헤스터는 자신이 다른 어떤 사람이나 세상 모두에게도 갖지 않는 책임을 이 목사에 대해 갖고 있음을 알고 있었다. 그녀가 나머지 인류와 — 꽃이건 비단이건 금이건 아니면 어떤 물질을 통한 것이든 간에 — 맺은 모든 인연은 끊어졌다. 그러나 여기에 공범의 죄라는 쇠같이 단단한 인연이 있었고, 그 사람도 그녀도 이를 깰 수는 없었다. 다른 모든 관계처럼 이 인연에도 책임이 뒤따랐다.

헤스터 프린은 이제 그녀가 치욕을 당하던 초창기와 똑같은 처지에 있지 않았다. 세월이 흘렀고 펄은 일곱 살이었다. 환상적인 자수로 만들어 반짝거리는 주홍 글자를 가슴에 단 펄의 엄마는 마을 사람들에게 아주 오랫동안 익숙한 대상이었다. 사람들 앞에서 눈에 띄는 입장에 있지만 동시에 공적이거나 개인적인 이익이나 편의에 관계하지 않는 사람에게 늘 그렇듯이, 헤스터 프린에 관해서도 궁극적으로 모종의 일반적인 관심이 생겨났다. 이기심이 발휘되는 경우를 제외하면 원래 증오하기보다는 사랑하는 것이 인간의 본성이다. 증오는 점차적이고 조용한 과정을 통해 심지어 사랑으로 바뀔 수도 있다. 원래의 증오감이 계속해서 새롭게 자극되어 이런 변화가 방해를 받지 않는다면 말이다. 헤스터 프린의 경우에는 어떤 자극도 노여움도 없었다. 그녀는 세상과 결코 싸우지 않았고 세상 사람들이 부당하게 대우할 때에도 불평하지 않고 순종했다. 그녀는 자신이 겪은 고통의 대가로 세상에 어떤 요구도 하지 않았으며, 세상의 동정에 기대지도 않았다. 또한 그녀는 치욕으로 고립되었던 세월 동안 흠잡을 데 없이 순수하게 살았기 때문에 대체로 호의적인 평판을 얻게 되었다. 세상 사람들이 보기에 이 불쌍한 방랑자는 더 이상 잃을 것도 없고 무엇을 얻으려는 희망이나 소망도 없었으므로 그녀가 제 길을 찾을 수 있었던 것은 단지 미덕을 진심으로 존중했기 때문이었을 것이다.

헤스터는 — 같은 공기를 마시고 손으로 열심히 일해서 귀여운 펄과 자신을 위한 일상의 양식을 버는 것 말고 — 세상의 특권 중 가장 하잘것없는 권리라도 요구한 적이 없었지만, 은혜를 베풀어야 할 때는 언제나 인류에 대한 자매애를 빨리 인식했다. 비록 문 앞에 규칙적으로 음식을 가져다주고 왕의 옷을 수놓는 재능을 지닌 손으로 옷을 만들어 주어도 독한 마음을 품은 빈민은 오히려 조소적인 반응을 보였지만, 그녀만큼 가난이 요구하는 곳 어디에나 자신의 보잘것없는 물건을 주려는 사람도 없었다. 역병이 거리를 활보할 때에도 헤스터만큼 헌신적인 사람은 없었다. 실제로 사회 일반적이거나 개인적인 재난을 겪고 사회에서 버림받은 사람은 당장 그녀의 집을 찾아왔다. 그녀는 마치 어두컴컴한 빛이 그녀가 인간들과 교감을 나눌 수 있게 해 주는 수단인 것처럼, 고난으로 어두워진 집 안에 손님이 아닌 적법한 동숙인으로 들어갔다. 그곳에서 그 수놓인 글자는 이 세상의 것 같지 않은 빛으로 위안을 주면서 반짝거렸다. 다른 곳에서 죄의 표상이었던 그 글자는 이제 병실의 촛불이었다. 심지어 그 글자는 환자가 극단적인 위기에 처해 임종이 다가왔을 때에는 빛을 발하기도 했다. 그 빛은 현세의 빛이 급히 희미해지고 내세의 빛이 아직 도달하기 전에 환자가 어디에 발을 디뎌야 할지를 보여 주었다. 그렇게 위급할 때 헤스터의 성격은 따뜻하고 풍요로우며, 모든 실제적인 요구에 부응하며 아무리 큰 요구를 하더라도 결코 소진되지 않는, 인간적인 부드러움의 원천으로 드러났다. 수치의 배지를 단 그녀의 가슴은 베개를 필요로 하는 머리에는 아주 부드러운 베개가 되었다. 그녀는 스스로 임명한 자비의 수녀*였거나 아니면 세상도 그녀도 그런 결과를 기대하지 않았을 때 세상의 무거운 손이 그녀를 그 자리에 임명했다고 말할 수 있을 것이다. 그 글자는 그녀의 소명의 상징이었다. 그녀에게서 너무나 많은 도움을, 그리고 행동과 공감의 힘을 찾을 수 있어 많은 사람들이 주홍 글자 A를 원래 의미로 해석하기를 거부했다. 그들은 헤스터 프린이 여성의 힘을 지닌 강인한 여자였으므로, 그 글자가 유능함(Able)을 의미한다고 말했다.

그녀를 구속할 수 있는 것은 어두운 집뿐이었다. 햇볕이 다시 들면 그녀는 그곳에 없었고, 그녀의 그림자는 문지방을 가로질러 사라졌다. 도움을 주던 동숙인은 감사의 보수를 거두기 위해 뒤한 번 돌아보지도 않고 떠나갔다. 그녀가 그토록 열심히 봉사했던 사람들의 마음속에 그런 감사의 보수를 주려는 마음이 있었다면 말이다. 그녀는 그들을 거리에서 만나도 고개를 들어 인사를 받지 않았다. 그들이 꼭 인사를 하려고 하면 그녀는 주홍 글자에 손가락을 얹고는 그냥 지나갔다. 이는 자부심 때문일 수도 있겠지만 너무 겸손하게 보였기 때문에 세상 사람들의 마음에 겸손함이 줄 수 있는 부드러운 영향력을 행사했다. 대중에게는 폭군의 기질이 있어서 평범한 정의를 너무 강하게 권리로 요구하면 이를 거부할 수도 있다. 그러나 폭군이 자신의 관용에 호소하는 것을 좋아하듯, 전적으로 대중의 관용에 호소하면 대중은 흔히 정의 이상의 것을 베풀기도 한다. 헤스터 프린의 행동을 이런 성격의 호소로 해석하면서 사회는 그녀가 받고 싶어 하거나 아니면 그녀가 받을 자격이 있는 것보다 더 관대한 표정을 과거의 희생자에게 보여 주려고 했다.

통치자들과 사회의 현명한 식자들은 일반인들보다 헤스터의 선한 성품의 영향을 인정하는 데 더 오래 걸렸다. 그들이 일반인들과 공유했던 편견은 그들의 쇠같이 단단한 논리의 틀로 인해 더 강해져서 이를 물리치기가 더 어려웠다. 그럼에도 불구하고 그들의 심술궂고 딱딱한 주름은 세월이 흐르면서 거의 자비심의 표정으로 바뀔 수 있는 모습으로 부드러워졌다. 높은 사회적 위치 때문에 공중도덕의 수호자 역할을 했던 상류층 인사들의 경우도 마찬가지였다. 한편 사생활을 영위하는 개인들은 헤스터 프린의 과오를 용서했다. 아니, 그들은 주홍 글자를 그녀가 오랫동안 비참하게 뉘우쳐 온 죄의 표시가 아니라 그 이후에 그녀가 행한 많은 선행의 표시로 보기 시작했다. 그들은 이방인들에게 이렇게 말하곤 했다. "당신, 저 수놓은 배지를 단 여인이 보입니까? 저 여인은 가난한 이들에게 너무도 친절하고, 병자들을 잘 도와주며 고난에 처한 이들을 아주 잘 위로해 주는 우리의 헤스터입니다 — 우리 마을의 헤스터지요." 물론 인간의 가장 사악한 모습이 다른 사람에게서 나타날 때에는 그것에 대해서도 말하는 것이 인간의 본성이므로, 그들은 지나간 세월의 검은 스캔들을 속삭이기도 했다. 하지만 그렇게 말하는 이들의 눈에도 주홍 글자는 수녀의 가슴에 달린 십자가

처럼 보인 것이 엄연한 사실이었다. 그 글자는 글자를 단 사람에게 일종의 신성함을 주어 그녀가 모든 위험에서도 안전하게 걸어 다닐 수 있게 했다. 그녀가 도둑의 손에 걸리더라도 그 글자는 그녀를 안전하게 지켜 주었을 것이다. 어떤 인디언이 이 배지를 겨냥해 화살을 당겨 맞혔지만 화살은 아무런 해도 끼치지 못하고 땅에 떨어졌다는 소문이 있었고, 많은 사람들이 이런 말을 믿기도 했다.

이 상징이 — 아니, 이 상징이 사회에 관해 갖는 입장이 — 헤스터 프린의 마음에 미친 효과는 강력하고 특별했다. 이 붉게 달궈진 낙인에 의해 그녀의 성격에서 모든 밝고 우아한 잎사귀는 시들어 앙상하고 거친 형체만 남긴 채 오래전에 떨어져 나갔으며, 이 형체는 역겨운 것이었을 수도 있다. 역겨워할 친구나 동료가 그녀에게 남아 있었다면 말이다. 그녀의 매력적인 모습도 비슷한 변화를 겪었다. 이런 변화는 부분적으로 그녀가 일부러 엄숙한 복장을 입었기 때문이거나, 과시하지 않는 태도를 갖고 있었기 때문일 수도 있었다. 그녀의 풍성하고 화려했던 머리 타래가 잘리거나 모자에 완전히 가려서 윤나는 한 줌의 머리카락도 햇빛 속으로 새어 나오지 않게 된 것은 슬픈 변화였다. 헤스터의 얼굴에 사랑이 깃들 만한 것이 아무것도 없게 되고, 비록 위엄 있고 조각상 같은 모습이긴 했지만 헤스터의 형체에는 열정이 포옹하고자 꿈꿀 만한 것도 없게 되었으며, 헤스터의 가슴을 애정이 깃들 베개로 만들 만한 것이 더 이상 없게 된 것도 부분적으로는 이런 변화 때문이었다. 하지만 이보다 더 중요한 다른 원인이 있었다. 그것은 어떤 요소가 그녀에게서 사라졌기 때문인데, 이는 항상 존재해야만 그녀가 여성으로 남아 있을 수 있는 그런 요소였다. 여인이 특별히 가혹한 경험과 마주쳐 이를 견뎌 낼 때 여성적인 성격과 모습은 흔히 그런 운명을 겪어 모질게 변한다. 그 여인이 온화하기만 하다면 그녀는 죽을 것이다. 여인이 생존하려면 온화함은 짓눌려 없어지거나 아니면 — 겉모습이 똑같다면 — 마음속 깊이 짓눌려 다시는 나타나지 못할 것이다. 아마도 두 번째 경우가 맞는 말일 것이다. 한때 여인이었으나 이제는 여인이 아닌 자는 언제라도 그런 변모를 만들어 낼 마법의 손만 있다면 다시 여인이 될 수 있다. 헤스터 프린이 앞으로 그런 마법의 손에 닿아 그렇게 변모할지 보게 될 것이다.

헤스터의 인상이 차가운 대리석같이 변한 큰 이유는 그녀의 삶이 열정과 감정에서 사색으로 크게 바뀐 상황에서 비롯됐다. 세상에 홀로 서서 — 사회에 기댈 어떤 일에 대해서도 혼자서, 인도하고 보호해야 할 펄을 데리고 — 홀로 그리고 신분 회복이 바람직하지 않다고 생각하지 않았지만 신분을 회복하려는 희망도 없이 — 그녀는 세상과 끊어진 사슬의 조각들을 던져 버렸다. 세상의 법은 그녀 마음에는 법이 아니었다. 당시는 인간의 지성이 새롭게 해방되어 과거 수백 년 동안보다 더 활동적이고 더 넓은 범위를 차지하던 시대였다. 무사들이 귀족들과 왕들을 무너뜨렸고 이보다 더 대담한 자들은 — 현실로는 아니지만, 그들이 실제로 활동하는 이론의 영역에서 — 오래된 원칙의 체계와 연관된 오래된 편견의 체계 전체를 전복하고 재정립했다. 헤스터 프린은 이런 정신을 받아들였다. 그녀는 당시 대서양 건너편에서는 흔한 일이었지만 우리 조상들이 알았다면 주홍 글자의 낙인보다 더 치명적인 죄로 여겼을 사색의 자유를 누렸다. 바닷가에 있는 그녀의 외로운 오두막에는 뉴잉글랜드의 다른 어떤 집에도 감히 들어오지 못할 사상들이 그녀를 방문했고, 이 사상들은, 그녀의 문을 두드리는 것이 보였다면 주인에게 악마만큼이나 위험했을 그림자 같은 손님들이었다.

가장 대담한 생각을 하는 사람들이 사회의 외적인 규칙에 조용히 순종하는 경우가 흔하다는 것은 놀라운 일이다. 이들에게는 생각에 행동의 살과 피를 입히지 않고, 생각하는 것만으로도 충분했다. 헤스터도 그랬던 것처럼 보였다. 그러나 만일 정신세계로부터 귀여운 펄이 그녀에게 오지 않았다면 사정이 달라졌을 수도 있었을 것이다. 그랬다면 그녀는 앤 허친슨과 함께 한 종파의 시조로 역사에 기록되어 전해졌을 것이다. 그녀는 아마 그녀 인생의 어느 시기에 예언녀가 될 수도 있었을 것이다. 그녀는 청교도 사회의 기초를 훼손시키려 했다는 죄목으로 당시의 준엄한 법정에서 사형 선고를 받고 아마도 기꺼이 이를 감내했을 것이다. 그러나 엄마가 가지고 있던 사색의 열정은 아이를 가르치면서 해소될 수 있었다. 신의 섭리는 어린 여자아이의 모습으로 나타나, 헤스터에게 숱한 어려움 가운데에서도 사랑받으며 자라날 여인의 씨앗과 꽃을 맡긴 것이었다. 모든 것이 그녀에게 불리했고, 세상은 적대적이었다. 아이의 성격도 무엇인가 잘못된 점이 있어서, 이는 그녀가—엄마의 거침없는 열정이 분출된 것이므로—잘못 태어났다는 것을 말해 주는 것이어서, 이로 인해 헤스터는 쓰라린 마음으로 이 불쌍한 어린것이 태어난 게 좋은 일인지 나쁜 일인지를 자주 자문하게 되었다.

실제로 그녀의 마음속에서는 여성 전체에 대해 이와 똑같이 어두운 의문이 자주 떠올랐다. 가장 행복한 여성들에게조차 과연 존재는 받아들일 만한 가치가 있었던 것일까? 그녀 개인의 존재에 관해서 그녀는 오래전에 부정적인 결론을 내렸고, 이 문제를 결정된 것으로 여기고 있었다. 사색하는 경향이 있으면, 남자도 그렇듯이 여자도 침묵하게 되지만 또 슬퍼지기도 하는 법이다. 여성은 자기 앞에 가망이 없는 과제가 놓여 있다는 것을 알게 된다. 따라서 먼저 사회의 모든 체계를 허물고 다시 세워야 한다. 그런 다음 여성이 공평하고 적절한 위치를 차지하기 전에, 남성의 본성 아니면 본성처럼 변한 오래된 유전적 습관이 근본적으로 변해야 한다. 그리고 다른 모든 난관을 극복하면 마지막으로 여성 자신이 보다 더 큰 변화를 겪어야 이런 예비적인 개혁의 득을 볼 수 있는데, 만일 그런 변화를 겪는다면 여성의 진실한 생명이 담긴 에테르 같은 본질은 날아가 버릴 것이었다. 여성은 이런 문제들을 결코 사고의 능력을 발휘해서는 극복할 수 없다. 이 문제들은 해결될 수 없거나 오직 한 가지 방법으로만 해결될 수 있다. 여성의 마음이 더 우선하게 되면 이 문제들은 사라지는 것이다. 그래서 규칙적이고 건강한 심장의 박동을 잃은 헤스터 프린은 마음의 어두운 미로에서 아무런 단서도 찾지 못한 채 때로는 넘을 수 없는 절벽에 가로막히고 때로는 깊은 심연에 놀라 뒤로 물러서기도 하면서 방황했다. 그녀 주위에는 황량하고 무서운 광경이 둘러싸고 있었고 집이나 위안처는 어디에도 없었다. 때로는 펄을 당장 하늘로 보내고 자신도 영원한 정의가 가져다줄 그런 내세로 가는 것이 더 좋지 않을까 하는 두려운 의구심이 그녀의 영혼을 사로잡았다.

주홍 글자는 아직 그 임무를 다하지 못했던 것이다.

그러나 목사가 경야를 서던 날, 딤스데일 목사와의 만남으로 인해 이제 헤스터는 새롭게 심사숙고할 일 그리고 노력과 희생을 기울여 성취할 가치가 있는 목적을 갖게 되었다. 그녀는 목사가 얼마나 격렬한 고통을 겪으며 애쓰고 있었는지, 아니 더 정확히 말하면 애쓰는 일을 포기했는지를 목격했다. 그녀는 그가 광기의 경계선에 서 있는 것을 보았다. 그가 이미 그 경계선을 건너지 않았다면 말이다. 회한의 비밀스러운 독침이 어떤 고통의 효과를 가져오든 간에, 위안을 건네는 자의 손이 그 독침에 더 치명적인 독을 주입했다는 것은 의심할 여지가 없었다. 은밀한 적이 친구와 조력자의 모습으로 계속해서 그의 곁에 있었고, 기회 있을 때마다 딤스데일의 섬세한 본성의 용수철을 제멋대로 주물렀다. 헤스터는 목사가 큰 해악의 징조만 있고 아무런 좋은 일도 기대할 수 없는 입장에 처하도록 내버려 둠으로써 그녀가 애초에 진실과 용기 그리고 신의를 저버린 것이 아닌지 자문하지 않을 수 없었다. 그녀는 로저 칠링워스의 위장술을 묵인하는 것 이외에는 그녀를 압도했던 것보다 더 어두운 파멸로부터 목사를 구원할 방법을 찾을 수 없었다는 사실에서 유일하게 자신을 정당화할 수 있었다. 그녀는 이런 충동적인 생각으로 선택을 했던 것인데 지금은 둘 중에서 더 불행한 대안을 선택했던 것처럼 보였다. 그녀는 아직 가능한 만큼 자신의 과오를 고치겠다고 결심했다. 그녀는 이제 오랜 세월 동안 힘들고 엄한 시련으로 단련되었기 때문에, 죄로 인해 수치를 당하고 새롭게 얻은 치욕으로 반쯤 실성한 상태에서 감방에서 같이 이야기하던 날 밤처럼 자신이 로저 칠링워스를 대면하기에 미숙하지는 않다고 느꼈다. 그녀는 이후 더 높은 곳으로 올라왔고, 반면에 그 노인은 복수하기 위해 타락한 탓에 그녀와 가깝거나 아니면 더 낮은 위치로 떨어졌던 것이다.

요컨대 헤스터 프린은 자신의 전남편을 만나 그가 틀림없이 괴롭히고 있는 희생자를 구하기 위해 자신의 모든 힘을 기울이겠다고 결심했다. 이런 기회를 찾는 데는 오래 걸리지 않았다. 어느 날 오후, 반도의 한적한 곳에서 펄과 걷고 있던 중에 그녀는 한 팔엔 바구니를 들고 다른 팔로는 지팡이를 짚고 약재용 뿌리와 풀을 찾아 몸을 구부린 채 걷고 있는 늙은 의사를 보았다.

제14장
헤스터와 의사

헤스터는 저기에서 풀을 모으고 있는 사람과 이야기하는 동안 귀여운 펄에게 물가로 뛰어가 조개들 그리고 뒤얽힌 해초와 놀고 있으라고 말했다. 그래서 아이는 새처럼 날듯이 달아나 작고 하얀 다리를 드러내며 바닷가의 습한 가장자리를 따라 잰걸음으로 달려갔다. 펄은 여기저기에 멈춰 서서 썰물이 얼굴을 볼 수 있는 거울로 남긴 물웅덩이 속을 호기심으로 들여다보았다. 웅덩이에서는 빛나는 곱슬머리를 지니고 눈에는 요정의 웃음을 머금은 어린 소녀의 모습이 그녀를 보고 있었는데, 펄은 다른 놀이 친구가 없었으므로 이 아이에게 손을 잡고 자신과 달리기 경주를 하자고 청했다. 그러나 환영 같은 어린 소녀는 마치 "여기가 더 좋은 곳이야! 웅덩이 속으로 들어와!"라고 말하듯 손짓하며 불렀다. 펄은 다리 절반 깊이의 웅덩이 속으로 들어가 바다에서 자신의 하얀 발을 보았고, 낮고 깊은 곳에서 흐트러진 웃음의 빛이 흔들리는 물 속에서 이리저리 떠돌며 올라왔다.

그동안 그녀의 엄마는 의사에게 인사했다.

그녀는 말했다. "당신과 할 말이 있어요. 아주 중요한 말이에요."

그가 수그린 자세에서 일어서며 대답했다. "아! 늙은 로저 칠링워스에게 할 말이 있는 사람이 헤스터 부인인가? 물론 환영하고말고! 부인, 당신에 대해선 온통 좋은 소식만 들리더군. 바로 어제 저녁이었지. 현명하고 경건한 치안 판사께서 헤스터 당신에 대해 말하며 회의에서 당신에 관한 질문이 있었다고 내게 속삭이셨지. 공익에 안전하게 당신 가슴에서 그 주홍 글자를 떼어 내도 될지 안 될지를 논의했다더군. 헤스터, 내가 치안 판사님께 곧 그렇게 되게 해 달라고 내 인생을 걸고 간청했지."

헤스터가 침착하게 대답했다. "이 배지를 떼어 내는 것은 치안 판사님들 마음대로 할 수 있는 일이 아니에요. 내가 이 배지를 떼어 낼 자격이 있다면, 그것은 스스로 떨어지거나 아니면 다른 의미를 지닌 것으로 바뀔 거예요."

그가 대답했다. "그래, 그게 더 좋다면 계속 달고 있어. 여자는 몸을 치장하는 것에 관해서라면 자신의 생각을 따를 필요가 있지. 그 글자는 아주 화려하게 수놓였고, 당신 가슴에서 아주 훌륭하게 보이는군!"

이렇게 말하는 동안 헤스터는 늙은 남자를 계속 응시하고 있었는데 지난 7년 동안 그에게 일어난 변화를 발견하고는 내심 경악과 충격에 사로잡혔다. 그가 더 늙은 것은 아니었다. 왜냐하면 세월의 흔적이 보이긴 했어도 그는 세월을 잘 견디어 냈고 여전히 강인한 활기와 주의력을 간직한 것처럼 보였기 때문이다. 그러나 헤스터가 가장 잘 기억하고 있던, 침착하고 조용하며 지적인 학자의 예전 모습은 완전히 사라지고, 열성적이고 탐구적이며, 거의 사나운 그러나 조심스레 경계하는 표정이 대신 들어서 있었다. 그는 웃음으로 이 표정을 위장하려 했지만, 웃음이 그를 배신하여 얼굴에 지나치게 조소적으로 나타났기 때문에 이를 보는 사람은 오히려 그의 음흉함을 더 잘 볼 수 있었다. 때로는 마치 이 노인의 영혼에 불이 나고 어떤 우연한 열정의 바람이 불어 순간적인 불길이 되기까지 가슴속에서 검은 연기를 내는 것처럼 그의 눈에서는 붉은 불빛이 새어 나왔다. 그는 가급적 빨리 이를 억누르며 아무 일도 일어나지 않은 것처럼 보이려고 애썼다.

한마디로 늙은 로저 칠링워스는, 인간이 적당한 기간 동안 악마의 임무를 맡고자 한다면 스스로 악마로 변할 수 있는 능력이 있음을 증명해 주는 놀라운 예였다. 이 불행한 자는 7년 동안 고통으로 가득 찬 마음을 끊임없이 분석하는 데 몰두하고 거기에서 즐거움을 찾으며, 그가 분석하고 즐거워했던 불같은 고통에 연료를 더함으로써 이렇게 변했던 것이다.

주홍 글자는 헤스터 프린의 가슴에서 불타고 있었다. 그런데 여기에 그녀가 부분적으로 책임을 절감한 또 다른 파멸이 있었던 것이다.

의사가 물었다. "내 얼굴에서 무엇을 보기에 그토록 뚫어지게 쳐다보고 있지?"

그녀가 대답했다. "나를 울게 만드는 걸 보고 있지요. 그에 걸맞을 만한 쓰디쓴 눈물이 있다면 말이에요. 하지만 그만두지요. 내가 말하려고 하는 것은 저 불쌍한 사람에 관한 것이에요."

"그 사람에 대해서 어떻다는 거지?" 로저 칠링워스는 이 문제를 좋아하고, 이 문제를 자신이 유일하게 비밀을 털어놓을 수 있는 사람과 의논하게 된 것이 반갑다는 듯 열성적으로 물었다. "헤스터, 사실대로 말하면 나도 지금 그 사람 생각하느라 바쁘던 차였어. 그러니 마음껏 말해. 내가 대답하지."

헤스터가 말했다. "우리가 7년 전 마지막으로 이야기할 때, 당신은 당신 뜻대로 당신과 나의 과거의 관계에 대해 비밀을 지키겠다는 약속을 억지로 하게 했죠. 그 사람의 생명과 명성이 당신 손에 달려 있었기 때문에, 나로선 당신의 요구대로 침묵을 지키는 것 이외에 다른 선택의 여지가 없는 것 같았어요. 하지만 그렇게 약속하면서 무거운 불안감이 없지는 않았어요. 왜냐하면 다른 모든 사람에 대한 의무를 벗어 던졌지만 그 사람에 대한 의무는 남아 있었고 당신의 비밀을 지키겠다고 맹세하면서 그 의무를 배신했다는 생각이 들었기 때문이죠. 그날 이후 당신만큼 그에게 가까운 사람은 없었어요. 당신은 그가 걸을 때마다 그를 따라다녔고, 그의 곁에서 자고 일어나고 그의 생각을 탐색하며 그의 마음속을 파헤치고 괴롭혔어요! 당신은 그의 생명을 자기 손아귀에 넣고 그가 매일같이 죽음과 같은 삶을 살며 죽어 가게 하고 있지만 그는 아직도 당신을 모르고 있어요. 당신이 그렇게 하도록 내버려 두었으니, 나는 내가 진실하게 대할 수 있는 유일한 사람에게 분명히 잘못한 거예요!"

로저 칠링워스가 물었다. "당신이 어떤 선택을 할 수 있었겠어.

내가 손가락으로 그 사람을 지목하면 그는 연단에서 감방으로 그리고 아마 교수대로 떨어졌을 거야!"

"차라리 그게 더 나았을 거예요!"라고 헤스터 프린이 말했다.

로저 칠링워스가 다시 물었다. "내가 그 사람에게 무슨 나쁜 짓을 했다는 거지? 헤스터 프린, 의사가 군주에게 받을 수 있는 가장 비싼 비용을 받아도 내가 이 불쌍한 목사에게 해 준 치료는 못할 거야. 내 도움이 없었다면 그와 당신이 범죄를 저지른 후 2년도 안 되어 그의 생명은 고통 속에서 불타 없어졌을 거야. 왜냐하면, 헤스터, 그의 영혼은 당신의 영혼처럼 주홍 글자 같은 짐을 지고서도 견뎌 낼 힘이 없기 때문이지. 아, 내가 멋진 비밀을 폭로할 수 있었는데! 하지만 그만해 두지! 나는 의술이 할 수 있는 모든 것을 그자에게 해 주었어. 그가 지금 숨 쉬고 땅 위를 걸어 다니는 것도 다 내 덕분이야!"

헤스터가 말했다. "그가 즉시 죽는 것이 더 좋았을 거예요."

늙은 로저 칠링워스는 마음속의 섬뜩한 불빛이 그녀의 눈앞에서 타오르게 하면서 소리쳤다. "그래, 이봐, 당신 말 한번 제대로 하는군! 그는 즉시 죽는 것이 좋았어! 어떤 인간도 이 사람이 겪은 일을 겪은 적이 없지. 이 모든 것을 그의 가장 사악한 적이 보는 앞에서 말이야! 그는 나를 의식하고 있었고, 어떤 영향력이 그에게 마치 저주처럼 내려졌다는 걸 느끼고 있었지. 그는 어떤 정신적 감각으로 — 창조주가 그만큼 예민한 사람을 만든 적이 없으므로 — 결코 우호적이지 않은 손이 그의 심금을 당기고 있다는 것과, 어떤 눈이 그의 내부를 호기심으로 들여다보고 그 안에서 악만을 찾다가 드디어 악을 발견했다는 걸 알았지. 하지만 그는 그 눈과 손이 내 것이라는 걸 몰랐어! 그는 미신적인 동료들처럼 자신이 악마에게 넘겨져, 마치 무덤 저편에서 그를 기다리고 있는 것을 미리 맛보듯이, 무서운 꿈과 절박한 생각, 양심의 가책이 주는 고통, 용서에 대한 절망 등으로 시달리고 있다고 상상했지. 하지만 그건 내 존재의 그림자가 항상 따라다니는 거였지 — 그가 가장 큰 해를 끼친 사람, 그래서 아주 무서운 복수의 독을 영원히 지니고 있어야 살아 숨 쉴 수 있는 사람이 아주 가깝게 있는 것이었어. 그래, 정말 — 그는 틀리지 않았어! — 그의 바로 곁에 악마가 있었지! 한때는 인간의 마음을 지녔지만 이젠 그를 특별히 고문하는 악마가 돼 버린 인간 말이야!"

불행한 의사는 이렇게 말하면서, 마치 그가 전에는 알지 못했던 어떤 무서운 모습이 거울 속의 자기 모습을 빼앗은 것을 본 듯, 두려운 표정으로 손을 들어 올렸다. 그것은 한 사람의 도덕적 모습이 자기 마음의 눈에 있는 그대로 밝혀지는 — 몇 년 만에 간혹 일어나는 — 그런 순간이었다. 아마도 그는 지금처럼 자신을 본 적이 없었을 것이다.

헤스터가 노인의 표정을 알아차리고 말했다. "그 사람을 충분히 괴롭히지 않았나요? 그가 당신에게 빚을 갚지 않았어요?"

의사는 "아니지! 아냐! 그 사람은 빚이 늘어났을 뿐이야!" 하고 말했다. 그가 계속 말하는 동안 그의 태도는 사나운 모습이 없어지고 침울하게 가라앉았다. "헤스터, 9년 전의 나를 기억해? 그때 나는 인생의 가을에 접어들었고 그건 초가을도 아니었어. 그러나 내 전 생애는 진지하고 학구적이며 신중하고 고요한 세월이었고, 나는 나 자신의 지식을 향상시키려는 목적과 인류 복지를 향상시키겠다는 또 다른 부차적인 목적을 위해 이 세월을 성실하게 보냈지. 나보다 더 평화롭고 순수한 삶을 사는 사람도 없었고, 나보다 더 은혜로 가득 찬 삶을 사는 사람도 드물었지. 그런 나를 기억해? 당신은 나를 차갑다고 생각하겠지만, 그래도 그때의 나는 다른 사람을 배려하고, 자신을 위한 요구를 하지 않으며, 친절하고 진실한 그리고 따뜻한 애정은 아니더라도 늘 애정을 갖고 있지 않았었나? 내가 그렇지 않았어?"

헤스터가 말했다. "그러고도 남았지요."

"그런데 지금의 나는 뭐지?" 그는 그녀의 얼굴을 보면서 내면의 모든 악을 표정에 드러내며 물었다. "내가 지금 뭔지 당신에게 이미 말했지! 악마야! 누가 나를 그렇게 만들었지?"

헤스터가 떨면서 소리쳤다. "내가 그랬어요! 그 사람보다 내가 더 그렇게 만들었죠. 그런데 당신은 왜 나한테는 복수하지 않은 거죠?"

로저 칠링워스가 대답했다. "나는 당신을 주홍 글자에 맡겼지. 주홍 글자가 내 복수를 해 주지 않았다면 나도 더 이상 할 수 없지."

그는 웃으면서 손가락으로 주홍 글자를 만졌다.

헤스터 프린이 대답했다. "주홍 글자는 당신의 복수를 해 주었어요!"

의사가 말했다. "나도 그렇게 판단해. 그런데 이제 그 사람에 대해서는 나와 어떻게 하려는 거지?"

헤스터는 단호하게 대답했다. "비밀을 밝힐 거예요. 그가 당신의 참모습을 알아야 해요. 결과가 어떻게 될지는 나도 몰라요. 하지만 내가 재난과 파멸을 안겨 준 그에게 지고 있던 이 오래된 믿음의 빚은 청산될 거예요. 그의 명성과 세속적 지위와, 아마도 그의 생명을 파멸시키거나 지키는 일에 관한 한 그는 당신 손안에 있어요. 또 나는 — 비록 붉게 달궈진 쇠처럼 영혼 속을 파고드는 진리였지만, 주홍 글자가 가르쳐 준 진리의 교육을 받아 — 고개를 숙여 당신의 자비를 구할 만큼 그가 송장같이 공허한 삶을 살아가는 것이 좋다고 생각하지도 않아요. 그 사람은 당신 하고 싶은 대로 해요! 그 사람에게나 — 또 내게나 — 또 당신에게도 아무 소용 없어요. 귀여운 펄에게도 아무 소용이 없고요! 이 비참한 미로에서 우리를 인도해 줄 길은 없어요."

"이봐, 나는 당신이 불쌍해질 지경이야"라고 로저 칠링워스는 감탄의 전율을 억누르지 못하며 말했는데, 이는 그녀가 토로한 절망에 위엄의 요소 같은 것이 담겨 있었기 때문이다. "당신은 놀라운 재능을 지녔어. 만일 당신이 더 일찍 나보다 더 좋은 사람을 사랑할 수 있었다면, 이런 악은 생기지 않았을 거야. 당신이 갖고 있던 장점이 쓸모없게 되어서 나는 당신이 불쌍해."

헤스터 프린이 대답했다. "나는 당신처럼 현명하고 정의로웠던 사람이 증오심 때문에 악마가 된 것이 불쌍해요. 그 증오심을 깨끗이 씻어 내고 다시 인간이 되고 싶지 않아요? 그 사람을 위해서가 아니라면 더욱더 당신 자신을 위해서라도 용서하고, 그가 받을 벌은 이제 벌을 내릴 전능하신 힘에 맡겨요. 말했지만, 이제 이 어두운 악의 미로에서 걸을 때마다 우리가 길에 뿌려 놓은 죄에 걸려 넘어지면서 같이 헤매고 있는 그 사람이나 당신이나 나에게 좋은 일이라곤 생기지 않을 거예요. 그럴 리가 없죠. 당신은 깊은 상처를 받았고 그걸 용서할 힘이 있기 때문에 당신에게만은 좋은 일이 생길 수 있어요. 그 유일한 특권을 버릴 건가요? 그 귀중한 혜택을 거부할 거예요?"

노인이 어둡고 엄한 표정으로 대답했다. "조용히 해, 헤스터, 조용히! 내게는 용서할 권한이 없어. 당신이 말하는 그런 권한이 내겐 없다고. 오랫동안 잊었던 내 과거의 믿음이 다시 내게 돌아와 우리가 하는 모든 것과 우리가 받는 모든 시련을 설명해 주지. 당신이 첫걸음을 잘못 디뎌서 악의 씨앗을 심은 거야. 하지만 그 순간 이후로 모든 것은 어두운 필연이었지. 내게 잘못을 저지른 당신은 죄를 지은 것이 아니야. 일종의 전형적인 망상에서가 아니라면 말이야. 악마의 손에서 악마의 임무를 빼앗은 나도 악마와 닮은 것이 아니야. 그건 우리의 운명이지. 검은 꽃은 피어나게 내버려 두는 법이야. 이제 가서 그 사람과 하고 싶은 대로 해 봐."

그는 손을 흔들고 다시 약초 모으는 일을 계속했다.

제15장
헤스터와 펄

    사람들이 바라는 것보다 더 오래 기억 속에 맴도는 얼굴을 지닌, 기형의 늙은 모습을 한 로저 칠링워스는 헤스터와 헤어져 구부린 자세로 길을 따라 걸어갔다. 그는 여기저기서 약초를 모으고 뿌리를 뽑아 팔에 든 바구니에 넣었다. 그가 천천히 걸어갈 때 그의 흰 수염은 거의 땅에 닿는 것 같았다. 헤스터는 초봄의 연약한 풀이 그가 걸어간 뒤에 시들어 푸른 풀길 사이로 그의 흔들리는 발자국이 갈색의 말라붙은 자취를 남기는 것은 아닐까 하고 반쯤 환상적인 호기심의 눈으로 그의 뒷모습을 한동안 바라보았다. 그녀는 저 노인이 어떤 종류의 약초를 그렇게 열심히 모으는지 궁금했다. 혹시 그의 눈빛에 공감하여 사악한 목적에 눈을 뜬 땅이 이제껏 알려지지 않은 종류의, 그리고 그가 손가락 하나로 갑자기 자라나게 할 독성 관목으로 그를 맞이하는 것은 아닐까? 혹은 건강에 좋은 모든 식물을 만져서 해롭고 사악한 식물로 바꾸는 것으로 그가 만족할까? 다른 모든 곳을 그렇게 밝게 비추는 태양이 과연 저 사람도 비출까? 아니면 그가 가는 곳마다 그의 기형적인 모습과 함께 움직이는 불길한 그림자의 원이 있는 것은 아닐까? 그는 지금 어디로 가는 것일까? 그가 마르고 황폐해진 땅속으로 갑자기 꺼지고, 시간이 지나면 그곳에서 독성을 지닌 가지, 말채나무, 사리풀,* 그리고 토양이 만들어 낼 수 있는 다른 모든 사악한 식물들이 무서울 정도로 울창하게 자라나는 모습이 보이는 것은 아닐까? 그렇지 않으면 그가 박쥐의 날개를 펴고 날아올라 하늘로 더 높이 날아갈수록 더 추악하게 보이는 것은 아닐까?

헤스터는 여전히 그의 뒷모습을 쳐다보며 "이게 죄가 되든 아니든, 나는 저 사람이 싫어!"라고 말했다.

그녀는 이런 느낌을 가진 것에 대해 자책했지만 이를 극복하거나 완화할 수 없었다. 하지만 그렇게 하려고 애쓰면서 그녀는 먼 이국 땅에서의 과거를 떠올렸다. 그 시절의 그는 저녁 무렵 자신의 외딴 서재에서 나와선 아내의 환한 웃음을 받으며 난로 불빛 속에 앉곤 했다. 그는 책 속에서 오래 외롭게 지내며 얻은 한기를 학자의 마음에서 털어 버리기 위해서는 그런 따사한 웃음을 받아야 한다고 말했었다. 그런 장면들은 한때 행복한 것으로 보였지만, 이후 그녀가 살아온 음울한 삶을 통해 보면, 가장 추악한 기억의 일부였다. 그녀는 그런 장면들이 어떻게 가능할 수 있었는지, 그녀가 어떻게 그와 결혼하도록 설득되었는지 의아할 뿐이었다. 그녀는 그가 열기 없는 손으로 자신의 손을 잡는 것을 참으며 그의 손을 잡았던 것과, 자신의 입술과 눈의 웃음을 그의 웃음과 섞어 녹아들게 한 것을 가장 회개해야 할 죄라고 생각했다. 그리고 그녀가 철이 들지 않았을 때 그의 곁에서 그녀가 행복할 수 있다고 생각하도록 설득한 것은 이후에 그가 받은 어떤 것보다도 더 나쁜 죄를 로저 칠링워스가 저지른 것으로 보였다.

그녀는 전보다 더 단호하게 말했다. "그래, 나는 저자가 싫어! 그가 나를 속였던 거야! 내가 그에게 한 것보다 저자는 내게 더 나쁜 짓을 했어."

남자들이여, 여인의 마음이 지닌 최고의 열정도 함께 얻지 못한다면 여인의 손을 얻기를 두려워할지어다! 그렇지 않으면 로저 칠링워스처럼, 자신보다 더 강력한 손이 여인의 모든 감성을 깨어나게 할 때, 그들은 그녀에게 따뜻한 현실로 주었던 고요한 만족과 대리석 같은 행복의 이미지에 대해서도 비난받는 비참한 운명을 맞게 될 것이다. 그러나 헤스터는 아주 오래전에 이런 부당함을 처분했어야 했다. 이것이 무얼 뜻하는가? 주홍 글자의 고문을 받은 7년의 세월이 그토록 많은 고통을 주었지만 조금도 회개하지 못하게 했단 말인가?

그녀가 늙은 로저 칠링워스의 꼬부라진 모습을 보며 서 있는 그 짧은 순간에 일어난 감정은 헤스터의 심리 상태를 어둡게 비추어 그녀가 다른 상황에서는 스스로 인정하지 않았을 수많은 것들을 보여 주었다.

로저 칠링워스가 가자 그녀는 아이를 불렀다.

"펄, 귀여운 펄! 어디 있니?"

활기가 흘러넘치는 펄은 엄마가 늙은 약초꾼과 이야기하는 동안 결코 흥미를 잃지 않았다. 앞서 말한 것처럼 처음에 그녀는 물웅덩이 속 자신의 모습과 상상의 놀이를 하고 있었는데, 그 환영을 손짓으로 불러내다 — 그 환영이 나오려 하지 않자 — 그 환영이 살고 있는 만질 수 없는 땅과 갈 수 없는 하늘의 영역으로 가려고 했다. 그러나 자기 혹은 물속의 모습 중 하나는 사실이 아니라는 것을 이내 깨닫고는 다른 곳에서 놀이를 찾았다. 그녀는 자작나무 껍질로 작은 배를 만들어 달팽이 껍데기들을 실은 뒤에 뉴잉글랜드의 어떤 상인보다도 더 많이 모험적 항해를 위해 바다로 보냈지만 그 배들은 대부분 해변 가까이에서 침몰했다. 그녀는 살아 있는 참게 꼬리를 잡고 불가사리 몇 마리를 건진 후에 해파리를 따뜻한 햇볕에 녹게 두었다. 그러고는 밀물의 해안선을 만드는 하얀 거품을 잡아 바람 위로 던지고는 큰 눈꽃 송이가 떨어지기 전에 잡으려고 날개 달린 듯한 발걸음으로 뛰어갔다. 해변가를 따라 먹이를 찾아 퍼덕거리는 바닷새 떼를 보고 이 장난꾸러기 아이는 앞치마에 자갈을 한 줌 담아 바위에서 바위로 이 작은 바닷새들을 쫓아다니며 놀라운 솜씨로 자갈을 던졌다. 펄은 흰색 가슴의 작은 회색빛 새 한 마리가 자갈에 맞아서 부러진 날개로 퍼드덕거리며 날아갔다고 거의 확신했다. 그러나 이 요정 같은 아이는 바닷바람이나 펄 자신만큼이나 야생적인 어린 새를 해친 것이 슬퍼서 한숨을 지으며 놀이를 그만두었다.

그녀가 마지막으로 한 일은 여러 종류의 해초를 모아서 스카프나 망토 그리고 머리 장식을 만들어 입고 작은 인어의 모습을 취하는 것이었다. 그녀는 휘장이나 의복을 만드는 엄마의 재주를 물려받았다. 인어의 옷에 마지막 장식으로 펄은 거머리말을 가지고 최선을 다해 엄마의 가슴에서 달린 익숙한 장식을 모방해 자신의 가슴에 달았다. 그것은 하나의 글자 — A — 였지만 주홍색이 아닌 푸른 녹색이었다. 아이는 턱을 숙여 가슴에 대고, 마치 이 세상에 태어난 유일한 목적이 이 글자의 의미를 알아내는 것인 양, 비상한 관심을 갖고 장식을 들여다보았다.

펄은 '엄마가 이 글자의 의미를 물어볼지 몰라' 하고 생각했다.

바로 그때 엄마의 목소리를 듣고 그녀는 작은 바닷새처럼 가볍게 달려가 춤추고 웃으며 가슴에 달린 장식을 손가락으로 가리키면서 헤스터 프린 앞에 나타났다.

헤스터가 잠시 침묵을 지키다가 말했다. "내 귀여운 펄. 네 어린 가슴에 달린 그 녹색 글자는 아무 의미도 없구나. 아가야, 엄마가 달아야 하는 이 글자가 무슨 뜻을 지닌 건지 아니?"

아이가 말했다. "알아, 엄마. 그건 대문자 A야. 엄마가 글씨 판에서 가르쳐 줬잖아."

헤스터는 아이의 작은 얼굴을 눈여겨보았지만, 그 검은 눈에서 자주 발견하던 특이한 표정이 있었어도 펄이 정말 이 상징에 어떤 의미가 있다고 생각하는지는 알 수 없었다. 그녀는 이 사실을 확인하고 싶은 병적인 욕망을 느꼈다.

"아가야, 엄마가 이 글자를 왜 달고 있는지 아니?"

펄은 화사한 모습으로 엄마의 얼굴을 보면서 대답했다. "그럼 알지. 그건 목사님이 가슴에 손을 대는 것과 똑같은 이유 때문이야."

헤스터는 아이의 엉뚱한 말에 반쯤 웃으며 "그게 무슨 이유지?"라고 물었지만, 다시 생각해 보고는 얼굴이 창백해지며 물었다. "이 글자가 엄마 가슴이 아닌 다른 사람 가슴과 무슨 관계가 있지?"

펄이 평소보다 더 심각하게 말했다. "아냐, 엄마, 내가 아는 건 다 말했어. 엄마와 말하던 저 노인에게 물어봐. 그 사람은 말해 줄지도 몰라. 하지만 엄마 정말이지, 이 주홍 글자는 뭘 뜻하는 거야? 엄마는 왜 가슴에 그 글자를 달고 있어? 그리고 왜 목사님은 가슴에 손을 대고 있어?"

그녀는 두 손으로 엄마의 손을 잡고 그녀의 야성적이고 변덕스러운 성격에서는 좀처럼 볼 수 없는 진지한 태도로 엄마의 눈을 쳐다보았다. 헤스터에게는 이 아이가 정말 아이다운 믿음을 가지고 자신에게 다가와 서로 공감하여 만날 수 있는 방법을 최선을 다해 지혜롭게 모색하고 있다는 생각이 들었다. 평상시와는 다른 펄의 모습이었다. 이제까지 엄마는 유일한 애정으로 열렬히 아이를 사랑하면서도 4월 바람 같은 변덕스러움 이외의 보상은 기대하지 않도록 단련된 터였다. 4월 바람처럼 아이는 경쾌하게 놀며 시간을 보내다가 설명할 길 없는 돌풍 같은 열정을 보이기도 하고, 기분 좋을 때에도 까다로우며, 가슴에 안아 줄 때에도 포옹하기보다 쌀쌀맞게 대하곤 했다. 이런 못된 행동을 보상하려는 듯 아이는 간혹 무슨 목적에서인지 확실하진 않지만 의구심이 들 정도로 다정하게 뺨에 입맞춤을 하고 부드럽게 엄마의 머리카락을 갖고 놀다가, 마음속에 꿈같은 즐거움을 남기고는 다른 쓸데없는 장난을 치러 가 버리곤 했다. 더구나 그것은 엄마가 아이의 성격에 대해 내린 평가였다. 다른 사람들은 다정하지 못한 특성들만

보았을 것이고 이 특성들을 어두운 것으로 여겼을 것이다. 그러나 펄이 놀라울 정도로 조숙하고 명민해서 이제 친구로 여기고 가능한 한 많이 엄마의 슬픔을 털어놓아도 엄마나 아이에게 불경스러운 일이 되지는 않을 나이에 근접했다는 생각이 헤스터의 마음속에 강하게 떠올랐다. 펄의 혼란스러운 성격에 단호한 용기, 통제할 수 없는 의지, 자존심으로 훈련될 수 있는 강인한 자부심, 그리고 살펴보면 거짓의 오점이 발견될 수 있는 많은 것들에 대한 신랄한 경멸과 같은 확고한 원칙들이 생겨나기 시작했거나 아니면 처음부터 존재했을지도 모른다. 그녀는 또한 지금까지는 매섭고 거슬리긴 했어도 아직 설익은 과일이 지니는 풍부한 맛과 같은 애정을 갖고 있었다. 헤스터는 이 모든 참된 속성을 지니고도 이 요정 같은 아이가 고상한 여인으로 자라지 못한다면 엄마에게서 물려받은 악은 정말 큰 것이 분명하다고 생각했다.

펄이 어쩔 수 없이 주홍 글자의 수수께끼에 대해 맴돌듯이 계속 궁금해하는 경향은 그녀의 내재적인 속성처럼 보였다. 그녀가 의식하기 시작한 가장 어린 시절부터 그녀는 이것을 자신에게 주어진 사명이라 여겼다. 헤스터는 이 아이가 이런 뚜렷한 성향을 지니게 된 것은 신의 섭리가 계획한 정의와 응보라고 자주 생각했다. 하지만 이제까지 그녀는 이 계획과 관련해서 자비와 은혜의 목적이 있는지에 대해서는 자문하지 않았었다. 만약 귀여운 펄을 이 세상의 아이일 뿐 아니라 영적인 전령으로 여겨 믿고 신뢰한다면, 엄마의 마음속에 차갑게 놓여서 그 마음을 무덤으로 만든 슬픔을 달래 주는 것, 그리고 한때 매우 광적이었으며 아직도 죽거나 잠들지 않고 그 무덤 같은 마음속에 감금되어 있는 열정을 그녀가 극복하도록 도와주는 것이 이 아이의 임무가 아닐까?

이런 생각들이 헤스터의 마음속에서 마치 귓속에 실제로 속삭이듯 생생한 모습으로 떠올랐다. 그러는 동안 귀여운 펄은 두 손으로 엄마의 손을 잡고 얼굴을 쳐들며 이런 파고드는 듯한 질문을 한 번 두 번, 아니 세 번이나 반복했다.

"엄마, 그 글자는 무슨 뜻이야? 그리고 왜 그걸 가슴에 달고 있어? 그리고 왜 목사님은 가슴에 손을 대고 있어?"

헤스터는 혼자 생각했다. '무슨 말을 해야 되지? 안 돼. 말하는 대가로 아이의 동정심을 얻을 수 있다 해도 그렇게 할 순 없어.'

그리고 그녀는 큰 소리로 말했다.

"바보 같은 펄, 무슨 질문이 그러니? 세상에는 아이가 묻지 말아야 할 것이 아주 많단다. 내가 목사님의 가슴에 대해 어떻게 알겠어? 주홍 글자는 내가 금색 실 때문에 달고 있는 거란다."

지난 7년 동안 헤스터 프린은 가슴에 달고 있는 상징에 거짓된 적이 없었다. 아마도 그 상징은, 그녀의 마음을 엄격하게 감시했음에도 불구하고 어떤 새로운 악이 그녀의 마음속에 침입했거나 아니면 어떤 오래된 악이 애초에 쫓겨나지 않았다는 것을 깨닫고 그녀에게서 떠나 버린, 엄격하고 가혹한 수호 정령의 부적이었을지도 모른다. 귀여운 펄의 얼굴에는 이내 진지한 모습이 사라졌다.

그러나 아이는 이 문제에 대한 이야기를 그만두는 것을 마땅치 않아 했다. 엄마와 함께 집으로 가면서 두세 번, 저녁 식사 시간에도 여러 번 그리고 헤스터가 잠을 재워 주는 동안에도, 또 잠이 든 것처럼 보였을 때에도 한 번 펼은 장난기 반짝이는 검은 눈으로 쳐다보며 말했다.

"엄마, 주홍 글자는 무슨 뜻이야?"

그리고 다음 날 아침, 아이가 깨어난 것을 알리는 첫 번째 신호는 베개에서 고개를 들고, 이상하게도 주홍 글자에 대한 질문과 연결시킨 또 다른 질문을 하는 것이었다.

"엄마! 엄마! 왜 목사님은 가슴에 손을 대고 있어?"

엄마는 이전까지 스스로 용납하지 않았던 신랄한 어투로 말했다. "입 다물어, 이 망나니야! 다시 한 번 엄마를 괴롭히면 깜깜한 벽장 안에 가둬 둘 거야!"

제16장
숲 속의 산책

    헤스터 프린은 현재의 고통이나 궁극적인 결과의 위험을 무릅쓰고라도 딤스데일의 마음속까지 숨어 들어간 자의 참된 성격을 그에게 알리겠다는 결심에 변함이 없었다. 그녀는 그가 반도의 해안가를 따라 혹은 인근의 숲이 우거진 언덕으로 명상의 산책을 한다는 걸 알고 있던 터라 며칠 동안 그를 만나려 했지만 좀처럼 기회를 잡을 수 없었다. 그녀가 그의 서재로 방문한다 해도 스캔들이 되거나 목사의 신성한 순백의 명성에 해롭지는 않았을 것이다. 이전에도 많은 참회자들이 아마도 주홍 글자가 나타내는 것만큼 진한 색의 죄를 그의 서재에서 고백했었다. 그러나 늙은 로저 칠링워스가 비밀스럽게 혹은 공공연히 간섭하는 것이 두렵기도 하고, 아무런 의심을 느낄 수 없는 곳조차 그녀의 마음에는 의심이 들기도 해서, 또 목사와 그녀가 이야기하는 동안 넓은 세상에서 숨을 쉴 필요가 있기도 해서 — 이 모든 이유 때문에 헤스터는 열린 하늘 아래가 아닌 협소한 사적 공간에서는 그를 만날 생각을 하지 않았다.

마침내 딤스데일 목사가 기도를 부탁받은 병자의 침실에서 병자를 간호하면서 그녀는 그가 전날 인디언 개종자들과 함께 있는 엘리엇 사도*를 방문하러 갔다는 사실을 알게 되었다. 그는 아마도 이튿날 오후에 돌아올 것이었다. 따라서 헤스터는 다음 날 일찍 — 아무리 불편을 끼치더라도 엄마가 가는 곳마다 항상 따라다니는 동반자였던 — 귀여운 펄을 데리고 출발했다.

두 여행객이 반도에서 육지로 건너온 다음부터 길은 작은 오솔길에 불과했다. 그 길은 무질서하게 신비로운 원시림으로 이어졌다. 숲은 길을 아주 촘촘히 둘러싸고 양편으로 검고 빽빽하게 늘어서 있어 하늘 위를 제대로 보기가 어려웠기 때문에 헤스터의 마음에 이 길은 자신이 그렇게 오랫동안 방황하던 도덕적 황야를 보여 주는 듯했다. 날은 차고 어두웠다. 머리 위로는 회색빛 구름이 넓게 퍼져 있었지만 바람이 불어 구름이 흩어지면 한 줄기 반짝이는 햇빛이 간혹 길가에서 노니는 것이 보였다. 이처럼 일시적으로 기분을 북돋는 햇빛은 항상 숲 속으로 길게 내다보이는 경치의 맨 끝에 있었다. 이 노니는 햇빛은 — 전반적으로 시름에 잠긴 날씨와 풍경 때문에 아주 미약하게 노닐고 있었는데 — 그들이 가까이 가자 뒤로 물러섰고, 이는 햇빛이 춤추고 있던 곳이 밝으리라고 그들이 기대했던 탓에 그곳을 더욱더 황량하게 만들었다.

귀여운 펄이 말했다. "엄마, 햇빛은 엄마를 사랑하지 않나 봐. 햇빛은 엄마 가슴에 달린 것이 무서워 숨어 버려. 지금 봐! 저기 멀리에서 햇빛이 놀고 있어. 여기 서 있어 봐, 내가 뛰어가서 잡아

볼게. 나는 아이잖아. 나는 가슴에 아직 아무것도 달고 있지 않으니까 햇빛이 도망가지 않을 거야!"

헤스터가 말했다. "앞으로도 아무것도 달지 않았으면 좋겠구나."

펄이 뛰어가려다 멈춰 서서 물었다. "왜 그렇지, 엄마? 내가 커서 여인이 되면 저절로 나오는 것 아냐?"

헤스터가 대답했다. "얘야, 뛰어가서 햇빛을 잡아 보렴! 햇빛이 곧 사라지겠다."

펄은 빠른 속도로 출발해서 정말 햇빛을 잡았고, 빛의 광채로 환해져서 그리고 빠른 동작에 자극된 생명력으로 반짝이며 햇빛 한가운데 웃으며 서 있었다. 헤스터는 웃으며 그 모습을 지켜보았다. 빛은 마치 그런 놀이 친구를 좋아하는 듯 엄마가 그 마법의 원 안으로 발을 들여놓을 만큼 가까이 오기까지 외로운 아이 주위에서 맴돌았다.

펄은 고개를 흔들며 "이제 햇빛은 갈 거야!" 하고 말했다.

헤스터가 웃으며 대답했다. "봐 봐. 이제 내가 손을 내밀어서 햇빛을 잡을 수 있어."

그녀가 그렇게 하려고 하자 햇빛은 사라졌다. 혹은 펄의 모습에 춤추고 있던 밝은 표정으로 판단한다면, 엄마는 아이가 햇빛을 빨아들였다가 그들이 더 어두운 그늘 속으로 들어갈 때 길가에 빛을 내며 다시 쏟아 냈다고 생각할 수도 있었다. 이 꺼지지 않는 정신의 생기만큼 펄의 성격에서 새롭고 방전되지 않는 원기를 느끼게 하는 속성도 없었다. 그녀는 요즘 거의 모든 아이들이 연주창*과 더불어 부모의 질병에서 물려받는 슬픔의 병도 갖고 있지 않았다. 아마도 이 역시 병이었겠지만, 그것은 헤스터가 펄이 태어나기 전에 슬픔과 싸웠던 격렬한 원기를 반영하는 것이었다. 또한 그것은 틀림없이 아이의 성격에 딱딱한 금속성의 광택을 주는 의심쩍은 매력이었다. 그녀는 깊은 감동을 주어 인간답게 만들고 동정심의 능력을 갖게 하는 — 어떤 사람들은 평생 갖지 못하는 — 슬픔을 갖지 못했다. 그러나 귀여운 펄에게는 아직 충분한 시간이 있었다.

헤스터는 펄이 햇빛 속에 서 있던 곳에서부터 주위를 둘러보며 말했다. "아가, 이리 와. 여기 숲 속으로 조금 들어가 쉬자."

어린 소녀가 말했다. "엄마, 나는 힘들지 않아. 하지만 엄마가 내게 이야기를 해 준다면 앉을게."

헤스터가 말했다. "아가, 이야기라니. 무슨 이야기 말이니?"

펄이 엄마의 가운을 잡고 반쯤은 진지하고 반쯤은 장난으로 엄마의 얼굴을 쳐다보며 말했다. "블랙 맨 이야기 말이야. 블랙 맨이 이 숲에 어떻게 출몰하고, 책 — 쇠로 만든 걸쇠가 달린 크고 무거운 책 — 을 갖고 다니는지, 그리고 이 추악한 블랙 맨이 여기 나무들 사이에서 만나는 사람마다 책과 철제 펜을 주면 그들이 자신의 피로 자기 이름을 써야 하는지 말이야. 그러면 블랙 맨은 그들의 가슴에 표식을 남기잖아. 엄마도 블랙 맨을 만난 적 있어?"

엄마는 당시의 흔한 미신을 알아차리고 물었다. "펄, 누가 그런 이야기를 해 주었지?"

아이가 말했다. "엄마가 어제 밤새웠던 집의 난롯가에 있던 할머니가 그랬어. 그런데 그 할머니는 이야기를 하고 있는 동안 내가 자고 있다고 생각했어. 그 할머니는 수많은 사람들이 이곳에서 블랙 맨을 만나 책에 자기 이름을 쓰고 그의 표식을 받았다고 말했어. 그리고 그 심술궂은 여자 있잖아, 늙은 히빈스 부인도 그중 한 명이었대. 그리고 엄마, 그 할머니는 이 주홍 글자도 블랙 맨이 엄마에게 새긴 표식이고, 엄마가 여기 어두운 숲 속에서 한밤중에 블랙 맨을 만나면 빨간 불빛처럼 반짝인다고 했어. 엄마, 그게 사실이야? 엄마도 밤에 그를 만나러 가?"

헤스터가 물었다. "네가 깨어 있을 때 엄마가 네 곁에 없던 적이 있었니?"

아이가 말했다. "내 기억으로 그런 적은 한 번도 없어. 엄마는 나를 오두막에 남겨 두는 게 두려우면 나를 데리고 가도 돼. 나는 기쁘게 갈 거야. 그런데, 엄마 이제 말해 줘! 블랙 맨이 있어? 블랙 맨을 만난 적이 있어? 그리고 이게 그의 표식이야?"

엄마가 물었다. "내가 말해 주면 나를 가만 좀 놔둘 거니?"

펄이 대답했다. "응, 엄마가 다 말해 주면."

엄마가 말했다. "생애에 딱 한 번, 블랙 맨을 만난 적이 있단다. 그리고 이 주홍 글자가 그의 표식이란다."

그렇게 말하면서 그들은 숲길을 따라 우연히 지나가는 이들의 눈에 띄지 않을 만큼 숲 속 깊숙이 들어갔다. 그들은 여기에서 이끼가 많이 쌓여 있는 곳에 앉았다. 이 이끼는 과거 한때에는 어두운 그늘 속에서 뿌리와 몸통을 두고 위로는 대기 속에 고개를 높이 든 소나무였을 것이다. 그들이 앉은 곳은 작은 골짜기였다. 골짜기 양옆에는 살짝 올라온 강둑이 나뭇잎에 덮여 있었고 가운데로는 낙엽과 물에 빠진 잎들이 놓인 바닥 위로 개울이 흐르고 있었다. 개울 위에 늘어선 나무들은 때때로 큰 나뭇가지들을 드리워 냇물을 막기도 하고 어느 곳에서는 소용돌이나 검은 심연을 만들기도 했고, 물살이 빠른 곳에서는 자갈과 갈색의 반짝이는 모래로 된 물길이 나타나기도 했다. 눈으로 냇물의 흐름을 따라가면서 그들은 숲 속의 가까운 거리에서 반사된 빛을 포착할 수 있었지만 이내 나무의 몸통과 덤불 그리고 여기저기 회색빛 이끼로 뒤덮인 큰 바위들 틈에서 그 빛의 흔적을 놓치고 말았다. 큰 나무들과 바위들은 모두 이 작은 냇물의 흐름을 신비롭게 만들려는 것 같았다. 이는 아마도 냇물이 쉬지 않고 재잘거리기 때문에 냇물이 흘렀던 오래된 숲의 마음에서 나온 이야기들을 속삭이거나 아니면 물웅덩이의 부드러운 표면에 냇물의 비밀을 비치지는 않을까 두려워해서인지 모른다. 냇물은 앞으로 흘러갈수록, 친절하고 조용하고 부드럽게 그러나 아무 재미 없이 어린 시절을 보낸 탓에 슬픈 사람들과 어두운 색깔의 사건들 사이에서 어떻게 흥을 내야 할지 모르는 어린아이의 목소리처럼 우울하게 계속 재잘거렸다.

펄이 한동안 그 이야기를 듣고 있다가 외쳤다. "아, 냇물아, 어리석고 지루한 작은 냇물아, 너는 왜 그렇게 슬프니? 기운을 좀 내. 그리고 항상 그렇게 한숨을 쉬고 중얼거리지 마."

하지만 숲 속 나무들 사이에서 평생을 흘러온 냇물은 너무 엄숙한 경험을 겪었기 때문에 그에 대해 이야기하지 않을 수 없었고 달리 할 이야기도 없었던 것 같았다. 펄의 인생의 냇물이 신비로운 샘물에서 솟아 나와 무겁고 우울한 그림자가 드리워진 사건들 사이로 흘러왔다는 점에서 펄도 냇물을 닮았다. 그러나 작은 시냇물과 달리 그녀는 생기 넘치게 춤추고, 길을 가면서도 경쾌하게 재잘거렸다.

그녀가 물었다. "엄마, 이 슬픈 작은 냇물이 뭐라고 하는 거야?"

엄마가 대답했다. "네게 슬픈 일이 있으면 냇물이 네게 그 이야기를 해 줄 거야. 냇물이 엄마의 슬픔을 말해 주는 것처럼. 펄, 이제 길에서 발소리가 나고 누군가 나뭇가지를 치우는 소리가 들리는구나. 엄마가 저기 오는 분과 이야기하게 가서 혼자 놀려무나."

펄이 물었다. "저 사람이 블랙 맨이야?"

엄마가 다시 말했다. "애야, 가서 놀아. 하지만 숲 속 깊이 들어가진 말고 내가 부르면 곧바로 올 수 있어야 돼."

펄이 대답했다. "알았어, 엄마. 그런데 저 사람이 블랙 맨이라면 내가 여기 있다가 그가 팔에 큰 책을 끼고 있는 걸 봐도 돼?"

엄마가 성마르게 말했다. "어리석은 아이 같으니. 이제 가렴. 저분은 블랙 맨이 아니란다. 지금 나무들 사이로 볼 수 있잖니. 목사님이시구나."

아이가 말했다. "정말 그러네! 그런데 엄마, 목사님이 가슴에 손을 대고 계셔! 목사님이 블랙 맨의 책에 이름을 썼을 때 블랙 맨이 그 자리에 표시를 해 두었기 때문에 그러는 거야? 왜 목사님은 엄마처럼 그 표시를 가슴 바깥에 달고 있지 않아?"

헤스터 프린이 소리쳤다. "애야, 이제 가. 그리고 나를 귀찮게 하는 일은 다음에 하렴. 하지만 멀리 가진 말고 냇물 소리를 들을 수 있는 곳에 있어."

아이는 냇물이 흘러가는 곳을 따라 노래를 부르며 냇물의 우울한 소리에 보다 경쾌한 가락을 섞으면서 갔다. 그러나 작은 시냇물은 위로를 받지 못하고 음울한 숲 속에서 일어났던 슬프고 신비로운 일에 대해 계속 알 수 없는 비밀을 말하거나 아니면 아직 일어나지 않은 일에 대해 예언하듯 슬픈 소리를 내고 있었다. 그래서 짧은 생애에 이미 많은 그림자를 안고 있던 펄은 투덜거리듯 중얼대는 시냇물을 아는 체하지 않기로 했다. 그녀는 제비꽃과 아네모네 그리고 높은 바위틈에서 자라는 주홍색 매발톱꽃을 모으기 시작했다.

요정 아이가 떠나자, 헤스터 프린은 숲 속으로 난 길을 따라 한두 발짝 뗐지만 여전히 나무의 깊은 그림자 아래 있었다. 그녀는 목사가 길가에서 꺾은 나뭇가지에 의지하며 혼자 길을 따라 오는 것을 보았다. 그는 여위고 약해 보였으며 무기력하고 낙담한 모습이었는데, 그가 마을에서 걸어 다니거나 다른 사람의 눈에 띈다고 여길 만한 곳에서는 좀처럼 볼 수 없는 모습이었다. 그러나 이런 모습은 아주 한적한 숲 속에서 애처롭게 드러났고, 이 한적함은 그 자체로도 사람들의 정신 상태에 큰 시련이었을 것이다. 그의 걸음걸이에는 힘이 없었는데, 마치 그가 한 걸음 더 내디뎌야 할 이유가 없다고 생각하거나 혹은 그렇게 할 욕망도 없다고 느끼며 — 그가 무얼 바라는 바가 있다면 — 가장 가까이 있는 나무뿌리에 몸을 던져 그곳에 영원히 누워 있기를 바라는 것 같았다. 그러면 나뭇잎들이 덮이고 흙이 쌓여, 그가 살아 있건 아니건 간에, 그의 몸 위에 작은 언덕을 만들 것이었다. 그에게는 죽음같이 뚜렷한 목적을 바라거나 회피할 기력도 없었다.

헤스터의 눈에 딤스데일 목사는 귀여운 펄이 말한 것처럼 가슴에 손을 대고 있는 것 이외에 뚜렷하게 눈에 띄는 고통의 징후를 보이지 않았다.

제17장
목사와 신자

목사는 천천히 걷고 있었지만 그가 지나가기 전까지 헤스터 프린은 그의 주의를 끌 만큼 큰 소리로 말하지 못했다. 마침내 그녀가 말했다.

그녀는 처음에는 약하게 그러다가 점점 더 크게, 마침내는 큰 소리로 "아서 딤스데일! 아서 딤스데일!" 하고 불렀다.

"누가 말하는 거요?" 목사가 대답했다.

그는 재빨리 몸을 가누며 남의 눈에 띄고 싶지 않은 기분에 잠겨 있다가 깜짝 놀란 사람처럼 몸을 꼿꼿이 세웠다. 그러고는 목소리가 들리는 곳으로 불안하게 시선을 던지다가 나무 아래에서 어떤 형체를 희미하게 발견했는데, 이 형체가 너무 어두운 옷을 입었고, 구름 낀 하늘과 무성한 잎들로 인해, 게다가 낮이 회색빛 황혼으로 어두워진 탓에 거의 빛을 받지 못했기 때문에 그는 그 형체가 여자인지 그림자인지 분간할 수 없었다. 자신의 생각에서 몰래 도망쳐 나온 유령이 그의 인생 행로에 그렇게 도사리고 있는지도 모를 일이었다.

한 발짝 더 다가간 그는 주홍 글자를 발견했다.

그가 말했다. "헤스터! 헤스터 프린! 당신이오? 당신, 살아 있소?"

그녀가 대답했다. "그래요. 지난 7년 동안 제가 살아왔던 그런 삶 속에서요! 그런데 아서 딤스데일, 당신도 아직 살아 있나요?"

그들이 이렇게 상대방이 실제 육신으로 존재하는지를 묻고 자신들의 존재조차 의심한 것은 놀라운 일이 아니었다. 그들은 희미한 숲 속에서 너무도 이상하게 만났기 때문에 마치 전생에서 매우 가까웠던 두 영혼이 무덤 너머의 세계에서 이제 서로 두려워하고 냉기에 떨면서, 하지만 아직 자신들이 어떤 상태인지도 모르고 육체를 벗어난 존재들과 함께 있는 것에 익숙하지도 않은 채로 처음 만난 것 같았다. 유령이 또 다른 유령을 만나 두려움에 떨고 있는 것이었다. 그들은 또한 스스로에 대해서도 두려워 떨었는데, 그 이유는 이 위기로 인해 갑자기 회복된 의식이 각자의 마음속에 그 의식이 겪어 온 역사와 경험을 드러내 주었기 때문이다. 이는 그런 숨 막힐 것 같은 위기의 시기가 아니면 인생에서 결코 일어나지 않는 일이었다. 영혼은 잠깐 지나가는 순간의 거울에서 자신의 모습을 보았다. 아서 딤스데일은 두려워 떨면서도 느리고 망설이는 필연성에 이끌려 죽음과 같이 찬 손을 내밀어 헤스터 프린의 찬 손을 잡았다. 차갑긴 했지만 손을 잡는 순간, 이들의 만남에서 가장 두려웠던 것은 사라졌다. 그들은 이제 적어도 자신들이 같은 공간에 존재한다고 느꼈다.

한마디도 더 말하지 않고 — 누가 상대방을 이끈 것이 아니라

암묵적 동의로 — 그들은 헤스터가 있던 숲의 그림자 속으로 들어가 그녀와 펄이 조금 전에 앉았던 이끼 더미 위에 앉았다. 그들이 마침내 말문을 열었을 때, 그들은 친분 있는 두 사람이 서로에게 물을 만한 것들, 이를테면 찌푸린 하늘과 위협적인 폭풍, 그다음 상대방의 건강에 대한 말을 주고받았다. 그렇듯 그들은 과감하지 않게 그들의 마음속 가장 깊은 곳에 품고 있던 주제로 조금씩 나아갔다. 그들은 운명과 상황에 의해 너무 오랫동안 떨어져 있었기 때문에 가볍고 일상적인 일을 먼저 이야기한 뒤 대화의 문을 열어 마음속 생각들이 문지방을 건너게 할 필요가 있었다.

잠시 후 목사가 헤스터 프린의 눈을 응시하며 말했다. "헤스터, 당신은 평화를 찾았소?"

그녀는 가슴을 내려다보면서 쓸쓸한 웃음을 지으며 되물었다. "당신은 찾았나요?"

그가 대답했다. "아니, 절망뿐이었어요. 내 존재가 이런데, 그리고 이런 삶을 살고 있는데 어떻게 절망 이외에 다른 것을 찾을 수 있었겠어요. 내가 무신론자였다면, 양심 없는 사람이었다면, 거칠고 짐승 같은 본능을 가진 자였다면 아마 오래전에 평화를 찾았을 거예요. 아니, 난 아예 평화를 잃어버리지도 않았을 거예요. 하지만 지금 내 영혼의 상태에서 원래 내게 있던 좋은 능력, 하느님이 주신 최선의 선물들은 영적인 고문의 도구가 되어 버렸어요. 헤스터, 나는 너무 비참해요."

헤스터가 말했다. "사람들은 당신을 존경해요. 그리고 당신은 그들에게 선행을 베풀고 있고요. 이런 것들이 위안이 되지 못하나요?"

목사가 쓴웃음을 지으며 대답했다. "더 비참해요, 헤스터, 더 비참할 뿐예요. 내가 베푸는 것처럼 보이는 선행에 대해 나는 아무런 믿음도 없어요. 그건 틀림없이 망상일 거예요. 어떻게 나처럼 파멸한 영혼이 다른 영혼을 구원할 수 있으며, 오염된 영혼이 다른 영혼을 순화할 수 있겠어요? 사람들이 존경하는 것에 대해서는 차라리 경멸하고 증오하면 좋겠어요. 헤스터, 내가 연단에 올라 내 얼굴에서 마치 천국의 빛이 나오는 것처럼 내 얼굴을 바라보는 수많은 시선과 마주치고, 내 신자들이 진리를 갈구하며 마치 오순절의 혀가 말하는 것처럼 내 말을 듣는 것을 보고, 그러고 나서 내 안을 들여다보면 그들이 우상화하는 것의 검은 현실을 발견하는데 당신은 그걸 위안으로 생각할 수 있겠어요? 나는 쓰디쓴 마음의 고뇌 속에 내 겉모습과 실제의 내가 다른 것을 비웃었어요. 사탄도 비웃을 일예요."

헤스터가 부드럽게 말했다. "당신은 이 일로 자신에게 잘못하고 있어요. 당신은 깊고 고통스럽게 회개했어요. 당신의 죄는 뒤에, 지난 과거의 세월 속에 남았어요. 당신의 현재 삶은 진실로 사람들의 눈에 보이는 것 못지않게 성스러운 것이에요. 선행으로 봉인되고 증명된 회개에 실체가 없는 걸까요? 그런 회개가 왜 당신에게 평화를 주지 못하죠?"

목사가 대답했다. "아니, 헤스터, 그렇지 않아요. 거기엔 아무런 실체도 없어요. 그건 차갑게 죽어 있고 나를 위해 아무것도 해 줄 수 없어요. 고행이라면 충분히 했지요! 하지만 회개는 하지 못했어요. 만일 회개했다면 나는 오래전에 이 거짓된 성스러움의 복장을 빗어 던지고 최후의 심판에서 보게 될 내 모습을 사람들에게 보여 주었을 거예요. 헤스터, 당신은 가슴에 숨김없이 주홍 글자를 달 수 있어 행복한 거예요. 내 주홍 글자는 비밀스럽게 불타고 있어요. 7년 동안 거짓의 고통을 겪으면서 내 참모습을 알아주는 눈과 마주칠 수 있다는 게 얼마나 큰 위안이 되는지 당신은 모를 거예요. 내가 다른 모든 사람들의 칭찬으로 괴로울 때 매일 찾아가 모든 죄인 중에서도 가장 사악한 내 모습을 보여 줄 수 있는 단한 명의 친구라도 — 그것이 내 최악의 적일지라도 — 있었다면, 내 영혼은 아마 살아갈 수 있었을 거예요. 그 정도의 진실만으로도 나를 구원할 수 있었을 거란 말예요! 그런데 지금은 모두 거짓이고 전부 다 공허하고 전부 죽음일 뿐예요."

헤스터 프린은 그의 얼굴을 보았지만 말하기를 망설였다. 하지만 그가 이처럼 격렬하게 오래 쌓여 온 감정을 토로한 것이 그녀가 말하고자 했던 것을 말할 수 있는 상황을 제공했다. 그녀는 두려움을 극복하고 말했다.

"당신이 바라는, 당신의 죄에 대해 함께 슬퍼할 친구는 공범자인 저에게서 찾을 수 있어요." 그리고 그녀는 머뭇거리다가 힘들게 말을 꺼냈다. "당신에게는 그런 적이 오랫동안 있었고, 지금 같은 지붕 밑에서 그 사람과 같이 살고 있어요."

목사가 숨을 몰아쉬며 갑자기 일어나더니 마치 심장을 가슴에서 떼어 낸 것처럼 심부를 움켜잡았다.

그가 외쳤다. "하! 당신, 지금 뭐라고 했지요? 적이라고요. 나와

한 지붕 밑이라고요. 그게 무슨 말이죠?"

헤스터 프린은 자신이 사악한 목적을 품은 사람의 손에 그토록 오랫동안, 아니 단 한순간이라도 그를 맡겨 둠으로써 이 불행한 사람에게 가했던 깊은 상처를 이제 완전히 깨달았다. 어떤 가면을 쓰고 자신을 숨기든 간에 그의 적이 단지 가까이 있는 것만으로도 아서 딤스데일처럼 예민한 사람의 자기권(磁氣圈)이 혼란스러워 지기에 충분했다. 헤스터가 이런 생각에 민감하지 못했거나 아니면 자신의 고통 때문에 염세적이 되어, 자신보다 더 견딜 만하다고 그녀가 생각했던 운명을 목사가 감내하도록 내버려 둔 시절이 있었다. 그러나 최근에 그가 경야를 보낸 밤 이후로 그에 대한 모든 연민의 정이 부드러워지고 또 생기를 띠게 되었다. 이제 그녀는 그의 마음을 더 정확하게 읽을 수 있었다. 그녀는 로저 칠링워스가 계속 함께 있어, 그의 악의의 비밀스러운 독이 주위의 모든 공기를 전염시키고, 의사로서 목사의 육체적 · 정신적 질병에 대해 권한을 갖고 간섭할 수 있는 이 모든 나쁜 기회들이 잔인한 목적에 사용되었다는 것을 의심하지 않았다. 이런 수단들로 인해 고통받는 이의 양심은 계속 흥분된 상태로 이어졌는데, 이런 상태는 건전한 고통으로 치유하지 않고 그의 정신적 존재를 혼란시키고 타락시키는 경향이 있었다. 그 결과가 현세에서는 필시 정신 이상이었고, 내세에서도 선과 진리로부터 영원히 소외되는 것이었다. 아마도 광기는 현세에서 이런 소외를 예시하는 것이었을 것이다.

바로 이런 파멸의 경지로 그녀는 자신이 한때 — 아니, 왜 이런 말을 하지 못한단 말인가? — 아직도 열정적으로 사랑했던 남자를 몰아넣었던 것이다. 헤스터는 — 로저 칠링워스에게 이미 말했던 것처럼 — 목사의 좋은 평판과 죽음을 희생하는 대가를 치르는 편이 자신이 선택했던 대안보다 훨씬 더 좋았을 것이라고 느꼈다. 그리고 이제 그녀는 이런 비통한 잘못을 고백하느니 차라리 숲 속의 낙엽에 엎드려 아서 딤스데일의 발밑에서 기꺼이 죽고 싶었다.

그녀가 외쳤다. "오! 아서, 나를 용서하세요. 저는 다른 모든 것에서 진실하려고 애썼어요. 진실이야말로 내가 굳게 지킬 수 있었고 온갖 역경을 통해서도 굳게 지켰던 유일한 미덕이에요. 당신의 안녕과, 생명과, 명성이 문제시되는 경우를 제외하고 말예요. 그럴 때에는 저는 거짓말에 동의했어요. 하지만 거짓말은 설령 죽음이 다른 쪽에서 위협을 한다 해도 결코 좋은 것이 못 돼요! 제가 무슨 말을 하려는지 모르나요? 저 노인 말예요, 당신이 로저 칠링워스라고 부르는 저 의사가 제 남편이었단 말예요."

목사는 한순간 매우 격렬한 열정으로 그녀를 쳐다보았다. 이 열정은 — 여러 가지 형태로 그의 더 높고 순수하고 부드러운 자질과 혼합되어 있었는데 — 사실 악마가 자기 것이라고 주장한 그의 일부였으며 이를 통해 그의 나머지를 얻으려 하는 것이었다. 헤스터가 지금 마주친 것보다 더 어둡고 무서운 표정은 일찍이 없었다. 이 표정이 지속된 짧은 순간 동안 그것은 어두운 변신이었다. 하지만 그의 성격은 고난을 받아 너무 약해진 나머지 그 성격의 저차원의 에너지마저도 순간적으로 투쟁하는 것 이상으로 버틸 능력이 없었다. 그는 땅에 털썩 주저앉아 손에 머리를 파묻었다.

그리고 중얼대며 말했다. "그걸 알 수 있었어요. 그걸 알았었죠.

그를 처음 보았을 때나 이후로 그를 볼 때마다 내 마음이 자연히 움츠러드는 것에서 그 비밀은 내게 말한 것이 아니었나요? 왜 내가 그걸 이해하지 못했지요? 오, 헤스터 프린, 당신은 이것이 얼마나 끔찍한 일인지 모를 거예요. 병들고 죄의식으로 가득 찬 마음을 그걸 보고 흐뭇해할 사람의 눈에 드러내는 것이 얼마나 수치스럽고 거칠고 끔찍할 만큼 추악한 것인지를 말예요. 이봐요, 당신이 책임질 일예요. 난 당신을 용서할 수 없어요."

헤스터가 그의 옆에 쌓인 낙엽에 몸을 던지며 외쳤다. "당신은 저를 용서하셔야 해요! 처벌은 신이 하도록 하세요. 당신은 용서하세요."

갑작스럽고도 절박한 상냥함으로 그녀는 그를 팔로 안아 자신의 가슴에 그의 머리를 꽉 껴안았고, 그의 뺨이 주홍 글자에 닿는 것을 개의치 않았다. 그는 벗어나려고 애썼지만 아무 소용이 없었다. 헤스터는 그가 엄숙한 표정으로 자신을 보는 것이 두려워 그를 놓아주지 않았다. 세상 모두가 그녀를 험한 표정으로 바라보았고 — 7년이란 긴 세월 동안 세상은 이 외로운 여인에게 험한 표정을 지었지만 — 그녀는 여전히 이를 참아 냈고 단 한 번도 단호하고 슬픈 눈을 돌리지 않았다. 마찬가지로 하늘도 그녀에게 험한 표정으로 바라보았지만 그녀는 죽지 않았다. 그러나 이 창백하고 약하고 죄의식에 찬, 슬픔에 지친 사람의 험한 표정만큼은 그녀가 견뎌 낼 수 없는 것이었다.

그녀는 여러 번 반복해서 물었다. "당신은 저를 용서하실 건가요? 험한 표정을 짓지 않을 거지요? 저를 용서할 거예요?"

목사는 마침내 분노가 아닌 슬픔의 심연에서 나오는 말로 대답했다. "당신을 용서해요. 이제 당신을 아낌없이 용서한다오. 신도 우리 둘 다 용서해 주시길 기도합니다. 헤스터, 우리는 이 세상에서 가장 사악한 죄인들이 아네요. 타락한 목사보다 더 사악한 자가 있어요! 저 노인의 복수는 내 죄보다 더 어두운 것이었어요. 그는 인간의 신성한 마음을 냉혹하게 침해했어요. 헤스터, 당신과 나는 결코 그런 짓을 하진 않았어요."

그녀가 속삭였다. "맞아요, 결코 그렇지 않았어요. 우리가 한 일은 나름대로 성스러운 것이었어요. 우리는 그렇게 느꼈었어요. 우리는 서로에게 그렇게 말했었어요. 그걸 잊으셨나요?"

"헤스터, 조용히 해요." 아서 딤스데일이 땅에서 일어나며 말했다. "아니, 난 잊지 않았어요."

그들은 쓰러진 나무의 이끼 낀 몸통 위에 다시 나란히 손을 잡고 앉았다. 그들의 인생에서 이처럼 암울한 시간은 없었다. 그들의 삶의 여정은 이 시간을 향해 오랫동안 진행되어 왔으며 이 시간이 다가올수록 더 어두워져 갔지만, 이 시간 그들을 머물게 하는, 그리고 한순간이 지나면 다음 순간에도, 그리고 그다음 순간에도 머물게 하는 매력이 있었다. 그들을 둘러싼 숲은 어두웠고 숲을 지나가는 바람 소리가 났다. 나뭇가지들은 두 사람의 머리 위에서 무겁게 흔들렸고, 엄숙한 나무 한 그루는 아래에 앉아 있는 남녀의 슬픈 이야기를 들려주듯 혹은 다가올 악의 징조를 예견하듯 다른 나무에게 슬픈 신음 소리를 냈다.

그래도 그들은 여전히 머물렀다. 헤스터 프린이 다시 치욕의 짐을 지고, 목사는 공허한 명성의 조롱을 받아야 할 마을로 돌아가는 숲 속 길은 얼마나 황량해 보였던가! 때문에 그들은 조금 더 그곳에 머물렀다. 어떤 황금빛 햇살도 이 어두운 숲의 암흑만큼 소중한 적은 없었다. 이곳에서 그의 눈에만 노출된 주홍 글자는 타락한 여인의 가슴속으로 타들어 갈 필요가 없었다. 신과 인간에게 거짓이었지만, 이곳에서 그녀의 눈에만 드러난 아서 딤스데일은 한순간 진실할 수 있었다.

그는 갑자기 떠오른 생각에 깜짝 놀랐다.

그리고 소리쳤다. "헤스터, 두려운 일이 새로 생겼어요. 로저 칠링워스는 당신이 자신의 진짜 모습을 폭로하려는 목적을 알고 있어요. 그렇다면 그가 우리의 비밀을 지킬까요? 그가 이제 어떤 복수의 길을 택하려 할까요?"

헤스터가 사려 깊게 대답했다. "그 사람에게는 이상한 비밀스러운 속성이 있는데 그가 숨긴 복수 행위에 의해 이런 속성이 점점 더 심해졌어요. 나는 그가 비밀을 폭로할 거라고 생각하지 않아요. 그는 틀림없이 자신의 어두운 격정을 만족시킬 다른 방법을 찾을 거예요."

"아! 나는 이 원한 깊은 적과 같은 공기를 마시며 어떻게 더 살아야 한단 말이오?" 아서 딤스데일이 몸을 움츠리고 불안한 듯 자신도 모르게 습관이 된 동작으로 가슴을 손으로 누르며 소리쳤다. "헤스터! 나를 위해 생각해 줘요. 당신은 강하잖아요. 나를 위해 결단을 내려 줘요."

헤스터는 천천히 그리고 단호하게 말했다. "당신은 이 사람과 더 이상 같이 살면 안 돼요. 당신의 마음이 더 이상 이 사악한 사람의 시선에 놓여선 안 돼요."

목사가 대답했다. "그건 죽는 것보다 훨씬 더 나쁜 일이에요. 하지만 어떻게 그걸 피한단 말이죠? 내게 어떤 선택이 남아 있나요? 당신이 그가 누구인지 말했을 때 내가 몸을 던졌던 이 낙엽 위에 다시 누워 버릴까요? 그곳에 주저앉아 당장 죽어야 하는 걸까요?"

헤스터가 솟구쳐 나오는 눈물을 머금으며 말했다. "당신은 정말 파멸의 경지에 이르렀군요. 약해서 죽겠다는 건가요? 다른 이유는 없잖아요."

양심의 가책에 시달린 목사가 대답했다. "내게 신의 심판이 내려졌어요. 그건 너무 강해서 내가 싸울 수 없어요."

헤스터가 대답했다. "하늘은 자비를 보여 줄 거예요. 당신이 그 자비를 사용할 힘만 가지고 있다면 말이에요."

그가 대답했다. "나를 위해 강인해 줘요. 내가 어떻게 해야 할지 충고해 달란 말예요."

헤스터 프린은 깊은 눈길을 목사의 눈에 고정하고, 너무 지치고 쇠진해서 똑바로 서 있을 수도 없는 영혼에 본능적으로 자력을 행사하면서 외쳤다. "세상이 그렇게 좁은가요? 얼마 전까지만 해도 지금 우리를 둘러싼 이 한적한 곳처럼 잎으로 뒤덮인 황야에 불과했던 저 마을 안에만 세상이 있는 건가요? 저 숲 속 길을 넘으면 어디로 가는 거지요? 정착지로 다시 돌아간다고 당신은 말하겠지요. 그래요, 하지만 앞으로 갈 수도 있어요. 황야로 더 깊숙이 걸어 들어갈 때마다 점점 더 희미하게 보여서 마침내 몇 마일 들어가면 노란 낙엽들 사이에 백인들의 자취가 보이지 않는 곳이 있겠죠. 그곳에서 당신은 자유로울 거예요! 그렇게 잠깐 동안의 여정으로도 당신은 가장 비참했던 세상에서 행복할 수 있는 세상으로 갈 수 있어요. 로저 칠링워스의 시선에서 당신 마음을 숨길 그늘이 넓은 이 숲 속에 충분하지 않은가요?"

목사가 슬픈 미소를 지으며 대답했다. "맞아요, 헤스터, 하지만 그런 곳은 낙엽들 아래밖에 없어요."

헤스터가 계속해서 말했다. "그러면 넓은 바닷길도 있어요. 당신은 바닷길로 이곳에 왔어요. 당신이 선택하기만 하면 다시 바닷길로 돌아갈 수 있어요. 먼 시골 마을이든 아니면 넓은 런던이든 우리 고국에서 — 아니면 독일이나 프랑스 혹은 쾌적한 이탈리아에서 — 당신은 그의 힘과 지식에서 벗어날 수 있어요. 당신이 이곳의 쇠처럼 엄격한 사람들과 그들의 견해와 무슨 관련이 있지요? 그들은 이미 당신의 좋은 품성을 너무 오랫동안 속박해 왔어요."

마치 꿈을 실현하라는 요청을 받은 듯 듣고 있던 목사가 대답했다. "그럴 순 없어요. 나는 갈 힘이 없어요. 비참한 죄인이지만 나는 신의 섭리가 나를 보내신 곳에서 내 지상의 존재를 끌고 가는 것 이외에 다른 생각을 해 본 적이 없어요. 내 영혼은 길을 잃었지만 나는 여전히 다른 영혼들을 위해 내가 할 수 있는 일을 하겠어요. 나는 지루한 불침번이 끝났을 때 틀림없이 죽음과 불명예의 보상을 받게 될 불충실한 파수꾼이긴 하지만 내 초소를 감히 떠나지 않을 거예요."

헤스터는 자신의 원기로 그의 기운을 북돋우려는 열의에 찬 결심을 하고 대답했다. "당신은 7년 동안의 비참한 세월의 무게에 짓눌렸어요. 하지만 당신은 그 모든 것을 뒤에 남겨 둘 거예요. 당신이 숲길을 간다면 그 무게가 당신의 발길에 방해되지 않을 것이고, 당신이 바다를 건너도 그 무게로 배를 무겁게 하지 않을 거예요. 난파당하고 파멸된 것은 그것들이 일어난 곳에 남겨 두세요. 더 이상 그것에 관계하지 마세요. 모두 새로 시작해요. 당신이 이 한 가지 시도에서 실패했다고 하여 모든 가능성이 없어진 건가요? 그렇지 않아요. 미래는 아직 시도와 성공으로 가득 차 있어요. 아직 누릴 행복이 있고, 뛰어들 만한 좋은 일이 있어요. 당신의 이 거짓된 삶을 참된 삶으로 바꾸세요. 당신의 영혼이 이런 사명으로 당신을 부른다면 인디언들의 스승과 사도가 되세요. 아니면 — 당신 성격에 더 맞게 — 문명 세계의 가장 지혜롭고 유명한 곳에서 학자나 현인이 되세요. 설교하고 집필하고 행동하세요. 누워서 죽는 것 빼곤 무엇이든 해요. 아서 딤스데일이란 이름을 버리고 어떤 두려움이나 부끄러움 없이 가질 수 있는 다른 고귀한 이름을 만들어요. 당신의 인생을 갉아먹고 — 뜻을 세우고 행할 수 없도록 당신을 나약하게 만들고 — 심지어는 회개할 힘도 없게 만드는 고통 속에서 왜 당신이 단 하루라도 더 머물러 있어야 하죠? 일어나서 떠나요."

그녀의 열성으로 인해 눈에 불이 붙어 타오르다가 사라진 아서 딤스데일이 소리쳤다. "당신은 무릎이 후들거리는 사람에게 달리기 경주를 하라고 말하고 있어요. 나는 넓고 낯설고 어려운 세상에 혼자 나아갈 힘도 용기도 없단 말이오."

이는 꺾인 영혼의 절망을 마지막으로 표현하는 말이었다. 그에게는 잡을 수 있을 것처럼 보이는 더 좋은 운명을 잡을 기력이 없었다.

그는 같은 말을 반복했다.

"헤스터, 혼자서는 말예요."

그녀는 깊이 속삭이는 말로 대답했다. "당신은 혼자 가지 않을 거예요."

그렇다면 모든 것을 말한 셈이었다.

제18장
햇빛의 홍수

아서 딤스데일은 희망과 기쁨이 빛나는, 그리고 간간이 두려움 섞인 표정으로 그리고 그가 희미하게 암시했지만 감히 말하지 못한 것을 말해 버린 그녀의 대담함에 경악한 표정으로 헤스터의 얼굴을 응시했다.

그러나 헤스터 프린은 천부적으로 용감하고 활기찬 심성을 지녔고 또 오랫동안 사회에서 소외되고 추방되었기 때문에 목사에게는 낯선 사상의 자유에 익숙해 있었다. 그녀는 아무런 규칙이나 인도 없이 야생의 숲처럼 광대하고 복잡하고 어두운 도덕적 황야에서 방황했고, 그 야생의 어두운 숲 속에서 그들은 지금 그들의 운명을 결정할 대화를 나누고 있었다. 그녀의 지성과 마음은, 말하자면 그녀가 숲 속의 야성적인 인디언처럼 자유롭게 돌아다닐 수 있었던 황무지에서 고향을 찾은 것이었다. 지난 몇 년 동안 그녀는 이런 소외된 관점으로 인간의 제도 그리고 목사들과 입법자들이 설립한 모든 것을 바라보았고, 인디언이 성직자의 띠 장식과

법복, 형틀과 교수대, 화롯가나 교회에 대해 경외심을 느끼지 않는 것만큼이나 경외심 없이 이 모든 것을 비판했다. 그녀가 겪은 숙명적 사건들과 운명의 흐름이 그녀를 자유롭게 만들었던 것이다. 주홍 글자는 다른 여인들이 감히 발을 들여놓지 못한 지역으로 들어가는 통행권이었다. 수치와 절망과 고독! 이런 것들은 그녀의 엄격하고 혹독한 스승들이었고 그녀를 강하게 만들었지만, 매우 잘못 가르치기도 했다.

반면 목사는 일반적으로 수용되는 법의 영역을 넘어서는 곳으로 이끄는 경험을 결코 겪어 보지 못했다. 비록 단 한순간, 이 법 중에서도 가장 신성한 법을 두려워하며 위반하긴 했지만 말이다. 하지만 그것은 열정의 죄였지 원칙의 죄는 아니었고 목적의 죄는 더더욱 아니었다. 그 불행한 시절 이후 그는 병적인 열성과 세심함으로 자신의 행동이 아니라 — 왜냐하면 행동을 정돈하기는 쉬웠으므로 — 모든 감정의 숨결과 생각을 주시했다. 당시의 성직자가 그랬듯이 그는 사회 체제의 맨 앞에서 그 체제의 규칙과 원칙 심지어는 편견에 의해 더 구속당했다. 그가 목사였기 때문에 성직 체제는 불가피하게 그를 속박했다. 한때 죄를 저질렀지만 양심을 지켰고 아직 치료되지 못한 상처의 통증으로 더 민감한 양심을 지녔기 때문에 오히려 죄를 범하지 않았을 경우보다 미덕의 울타리 안에서 더 안전하다고 여길 수 있었다.

그래서 헤스터 프린에게는 7년간의 무법과 치욕의 세월 모두가 바로 이 시간을 위한 준비 기간이었다고 볼 수 있었다. 그러나 아서 딤스데일은 어쩌면 했는가! 이런 자가 한 번 더 타락한다면, 어떤

변호로 그의 죄를 가볍게 할 수 있단 말인가? 그럴 수 있는 변호
는 없었을 것이다. 만일 그가 오랫동안 격렬한 고통으로 쇠진했다
는 점, 쑤시는 듯 괴로운 회한으로 인해 마음이 어두워지고 혼란
스러워졌다는 점, 공인된 범인으로 도망치거나 그도 아니면 위선
자로 남으면서 양심의 균형을 찾기 힘들었다는 점, 인간이라면 누
구나 죽음과 오명 그리고 적의 수수께끼 같은 술수를 피하고자 할
것이라는 점, 마지막으로 이 불쌍한 순례자가 지치고 병들고 비참
했을 때 황량한 사막의 길에 인간적인 애정과 동정의 모습이 일순
간 보이고 새롭고 참된 삶이 자신이 지금 보속하고 있던 무거운
운명을 대신하여 나타났다는 점이 그에게 다소나마 도움이 되지
않는다면 말이다. 일단 죄로 인해 인간의 영혼에서 파열된 부분은
현세에선 복구되지 않는다는 준엄하고 슬픈 진실을 말해 두어야
겠다. 그 부분은 적이 다시 요새로 진입하지 못하도록 또 재차 공
격을 시도할 때에도 전에 성공했던 장소보다 다른 통로를 선택하
도록 감시하고 경계할 수 있다. 그러나 여전히 파괴된 벽은 존재
하고, 그 벽 가까이에는 자신의 승리를 잊지 못해 다시 승리를 얻
으려는 적이 은밀히 서성거리고 있게 마련이다.

이런 투쟁이 있었더라도 그것을 묘사할 필요는 없다. 단지 목사
가 도망가기로 결심했으며, 그것도 혼자 가기로 한 게 아니라는
점을 밝히는 것으로 충분하다.

그는 이렇게 생각했다. '만일 지난 7년 동안 내가 평화나 희망
을 가졌던 적이 한순간이라도 있었다면, 나는 하늘의 참된 자비를
위해 인내했을 거야. 그러나 이제 — 나는 회복할 수 없을 정도로

파멸되었으니 ─ 처형되기 전에 사형수에게 허락되는 위안을 내가 왜 받아서는 안 되지? 혹은 헤스터가 설득하는 것처럼 이것이 보다 좋은 삶으로 인도하는 길이라면, 나는 이 길을 감으로써 더 좋은 장래를 포기하는 것은 아니지 않은가! 그녀는 아주 강인하게 버틸 수 있고 또 부드럽게 위로해 주어서 그녀가 곁에 없다면 더 이상 살 수도 없어. 제가 감히 눈을 들어 올려다보지도 못하는 주님, 당신께서는 아직도 저를 용서해 주실 건지요!"

그가 그녀의 시선과 마주쳤을 때 헤스터는 조용히 말했다. "당신은 갈 거예요."

일단 이런 결심을 하자, 이상하게 상쾌한 빛이 그의 가슴속 번뇌를 밝게 비추며 반짝거렸다. 그것은 기독교화되지 않아 구원받지 못한 무법 지역의 야성적이고 자유로운 공기를 들이쉬어 ─ 마음의 감옥에서 방금 도망친 죄수에게 ─ 기운을 돋우는 효과를 가져왔다. 말하자면 그의 정신은 이제껏 그가 땅 위에서 나뒹굴게 했던 온갖 재난을 통해 할 수 있었던 것보다 한 번의 도약으로 더 가깝게 하늘을 바라볼 수 있는 위치에 도달한 것같이 솟아올랐다. 그는 신앙심이 깊었으므로 그의 기분에는 불가피하게 경건한 느낌도 감돌았다.

그는 스스로에게 놀라면서 외쳤다. "내가 다시 기쁨을 느끼는 건가요? 내게서 기쁨의 씨앗은 죽었다고 생각했어요. 오 헤스터, 당신은 내 선한 천사예요. 나는 병들고 죄로 더러워지고 슬픔으로 우울해져 이 숲의 낙엽에 몸을 던졌다가 아주 새롭게, 자비로우신 주님을 찬양할 수 있는 새로운 힘을 지니고 다시 일어선 것 같아요. 이건 이미 더 나은 삶이에요! 왜 우리가 이런 삶을 더 일찍 찾지 못했지요?"

헤스터 프린이 대답했다. "과거는 돌아보지 말아요. 과거는 지나갔어요. 왜 우리가 지금도 과거에 머물러 있어야 하죠? 보세요, 이 상징을 떼어서 없었던 것으로 만들 거예요."

그렇게 말하면서 그녀는 주홍 글자를 매달았던 걸쇠를 풀고 주홍 글자를 가슴에서 떼어 멀리 시든 낙엽들 사이로 던졌다. 이 신비로운 표식은 냇물의 이쪽 편 가장자리에 떨어졌다. 한 뼘만 더 날아갔더라면 그것은 물속에 떨어져서, 작은 냇물이 계속 중얼거리는 알 수 없는 이야기 이외에도 싣고 갈 또 다른 슬픔을 안겨 주었을 것이다. 하지만 그 수놓은 글자는 잃어버린 보석처럼 반짝이며 그곳에 놓였고, 어떤 불운한 방랑객이 그것을 집어 든다면 그 이후로 계속 이상한 죄의 환영과 낙심과 설명할 길 없는 불행에 시달릴 수도 있었다.

낙인이 없어지자 헤스터는 길고 깊은 한숨을 내쉬었고, 그 한숨을 통해 그녀의 영혼에서 수치와 고뇌의 짐이 빠져나갔다. 얼마나 절묘한 안도감이었던가! 그녀는 자유를 느낄 때까지 그 짐의 무게를 알지도 못했다. 그녀는 또다시 충동적으로 자신의 머리를 감싸고 있던 모자를 벗었고, 빛과 그림자를 모두 지닌 그녀의 검고 풍성한 머리가 어깨 위로 흘러내려 그녀의 모습에 부드러운 매력을 더해 주었다. 여성다움의 심부에서 솟아 나온 듯한 밝고 부드러운 미소가 그녀의 눈에서 나와 입가에 맴돌았다. 그리고 오랫동안 창백했던 그녀의 뺨에는 심홍색으로 상기된 홍조가 빛났다.

그녀의 여성적 매력과 청춘, 풍부한 아름다움이 지울 수 없는 과거에서 돌아와 이 순간의 마법의 원 안에서 그녀가 처녀 시절 품었던 희망과 이전에는 알 수 없었던 행복감과 함께 어우러졌다. 그리고 땅과 하늘의 우울함은 이 두 사람의 마음에서 나온 것처럼 그들의 슬픔과 함께 사라졌다. 하늘이 갑자기 웃기라도 하듯이 햇볕이 어두운 숲 속에 물밀듯 쏟아져 내려, 푸른 나뭇잎을 환히 비추고, 노란 낙엽들을 금빛으로 물들이며, 엄숙한 나무들의 회색빛 몸통을 따라 내려오며 밝게 비추었다. 이제까지 그림자를 드리웠던 사물들도 밝게 빛났다. 작은 냇물이 지나가는 길도 밝게 빛나서, 기쁨의 신비가 되었던 숲의 신비로운 심부까지 멀리 추적할 수 있었다.

자연 — 인간의 법에 의해 정복되지 않고, 더 높은 진리의 빛을 받지 못한 야성적이고 이교도적인 자연 — 은 이렇게 두 행복한 영혼에게 동정심을 보였다. 사랑은 새로 태어났든 아니면 죽음 같은 잠에서 깨어났든 간에 언제나 빛을 창조해서 마음을 빛으로 가득 차게 하고 바깥세상으로 흘러넘치도록 만드는 법이다. 숲에 아직까지 우울함이 남아 있었다 해도 그것은 헤스터의 눈에 그리고 딤스데일의 눈에도 밝게 보였을 것이다.

헤스터는 또 다른 짜릿한 기쁨을 느끼며 그를 쳐다보았다.

그녀가 말했다. "당신, 펄 알죠. 우리 귀여운 펄 말예요. 당신은 그 아이를 보았었죠 — 그래요, 난 알아요 — 이제 당신은 그 아이를 다른 눈으로 보게 될 거예요. 그 앤 참 이상한 아이예요! 나는 그 아이를 이해할 수 없어요. 하지만 당신은 그 아이를 많이, 나처럼 아주 많이 사랑할 거고, 내가 그 아이를 어떻게 다루어야 하는 지 조언도 해 줄 거예요."

목사가 약간 불안해하면서 물었다. "당신은 그 아이가 나를 알게 되는 걸 좋아할 거라고 생각해요? 아이들이 나와 친해지는 것을 꺼리고 또 자주 나를 불신하는 것 같아서 나는 오랫동안 아이들을 피해 왔어요. 나는 귀여운 펄도 두려워했었어요."

엄마가 대답했다. "아, 그건 슬픈 일이에요. 하지만 그 아이는 당신을 많이 사랑할 거고 당신도 그 애를 많이 사랑할 거예요. 그 아이는 멀리 있지 않아요. 내가 부를게요. 펄! 펄!"

목사가 말했다. "아이가 보이는군요. 저기 냇물 저쪽 편 조금 떨어진 곳에서 햇볕 속에 서 있어요. 당신은 그 아이가 나를 사랑할 거라고 생각해요?"

헤스터는 웃으면서, 목사가 말했던 것처럼 나뭇가지들이 만든 아치 사이로 쏟아져 내린 햇빛 속에 밝은 옷을 입은 환영처럼 멀리서 보이는 펄을 다시 불렀다. 빛은 이리저리 움직여, 광채가 사라졌다가 다시 올 때마다, 때론 실제 아이처럼 때론 아이의 유령처럼, 아이의 모습은 희미해지기도 하고 또렷해지기도 했다. 아이는 엄마의 목소리를 듣고 숲 속으로 천천히 다가왔다.

펄은 엄마가 목사와 앉아 이야기하는 동안 지루하게 시간을 보내지 않았다. 크고 검은 숲은 세상의 죄와 괴로움을 숲의 가슴속에 가져오는 자들의 눈에는 근엄하게 보였지만 외로운 아이의 놀이 친구가 되었고 어떻게 놀아 줄지도 알고 있었다. 숲은 어두웠지만 가장 친절한 모습으로 그녀를 맞이했다. 숲은 지난해 가을에 자랐지만 봄이 되어서야 무르익어 이제는 시든 나뭇잎들 위에 핏방울을 흘릴 듯 붉은색이 된 호자 덩굴 열매를 그녀에게 주었다. 펄은 이 열매들을 모았고 이 열매의 야생적인 맛을 보고 즐거워했다. 숲 속에 사는 작은 야생 동물들은 펄이 가는 길을 비키려고 하지 않았다. 실제로 뒤에 열 마리 새끼를 거느린 메추라기 한 마리가 위협적인 자세를 취하며 앞으로 뛰어가다가 이내 사나웠던 것을 후회하고는 새끼들에게 두려워하지 말라고 울어 댔다. 나지막한 나뭇가지 위에 앉아 있던 비둘기 한 마리는 펄이 밑으로 오게 두었다가 경고 조의 그리고 그에 못지않게 반기는 소리를 냈다. 다람쥐는 나무의 높고 깊은 곳에서 화를 내거나 아니면 즐거워하며 재잘거렸는데 — 이는 다람쥐가 원래 성마르면서도 또 유머 있는 친구라서 어떤 기분인지 분간하기 어렵기 때문이다 — 다람쥐는 그렇게 재잘거리며 아이의 머리에 견과를 하나 떨어뜨렸는데, 그 견과는 지난해 것으로 다람쥐가 이미 날카로운 이빨로 갉아 먹은 것이었다. 펄이 가볍게 낙엽을 밟는 소리에 놀라 잠에서 깬 여우는 도망가는 게 좋을지 아니면 같은 장소에서 낮잠을 계속 잘지 의아해하며 펄을 호기심 있게 쳐다보았다. 늑대도 다가와 펄의 옷 냄새를 맡으며 펄이 도닥거리도록 야수의 머리를 내밀었다고 말하는데, 여기에서 이야기는 틀림없이 개연성을 벗어났다. 그러나 모성적인 숲과 숲이 기르는 야생 동물들이 이 아이에게서 친근한 야성을 알아차렸다는 것은 사실인 듯싶다.

펄은 마을에서 가장자리에 잔디가 깔린 거나 엄마의 오두막에서보다 이곳에서 더 상냥했다. 꽃들도 이를 아는 것처럼 보였다. 그녀가 지나갈 때 꽃들은 "아름다운 아이야, 나를 가지고 너를 꾸며 보렴, 나를 가지고 너를 꾸며 봐"라고 말했고, 펄은 꽃들을 즐겁게 하기 위해 제비꽃과 아네모네, 매발톱꽃 그리고 늙은 나무가 그녀의 눈앞에 내려보낸 신선한 초록빛 나뭇가지들을 주워 모았다. 그녀는 이것들로 머리와 허리를 장식하여 님프나 아기 숲 요정이 되었고, 혹은 이 오래된 숲과 가장 가깝게 공감하는 다른 것이 있다면 바로 그것이 되었다. 펄이 엄마의 목소리를 들었을 때, 펄은 그런 모습으로 장식하고 천천히 돌아왔다.

그녀가 천천히 온 것은 목사를 보았기 때문이었다.

제19장
시냇가의 아이

　헤스터 프린은 목사와 함께 앉아 귀여운 펄을 보며 다시 말했다. "당신은 저 아이를 많이 사랑할 거예요. 저 아이가 아름답다고 생각하지 않아요? 저 아이가 어떻게 타고난 재주로 저 단순한 꽃들을 갖고 자신을 잘 꾸몄는지 봐요. 만일 숲 속에서 진주와 다이아몬드와 루비를 모았다 해도 더 잘 꾸미지는 못했을 거예요. 펄은 아주 멋진 아이예요! 하지만 나는 저 아이가 누구의 이마를 가졌는지 알아요!"

　아서 딤스데일이 불안한 미소를 지으며 말했다. "헤스터, 당신 옆에서 뛰어다니는 이 사랑스러운 아이가 나를 얼마나 여러 번 걱정하게 만들었는지 당신은 알아요? 오 헤스터, 나 자신의 모습이 이 아이의 얼굴에 부분적으로 너무 확실히 나타나서 세상 사람들이 그 모습을 볼지도 모른다는 생각을 했었어요. 그건 정말 두려웠어요. 그리고 이런 생각을 두려워한다는 게 얼마나 끔찍한 일인지. 하지만 저 아이는 당신을 많이 닮았어요."

아이 엄마는 부드러운 미소를 지으며 대답했다. "아녜요, 아녜요. 많이 닮은 건 아녜요. 좀 더 시간이 지나면 당신은 저 아이가 누굴 닮았는지 살펴보는 것을 두려워할 필요가 없을 거예요. 그런데 머리에 야생화들을 꽂은 저 아이는 정말 이상하리만큼 아름다워요. 마치 정다운 옛 영국에 남겨 둔 요정 하나가 우리를 만나려고 꾸며 입은 것 같아요."

그들은 앉아서 이전에는 경험해 보지 못한 느낌으로 천천히 다가오는 펄을 바라보았다. 펄에게서는 그들을 맺어 준 인연을 볼 수 있었다. 펄은 지난 7년 동안 세상에 살아 있는 상형 문자로 보였는데, 이 글자에는 그들이 그토록 음침하게 숨기려고 했던 비밀이, 불같은 성격을 읽을 수 있는 숙련된 예언자나 마법사가 있었다면, 모두 이 상징에 적혀서 알기 쉽고 명료하게 드러나 있었다. 그리고 펄은 그들의 존재가 하나로 합친 것이었다. 지나간 불행이야 어떻든 간에, 그들이 만나 함께 영원히 살게 될 물질적 결합이자 정신적 관념이기도 한 그런 모습을 볼 때 그들의 현세의 삶과 미래의 운명이 결합되어 있다는 것을 어떻게 의심할 수 있었겠는가? 아이가 다가올 때, 이런 생각들이 그리고 아마도 그들이 인정하거나 정확히 깨닫지 못했던 다른 생각들도 그 아이에게 경외감을 갖게 했다.

헤스터가 속삭였다. "저 아이를 맞이할 때 이상하다고, 당신이 정열적이거나 열성적이라고 느끼지 않게 해요. 우리 펄은 때론 변덕스럽고 엉뚱한 어린 요정이에요. 특히 이 아이는 왜 그런지 이해하지 못할 때에는 감정을 자제하지 못해요. 그러나 이 아이는 애정이 아주 강한 아이예요. 이 아이는 나를 사랑하고 당신도 사랑할 거예요."

목사가 곁눈으로 헤스터 프린을 보면서 말했다. "당신은 내가이 만남을 얼마나 두려워하면서 또 바라는지 생각하지 못할 거예요. 하지만 사실은 내가 이미 말했듯이, 어린이들은 나와 쉽게 친해지지 않아요. 아이들은 내 무릎에 올라오지도 않고 내 귀에 소곤거리지도 않고 내가 웃어도 응답하지 않고 멀리 떨어져서 나를 이상하게 쳐다보지요. 심지어는 어린 아기들도 내가 안아 주면 심하게 울어요. 하지만 펄은 그 짧은 생애에 두 번이나 내게 친절했어요. 첫 번째는 당신도 잘 알고 있지요. 두 번째는 당신이 아이를 엄격한 노총독의 집에 데리고 왔을 때예요."

엄마가 대답했다. "그리고 당신은 저 아이와 나를 위해 용감하게 변호해 주었어요. 나는 그걸 기억하고 있어요. 귀여운 펄도 기억할 거예요. 아무것도 두려워하지 말아요. 저 아이는 처음엔 낯설고 수줍어하겠지만 곧 당신을 사랑하는 법을 배울 거예요."

이때쯤 펄은 시냇가에 이르러 그녀를 반기려고 이끼 낀 나무 몸통 위에 앉아서 기다리고 있는 헤스터와 목사를 조용히 응시하며 냇물 저쪽 편에 서 있었다. 펄이 멈춰 선 곳의 시냇물에는 우연히 물웅덩이가 만들어져 있었는데 그것은 아주 부드럽고 고요해서 꽃과 화환 모양의 잎들로 장식한 찬란하고 생생하게 아름다운 펄의 완벽한 이미지를 실제보다 더 세련되고 영적인 모습으로 반영하고 있었다. 살아 있는 펄과 거의 똑같은 이 이미지는 그림자 같고 손에 쥘 수 없는 속성 일부를 아이에게 전달하는 것처럼 보였다. 펄이 희미하고 어두운 숲을 통해 그들을 뚫어지게 바라보면서, 자신은 일종의 공감에 의해 모여든 햇빛의 광채로 빛나고 있는 것은 이상한 광경이었다. 밑에 있는 시냇물 속에서는 또 다른, 그러나 똑같이 생긴 아이가 마찬가지로 황금색으로 빛나며 서 있었다. 헤스터는 마치 아이가 숲 속을 혼자 돌아다니다가 엄마와 같이 살던 영역을 벗어나 길을 잃고 이제 돌아오려 애쓰지만 그러지 못하는 것처럼 불분명하고 애타는 방식으로 펄과 떨어져 있다고 느꼈다.

이런 인상을 받은 것은 옳기도 하고 틀리기도 했다. 아이와 엄마가 떨어져 있는 것은 펄의 잘못이 아니라 헤스터의 잘못 때문이었다. 펄이 엄마 곁을 떠난 뒤에 다른 동거인이 엄마의 감정의 원 속으로 들어와 그 모습을 바꾸었기 때문에 방랑하다 되돌아온 펄은 자신이 늘 있던 곳을 찾을 수 없었고, 자신이 어디에 있는지도 알지 못했다.

예민한 목사가 말했다. "나는 이 시냇물이 두 세계 사이의 경계이고 당신은 펄을 다시 만날 수 없을 것이라는 이상한 생각이 들어요. 아니면 펄이 우리 어린 시절의 전설이 가르쳐 주었던 것처럼 흐르는 시냇물을 건너는 것이 금지된 요정 같은 정령일까요? 이렇게 지체하는 것이 벌써 내 신경을 떨리게 하니까 제발 저 아이를 재촉해 봐요."

헤스터는 두 팔을 앞으로 내밀면서 타이르듯 말했다. "어린 아가, 이리 오너라! 왜 이렇게 느리지. 전에도 이렇게 느린 적이 있었니? 여기 엄마 친구가 있는데 네 친구이기도 하단다. 이제 너는 엄마 혼자서 주었던 것보다 두 배의 사랑을 받을 거란다. 시냇물을 건너뛰어 우리에게 오렴. 너는 어린 노루처럼 잘 뛸 수 있잖니."

펄은 꿀처럼 달콤한 말들에 대답하지 않고 시냇물 저쪽에 남아 있었다. 펄은 그 둘이 서로 어떤 관계인지 알아내서 스스로에게 설명하려는 듯, 밝고 야성적인 눈으로 때론 엄마를 때론 목사를 보기도 하고 때론 한 눈길로 두 사람을 다 보기도 했다. 아이의 시선이 자신에게 향하는 것을 아서 딤스데일이 느꼈을 때 어떤 불가사의한 이유로 인해, 자발적이 될 만큼 습관화된 동작으로, 그의 손은 가슴으로 슬쩍 올라갔다. 마침내 펄이 독특하게 위엄 있는 태도로 손을 내밀고 작은 검지를 펴서 엄마의 가슴을 또렷이 가리켰다. 밑에 있는 시냇물의 거울에도 꽃 허리띠를 한 밝고 귀여운 펄의 이미지가 작은 검지로 가리키는 모습이 보였다.

헤스터가 소리쳤다. "너 이상한 아이야, 왜 내게 오지 않지?"

펄은 여전히 검지로 가리키고 있었고 이마에는 찌푸린 표정이 역력했다. 게다가 표정을 전달하는 모습이 거의 아기 같았기 때문에 더 인상적이었다. 엄마가 여전히 손짓하며 휴일 나들이옷처럼 평소와 다른 미소를 얼굴에 띠고 있었기 때문에 아이는 더 위엄 있는 표정과 몸짓으로 발을 동동 굴렀다. 시냇물에는 역시 찌푸린 표정을 짓고 손가락으로 가리키며 위엄 있는 몸짓을 하는 귀여운 펄의 모습이 강조된, 환상적으로 아름다운 이미지가 나타났다.

다른 때에는 요정 아이의 그런 행동에 익숙해 있었지만 지금은 보다 더 예의 바른 행동을 원했던 헤스터 프린이 소리쳤다. "펄, 서둘러. 안 그러면 화낼 거야! 말썽쟁이 아이 같으니, 시냇물을 건너 이리로 뛰어와! 그렇지 않으면 엄마가 너한테 갈 거야!"

그러나 펄은 엄마의 간청에 누그러지지도 않고 엄마의 협박에 조금도 놀라지 않으며 격렬한 몸짓으로 그녀의 작은 형체를 아주 심하게 뒤틀면서 갑자기 격정에 휩싸였다. 그리고 격한 감정을 분출하면서 동시에 예리한 소리를 질러 댔는데 이 소리는 숲 속 사방으로 메아리쳐서 그녀 혼자서 어리고 변덕스러운 분노에 휩싸였지만 마치 숨어 있는 수많은 무리가 펄을 동정하며 격려하는 것 같았다. 시냇물에는 또다시 꽃의 왕관과 허리띠를 하고 발을 구르며 격렬한 몸짓을 하는, 그리고 무엇보다도 그 작은 검지로 헤스터의 가슴을 가리키는 성난 펄의 이미지가 투영되어 나타났다.

헤스터는 근심과 곤혹스러움을 숨기려고 애를 썼음에도 불구하고 창백해진 얼굴로 목사에게 속삭였다. "저 아이를 거슬리게 하는 게 뭔지 알겠어요. 아이들은 매일같이 눈으로 보던 익숙한 사물의 모습이 아주 조금이라도 변하는 것을 참지 못해요. 펄은 내가 항상 달고 있는 것이 없어서 아쉬운 거예요."

목사가 대답했다. "저 아이를 달랠 방도가 있다면 제발 빨리 그렇게 해요." 그리고 그는 웃으려고 애쓰면서 말했다. "히빈스 부인 같은 늙은 마녀가 심술궂게 화내는 것을 빼고 나는 아이가 이렇게 화내는 것만큼 싫은 것도 없어요. 주름살 많은 마녀처럼 펄의 어리고 아름다운 모습에도 초자연적인 효과가 있어요. 나를 사랑한다면 어서 저 아이를 달래 줘요."

헤스터는 뺨에 진홍색 홍조를 띠고 의식적으로 목사를 곁눈으로 바라보며 펄에게 다시 돌아서서 깊은 한숨을 내쉬었다. 그녀가 말을 하기도 전에 홍조는 죽은 사람같이 창백하게 바뀌었다.

그녀가 슬프게 말했다. "펄, 발밑을 보렴. 거기 — 네 앞에 — 시냇물 이쪽을 봐."

아이는 엄마가 가리킨 지점으로 눈을 돌렸는데 거기에는 금색 자수가 시냇물에 비칠 만큼 시냇가 아주 가까이 주홍 글자가 놓여 있었다.

헤스터가 말했다. "그걸 이리로 가져오렴."

펄이 대답했다. "엄마가 와서 집어."

헤스터가 목사에게 말했다. "참 저런 애가 어디 있었나요. 저 아이에 대해 들려줄 말이 정말 많아요. 하지만 실은 이 혐오스러운 표식에 대해서는 저 아이의 말이 옳아요. 나는 우리가 이곳을 떠나 우리가 꿈꾸었던 땅같이 이곳을 되돌아보게 될 때까지 조금 더, 며칠만 더 저 표식의 고통을 참아야 해요. 숲도 그것을 숨길 수 없어요. 바다가 그걸 내 손에서 가져가 영원히 삼켜 버릴 거예요."

이렇게 말하면서 그녀는 시냇가에 가서 주홍 글자를 집어 가슴에 다시 달았다. 헤스터가 조금 전에 깊은 바닷속에 그것을 빠뜨리겠다고 희망에 부풀어 말했지만, 운명의 손에서 이 치명적인 상징을 다시 받았을 때 그녀는 피할 수 없는 숙명을 느꼈다. 그녀는 무한의 공간 속으로 그것을 던졌고 — 한 시간 동안 자유로운 호흡을 했지만 — 여기에 다시 그 주홍색의 고통은 옛 자리에서 빛나고 있었던 것이다. 악한 행위는 표식으로 나타나든 그렇지 않든 간에 숙명의 성격을 띠게 되는 법이다. 헤스터는 다음으로 자신의 무거운 머리 타래를 모아 모자 속에 집어넣었다. 마치 그 슬픈 글자가 시들게 하는 마법을 지닌 것처럼 그녀의 아름다움과 여성적인 따뜻함과 풍부함은 이내 저물어 가는 햇살처럼 사라지고 회색빛 그림자가 그녀에게 드리워진 것 같았다.

이 황량한 변화가 이루어지자 그녀는 펄에게 손을 내밀었다.

그녀가 나무라면서도 목소리를 낮추어 물었다. "얘야, 이제 엄마를 알아보겠니? 이제 엄마는 수치의 표식을 달았고, 엄마가 슬프니까 시냇물을 건너와서 엄마를 인정할 거니?"

아이가 시냇물을 건너뛰어 한걸음에 달려와 헤스터를 팔로 안으며 대답했다. "그래, 이제 그럴 거야. 이제 엄마는 정말 내 엄마야. 그리고 나는 엄마의 귀여운 펄이야."

그녀에겐 흔치 않은 온화한 기분으로 펄은 엄마의 머리를 잡아당겨 이마와 뺨에 입맞춤했다. 그런데 그때 이 아이가 위안을 주려 할 때마다 항상 고뇌의 박동도 같이 섞어서 주게 되는 일종의 필연에 의해, 펄은 입을 내밀어 주홍 글자에도 입맞춤을 하는 것이었다.

헤스터가 말했다. "그건 친절하지 못하구나. 엄마에게 사랑을 조금 보여 주면서 엄마를 놀리다니!"

펄이 물었다. "목사님은 왜 저기에 앉아 있어?"

엄마가 대답했다. "너를 반겨 주려고 기다리시는 거야. 가서 목사님의 축복을 청해 보렴. 목사님은 귀여운 펄을 사랑하고 엄마도 사랑한단다. 너는 목사님을 사랑하지 않을래? 어서 가자. 목사님이 너와 인사하고 싶어 하신단다."

펄이 영민한 모습으로 엄마의 얼굴을 쳐다보며 말했다. "목사님이 우릴 사랑하셔? 그럼 목사님은 우리와 손잡고 우리 셋이 함께 마을로 가는 거야?"

헤스터가 대답했다. "어린 아가야. 지금은 아니란다. 하지만 앞으로 목사님은 우리와 손을 잡고 걸으실 거야. 우리에게는 집도 있고 화롯가도 있고, 너는 목사님 무릎에 앉고 목사님은 네게 많은 것을 가르쳐 주시고 또 너를 아주 많이 사랑하실 거야. 너도 목사님을 사랑할 거지, 그렇지?"

펄이 물었다. "그런데 목사님은 항상 손을 가슴에 대고 계실 거야?"

엄마가 외쳤다. "바보 같은 아이 같으니라고, 무슨 질문이 그러니. 자, 가서 목사님의 축복을 빌렴."

그러나 귀염받은 아이가 위험한 경쟁자에게 본능적으로 느끼는 질투 때문인지 아니면 변덕스러운 성격 때문인지 펄은 목사에게 호의를 보이지 않았다. 엄마는 펄을 잡아끌어서야 목사에게 데려올 수 있었고, 펄은 뒤로 머뭇거리며 이상하게 찡그린 표정을 지으며 내키지 않는 마음을 드러냈다. 펄은 아기였을 때부터 이 찡그린 표정을 다양하게 보여 주었는데 얼굴 표정을 일련의 다른 모습들로 바꿀 수 있었고 그때마다 그 표정에는 새로운 장난기가 드러났다. 목사는 — 고통스러운 듯 당황하면서도 키스를 하면 마법처럼 아이의 친절한 호감을 받을 수 있을 것이라는 희망으로 — 몸을 숙여 펄의 이마에 키스했다. 그러자 펄은 엄마에게서 벗어나 시냇물로 달려가 몸을 숙이고는 달갑지 않은 키스가 닦여 흐르는 물속으로 흩어질 때까지 이마를 물에 적셨다. 그러고 나서 펄은 헤스터와 목사가 이야기를 나누며 그들의 새로운 입장에 따라 계획하고 곧 이루어질 목적을 정하는 동안 조용히 그들을 바라보며 떨어져 있었다.

이제 이 운명 같은 만남은 끝났다. 계곡은 어둡고 늙은 나무들 사이에 외롭게 남을 것이고, 나무들은 수많은 입으로 그곳에서 일어난 일에 대해 오랫동안 속삭이겠지만, 어떤 사람도 이로 인해 더 현명해지지는 않을 것이었다. 우울한 시냇물은 그 작은 마음속에 이미 넘치도록 품었던, 그리고 지나간 세월보다 조금도 더 밝지 않은 목소리로 재잘거리고 있던 신비로움에 또 다른 이야기를 하나 더할 것이었다.

제20장
미로 속의 목사

목사가 헤스터 프린과 펄보다 먼저 떠났을 때 그는 숲의 황혼 속으로 천천히 사라져 가는 엄마와 아이의 모습이나 윤곽의 희미한 자취만 발견할 수 있으리라 반쯤 기대하면서 뒤를 돌아보았다. 그의 인생에서 그렇게 큰 변화는 즉각 현실로 받아들여질 수 없었다. 하지만 나무의 몸통 옆에 헤스터는 여전히 회색 옷을 입고 서 있었다. 세상에서 가장 무거운 짐을 진 이 숙명적인 두 사람이 같이 앉아 한순간의 휴식과 위안을 받을 수 있도록 오래전 강풍에 쓰러진 이후 이끼로 덮여 있던 그 나무 옆에 말이다. 그리고 펄도 시냇가에서 가볍게 춤추며 — 끼어들었던 제3의 인물이 떠났으므로 — 엄마 곁의 오래된 자리를 차지하고 있었다. 그러니 목사는 잠이 들어 꿈을 꾼 것은 아니었다.

이상하게 불안감을 안겨 준 이 불분명하고 이중적인 인상에서 벗어나기 위해 그는 헤스터와 자신이 떠나려고 세웠던 계획을 떠올리며 더 철저히 마음속에 다졌다. 인디언의 원형 오두막이나 해안가에 유럽인들의 정착지가 드문드문 흩어져 있는 뉴잉글랜드나 미국 전역의 황야보다는 도시와 군중이 있는 구세계가 그들에게 더 적절한 안식처와 은둔처를 제공할 것이라고 두 사람은 결론을 내렸었다. 숲 속 생활의 고단함을 견디기에 적합지 않은 목사의 건강은 말할 것도 없거니와, 그의 타고난 재능과 교양, 그리고 성장 과정으로 인해 그는 세련된 문명의 장소에서만 안식처를 마련할 수 있었다. 문명의 상태가 높을수록 인간은 더 정교하게 그 상태에 적응하는 법이다. 이런 선택을 돕기라도 하듯, 바다의 절대적 무법자는 아니더라도 놀라울 만큼 무책임한 성격으로 바다 위를 떠돌던, 당시에는 흔했던 의심스러운 순양선 하나가 우연히 항구에 정박해 있었다. 이 배는 최근 카리브 해에서 도착해 3일 내에 브리스틀로 떠날 예정이었다. 자비의 수녀로 자원하여 선장 및 선원들과 알게 된 헤스터 프린은 두 사람과 아이 한 명의 통행권을 당시 상황에서 필요했던 비밀 보장과 함께 확보할 수 있었다.

목사는 큰 관심을 가지고 헤스터에게 배가 출항하는 정확한 시간을 물었다. 그것은 아마도 지금으로부터 나흘째 되는 날이었다. 그는 "그건 참 다행이야"라고 혼자 말했었다. 딤스데일 목사가 왜 그것이 다행이라고 생각했는지 지금 밝히는 것이 망설여지기는 한다. 하지만 — 독자에게 아무것도 숨기지 않는다면 — 그것은 지금으로부터 사흘째 되는 날 그가 선출 축하 설교*를 하게 되어 있었고, 그런 기회는 뉴잉글랜드 목사의 인생에서 명예로운 사건이었기 때문에 그는 성직자로서의 생활을 마치는 데 이보다 더 적합한 방식과 시기를 찾을 수 없었다. 이 모범적인 인간은 '적어도 그들은 내가 공적인 의무를 다하지 않았거나 못하진 않았다고 말하겠지'라고 생각했다. 이 불쌍한 목사가 지닌 심오하고 예리한 자기 성찰이 이렇듯 비참하게 속았다는 것은 참으로 슬픈 일이다. 그에 대해서 이보다 더 나쁜 점을 말했고 또 앞으로 말하겠지만, 염려스럽게도 이처럼 가련하게 약한 모습은 없으며, 그의 성격의 참된 실체를 오래전부터 갉아먹기 시작한 교활한 질병이 이처럼 사소하면서도 동시에 확실하다는 증거도 없었다. 오랜 기간 동안 자신에게는 하나의 얼굴을 보이고 대중에게는 다른 얼굴을 보이고서도 마침내 어느 얼굴이 진짜인지 혼동하지 않을 사람은 없다.

헤스터와 만나고 돌아올 때 딤스데일은 감정의 흥분으로 인해 여느 때와 달리 기운이 넘쳐 빠른 속도로 마을까지 돌아올 수 있었다. 숲길은 그가 여행을 떠날 때 기억했던 것보다 더 황량했고 거친 자연의 장애물들로 인해 더 험했으며 사람의 발길도 뜸해 보였다. 하지만 그는 습지를 건너뛰고 몸에 들러붙는 덤불 사이를 헤치며 나아갔고, 언덕을 오르고 계곡으로 뛰어들었다. 간단히 말해서 그는 스스로도 놀랄 정도로 지치지 않고 활기 있게 길의 모든 난관을 극복했다. 그로서는 불과 이틀 전에 자신이 얼마나 힘들게 자주 숨을 돌리려고 쉬어 가면서 같은 길을 힘들게 왔었는지 기억하지 않을 수 없었다. 마을 가까이 오자 그는 시야에 나타난 일련의 친숙한 사물들이 달라졌다는 인상을 받았다. 마치 그가 그 사물들을 떠나온 것이 어제가 아니고, 하루 이틀이 아니라 며칠, 아니 심지어 몇 년이 지난 것 같았다. 그가 기억하는 대로 거리의 이전 모습의 자취가 있었고, 그가 기억하는 곳마다 같은 수의 박공과 풍향계가 있는 집들의 특성도 예전 그대로였다. 그럼에도 불구하고 변했다는 인상이 끈질기게 끼어들었다. 그가 만난 지인들 그리고 작은 마을 주변의 익히 알려진 삶의 모습들도 마찬가지였다. 그들은 지금 더 늙거나 젊어 보이지 않았고, 노인들의 수염이 더 희지도 않았으며, 어제 기어 다니던 아기가 오늘 걷는 것도 아니었다. 그가 불과 얼마 전에 떠나오면서 눈길을 주었던 사람들의 모습과 어떤 면에서 다른지를 설명하는 것은 불가능했다. 하지만 목사는 심오한 감각으로 인해 그들의 변화를 알 수 있었다. 자기 교회의 벽을 지날 때에도 그는 놀라울 정도로 비슷한 인상을 받았다. 교회 건물은 너무도 낯설면서 또 친숙한 모습이어서 딤스데일의 마음은 그가 이제까지 꿈속에서 그것을 보아 왔거나 아니면 지금 꿈을 꾸고 있는 것이라는 두 가지 생각 사이에서 왔다 갔다 했다.

　다양한 모습을 취한 이 현상은 어떤 외적인 변화가 아니라 친숙한 장면을 보는 사람에게서 일어난 갑작스럽고 중요한 변화였기 때문에 하루라는 시간은 마치 수년의 세월이 흐른 것처럼 그의 의식에 영향을 미쳤다. 목사 자신의 의지와 헤스터의 의지 그리고 이 둘 사이에 생겨난 운명이 이런 변화를 만들어 냈던 것이다. 마을은 전과 같았지만 숲 속에서 돌아온 이는 같은 목사가 아니었다. 그는 자신을 보고 인사하는 친구들에게 이렇게 말했을 수도 있다. "나는 당신이 생각하는 사람이 아니오! 나는 당신이 알고 있는 사람을 숲 속 저편의 이끼 긴 나무 몸통 옆, 우울한 시내 가까이 있는 비밀의 골짜기 속에 두고 왔소. 가서 당신의 목사를 찾아, 그의 수척한 모습과 야윈 뺨, 희고 무거우며 고통의 주름살이 파인 이마가 벗어 던진 옷처럼 그곳에 던져져 있지 않나 살펴보시오." 친구들은 의심의 여지 없이 여전히 "당신이 바로 그 사람이지 않소!"라고 주장했을 것이다. 하지만 이는 그들의 오류였지, 그의 오류는 아니었다.

딤스데일이 집에 도착하기 전에 그의 내면의 존재는 생각과 감정에서 일어난 혁명에 대한 또 다른 증거들을 그에게 보여 주었다. 실로 내면의 왕국에서 왕조와 도덕률이 완전히 바뀌었다고 하지 않고서는 이 불행한 목사에게 지금 전달된 충동들을 설명할 수 없었다. 그는 한 발짝 걸을 때마다 어떤 이상하고 거칠고 사악한 짓을 하려는 자극을 받았는데, 그는 이것이 자발적이지 않으면서도 동시에 의도적이며, 자신도 모르게 일어나지만 이 충동에 저항하는 자아보다 더 깊은 자아에서 생겨나는 것이라고 느꼈다. 예를 들어, 그는 자기 교회의 집사 중 한 명을 만났다. 이 선한 노인은 연륜과 곧고 경건한 성품 그리고 교회에서의 위치로 인해 그가 취할 자격이 있는 부모 같은 애정과 원로의 특권으로, 그리고 이와 더불어 딤스데일이 목사라는 직업상의, 또 개인적인 이유로 응당 받을 자격이 있는, 거의 숭배에 가까운 깊은 존경심을 보이며 그에게 말을 걸었다. 연륜과 지혜의 품위를 지닌 자가 사회적 신분이 낮고 열등한 재능의 계층이 더 높은 자를 대하듯이, 자신에게 요구되는 복종과 존경심에 부합하는 더 아름다운 본보기는 없었다. 그런데 딤스데일 목사와 흰 수염의 집사가 나눈 잠깐 동안의 대화 중에 목사는 성찬식에 대해서 마음속에 떠오른 어떤 신성 모독적인 제안에 대해 말하려는 것을 극도의 자기 절제를 통해서만 참을 수 있었다. 그는 자신의 혀가 제멋대로 움직여 이런 끔찍한 것들을 말할까 두려워, 그리고 실제로 동의하지는 않았지만 그렇게 말하는 데 동의한 것에 대해 변명하게 될까 두려워 온몸으로 전율하며 얼굴이 잿빛으로 창백해졌다. 그리고 마음속에 이런 두려움을 품으면서도 그는 이 경건하고 늙은 원로 집사가 담임 목사의 불경을 들으면 어떻게 돌같이 굳어질까를 상상하며 웃는 것을 거의 참을 수 없었다.

같은 성격의 또 다른 사건이 있었다. 딤스데일 목사는 거리를 급히 지나가다가 교회에서 가장 나이 많은 여성 신자를 만났다. 그녀는 매우 경건하고 모범적인 노부인으로서 가난하고 외로운 과부였는데, 그녀의 마음은 비문이 새겨진 묘비로 묘지가 가득 찬 것처럼 오래전에 죽은 남편과 아이들과 친구들에 대한 추억으로 가득 차 있었다. 그러나 무거운 슬픔이 될 수도 있을 이 모든 것은, 종교적 위안 그리고 그녀가 30년 이상 계속해서 양식을 취해온 성서의 진리로 인해 그녀의 독실한 영혼에 거의 엄숙한 기쁨이 되었다. 그리고 딤스데일이 그녀의 담임 목사였기 때문에, 이 선한 노부인이 현세에서 얻는 가장 큰 위안은 — 그것이 천상의 위안이 되지 못한다면 아무 위안도 되지 못했을 것이다 — 우연히든 아니면 작정을 하고든 목사를 만나 자신의 둔하지만 끝까지 집중할 수 있는 귀로 그의 사랑스러운 입술에서 나오는 따뜻하고 향기롭고 천상의 숨결이 담긴 복음 말씀을 듣고 상쾌해지는 것이었다.

그러나 딤스데일은 영혼 최대의 적이 그렇듯, 노부인의 귀에 입술을 대려는 순간까지 성서의 문구나 다른 어떤 것도 기억할 수 없었고, 단지 짧고 간결한 그리고 인간 영혼의 불멸성에 반하는 반박하기 어려운 주장으로 보이는 것만 떠오를 뿐이었다. 그녀의 마음에 이런 주장이 스며들었다면 아마도 이 나이 든 자매는 강한 독이 스며든 것처럼 곧바로 쓰러져 죽었을 것이다. 목사는 자신이 실제 무슨 말을 속삭였는지 나중에 기억할 수 없었다. 아마 다행스럽게도 그의 말에 조리가 없어 이 선한 과부가 이해할 수 있을 만큼 생각이 선명하게 전달되지 않았거나 아니면 신의 섭리대로 해석되었을 것이다. 목사가 뒤돌아보았을 때 확실히 그는 주름지고 잿빛처럼 창백한 그녀의 얼굴에 천상의 도시가 빛나는 것 같은 신성한 감사와 회열의 표정을 볼 수 있었다.

그리고 세 번째 사건으로, 나이 든 교회 신자와 헤어진 후 그는 가장 젊은 자매를 만났다. 이 자매는 최근에 신자가 된, 그것도 딤스데일이 경야를 선 다음 날 주일에 딤스데일의 설교에 감동을 받아 신자가 된 처녀였는데, 그녀는 주위에서 삶이 어두워질 때 더 밝은 실체를 취해서 궁극적인 영광으로 극도의 어둠을 비출 천국의 희망을 위해 속세의 일시적 쾌락을 버리고 신자가 된 것이었다. 그녀는 천국에서 피어난 백합처럼 아름답고 순수했다. 목사는 그녀 마음의 순수한 성소에 자신이 자리 잡고 있으며, 이 성소가 자신의 이미지에 눈같이 흰 커튼을 드리우고 종교에는 사랑의 온기를 주고, 또 사랑에는 종교의 순수함을 주고 있다는 사실을 알고 있었다. 이날 오후 사탄은 이 불쌍한 젊은 소녀를 엄마 곁에서

꾀어내어 이 깊은 유혹에 빠진 — 혹은 이렇게 말해도 되지 않을까? — 길을 잃고 필사적이 된 자의 길목에 던져 놓은 것이 분명했다. 그녀가 가까이 다가오자 악마의 수뇌는 그에게 곧 검은 꽃을 피우고 때가 되면 검은 열매를 맺을 악의 씨앗을 응축시켜 그녀의 가냘픈 가슴에 떨어뜨리라고 그에게 속삭였다. 그녀가 그를 믿고 있으므로 목사는 이 순수한 영혼에 대해 막강한 힘을 갖고 있다고 여겼기 때문에 한 번의 사악한 눈길만으로도 그녀의 순수한 내면의 들판을 모두 황폐화시키고 단 한마디로 그와 반대되는 모든 것을 자라나게 할 힘이 있다고 느꼈다. 그래서 그는 이제까지 견디어 낸 것보다 더 안간힘을 쓰며, 이 젊은 자매가 자신의 무례함을 능력껏 감당하도록 내버려 둔 채 제네바식 외투로 얼굴을 가리고 아는 체도 하지 않고 급히 지나갔다. 그녀는 불쌍하게도 — 주머니나 가방처럼 무해한 작은 것들로 가득 찬 — 자신의 양심을 샅샅이 뒤져 숱한 잘못을 상상하면서 자책했고 다음 날 아침 눈이 부은 얼굴로 집안일을 해 나갔다.

이 마지막 유혹에 대한 승리를 축하할 시간을 갖기도 전에 목사는 더 우스꽝스럽고 끔찍한 다른 충동을 느꼈다. 그것은 — 말하기에 부끄러운 일이지만 — 길 한가운데 멈춰 서서 그곳에서 놀고 있던, 갓 말하기 시작한 어린 청교도 아이들에게 아주 나쁜 말들을 가르치려는 것이었다. 이런 기이한 생각이 자신이 입고 있던 옷에 걸맞지 않다고 물리친 그는 카리브 해에서 온 배의 선원들 중 하나인 술 취한 뱃사람을 만났다. 그리고 다른 모든 악한 일들을 용감하게 견디어 왔기 때문에 불쌍한 딤스데일은 타르가 묻은 무뢰한과 악수를 하고 방탕한 선원들이 많이 사용하는 부적절한 농담들과 상당히 노골적이고 만족스러우며 신성 모독적인 맹세를 하며 즐기고 싶어지는 것이 아닌가! 그가 이 위기를 안전하게 넘긴 것은 훌륭한 원칙을 갖고 있기 때문이 아니라 타고난 선한 취향과 습관으로 몸에 굳게 밴 성직자의 예절 때문이었다.

목사는 마침내 길에 멈춰 서서 손으로 이마를 치며 자문했다. '이렇게 나를 따라다니며 유혹하는 것이 뭐지? 내가 미친 것일까 아니면 악마에게 완전히 넘어간 것일까? 내가 숲 속에서 악마와 계약을 맺고 내 피로 서명한 것인가? 그래서 악마가 가장 악한 상상력으로 생각할 수 있는 모든 사악한 행동들을 암시하며 내게 그 계약을 이행하라고 권유하는 것인가?'

딤스데일 목사가 그렇게 혼자 생각하며 손으로 이마를 치고 있을 때 악명 높은 히빈스 마녀 부인이 지나갔다. 그녀는 높은 머리 장식과 사치스러운 벨벳 가운, 그리고 그녀의 각별한 친구인 앤 터너*가 토머스 오버베리 경의 살인 죄목으로 처형되기 전에 제조법을 알려 준 유명한 노란 녹말풀로 손질한 주름 옷깃을 화려하게 차려입고 등장했다. 이 마녀가 목사의 생각을 읽었든 그렇지 않든 간에 그녀는 멈춰 서서 그의 얼굴을 빈틈없이 들여다보고 교활한 미소를 짓고는, 원래 성직자와 말하는 것을 좋아하진 않지만, 말하기 시작했다.

마녀 부인은 높은 머리 장식을 끄덕이며 그에게 말했다. "목사님, 숲을 다녀오셨군요. 다음에 제게 미리 알려 주시면 영광스러운 마음으로 목사님과 동행해 드리지요. 제 자랑을 하는 것은 아니지만, 제가 말을 잘해 주면 낯선 신사라도 목사님이 아시는 저 권력자*에게 좋은 대접을 받을 수 있답니다."

목사는 부인의 신분 때문에, 또 그가 워낙 교육을 잘 받았기 때문에 공손히 인사하며 대답했다. "제 양심과 성품을 걸고 고백하지만, 저는 부인이 하는 말의 의미를 전혀 알 수가 없군요. 저는 권력자를 찾기 위해 숲으로 간 것도 아니고 앞으로도 그런 자의 호의를 얻기 위해 숲을 방문할 계획이 없어요. 제가 그곳에 갔던 유일한 목적은 제 경건한 친구인 엘리엇 사도를 만나 그가 이교도로부터 많은 값진 영혼을 구원한 것을 같이 축하하려 한 것입니다."

늙은 마녀 부인은 여전히 높은 머리 장식을 끄덕이며 깔깔대고 말했다. "하, 하, 하. 그래요, 그렇고말고요. 우린 대낮에는 그렇게 말해야 되지요. 목사님은 시치미 떼시는 것도 아주 능숙하시군요. 하지만 한밤중에 숲 속에서 우리는 다른 이야기를 하게 되겠죠."

그녀는 노년의 당당한 모습으로, 자주 고개를 뒤로 돌려 비밀의 친밀한 관계를 알고 있는 사람처럼 그를 보고 웃으면서 지나갔다.

목사는 '사람들이 하는 말이 옳다면 이 노란 풀 먹인 옷깃과 벨벳 옷을 입은 노파가 군주와 주인으로 삼은 악마에게 내가 스스로를 팔아 버린 건가' 하고 생각했다.

가련한 목사! 그는 정말 그런 거래를 한 것이었다. 행복의 꿈에 빠져들어 그는 전에 결코 하지 않은 일, 즉 치명적인 죄로 알고 있는 것에 스스로 자신을 내주었던 것이다. 그리고 이 죄의 감염성 있는 독은 그의 도덕 체계 전체에 빠르게 퍼졌다. 그것은 모든 축복받은 충동을 마비시키고 나쁜 충동 전체를 생생하게 살아나게 했다. 남을 경멸하고 신랄하게 대하며 이유 없이 악의를 갖거나 악을 욕망하고, 선하고 신성한 모든 것을 조롱하려는 충동이 그를 두렵게 하면서도 유혹하기 위해 깨어났다. 그리고 늙은 히빈스 부인을 만난 것은 ─ 이것이 실제로 일어난 일이라면 ─ 사악한 사람들과 그리고 타락한 영혼들의 세계와 그가 공감하고 우정을 나누고 있음을 보여 주는 것이었다.

이때쯤 그는 묘지 끝자락에 있는 거처에 도착해서 급히 계단을 올라가 자신의 서재에 은신했다. 목사는 거리를 지나오면서 계속 충동을 느꼈던 이상하고 사악한 기행들로 인해 세상 사람들에게 먼저 들키지 않고 은신처에 도달한 것이 기뻤다. 그는 친숙한 방에 들어와 숲 속 계곡에서 마을로 또 서재로 올 때 그를 따라다녔던 낯선 느낌으로 주위의 책과 창문, 벽난로, 그리고 태피스트리가 걸린 안락한 벽을 바라보았다. 그는 이곳에서 공부하고 글을 썼고, 이곳에서 단식과 철야를 한 후 반죽음이 되어 나왔으며, 이곳에서 기도하려 애썼고 이곳에서 숱한 고뇌를 겪었었다. 저만치 히브리 고어로 된 성서가 놓여 있어 모세와 선지자들이, 그리고 이 모두를 통해 신의 목소리가 그에게 말하고 있었다. 저만치 탁자 위 잉크 묻은 펜 옆에는 미완성의 설교가 놓여 있었는데 그 설교는 이틀 전 그의 생각이 솟아 나오다 멈춘 곳에서 문장이 끊겨 있었다. 그는 이 모든 일을 겪고 선출 축하 설교를 이만큼 썼던 것이 여위고 창백한 뺨의 목사인 자신이라는 것을 알고 있었다. 하지만 그는 멀리 떨어져서 이전의 자신을 경멸하고 불쌍하게 여기면서도 반쯤은 시기하는 호기심으로 바라보는 듯했다. 이전의 자신은 사라지고 다른 사람이, 이전의 순진했던 자신이 결코 접하지 못했던 숨은 신비의 지식을 가진 더 현명한 사람이 숲에서 돌아왔던 것이다. 그러나 그것은 쓰디쓴 종류의 지식이었다.

이런 생각에 몰두해 있는 동안 누군가 서재의 문을 노크했고 목사는 악령을 볼지도 모른다는 생각을 하며 "들어오세요"라고 대답했다. 그런데 정말 악령을 보고 말았다. 들어온 사람은 늙은 로저 칠링워스였던 것이다. 목사는 한 손을 히브리어 성서에, 다른 한 손은 가슴에 대고 창백하게 말없이 서 있었다.

의사가 말했다. "목사님, 귀가를 환영합니다. 경건한 엘리엇 사도는 어떠시던가요? 그런데 목사님, 황야의 여행이 너무 힘들어서 그런지 몹시 창백해 보입니다. 목사님이 선출 축하 설교를 하시게 기운을 차릴 수 있도록 제 도움이 필요하진 않으실까요?"

딤스데일 목사가 대답했다. "아니요, 그렇게 생각하지 않아요. 오랫동안 서재에 갇혀 있다가 여행도 하고 신성한 사도도 뵙고, 신선한 공기도 마시니 좋아진 것 같군요. 친절한 의사 선생님, 선생님의 약이 효험도 있고 또 다정한 손으로 지어 주시긴 하지만 이젠 더 이상 필요하지 않다고 생각합니다."

이러는 사이에 로저 칠링워스는 내내 심각하고 뚫어지게 환자를 바라보는 의사의 시선으로 목사를 살펴보고 있었다. 그러나 이런 외면상의 꾸며 낸 태도에도 불구하고 목사 자신이 헤스터 프린을 만난 것을 노인이 알고 있거나 아니면 적어도 의심하고 있다는 것을 거의 확신했다. 이때 의사는 목사의 눈에 자신이 더 이상 신뢰받는 친구가 아니며 가장 원한 깊은 적이라는 것을 알았다. 그렇게 많은 것을 알게 되었기에 이제는 알게 된 것의 일부를 표현하는 것이 자연스러워 보였다. 그러나 무언가를 말로 표현하기 전에 얼마나 오랜 시간이 지나는지, 그리고 어떤 주제를 피하고자 하는 두 사람이 그 주제에 근접했다가 그 주제를 건드리지 않고 얼마나 안전하게 물러서는지는 기묘한 일이었다. 그래서 목사는 로저 칠링워스가 그들이 서로에 대해 갖고 있는 실제 입장을 분명하게 말로 표현할 걱정을 느끼지 않았다. 그러나 의사는 음흉한 방식으로 그 비밀에 무섭게 다가갔다.

그가 말했다. "오늘 밤 제 부족한 의술을 이용하시는 것이 좋지 않을까요? 목사님, 우리는 목사님이 선출 축하 설교를 하실 수 있도록 강건하고 원기 있게 만들어 드리려 노력해야 합니다. 사람들은 목사님에게서 위대한 일을 기대하고, 내년에 목사님이 떠나 버리시지는 않을지 걱정합니다."

목사는 경건하게 체념하면서 대답했다. "그렇죠, 다른 세상으로 떠나가겠지요. 그곳이 더 좋은 세상일 수 있도록 하늘이 허락했으면 합니다. 왜냐하면 저는 정말로 또 한 해의 여러 계절이 지나는 동안 제 신자들과 같이 머물 수 있으리라 생각하지 않기 때문입니다! 그리고 친절하신 선생님, 현재 제 몸의 상태로는 선생님의 약이 필요하지 않습니다."

의사가 대답했다. "그 말씀을 들으니 기쁘군요. 제 약을 오랫동안 처방했어도 별 효험이 없었는데 이제야 비로소 효과를 보나 싶습니다. 제가 목사님을 치료할 수 있다면 참으로 행복하고 또 뉴잉글랜드의 감사를 받을 자격이 있게 될 겁니다."

딤스네일 목사는 엄숙한 미소를 지으며 대답했다. "매우 잘 보살펴 주시는 선생님께 진심으로 감사합니다. 감사하면서도 선생님의 선행에 대해서는 기도로밖에 보답할 수가 없군요."

로저 칠링워스는 떠나면서 대답했다. "선한 사람의 기도야말로 귀중한 보답이지요. 그렇고말고요. 그런 기도야말로 하느님의 각인이 찍힌 새 예루살렘*의 금화입니다."

혼자 남게 된 목사는 하인을 불러 음식을 청하더니, 앞에 놓인 음식을 왕성한 식욕으로 먹어 치웠다. 그러고는 이미 쓴 선출 축하 설교를 불에 집어 던지고 새 설교를 쓰기 시작했는데, 생각과 감정이 너무 강렬히 흘러넘친 나머지 자신에게 성령이 임했다고 상상했으며, 하늘이 자신과 같이 불결한 오르간의 파이프를 통해 웅장하고 장엄한 계시의 음악을 전달하는 것이 적합하다고 여겼는지 의아해했다. 하지만 목사는 그런 신비가 스스로 해결되거나 아니면 영원히 해결되지 않게 내버려 둔 채, 진지한 자세로 서두르며 황홀감에 젖어 자신의 과제를 계속해 나갔다. 마치 밤이 날개 달린 말이고 그가 이 말을 타고 달리는 것처럼 그날 밤은 빠르게 지나갔고, 어느새 아침이 다가와 커튼 사이로 얼굴을 붉히며 들여다보았다. 마침내 떠오른 해는 황금빛 햇살을 서재로 보내 목사의 눈을 부시게 했다. 목사는 손가락 사이에 여전히 펜을 쥐고 있었고, 장문의 글은 이미 완성되어 있었다.

제21장
뉴잉글랜드 휴일

새 총독이 주민들에 의해 취임하는 날, 아침 일찍 헤스터 프린과 귀여운 펄은 장터에 나왔다. 장터는 이미 수많은 장인들과 다른 주민들로 북적거렸다. 이들 가운데는 거칠어 보이는 인물들도 많았는데 그들은 사슴 가죽 옷차림이어서 식민지의 작은 도심을 둘러싸고 있던 숲 속의 정착지에 속한 이들이라는 것을 알 수 있었다.

다른 모든 행사에서처럼 이 공휴일에도 헤스터는 지난 7년 동안 거친 회색빛 천으로 만든 옷을 입고 있었다. 이 옷의 색깔보다는 어떻게 표현할 길 없는 독특한 모양 때문에 헤스터는 개인적으로 보이지 않고 윤곽이 흐릿해져 사라지는 효과를 갖게 되었다. 그러나 주홍 글자는 이 흐릿한 황혼으로부터 그녀를 다시 데려와 그 자체로 밝게 빛나는 도덕적 모습 아래에서 그녀를 드러냈다. 마을 사람들에게 오랫동안 친숙했던 그녀의 얼굴은 그들이 익숙하게 보아 왔던 대리석 같은 고요함을 보여 주었다. 그것은 가면 같았고 혹은 죽은 여인의 모습이 지니는 얼어붙은 고요함과 유사하다고도 할 수 있었는데, 이런 황량한 유사함은 헤스터가 동정을 받을 권리에 대해서는 실제로 죽었으며, 자신이 여전히 섞여 있는 것처럼 보이는 세상으로부터 떠났다는 사실 때문이었다.

이날 하루만은 이전에 볼 수 없었던 표정이 있었는지도 모른다. 이 표정은 어떤 초자연적인 재능을 가진 관찰자가 마음을 먼저 읽은 후에 그에 상응하는 것이 얼굴이나 태도에서 나타나는 것을 찾는 경우가 아니라면 지금 바로 알아낼 수 있을 만큼 생생한 표정도 아니었다. 그런 영적인 투시라면, 7년의 비참한 세월 동안 많은 사람들의 응시를 필연적인 것이거나 참회의 행위로서 또 엄격한 종교를 가지고 견뎌야 할 어떤 것으로서 감내한 후에, 이제 그녀는 오랫동안의 고통을 일종의 승리로 바꾸기 위해 마지막으로 한 번 더 그 응시를 자유롭고 자발적으로 대면했다고 생각했을 것이다. 사람들이 자신들의 희생자이자 평생의 노예로 여겼던 그녀는 그들에게 '주홍 글자와 그 주인을 마지막으로 보시오. 그러나 조금 후면 그녀는 당신들이 미칠 수 없는 곳에 있게 될 것이오. 몇 시간만 더 지나면 깊고 신비로운 바다가 당신들이 그녀의 가슴에서 불타오르게 만들었던 그 상징을 끄고 숨길 것이오' 라고 말하는 것 같았다. 그녀가 자신의 존재와 거기에 깊이 섞였던 고통으로부터 자유를 얻으려는 순간 헤스터의 마음에 회한의 감정이 일었다고 생각해도, 이는 인간 본성에 비추어 불가능할 만큼 개연성이 없는 모순은 아닐 것이다. 그녀가 여성으로 살아온 세월 내내 끊임없이 맛보았던 쑥과 알로에의 쓴 잔을 들어 마지막으로 길게 숨도 쉬지 않고 한 모금 들이마시고 싶은 저항할 수 없는 욕망이 있을 수 있지 않겠는가? 그녀의 입술에 제공될 생명의 포도주는 보석이 박힌 황금 잔에 담겨 실로 진하고 맛이 뛰어나며 기운을 북돋는 것이거나, 그게 아니라면 아주 강한 강장제를 마셨을 때처럼 그녀를 취하게 한 쓴맛의 찌꺼기 다음에 불가피한 무력감을 남기게 될 것이었다.

펄은 쾌활하고 화려한 옷차림을 하고 있었다. 이 밝고 빛나는 유령 같은 아이가 음울한 회색빛 모습을 한 자에게서 태어났다거나, 혹은 이 아이의 옷을 고안하는 데 필요했을 섬세한 상상력이 헤스터의 단순한 옷을 그처럼 독특하게 만드는, 아마도 더 어려운 작업을 수행했던 것과 동일한 상상력이었다고 추측하는 것은 불가능했을 것이다. 그녀의 옷은 귀여운 펄에게 너무도 잘 어울려서 그녀의 성격이 표출되었거나 혹은 불가피하게 발달하여 밖으로 드러난 것처럼 보였고, 나비의 날개에서 화려한 여러 색깔이 분리될 수 없고 화려한 꽃잎에서 꽃잎에 그려진 화려함이 분리될 수 없는 것처럼, 그녀에게서 분리될 수 없는 것이었다. 아이도 마찬가지였다. 그녀의 옷은 그녀의 성격과 똑같은 것이었다. 더구나 이 중요한 날에 그녀의 기분은 유별나게 동요하고 흥분되어 있었는데, 이런 기분은 가슴에 장식된 다이아몬드가 가슴의 다양한 박동에 맞추어 반짝거리는 것과 닮았다. 아이들은 항상 자신들과 관련된 사람들이 동요하는 것에 공감하고, 특히 집안에서 어떤 종류의 근심거리가 생기거나 큰 변화가 임박한 것을 감지하는 법이다. 따라서 엄마의 동요하는 가슴 위에 달린 보석이었던 펄은 그 흥분한 기분을 통해 헤스터의 대리석같이 차분한 이마를 보고 아무도 알아차릴 수 없었던 감정을 드러내고 있는 것이었다.

이렇게 흥분된 상태였기 때문에 펄은 엄마 곁에서 걷기보다는 새 같은 동작으로 날아다니는 듯했다. 그녀는 계속해서 미친 듯이 불분명하게 때로는 날카롭게 소리 질렀다. 두 사람이 장터에 도착했을 때는 그곳이 분주한 소란으로 활기찬 모습을 보고 더욱 흥분했는데, 이는 장터가 평소에는 마을 상업의 중심이라기보다는 마을 교회당 앞의 넓고 한적한 풀밭과 같았기 때문이었다.

그녀가 소리쳤다. "엄마, 왜 이런 거지? 왜 오늘은 사람들이 모두 일을 그만둔 거야? 오늘이 모두 다 노는 날이야? 저기 대장장이 아저씨 좀 봐. 대장장이 아저씨가 검댕이 묻은 얼굴을 씻고 주일용 옷을 입었어. 재미있게 즐기고 싶어 하는 것처럼 보여! 누군가 친절히 방법을 가르쳐 주기만 한다면 말이야. 그리고 저기 늙은 간수 브래킷이 나를 보고 고개를 끄덕이면서 웃고 있어. 그런데 엄마, 왜 그러는 거지?"

"얘야, 간수는 어린 아기였던 너를 기억하는 거란다."

"그렇다 해도, 저 검고 험상궂고 추한 눈을 가진 노인은 내게 끄덕이면서 웃으면 안 돼. 끄덕이고 싶다면 엄마한테나 그럴 수 있지. 왜냐하면 엄마는 회색빛 옷을 입고 주홍 글자를 달고 있으니까. 그런데 엄마, 낯선 사람들 얼굴이 얼마나 많은지, 또 그중에서 인디언들과 뱃사람들도 있는지 봐. 저 사람들은 이곳 장터에 뭘 하러 온 거지?"

헤스터가 말했다. "그들은 행렬이 지나가는 것을 보려고 기다리는 거란다. 총독과 치안 판사들 그리고 목사님들과 높고 훌륭한 분들이 모두 음악에 맞춰 지나가고, 군인들이 그들 앞에서 행진하기 때문이지."

펄이 물었다. "그럼 목사님도 거기 있어? 엄마가 시냇가에서 목사님에게 나를 데려갔을 때처럼 목사님이 내게 손을 내밀 거야?"

엄마가 대답했다. "애야, 목사님이 거기 계시겠지만 오늘 네게 인사하시진 않을 거야. 너도 목사님에게 인사해서는 안 된단다."

아이는 반쯤 혼잣말로 말했다. "목사님은 참 이상하고 슬픈 사람이야. 우리가 저기 처형대 위에 목사님하고 같이 섰을 때처럼 어두운 밤에는 우리를 불러서 엄마 손과 내 손을 잡잖아. 그리고 늙은 나무들만 들을 수 있고 한 조각 하늘만 볼 수 있는 깊은 숲 속에서 목사님은 이끼 위에 앉아 엄마와 얘기하잖아. 그리고 내 이마에도 키스를 해서 작은 시냇물로도 씻을 수 없게 하고. 그런데 이 화창한 날, 사람들이 모두 모인 곳에서는 우리를 알아보지 않아, 우리도 목사님을 알아서는 안 되고. 목사님은 항상 손을 가슴 위에 대고 있는, 참 이상하고 슬픈 사람이야."

엄마가 말했다. "펄, 조용히 해. 넌 이런 일들을 이해하지 못해. 이제 목사님은 생각하지 말고 주변을 돌아보고, 오늘 사람들 표정이 얼마나 명랑한지 보렴. 모두들 흥겨워하려고 아이들은 학교에서, 그리고 어른들은 일터와 들판에서 돌아왔단다. 왜냐하면 오늘은 새로운 분이 통치하는 날이라 그렇단다. 그래서 그들은 — 민족이 처음 결성된 후로 인류가 늘 습관처럼 그래 왔듯이 — 마치 불행했던 낡은 세계가 지나고 마침내 좋은 황금시대의 해가 온 것처럼 흥겨워하고 즐거워하는 거란다."

헤스터가 말한 것처럼 사람들의 표정은 흔치 않은 흥겨움으로 밝았다. 이미 두 세기 동안 상당 부분에 걸쳐 계속 그래 왔던 것처럼 청교도들은 결점 많은 인간에게 허용된다고 생각했던 여흥과 공적인 즐거움을 이 축제 기간에 응축시켜 습관적인 우울함을 몰아냈기 때문에, 이날 하루만큼은 재난의 시기에 처한 대부분의 다른 공동체보다 더 근엄하게 보이지 않았다.

그러나 우리는 분명히 이 시대의 분위기와 풍속의 특징이었던 회색이나 검은색의 색조를 과장하고 있는지도 모른다. 지금 보스턴의 장터에 있는 사람들은 청교도적 우울함을 유산으로 받고 태어난 자들이 아니다. 그들은 영국 태생이었고 그들의 조상은 밝고 풍요로운 엘리자베스 시대에 살던 사람들이었으며, 이 시대는 하나의 큰 집단으로 보았을 때의 영국의 삶이 이제껏 어느 때보다도 당당하고 품위 있으며 쾌활하게 보이던 때였다. 그들이 물려받은 취향을 따랐더라면 뉴잉글랜드 정착민들은 모닥불과 연회, 구경거리와 행렬로 중요한 공적 사건들을 장식했을 것이다. 또한 장엄한 의식을 치르는 날에는 위엄과 여흥을 섞어서, 말하자면 그런 축제에 한 민족이 입는 위대한 국가의 의복에 괴상하고도 번쩍이는 자수를 더하는 것도 불가능하지는 않았을 것이다. 식민지의 정치적인 한 해가 시작되는 날을 기념하기 위해 이런 종류의 시도를 했던 흔적이 조금 있었다. 치안 판사의 연례 취임식에서 우리 조상들이 제도화한 관습들 가운데 과거의 찬란함을 기억하여 희미하게 반영한 흔적이나, 자랑스러운 옛 런던에서 — 왕위 즉위식이라고는 말하지 않겠지만 시장의 취임식 행사*에서 — 그들이 목격했던 것이 여러 차례 희석된 상태로 반복되는 흔적을 발견할 수도 있을 것이다. 국가의 조상과 창시자들 — 정치가, 목사 그리고 군인들 — 은 당당하고 위엄 있는 외모를 취하는 것을 의무로 여겼고, 이런 외모는 공적·사회적인 고위층에 어울리는 옷으로 생각했다. 이들 모두가 사람들 눈앞에서 행진하기 위해 등장하여 새로 출범한 정부에 필요한 품위를 더해 주었다.

주민들도 다른 때라면 항상 그들의 종교와 일체가 되었을 다양한 고된 노동을 엄격하고 철저하게 하지 않아도 된다는 말을 듣지는 않았지만 적어도 그렇게 하는 것이 묵인되었다. 엘리자베스나 제임스 시대의 영국에서라면 민중 오락을 통해 쉽게 발견했을 그런 장비들이 이곳에 없었던 것은 사실이다. 연극풍의 무례한 공연도 없었고, 하프와 전설적인 민요를 부르는 음유 시인도 없었으며, 음악에 맞춰 춤을 추는 원숭이를 조련하는 방랑 가객도, 마법의 속임수를 쓰는 곡예사도, 수백 년은 묵었겠지만 흥겨운 감정의 폭넓은 원천에 호소하기 때문에 여전히 효과 있는 농담으로 대중을 흥분시키는 광대도 없었다. 이런 여러 분야의 익살꾼들은 엄격한 법의 규율뿐 아니라 법에 생명력을 주는 일반 정서에 의해서도 엄격히 억압되었을 것이다. 그럼에도 불구하고 사람들의 위대하고도 정직한 얼굴은 아마도 엄숙하게, 그러나 활짝 웃고 있었다. 식민지 사람들이 영국의 마을 잔디밭에서나 시골 축제에서 오래전에 목격하고 참여했던, 그리고 그들에게 중요한 용기와 남성성을 위해 이 새로운 땅에서도 유지하는 것이 좋다고 여긴 운동 경기도 없지 않았다. 콘윌이나 데번셔 방식*같이 다른 유형의 레슬링 경기들을 장터 주위 여기저기에서 볼 수 있었고, 한쪽 구석에는 6척 장대 경기 한판이 친선 경기로 벌어지고 있었고 — 가장 큰 관심을 모은 것은 — 우리의 이야기에서 이미 주목받은 처형대 위에서 두 명의 무사가 원형 방패와 넓적한 칼로 시범 경기를 시작하고 있는 장면이었다. 그러나 법이 집행되는 신성한 장소를 그렇게 남용함으로써 법의 위엄을 해치는 것을 용납할 수 없었던 마을의 교구 관리가 간섭하여 이 시합은 중단되었고, 이로 인해 관중은 크게 실망했다.

전체적으로(당시 사람들은 흥을 모르는 태도가 생기기 시작한 초기 단계에 속했고 전성기 때 즐길 줄 알았던 조상들의 자손이었기 때문에) 그들이 휴일을 지키는 일이라면 자손들보다, 심지어는 우리들처럼 먼 후손들보다 더 뛰어났다고 단언해도 결코 지나치지 않았다. 초기 이주민들 바로 다음 세대였던 그들의 직계 자손들은 청교도의 가장 어두운 모습을 취해 국가의 얼굴을 어둡게 했기 때문에 그 이후의 세월 전체도 그것을 밝게 만들기에 충분하지 않았다. 우리는 잊고 있던 흥겨움의 기술을 다시 배워야 한다.

장터에 나온 사람들에게서 볼 수 있는 풍경화의 전반적인 색조는 영국 이주민들의 슬픈 회색, 갈색 혹은 검은색이었지만 몇몇 다채로운 색깔들로 생기가 돌기도 했다. 이상하게 수놓은 사슴 가죽 옷과 조가비 염주로 만든 허리띠, 빨간색과 노란색의 황토, 깃털로 야만스럽게 치장하고 활과 화살 그리고 돌촉이 있는 창으로 무장한 일군의 인디언들은 심지어는 청교도의 모습조차 능가할

284

수 없는 매우 근엄한 표정으로 멀리 떨어져 서 있었다. 이 색칠한 야만인들이 거칠긴 했지만 이 풍경에서 가장 거친 모습은 아니었다. 이런 경우의 영예는 선출일의 분위기를 보러 육지로 온 ― 카리브 해에서 온 배의 선원들 중 일부였던 ― 몇몇 뱃사람이 차지하는 것이 더 공정했다. 그들은 태양에 그을려 검어진 얼굴과 덥수룩한 수염을 한 거친 외모의 무뢰한들이었고, 그들이 입은 통이 크고 짧은 바지는 허리춤에서 투박한 황금판으로 채워지는 허리띠로 둘려 있었고, 허리띠에는 항상 긴 칼이나 검이 매달려 있었다. 그들이 쓰고 있는 야자수 잎으로 만든 챙 넓은 모자 밑에서는 기분이 좋거나 유쾌할 때조차도 일종의 동물적인 사나움이 깃든 눈빛이 반짝거렸다. 그들은 다른 사람들에게는 구속력이 있는 행동 규칙을 아무런 두려움이나 거리낌 없이 위반했고, 마을 사람들에게는 담배 한 모금이 1실링 벌금형이었지만, 이들은 교구 관리의 코밑에서 담배를 피웠으며, 휴대용 술병에서 포도주나 화주를 마음대로 들이켜고는 이를 탐내는 주위 사람들에게 마음껏 제공하기도 했다. 선원 계층에는 육지에서의 기행들뿐 아니라, 그들의 본거지인 바다에서 일삼는 훨씬 더 무도한 행위들도 허용되었다는 사실을 보면, 당시의 도덕이 엄격하다고 해도, 불완전했다는 것을 명확히 알 수 있다. 당시의 선원은 우리 시대라면 해적으로 기소될 지경에 이르렀을 것이다. 예를 들어, 이 배의 선원들은 뱃사람들이 보여 주는 우정의 훌륭한 표본이었겠지만, 우리 식으로 말하자면 스페인 무역을 약탈한 죄를 저질렀기 때문에 오늘날의 법정에서는 그들의 목이 달아날 위험에 처하게 될 것이라는 점에는 의심의 여지가 없다.

그러나 그 옛날에 바다는 마음대로 부풀어 오르며 거품을 일으켰고, 그렇지 않으면 폭풍에만 복종했을 뿐, 인간의 법에 의한 규제에는 응하려 하지 않았다. 바다의 해적은 자신의 직업을 포기할 수 있었고, 선택만 한다면 육지에서 곧바로 성실하고 경건한 사람이 될 수 있었다. 또한 한창 무모하게 살던 때에도 그는 거래하거나 임시로 교제할 수 없을 만큼 평판이 나쁜 사람으로 여기지도 않았다. 그래서 검은 망토와 풀 먹인 밴드를 걸치고 뾰족모자를 쓴 청교도 장로들은 이 쾌활한 뱃사람들의 소란스럽고 무례한 행동에 너그러운 미소를 지었고, 의사인 늙은 로저 칠링워스 같은 명성 있는 시민이 수상한 배의 선장과 대화를 나누며 장터에 들어서는 모습이 보였을 때 어떤 놀라움이나 비난도 일어나지 않았다.

의복으로 보면 선장은 대중 가운데 어디에서라도 눈에 띌 만큼 가장 현란하고 화려한 모습을 하고 있었다. 그는 많은 리본이 달린 옷을 입고, 금빛 레이스 달린 모자를 쓰고 있었는데, 이 모자 또한 금빛 사슬로 둘러싸여 있었고, 깃털도 꽂혀 있었다. 그의 허리춤에는 검이 매달려 있었고 이마에는 검에 베인 자국이 있었는데 그는 머리 모양을 다듬어 이 자국을 숨기기보다는 오히려 드러내려는 것처럼 보였다. 육지인이 그처럼 경쾌한 모습으로 이런 옷을 입고 이런 얼굴을 보였다면, 치안 판사 앞에서 엄중한 심문을 겪고 나서 벌금형이나 구금형 아니면 죄수형 차꼬를 차고 전시되는 형벌을 당했을 것이다.

의사와 헤어진 브리스틀 배의 선장은 한가롭게 장터를 거닐다가 마침내 헤스터 프린이 서 있던 곳에 다다르자 그녀를 알아보고 망설임 없이 말을 건넸다. 헤스터가 서 있는 곳이면 늘 그렇듯이 그녀 주위에는 작은 텅 빈 공간, 즉 마법의 원이 형성되어 있었고, 사람들은 약간 떨어져 서로 팔꿈치로 찌르긴 했지만 아무도 이 원 안으로 감히 들어서지 못했고, 이 원을 침범할 기분이 드는 사람도 없었다. 그것은 주홍 글자를 달아야 할 운명의 주인공 자신이 소극적이기 때문에, 또한 다른 사람들이 이전처럼 불친절하게는 아니더라도 본능적으로 물러서기 때문에 그녀가 처할 수밖에 없는 도덕적 소외를 전형적으로 보여 주는 것이었다. 이런 경향은 이전에는 없었지만, 지금은 헤스터와 뱃사람이 남이 엿들을 위험 없이 서로 이야기할 수 있게 만드는 좋은 효과를 낳았다. 그리고 헤스터의 공적인 평판이 너무 변했기 때문에 마을에서 엄격한 도덕으로 가장 평판 좋은 부인일지라도 이렇게 뱃사람과 이야기했다면 헤스터보다 더 큰 스캔들의 대상이 되었을 것이다.

선장이 말했다. "부인, 부인께서 예약한 것보다 침대를 하나 더 준비하라고 사환에게 말해야겠습니다. 이번 항해에는 괴혈병이나 발진티푸스를 두려워할 필요가 없게 되었어요. 우리 배의 외과 의사와 더불어 또 다른 의사도 있으니 이제 우리에게 위험한 것은 약물이나 환약밖에 없습니다. 더구나 내가 스페인 배와 교환한 약제가 많이 실려 있으니 이런 위험이 더 크지요."

헤스터는 자신이 내색하려던 것보다 더 크게 놀라며 물었다. "무슨 말이죠? 승객이 한 명 더 있다는 건가요?"

선장이 큰 소리로 말했다. "아니, 칠링워스라고 자신을 소개한 이 의사가 내 선실을 부인과 함께 승선하겠다고 한 걸 모르시나요? 아, 부인께서는 아셨을 텐데요. 왜냐하면 그가 부인과 같은 일행이며 부인이 말한 그 신사, 심술궂고 늙은 청교도 통치자들로부터 위험에 처해 있다는 그분과 아주 가까운 친구라고 했으니까요."

헤스터는 내심 크게 경악했지만 침착하게 대답했다. "그들은 서로 잘 알고 있지요. 오랫동안 같이 살았답니다."

선장과 헤스터 프린 사이에 더 이상의 말은 오가지 않았다. 하지만 그 순간 그녀는 늙은 로저 칠링워스가 장터의 먼 구석에 서서 그녀를 바라보며 웃고 있는 것을 보았다. 그 웃음은 — 북적거리는 넓은 광장을 가로질러 군중이 하는 말과 웃음, 여러 가지 생각들과 기분과 관심을 지나 — 비밀스럽고 두려운 의미를 전달하고 있었다.

제22장
행렬

    헤스터 프린이 자신의 생각을 추슬러 이 새롭고 놀라운 사태에 어떻게 대처하는 것이 좋을지 생각하기도 전에 군악대의 음악이 인접한 거리를 따라 다가오는 것이 들려왔다. 이는 교회당으로 향하는 치안 판사들과 시민들의 행렬이 오고 있음을 알리는 것이었고, 교회당에서는 초기부터 확립되어 이후 계속 지켜 온 관습에 따라 딤스데일 목사가 선출 축하 설교를 하게 되어 있었다.

    곧이어 느리고 장엄한 행진곡과 함께 행렬의 선두가 모퉁이를 돌아 장터를 가로질러 오는 모습이 보였다. 맨 앞에는 악대가 있었다. 악대는 여러 악기로 구성되어 있었는데, 이 악기들은 서로 완벽하게 어우러지지 못하고 뛰어난 기술로 연주되지도 않았지만, 드럼과 클라리온이 조화를 이루며 연주되어, 대중들에게 눈앞에서 펼쳐지는 삶의 광경에 더 고양되고 더 영웅적인 분위기를 부여한다는 큰 목적을 성취하고 있었다. 귀여운 펄은 손뼉을 치다가 잠시 동안 아침 내내 계속해서 그녀를 들뜨게 했던 흥분에서 벗어났다. 그녀는 조용히 응시했는데 마치 떠다니는 바닷새처럼 길게 솟아오르는 음악 소리에 실려 날아오르는 것처럼 보였다. 그러나 악대 뒤에서 행렬의 의장대를 담당한 군대의 무기와 번쩍이는 갑옷에 비쳐 반짝이는 햇빛 때문에 그녀는 원래의 기분을 되찾았다. 여전히 단체의 지위를 유지하며 과거부터 오래된 명성을 지니고 존속해 온 병사들의 집단*은 금전적 목적으로 고용된 용병으로 이루어지지 않았다. 이 군대는 군인다운 충동이 끓어오르는 것을 느끼고 일종의 계보 문장원*을 설립하여 템플 기사단*과 함께 군사학을 익히고, 평화로운 훈련으로 배울 수 있는 한도에서 전쟁 훈련에 임하려는 신사들로 이루어져 있었다. 당시에 군인의 성품을 높이 평가한 것은 이 군대의 일원들 각각이 보여 준 고귀한 태도에서 확인할 수 있었다. 실제로 이들 중 일부는 베네룩스 3국이나 유럽의 다른 전장에서 복무하여 군인의 이름과 영예를 취할 자격을 얻기도 했다. 더군다나 광이 나는 철제 갑옷과 빛나는 투구 위에서 아래위로 움직이는 깃털로 장식한 군대의 의장은 현대식 의장도 따라갈 수 없는 화려한 효과를 지니고 있었다.

그러나 의장대 바로 뒤에서 걸어오고 있는 민간 지도자들이야말로 사려 깊은 자들이 눈여겨볼 만한 가치가 더 큰 인물들이었다. 외면적인 행동으로 보더라도 그들은 품위가 드러나, 군인의 거만한 걸음걸이를 터무니없을 정도는 아니더라도 저속하게 보이게 만들었다. 이 시대는 소위 재능이라는 것을 지금보다 훨씬 덜 중요하게 여겼고, 안정되고 품위 있는 성품을 낳는 중후한 요소들을 훨씬 더 중시하던 시대였다. 사람들은 존경심을 물려받았지만,

이런 자질은 만일 자손들에게 존속했다 하더라도 아주 조금 존재했고, 공인을 선출하고 평가하는 데 있어서도 영향력이 크게 줄어들게 되었다. 이런 변화는 좋은 것일 수도 또 나쁜 것일 수도 있었겠지만, 아마도 둘 다 조금씩 있었을 것이다. 당시 이 척박한 육지에 정착한 영국인은 — 왕과 귀족 그리고 모든 종류의 장엄한 지위들을 다 남기고 떠나왔지만, 여전히 존경심과 존경해야 할 필요성을 강하게 지니고 있어서 — 백발의 덕망 있고 연륜 있는 자와 지속적으로 고결한 인물, 견고한 지혜를 갖추고 시련을 경험한 자, 그리고 한결같다는 인상을 주며 일반적으로 훌륭한 인물이라는 정의(定義)에 맞는 진지하고 중후한 자를 존경했다. 따라서 주민들의 선거에 의해 통치력을 부여받은 이 초기의 정치가들 — 브래드스트리트, 엔디콧, 더들리,* 벨링엄 그리고 이들의 동료들 — 은 명민하지는 않았지만, 지성보다는 절제력이 뛰어난 자들이었다. 그들은 용기와 자립심을 갖추고 어렵거나 위험한 시기에는 폭풍우가 몰아치는 파도에 맞서는 절벽처럼 국가의 복지를 위해 굳게 버틴 자들이었다. 여기에서 말한 성격적 특징들은 새로 선임된 식민지의 치안 판사들의 넓은 얼굴과 큰 체구에 잘 나타나 있었다. 타고난 위엄 있는 행동으로 말하자면, 모국은 이 실제 민주주의의 지도자들을 상원이나 왕의 추밀원의 일원으로 삼는다 해도 부끄러울 일이 없었다.

치안 판사들 다음에는 이 기념일의 종교적 설교를 하기로 예정된 젊고 출중한 성직자가 뒤따랐다. 이 시대에 성직은 정치에서보다 더 지적인 능력이 발휘되는 직업이었다. 왜냐하면 — 더 고차원적인 동기는 차치하고서라도 — 성직은, 공동체가 거의 숭배할 정도의 존경을 받는 가운데, 가장 고매한 야망조차 이 직업에 헌신하게 만들 정도로 강력한 설득력을 지니고 있었기 때문이다. 심지어는 인크리스 매더*의 경우에서처럼, 정치적 권력도 성공한 사제의 힘 안에 놓여 있었다.

이때 그를 본 사람들은 딤스데일이 뉴잉글랜드 땅에 처음 발을 들여놓은 이후로 그가 행렬에서 보조를 맞춰 걷는 걸음걸이와 태도에서 본 것처럼 활력을 보인 적이 없었다고 말했다. 그의 걸음걸이는 다른 때와 같이 유약하지 않았고, 그의 몸은 구부러지지 않았으며, 그의 손도 불길하게 가슴에 놓여 있지 않았다. 그러나 목사를 제대로 바라보면 그의 힘은 육체적인 것으로 보이지 않았다. 그 힘은 정신적인 것이어서 천사들의 도움을 받아 그에게 전해진 것일 수 있었다. 그 힘은 진지하고 오랜 숙고의 용광로 불빛 속에서만 정제된 효험 좋은 강장제가 돋우어 준 것일 수도 있었다. 아니면 아마도 그의 예민한 성격이, 하늘로 솟구치며 떠오르는 파동 위에서 그를 고양시켰던 크고 날카로운 음악에 의해 원기를 얻은 것일 수도 있었다. 그럼에도 불구하고 그의 표정은 넋 나간 듯 보여서 딤스데일이 음악을 듣기나 했는지조차 의심스러웠다. 그의 몸은 관성에 의해 앞으로 움직이고 있었다. 하지만 그의 마음은 어디에 있었단 말인가? 그의 마음은 멀고도 깊은 고유의 영역에서 곧 그곳에서 솟아 나올 웅대한 생각들의 행진을 정리하느라 초자연적으로 바쁘게 움직이고 있었다. 그는 자신을 둘러싼 아무것도 보거나 듣거나 알지 못했으며, 정신적인 요소가 그의 연약한 신체를 들어 올려 무게를 의식하지 못한 채 앞으로 나아가면서 그 신체를 정신으로 변화시키고 있었다. 비범한 지성의 소유자들이 병적이 되면 때로 막대한 노력이 만들어 내는 힘을 갖기도 하는데, 그들은 오랜 세월의 삶을 이런 힘에 응축시킨 뒤에 그보다 더 오랜 세월 동안 생명력을 잃곤 한다.

헤스터 프린은 시종일관 목사를 응시하며 어떤 음산한 영향력이 그녀에게 다가오는 것을 느꼈지만, 그가 그녀 자신의 영역에서 너무 멀리 떨어져 쉽게 닿을 수 없는 곳에 있는 것처럼 보였다는 것 이외에, 그 영향력이 왜, 어디에서 오는지 알 수 없었다. 그녀는 서로를 알아보는 눈길을 한 번 주고받는 것이 필요하다고 생각했다. 그녀는 고독과 사랑과 고뇌의 작은 골짜기가 있는, 그리고 그들이 손을 잡고 앉아 나누었던 슬프고 열정에 찬 대화가 시냇물이 울적하게 졸졸대는 소리와 섞였던 이끼 낀 나무의 몸통이 있는 희미한 숲을 떠올렸다. 그때 그들은 얼마나 깊이 서로를 알았던가! 그런데 이 사람이 그때 그 남자란 말인가? 그녀는 지금 그를 거의 알지 못했다. 그는 웅장하게 울려 퍼지는 음악 속에 위엄 있고 존경스러운 사제들의 행렬에 둘러싸여 당당하게 지나갔다. 그는 현세에서도 그녀가 닿을 수 없는 위치에 있었고, 그녀가 교감하지 못하는 그의 아득히 먼 생각의 원경(遠景)에는 더더욱 닿을 수 없었는데, 그녀는 이런 원경을 통해 그를 보고 있었던 것이다. 모든 것이 환영에 불과했고, 그녀가 생생하게 꿈꾸긴 했지만 목사와 자신 사이에는 아무런 실제적인 유대도 없었다는 생각에 그녀의 마음은 주저앉았다. 자신은 어둠 속에서 더듬거리며 차가운 손을 내밀지만 그를 찾을 수 없는데, 그는 그들이 서로 나눈 세계에서 완전히 물러설 수 있다는 것에 대해 그녀가 그를 거의 — 다가오고 있는 무거운 운명의 발소리가 점점 더 가깝게 들리는 지금은 더더욱, — 용서할 수 없었다는 것을 보면 헤스터에게는 아직 여성스러운 속성이 많이 남아 있었다.

펄도 엄마가 느끼는 감정을 알아차리고 응답했거나, 아니면 그녀 스스로도 목사가 멀리 있어 잡을 수 없다는 분위기를 느꼈다. 행렬이 지나가는 동안 아이는 안절부절못하고 날아오르려는 순간의 새처럼 퍼덕거리듯 움직였다. 모두 지나갔을 때 아이는 헤스터의 얼굴을 올려다보았다.

그녀가 말했다. "엄마, 저 목사님이 냇가에서 내게 뽀뽀해 준 그 목사님이야?"

엄마가 나직이 말했다. "펄, 조용히 하렴. 숲 속에서 일어난 일을 장터에서 말하면 안 되는 거야."

아이가 계속 말했다. "저분이 그 목사님인지 모르겠어. 너무 낯설어 보여서. 그렇지 않았다면 그에게 달려가서, 목사님이 검고 오래된 나무들 속에서 그랬던 것처럼, 모든 사람 앞에서 지금 그에게 뽀뽀해 줄 텐데. 그랬다면 엄마, 목사님은 뭐라고 그랬을까? 손으로 가슴을 치며 내게 인상을 찌푸리고 물러나라 그랬을까?"

헤스터가 대답했다. "뭐라 그러시겠니? 하지만 지금은 뽀뽀할 때가 아니고 장터에선 뽀뽀하는 것이 아니라고 하시겠지. 어리석은 아이 같으니라고. 목사님께 말하지 않길 잘했다."

딤스데일에 관해서 똑같은 느낌의 색다른 면을 표현한 사람이 있었는데, 이 사람은 워낙 기이해서 — 비정상이어서라고 말해야할 것 같다 — 극소수의 마을 사람들만이 감히 할 수 있었던 일, 즉 주홍 글자의 주인공과 공공장소에서 대화하는 것을 시작했다. 이 사람은 세 겹 목깃, 자수로 꾸민 가슴받이, 화려한 벨벳으로 만든 가운과 머리 부분이 황금색인 지팡이 등으로 꾸민 매우 화려한 차림으로 행렬을 보기 위해 나온 히빈스 부인이었다. 이 늙은 부인이 계속 일어나는 모든 마술적인 일들의 주범이라고(이로 인해 그녀는 자신의 생명을 잃는 대가를 치른다) 알려져 있어서, 군중은 그녀 앞에서 물러섰고, 그녀가 입은 화려한 옷의 주름에 역병이라도 들어 있는 양 그녀의 옷이 닿는 것을 두려워하는 것처럼 보였다. 비록 이제는 많은 사람들이 헤스터를 다정하게 생각했지만, 히빈스 부인이 불러일으킨 두려움은 그녀가 헤스터 프린과 함께 있음으로써 배가된 탓에 사람들은 장터에서 이 두 여인이 서 있는 곳으로부터 모두 물러섰다.

늙은 부인이 헤스터에게 비밀스럽게 속삭였다. "이봐, 누가 그렇게 상상할 수 있었겠어! 저기 저 거룩한 사람 말이야! 사람들이 지상의 성인으로 추앙하는 저 사람 말이야. 그리고 — 이 말을 꼭 해야겠어 — 저 사람은 정말 성인처럼 보이는군. 지금 행렬에서 지나가는 그를 본 이들 중 누가, 저 사람이 얼마 전에 서재에서 나와 — 내 장담하지만, 입으로 히브리어 성서를 씹으면서 — 숲 속으로 바람을 쐬러 갔다고 생각하겠어. 헤스터 프린, 우린 그게 무슨 뜻인지 알잖아! 하지만 나도 저 사람이 똑같은 사람인지 정말 믿기 어려워. 난 악대 뒤에서 걷고 있는 많은 교회 신자들이 나와 함께 같은 박자에 맞춰 춤추는 걸 봤지. 어떤 분*이 바이올린을 연주하고, 인디언 주술사와 라플란드*의 마법사가 우리와 손잡고 춤을 추었을 때 말이야. 여자가 세상을 알고 있을 때라면 그건 별일이 아니지. 하지만 이 목사는 말이야, 헤스터, 그자가 숲길에서 당신이 만났던 바로 그 사람이라고 확실히 말할 수 있겠어?"

헤스터 프린은 히빈스 부인이 심리적으로 불안정하다고 느꼈지만, 그녀가 그토록 많은 사람들과(그중에서도 자신과) 악마 사이에 사적인 관계가 있다는 것을 자신 있게 공언하는 것을 듣고 이상할 만큼 놀라고 경악하면서 대답했다. "부인, 무슨 말씀을 하시는지 모르겠군요. 저는 딤스데일 목사님처럼 학식 있고 경건한 하느님의 사제에 대해 가볍게 말할 수 없어요."

늙은 부인이 헤스터에게 손가락을 흔들어 대며 소리쳤다. "이런, 젠장! 당신은 내가 숲에 그렇게 자주 가고도 다른 누가 그곳에 갔었는지 판단할 재주가 없다고 생각하는 거야? 그들이 춤출 때 썼던 야생화로 만든 화환의 잎들이 머리에 남아 있지 않더라도 말이야. 헤스터, 난 당신을 알아. 내가 그 표식을 보기 때문이지. 우리 모두는 햇볕 속에서 그걸 볼 수 있고, 어두울 때 그것은 빨간 불꽃처럼 타오르지. 당신은 그걸 밖으로 달고 다니니까 의문의 여지가 없어. 하지만 이 목사는 말이야, 당신 귓가에 대고 말해 주지. 블랙 맨은 딤스데일 목사처럼 서명 날인한 자기 하인이 자신과 계약 맺은 걸 인정하기 꺼려 하는 걸 보면, 세상 사람들이 모두 볼 수 있도록 그 표식이 대낮에 드러나게 만드는 방법을 쓰기도 하지. 하, 헤스터 프린, 도대체 목사가 항상 가슴에 손을 대고 숨기려 하는 게 뭘까?"

귀여운 펄이 열광하며 물었다. "히빈스 부인, 그게 뭐예요? 부인은 그걸 보셨나요?"

히빈스 부인은 펄에게 정중히 인사하면서 대답했다. "아무것도 아니란다, 얘야, 너도 언젠가는 직접 보게 될 거란다. 얘야, 사람들이 네가 마왕*의 혈통이라고 하더구나. 쾌청한 날 밤에 나와 같이 네 아비를 보러 날아가겠니? 그때 너는 목사가 왜 손을 가슴에 대는지 알게 될 거란다."

그러고 나서 늙은 부인은 장터 전체가 들을 수 있을 만큼 날카로운 웃음소리를 내며 떠나갔다.

이때 교회에서는 예비 기도가 끝나고, 설교를 시작하는 딤스데일 목사의 목소리가 들렸다. 걷잡을 수 없는 감정으로 인해 헤스터는 그곳 가까이 머물러 있었다. 교회당은 한 명도 더 수용할 수 없을 만큼 만원이었기 때문에, 그녀는 형틀이 있는 처형대 옆에 자리를 잡았다. 그곳은 목사의 아주 특이한 목소리가 불분명하면서도 다양하게 중얼거리듯 흘러나오는 방식으로 설교 전체가 그녀의 귀에 들어오기에 충분할 만큼 가까웠다.

이 목소리에는 그 자체로 풍부한 재능이 담겨 있어 듣는 사람은 목사의 말을 알아듣지 못하고도 그 음조와 억양에 흔들릴 수 있었다. 다른 모든 음악처럼 그 목소리는 어디에서 교육을 받았든 인간의 마음에 타고난 언어로 열정과 비애감, 고양되거나 부드러운 감정을 토로했다. 설교하는 목소리는 교회의 벽을 지나면서 약해졌지만, 헤스터 프린이 열심히 귀 기울여 듣고 또 가까이 공감한 나머지, 분명히 알아들을 수 없는 말과 관계없이, 그녀에게 의미를 지니고 있었다. 그 말이 좀 더 명확하게 들렸다면 아마도 탁한 매개체가 되어 정신적 의미를 가로막을 수 있었다. 그녀는 휴식을 취하기 위해 가라앉는 바람 같은 낮은 음조를 포착했고, 그 음조가 점점 더 아름다움과 힘을 더해 가며 높아질 때 그와 함께 고양되어 마침내 그 음량이 장엄하고 경외감을 일으키는 기분으로 그녀를 감쌌다. 그 목소리는 때로 웅장했지만 그 안에는 슬픔이 깃들어 있었다. 그것은 크거나 낮은 고뇌의 표현이었고, 고통받는 인간의 속삭임 아니면 비명이라고 여길 수 있는 것으로 모든 이의 심금을 울리는 것이었다. 때로는 이 심오한 비애의 곡조만 들리기도 했고, 쓸쓸한 침묵 속에 한숨 쉬듯 거의 들리지 않을 때도 있었다. 그러나 목사의 목소리가 높이 당당하게 솟아오를 때조차 — 그 목소리가 억누를 길 없이 높이 용솟음칠 때에도 — 그 목소리가 최대의 음역과 힘을 다해 교회에 넘쳐 나서 견고한 벽을 뚫고 나가 대기에 흩어질 때조차도, 듣는 이가 목적을 갖고 열심히 든는다면 똑같은 고통의 울부짖음을 감지할 수 있었다. 그것은 무엇이었을까? 슬픔에 젖고 아마도 죄로 물든 인간의 마음이 죄나 슬픔에 대한 자신의 비밀을 인류의 위대한 마음에게 말하며, 매 순간, 한 음절마다 결코 헛되지 않게 인류의 동정과 용서를 구하는 하소연이 아니던가! 목사에게 가장 어울리는 힘을 준 것은 바로 이 심오하고 지속적인 저음이었다.

헤스터는 내내 처형대 밑에서 조각상처럼 서 있었다. 목사의 목소리가 그녀를 그곳에 머물러 있게 하지 않았다 하더라도, 그녀가 치욕적인 삶의 첫 순간을 시작했던 그곳에는 불가피한 자력이 작용하고 있었을 것이다. 그녀의 마음속에는 — 하나의 생각으로 만들어지기에는 너무 희미하지만 그녀의 마음을 무겁게 짓누르고 있던 — 그녀의 과거와 미래를 포함한 삶의 전 영역이, 마치 그것에 통일성을 주는 하나의 점에 연결된 것처럼, 이 장소와 연결되어 있다는 느낌이 들었다.

그사이 귀여운 펄은 엄마 곁을 떠나 장터에서 마음껏 놀고 있었다. 밝은 깃털의 새가 황혼 빛 잎다발 사이에서 반쯤은 드러나고 반쯤은 숨은 채 이리저리 날아다녀서 잎이 거무스레한 나무 전체를 밝게 비추듯이, 그녀는 이상하고 빛나는 광채로 거무칙칙한 군중을 밝게 해 주었다. 그녀는 굽이치듯 그러나 때로는 날쌔고 불규칙하게 움직였다. 이런 동작은 그녀의 정신이 부단히 활동하는 것을 보여 주었는데, 오늘 그녀의 정신은 엄마의 불안에 기초해서 움직이고 그와 함께 진동했기 때문에 평소보다 두 배나 더 생동적인 춤을 추고 있었다. 펄은 늘 종잡을 수 없는 자신의 호기심을 자극하는 것을 볼 때마다 그곳으로 날아가 원하는 대로 그 사람이나 사물을 자신의 소유물로 움켜쥐었지만, 그 대가로 자신의 동작을 조금이라도 통제하도록 양보하지 않았다. 청교도들은 그저 바라보고 있었는데, 웃음을 짓더라도 그녀의 작은 모습을 통해 빛나고 그녀의 행동과 함께 반짝거리는, 형용할 수 없도록 아름답고 기이한 매력 때문에 아이를 악마의 자손이라고 단언하려 했다. 그녀는 달려가서 야성적인 인디언의 얼굴을 쳐다보았고, 그러면 그 인디언은 자신보다 더 야성적인 본성을 의식하게 되었다. 그런 다음 그녀는 타고난 대담함으로 그러나 여전히 자제하는 특성을 지닌 채, 인디언들이 육지에서 검은 얼굴의 야만인이듯, 바다에서 검은 얼굴의 야만인이었던 뱃사람들 사이로 날아 들어갔고, 그들은 바다 거품 조각이 작은 인어의 형상이 되어 밤에 뱃머리 밑에서 반짝이는 바다의 영혼을 부여받은 것처럼, 놀라고 경탄하면서 펄을 응시했다.

뱃사람들 중 한 사람은 — 헤스터 프린에게 말했던 선장인데 — 펄의 모습에 매혹되어 뽀뽀를 얻어 낼 목적으로 그녀에게 손을 대려 했다. 하지만 그는 그녀를 만지는 것이 날아다니는 벌새를 잡는 것처럼 불가능하다는 것을 알고 자신의 모자에 꼬여 감겨 있던 황금 사슬을 꺼내 아이에게 던졌다. 펄은 즉시 그 사슬을 목과 허리에 감았는데 어찌나 훌륭한 솜씨였던지, 그것은 그녀의 일부가 되어 그것을 걸치지 않은 그녀를 상상하는 것이 어려워졌다.

뱃사람이 말했다. "네 엄마가 주홍 글자를 단 저 여인이지. 엄마에게 내 메시지를 전해 줄래?"

펄은 "메시지가 날 즐겁게 하는 거라면 그럴게요" 하고 대답했다.

그가 대답했다. "그러면 내가 안색이 검고 어깨가 굽은 늙은 의사와 다시 얘기했는데 그 사람이 자기 친구, 엄마가 아는 그 신사를 배에 데려오겠다고 약속한다고 말해 주렴. 그러니 네 엄마는 엄마와 너만 생각하면 된다고 해라. 꼬마 마녀야, 엄마에게 이 말을 전해 주겠니?"

펄은 장난스러운 웃음을 지으며 외쳤다. "히빈스 부인이 그러는데, 내 아버지는 마왕이래요. 만약 아저씨가 그런 나쁜 이름으로 나를 부르면 마왕에게 아저씨 이야길 할 거예요. 그러면 마왕이 폭풍을 몰고 아저씨 배를 쫓아다닐 거예요."

아이는 장터를 지그재그로 가로질러 엄마에게 돌아가 뱃사람의 말을 전했다. 불행의 미로에서 목사와 자신에게 탈출구가 열리는 것 같았던 바로 그 순간에, 그들의 통로 한복판에 무자비한 웃음을 머금고 나타난 불가피한 운명의 어둡고 무서운 얼굴을 보자 헤스터의 강인하고 침착하며 인내력 있는 정신은 마침내 거의 주저앉았다.

선장이 전달한 소식으로 인해 그녀의 마음은 심각한 당혹감에 휩싸였지만 그녀는 또 다른 시련에 처하게 되었다. 주홍 글자에 대해 자주 들은 데다 거짓되거나 과장된 온갖 소문으로 인해 주홍 글자를 대단한 것으로 여기게 되었지만 직접 눈으로 그것을 본 적이 없는 인근 지역 사람들이 많이 와 있었다. 이들은 다른 여흥거리를 다 즐긴 후에 이제 무례하고도 거칠게 밀고 들어오며 헤스터 프린 주위로 몰려들었다. 그러나 아무리 무절제하긴 했어도 그들은 몇 야드 크기의 원보다 가까이 다가서지는 못했다. 따라서 그들은 거리를 둔 채 그 신비로운 상징이 일으키는 혐오감의 원심력에 의해 고정된 채 서 있었다. 마찬가지로 구경꾼들이 밀집한 것을 보고 주홍 글자의 의미를 알게 된 선원들도 다가와 햇볕에 그을린 악한처럼 보이는 얼굴을 그 원 안으로 들이밀었다. 심지어는 인디언들도 백인이 드러내는 호기심의 차가운 그림자 같은 것에 영향을 받아 군중 사이로 미끄러지듯 움직여, 아마도 이 화려하게 수놓은 배지를 단 사람은 품위를 지닌 높은 인물임에 틀림없을 것이라 생각하며, 헤스터의 가슴에 그들의 뱀같이 검은 눈을 고정했다. 마지막으로, 마을 주민들도(다른 사람들이 느끼는 것을 보고 공감하여 이 낡은 주제에 대한 그들의 관심이 서서히 다시 살아나) 어슬렁거리며 다가와 냉정하고 익숙한 시선으로 그녀의 낯익은 수치의 상징을 바라보며 아마도 다른 사람들보다 더 헤스터 프린을 괴롭혔다. 헤스터는 그들이 7년 전 감옥 문에서 그녀가 나오기를 기다렸던 부인들의 무리와 똑같은 얼굴의 소유자라는 것을 알아차렸다. 그중에서 가장 젊고 또 유일하게 동정적이었던 부인은 없었는데, 헤스터는 그녀의 수의를 만들었었다. 그녀가 불타오르는 글자를 곧 집어 던지려는 마지막 순간에 그 글자는 이상하게도 더 많은 주목과 흥분의 중심이 되어 그녀가 그것을 달았던 첫날 이후 그 어느 때보다도 더 고통스럽게 그녀의 가슴을 태웠다.

헤스터가 자신이 받은 처벌이 간악하고 잔인하게도 그녀를 영원히 고정시켜 놓은 듯한 그 치욕적인 마법의 원에 서 있는 동안 존경받는 목사는 신성한 설교단에서 청중을 내려다보고 있었고, 그들의 가장 내밀한 영혼은 그의 통제력에 굴복하고 있었다. 교회 안의 성인화된 목사! 장터 속의 주홍 글자 여인! 그 두 사람에게 모두 똑같은 낙인이 타오르고 있었다고 짐작할 만큼 불경한 상상력을 가진 자가 누가 있었겠는가?

제23장
주홍 글자의 드러남

　듣고 있던 청중의 영혼을 바다 위에 넘실거리는 파도 위에 실어 올리던 웅변적인 목소리가 마침내 멈췄다. 신탁이 선언된 후에 이어지는 것과 같은 심오한 침묵이 잠시 흘렀다. 그러고는 마치 청중이 자신들을 다른 사람의 마음의 영역으로 빠져들게 한 마법에서 깨어나 여전히 경외심과 경이로움에 눌린 채 본래의 의식으로 되돌아오고 있는 것처럼, 중얼거리는 소리와 반쯤 진정된 소란이 뒤따랐다. 잠시 후에 교회 문에서 사람들이 쏟아져 나왔다. 이제 설교가 끝났으므로, 그들은 목사가 불꽃의 언어로 바꾸어 진한 사상의 향기로 채웠던 공기보다 조야한 세속의 삶을 지탱하는 데 더 적합한 다른 공기를 호흡하는 것이 필요했다.

　밖으로 나오자 그들이 겪은 황홀함은 말로 터져 나왔다. 거리와 장터에서는 목사를 칭찬하는 말들이 사방에서 들렸다. 그의 청중은 서로에게 자신들이 말하거나 들을 수 있는 것 이상으로 잘 알고 있는 것을 말하기 전까지 가만있을 수 없었다. 그들의 통일된 증언에 의하면, 오늘 목사가 말한 것보다 더 지혜롭고 더 고양되며 더 신성한 정신으로 말한 사람은 없었다. 또한 오늘 목사를 통해 전달된 것보다 더 분명하게 인간의 입을 통해서 영감이 전달된 적도 없었다. 말하자면 영감의 힘이 내려와 그를 사로잡으며 앞에 놓인 설교문으로부터 들어 올렸고, 청중뿐 아니라 그 자신에게도 경이로웠을 사상으로 그의 마음을 가득 채웠다. 그의 설교 주제는 신과 인간 공동체 사이의 관계였고 특히 인간 공동체가 이곳 황야에 세우고 있는 뉴잉글랜드에 관한 것으로 보였다. 그가 설교의 결론에 이르렀을 때 예언과 같은 성령이 내려와서 과거 이스라엘의 예언자들에게 그랬던 것처럼 강력하게 자신의 목적에 따르기를 강요했다. 단지 차이가 있다면 유대인 예언자들이 그들의 조국을 향해 심판과 파멸을 경고한 반면, 목사의 사명은 새로 모인 주님의 백성들에게 높고 영광스러운 운명을 예언하는 것이었다. 그러나 그동안 내내 설교 전체를 통해 곧 떠나갈 사람의 자연스러운 회한으로밖에는 달리 해석할 길이 없는 어떤 깊고 슬픈 비애의 낮은 음조가 있었다. 그랬다. 그들 모두가 사랑했던 — 그리고 그들을 너무 사랑한 나머지 한숨짓지 않고서는 하늘로 떠나갈 수 없었던 — 그들의 목사는 때 이른 죽음이 임박한 것을 예감했고 곧 그들이 눈물을 흘리는 가운데 그들을 떠나갈 것이었다. 목사가 만들어 낸 효과를 마지막으로 더 크게 만든 것은 그가 지상에 잠깐만 머물 것이라는 이런 생각이었다. 그것은 마치 천사가 하늘로 가는 도중에 잠시 사람들 위에서 — 그림자이기도 했고 광채이기도 했던 — 밝은 날개를 흔들고, 그들에게 황금빛 진리의 소나기를 내린 것 같았다.

그렇게 해서 딤스데일 목사에게는 — 다양한 영역에 종사하는 대부분의 사람들에게 그렇듯이, 한참 후에 이 시기를 뒤돌아볼 때까지 알지 못하겠지만 — 그 이전과 이후의 어느 때보다도 더 찬란하고 승리에 찬 인생의 시기가 도래했다. 그는 이 순간 지성의 재능과 풍부한 지식, 압도적인 웅변력 그리고 순백의 신성함을 지녔다는 평판 덕분에, 성직자라는 사실만으로도 높은 주춧대 위에 올라 있던 뉴잉글랜드의 초기에, 한 성직자가 올라설 수 있는 가장 높고 자랑스러운 위치에 서 있었다. 선출 축하 설교 말미에 그가 설교단에서 고개를 숙여 인사했을 때 목사가 차지한 것은 바로 이런 위치였다. 그동안 헤스터 프린은 여전히 가슴에 타오르는 주홍 글자를 달고 형틀이 있는 처형대 옆에 서 있었다.

이제 다시 울려 퍼지는 음악 소리와 박자를 맞춘 의장대의 발소리가 교회 문에서 흘러나왔다. 이곳에서부터 시청까지 행렬이 계속되다가 그곳에서 웅장한 연회로 이날의 의식이 완성될 예정이었다.

따라서 총독과 치안 판사들, 연륜 있는 현인들과 거룩한 목사들 그리고 모든 명망 있는 고위 인사들이 다가올 때 경건하게 양옆으로 물러섰던 사람들이 만든 넓은 길을 통해 다시 한 번 존경스럽고 위엄 있는 목사들의 행렬이 움직이는 게 보였다. 그들이 장터에 들어서자 함성 소리가 그들을 맞이했다. 이 함성 소리는 — 의심의 여지 없이 당시에는 통치자들에게 어린애 같은 충성심을 가졌기 때문에 이 소리가 더 큰 힘과 무게를 얻긴 했지만 — 그들의 귓가에 아직도 메아리치고 있던 그 고귀하고 유창한 웅변에 의해 청중 내부에서 타오르기 시작한 열의가 억누를 길 없이 폭발한 것처럼 느껴졌다. 사람들은 마음속에서 이러한 충동을 느꼈고 동시에 이웃에게서 같은 충동을 포착했다. 교회 안에서도 거의 진정시키기 어려웠던 그 열의는 하늘 아래에서는 천장을 향해 울려 퍼졌다. 그곳에는 돌풍이나 천둥 혹은 포효하는 바다 소리가 만들어 내는 오르간 소리보다 더 인상적인 소리를 만들어 내기에 충분한 사람들, 그것도 매우 흥분한 화음의 감정을 지닌 사람들이 있었고, 여럿으로부터 하나의 큰마음을 만드는 충동에 의해 그 많은 목소리들이 장엄하게 솟아올라 하나의 위대한 목소리로 혼합되었다. 뉴잉글랜드 땅에서 그런 함성 소리가 울려 퍼진 적은 결코 없었다. 뉴잉글랜드 땅에서 이 목사처럼 인간들로부터 추앙받은 사람도 없었다.

그러면 그는 어떠했던가? 그의 머리를 둘러싼 후광은 없었던가? 그렇게 성령에 의해 영적으로 변하고, 숭상하는 예찬자들에 의해 신격화된 그가 행렬 속에서 내딛는 발걸음이 지상의 흙을 정말 밟았단 말인가?

군인들과 원로 시민들의 행렬이 앞으로 움직일 때 모든 사람의 눈은 자신들에게 다가오는 목사 쪽으로 향했다. 그를 보자 군중의 함성은 잦아들고 중얼거림으로 바뀌었다. 승리의 한복판에서 그는 얼마나 약하고 창백하게 보였던가! 그의 기력은 — 아니, 하늘에서부터 스스로의 힘을 가지고 온 신성한 메시지를 그가 전달할 때까지 그를 지탱하고 있던 영감이라고 불러야 할 것이다 — 이제

임무를 충실히 수행했으므로 움츠러들었다. 그들이 조금 전에 보았던, 그의 뺨에서 타오르던 빛은 서서히 꺼져 가는 장작불에서 가망 없이 소멸되어 가는 불꽃처럼 꺼졌다. 죽음 같은 안색의 그의 얼굴은 살아 있는 사람의 얼굴이라 보기 어려웠고, 무기력하게 비틀거리며 그러나 쓰러지지 않고 길을 걸어가고 있는 그에게서 생명력을 찾아보기는 어려웠다.

동료 성직자 중 하나인 존경받는 존 윌슨 목사가 지성과 감성의 물결이 빠져나간 후에 딤스데일이 처한 상태를 보고 급히 그를 부축하기 위해 앞으로 걸어 나왔다. 목사는 가볍게 떨면서 그러나 단호하게 노목사의 팔을 물리쳤다. 그러고는 여전히 앞으로 걸어 나갔다. 앞으로 걸어오라고 유도하기 위해 손을 뻗고 있는 엄마를 보고 비틀대며 안간힘을 쓰는 아기의 동작과 닮은 그의 동작을 그렇게 부를 수 있다면 말이다. 그 마지막 발걸음은 거의 눈에 띄지 않을 정도였지만 마침내 그는 서글픈 세월의 흐름 모두를 사이에 두고 오래전에 헤스터 프린이 세상 사람들의 치욕스러운 시선을 감내했던, 모두가 잘 기억하고 있고 궂은 날씨로 거무칙칙해진 처형대 맞은편에 이르렀다. 그곳에는 헤스터가 귀여운 펄의 손을 잡고 서 있지 않았던가! 그리고 그녀의 가슴에 주홍 글자가 있지 않았던가! 행렬에 맞추어 악대는 여전히 웅장하고 즐거운 행진곡을 연주하고 있었지만 목사는 잠시 걸음을 멈추었다. 음악은 축제를 향하여 가라고 그를 불렀지만 그는 이곳에서 멈추어 섰다.

벨링엄은 지난 몇 분 동안 불안한 눈빛으로 그를 주시하고 있었다. 그는 딤스데일의 모습을 보고 도와주지 않으면 쓰러질 것이라

판단하여 행렬에서 벗어나 그를 도우러 다가왔다. 그러나 목사의 표정에는 이 치안 판사에게 물러서라고 경고하는 무엇인가가 있었다. 치안 판사가 영혼에서 영혼으로 전달되는 희미한 암시에 잘 따르지 않는 사람이었는데도 말이다. 그러는 사이에 군중은 경외심과 경이로움으로 바라보고 있었다. 그들이 보기에, 지상에서의 그의 연약함은 목사의 천상적인 힘의 또 다른 모습에 불과했다. 만일 목사가 그들의 눈앞에서 승천하여 점점 더 희미해지고 밝아져 마침내 하늘의 빛 속으로 사라진다 해도, 거룩한 사람에게 일어날 수 있는 숭고한 기적으로 보였다.

그는 처형대로 돌아서서 팔을 뻗었다.

목사가 말했다. "헤스터, 이리 와요. 내 귀여운 펄, 이리로 오렴."

그들을 바라보는 그의 표정은 핼쑥했지만, 그 표정에는 부드러우면서도 이상하게도 승리에 찬 듯한 무엇인가가 담겨 있었다. 아이는 특유의 새 같은 동작으로 날아가듯 그에게 가서 그의 무릎을 팔로 감싸 안았다. 헤스터 프린도 — 마치 불가피한 운명에 의해 내몰리면서도 강한 의지로 이에 맞서려는 듯 천천히 — 가까이 다가갔지만 그에게 이르기 전에 멈춰 섰다. 순간 늙은 로저 칠링워스가 자신이 희생 제물로 삼은 목사가 하려는 행동을 막으려는 것처럼 군중 사이로 몸을 비집고 나왔는데, 그의 표정이 너무 어둡고 당황하고 사악해 보여 지옥에서 솟아오른 것 같았다. 노인은 앞으로 뛰쳐나가 목사의 팔을 잡았다.

그가 속삭였다. "미친 사람 같으니라고. 그만둬요. 뭘 하려는 거요? 저 여인을 물리치고 저 아이도 포기해요. 모두 잘될 거요. 당신의 명예를 더럽혀 불명예 속에서 파멸하지 말아요! 내가 당신을 구할 수 있어요. 당신의 신성한 직업에 오점을 남기겠다는 거요?"

목사가 두려워하면서도 단호하게 그의 눈을 쳐다보며 대답했다. "이 유혹자* 같으니! 내 생각에 당신은 너무 늦었소. 당신의 힘은 예전 같지 않소. 신의 도움으로 나는 당신에게서 영원히 도피할 거요."

그는 다시 주홍 글자의 여인에게 손을 내밀었다.

그리고 사무치는 진지한 목소리로 소리치며 말했다. "헤스터 프린, 내 무거운 죄와 비참한 고뇌에도 불구하고, 이 최후의 순간에 내가 7년 전에 하지 못했던 것을 할 수 있도록 은총을 베풀어 주시는 두렵고 자비로운 주님의 이름으로 말하니 이리 와서 내게 당신의 힘을 보태 줘요. 헤스터, 당신의 힘 말이에요. 하지만 신이 내게 주신 의지가 당신의 힘을 인도하게 해요. 이 불쌍하고 상처받은 노인이 온 힘을 다해, 자신의 힘과 악마의 힘을 다해서 반대하고 있어요. 헤스터, 이리 와서 내가 저 처형대 위로 올라가게 부축해 줘요."

군중은 혼란에 휩싸였다. 목사 주위에 가까이 서 있던 고위층 인사들은 너무 놀라고 그들이 목격한 것이 의미하는 바에 대해 너무 당황한 나머지, 즉시 떠오른 설명을 받아들일 수도 없었고 다른 설명을 상상할 수도 없어서 신이 내릴 판단을 조용히 지켜보는 관객으로 남아 있었다. 그들은 헤스터의 어깨에 기대 그를 감싼 그녀의 팔에 의지한 목사가 여전히 죄로 잉태되어 태어난 어린아이의 손을 잡고 처형대에 다가가 계단을 오르는 것을 바라보았다.

늙은 로저 칠링워스는 그들 모두가 배우였던 죄와 슬픔의 드라마에 밀접하게 관련되어 이 드라마의 마지막 장면에 존재할 자격이 충분히 있는 자로서 뒤를 따랐다.

그가 어두운 표정으로 목사를 보면서 말했다. "당신이 이 세상 전체를 다 찾아다녔어도 여기 이 처형대 위 말고는 — 나를 피할 수 있는 높고 낮은 어떤 곳이든 — 단 한 군데의 비밀스러운 장소도 찾을 수 없었을 거요."

목사가 "저를 이곳으로 인도하신 주님, 감사하나이다" 하고 대답했다.

그러나 그는 떨면서 의문과 불안한 표정을 머금고 헤스터를 향했지만 분명 그의 입가에는 연한 미소가 감돌았다.

그가 나직이 말했다. "우리가 숲 속에서 꿈꾸던 것보다 이게 더 낫지 않아요?"

그녀는 급히 대답했다. "몰라요! 몰라요! 더 낫다고요? 그래요, 우리 둘 다 죽고 귀여운 펄도 우리와 같이 죽을 수 있겠죠."

목사가 말했다. "당신과 펄은 신이 명하시는 대로 해요. 신은 자비로우시지요! 이제 신이 내 눈앞에 분명히 보여 주신 의지를 내가 행할 거예요. 왜냐하면, 헤스터, 나는 죽어 가고 있기 때문이죠. 그러니 어서 내 수치를 떠안아야겠어요."

딤스데일 목사는 귀여운 펄의 손을 잡고 헤스터 프린에게 반쯤 부축을 받으며 고귀하고 존경받는 통치자들과 그의 거룩한 동료 목사들, 그리고 주민들을 향해 돌아섰는데, 그들의 마음은 크게 경악했지만 — 만일 죄로 가득 찼다면, 마찬가지로 고뇌와 후회로도 가득 찬 — 어떤 심오한 삶의 문제가 자신들에게 드러날 것이라는 것을 알고 있어서 눈물 어린 동정심으로 충만했다. 그가 영원한 정의의 심판대에서 유죄를 인정하려고 일어섰을 때, 정오를 지난 지 얼마 안 된 태양이 목사를 비추어 그의 모습을 더 또렷하게 만들었다.

그는 사람들 위로 솟아오르는 높고 엄숙하고 숭엄한 — 그러나 항상 그 안에 전율이 담긴, 그리고 때론 측량할 길 없는 회한과 비애의 심연으로부터 힘들게 솟아 나오는 비명을 지닌 — 목소리로 외쳤다. "뉴잉글랜드 주민 여러분, 저를 사랑해 주시고 저를 거룩하다고 여기신 여러분, 세상의 죄인인 저를 보십시오. 마침내, 마침내 제가 7년 전 서야 했던 곳에 이제 섰습니다. 7년 전에 저는 이 여인과 함께 서 있어야 했습니다. 지금 제가 이곳까지 걸어올 수 있게 한 미약한 힘보다 더, 자신의 팔로 저를 부축해서 이 두려운 순간에 제가 쓰러져 엎어지지 않게 해 주는 이 여인과 함께 말입니다. 헤스터가 달고 있는 주홍 글자를 보십시오. 여러분은 저 글자를 보고 몸서리쳤습니다. 그녀가 가는 곳마다 — 그녀가 비참한 짐을 지고 안식을 찾고자 바랐던 곳마다 — 저 글자는 그녀의 주위에 경악과 두려운 혐오의 이글거리는 불빛을 비추었습니다. 그러나 여러분 가운데 한 사람이 서 있었고, 그의 죄와 오명의 낙인에 대해서는 여러분이 몸서리치지 않았습니다."

순간 목사는 마치 자기 비밀의 나머지를 밝히지 않고 남겨 두려는 것 같았다. 그러나 그는 자신과 투쟁하고 있던 육체적 허약함과 그보다 더한 마음의 유약함을 싸워 물리쳤다. 그는 모든 도움을 뿌리치고 여인과 아이 앞에 열정적으로 한 걸음 다가갔다.

그는 모두 말하려고 결심한 듯 단호하게 말을 이었다. "그에게도 낙인이 찍혀 있었고, 신의 눈이 그것을 보았습니다. 천사들도 그 낙인을 끊임없이 가리켰습니다. 악마도 그 낙인을 잘 알고 있어 불타는 손가락으로 그것을 만지며 끊임없이 괴롭혔습니다. 하지만 그는 사람들에게서 교묘하게 낙인을 숨겼고, 죄 많은 세상에서 너무 순수했기 때문에 서글픈, 그리고 천상의 동료들을 그리워했기 때문에 슬픈 영혼의 모습으로 위장하고 여러분 사이에서 걸어 다녔습니다. 이제 죽음의 순간에 그는 여러분 앞에 서 있습니다. 그는 헤스터의 주홍 글자를 다시 볼 것을 여러분에게 명합니다. 그는 온갖 신비로운 공포를 불러일으키는 그 글자가 자신의 가슴에 달고 있는 것의 그림자에 지나지 않는다고, 그리고 자신의 붉은 낙인마저도 그의 가장 내밀한 심부를 불태운 것의 표상에 지나지 않다고 말합니다. 여기에 죄인에 대한 신의 심판에 의문을 품는 자가 있습니까? 보십시오. 그에 대한 두려운 증거를 보십시오."

그는 거친 동작으로 가슴의 성직자용 띠를 떼어 냈다. 마침내 그것이 드러났다. 그러나 이렇게 드러난 것을 묘사하는 것은 불경스러운 일이었다. 일순간 공포에 질린 대중의 시선은 이 무시무시한 기적에 집중되었고, 그동안 목사는 예리한 고통의 위기를 겪으면서 승리를 얻어 낸 사람처럼 얼굴에 승리의 활기를 띠고 서 있었다. 그리고 잠시 후 그는 처형대에 쓰러졌다. 헤스터가 그를 살짝 일으켜 세워 그의 머리를 자신의 가슴에 기대게 했다. 늙은 로저 칠링워스는 생명력이 빠져나간 것처럼 공허하고 멍한 표정으로 그 옆에서 무릎을 꿇었다.

그는 "당신은 내게서 벗어났소. 내게서 벗어났단 말이오"라고 여러 번 말했다.

목사가 말했다. "신이 당신을 용서하길 바랍니다. 당신도 아주 심각한 죄를 지었습니다."

그는 죽어 가는 시선을 노인에게서 떼어 여인과 아이에게 고정시켰다.

그는 가냘프게 ― 그의 얼굴에는 마치 한 영혼이 깊은 휴식에 빠져드는 것처럼 달콤하고 부드러운 웃음이 퍼져 있었고, 아니 이제 짐이 사라졌으므로 아이와 장난할 것처럼 보였다 ― 말했다. "내 귀여운 펄, 사랑스럽고 귀여운 펄, 이제 내게 뽀뽀해 주겠니? 저기 숲 속에서는 뽀뽀하려고 하지 않았지. 그런데 지금은 해 주겠니?"

펄이 그의 입술에 뽀뽀했고, 주문은 깨어졌다. 이 야성적인 아이가 하나의 역할을 맡았던 슬픔의 장면으로 인해 그녀의 동정심이 살아났고, 그녀는 아버지의 뺨에 눈물을 흘렸다. 이 눈물은 인간적인 기쁨과 슬픔 속에 성장하여 세상과 다투지 않고 세상 속에서 여인이 되겠다는 다짐이었다. 펄이 고뇌의 메신저로 엄마에게 수행했던 사명도 모두 이루어졌다.

목사가 "헤스터, 안녕" 하고 말했다.

그녀는 고개를 숙이고 그에게 얼굴을 가까이 대며 속삭였다. "우리는 다시 만나지 못하는 건가요? 우리는 불멸의 삶을 같이 살 수 없는 건가요? 우리는 틀림없이 이 모든 고통을 겪으면서 서로의 죗값을 치렀어요. 당신은 죽어 가는 밝은 눈으로 영원 속 먼 곳을 보고 있지요. 그러니 무얼 보고 있는지 말해 주세요."

목사가 떨면서 엄숙하게 말했다. "헤스터, 조용히 해요, 조용히. 우리는 법을 어겼어요, 여기에서 끔찍하게 드러난 죄 말이에요. 당신은 이것만 생각해요. 나는 두려워요, 두려워. 우리가 신을 망각할 때 ― 우리가 서로의 영혼에 대한 경외심을 위반했을 때 ― 우리가 내세에서 순수하게 영원히 다시 만나기를 바라는 것은 헛된 일일 거예요. 신은 알고 계시고 또 자비로우시지요. 신은 무엇보다도 내 고통 속에서 자비를 보여 주셨어요. 내 가슴에 이 불타오르는 고통을 주시고, 저 어둡고 무서운 노인을 보내셔서 그 고통이 항상 타오르게 하시고, 나를 여기까지 데려오셔서 사람들 앞에서 승리에 찬 치욕의 죽음을 맞도록 하시면서 말이에요. 이 고통들 중 어느 하나라도 없었다면 나는 영원히 타락했을 거예요. 주님의 이름 찬미받으소서! 주님의 뜻이 이루어지소서! 안녕!"

이 마지막 말은 목사의 숨이 끊어지면서 나왔다. 그때까지 숨을 죽이고 있던 군중은 이상하고도 깊은 경외와 경이의 목소리로 말을 했는데, 이는 아직 명확한 표현을 찾지 못하고 떠나간 영혼 뒤에 무겁게 흐르는 속삭임으로만 나타났다.

제24장
결론

앞서 일어난 장면에 대해 사람들이 생각을 추스르게 되었을 만큼 여러 날이 지났을 때, 처형대 위에서 목격한 것에 대해 여러 이야기가 있었다.

대부분의 관객들은 이 불행한 목사의 가슴에서 — 헤스터 프린이 달고 있던 것과 아주 비슷한 — 주홍 글자가 살에 새겨져 있는 것을 보았다고 증언했다. 이 글자의 기원에 대해서는 다양한 설명이 있었는데 이 모든 것이 추측에 불과한 것이었다. 어떤 이들은 헤스터가 그 치욕스러운 배지를 처음으로 달던 그날, 딤스데일 목사가 자신에게 끔찍한 고문을 가하는 고행을 시작했고 그 후에도 많은 부질없는 방법으로 이 고행을 계속했다고 주장했다. 다른 이들은, 그 낙인이 오랜 세월이 지난 후에 유능한 마법사였던 늙은 로저 칠링워스가 마법과 독약으로 나타나게 만들 때까지 생기지 않았다고 주장했다. 또 다른 이들, 그러니까 목사의 특이한 감수성과, 그의 정신이 육체에 미치는 놀라운 작용을 가장 잘 이해할 수 있던 자들은 항상 활동적인 회한의 이빨이 마음속 심부에서부터 밖으로 갉아먹고 나와 마침내 글자라는 가시적인 존재로 하늘의 두려운 심판을 드러낸 결과가 바로 이 두려운 상징이라는 자신들의 믿음을 속삭였다. 독자는 이런 설명들 가운데 하나를 선택할 수 있을 것이다. 우리는 이 징조에 대해 알 수 있었던 모든 점을 조명했고, 이제 이 징조가 그 임무를 다했으므로 오랜 명상으로 바람직하지 않을 정도로 선명하게 새겨진 우리의 뇌리에서 그 자국을 기꺼이 지우고자 한다.

그럼에도 불구하고 그 모든 장면을 지켜보면서 한순간도 딤스데일 목사에게서 눈을 떼지 않았다고 공언하는 일부 사람들이 그의 가슴엔 신생아의 가슴처럼 아무 표식도 없었다고 주장했다는 게 특이한 일이다. 그들이 전하는 말에 의하면, 그가 죽어 가면서 했던 말은 헤스터 프린이 오래전에 주홍 글자를 달게 된 죄와 자신이 관련되어 있다는 것을 인정하거나 심지어는 어렴풋이 암시하지도 않았다는 것이다. 매우 존중할 만한 이 목격담에 의하면, 목사는 자신이 죽어 가는 것을 의식하고 — 또한 대중이 자신을 이미 성인과 천사의 반열에 올린 것을 의식하고 — 이 타락한 여인의 품에서 자신의 마지막 숨을 거둠으로써 세상 사람들에게 인간 스스로의 정의로움이란 아무리 최상의 것이라 하더라도 얼마나 무의미한 것인지를 표현하고 싶었다는 것이다. 인간의 영적인 선을 위해 노력하면서 일생을 다 바친 후에 그는 무한한 순수의 관점에서 보았을 때 우리는 모두 똑같은 죄인이라는 위대하고도 서글픈 교훈을 자신을 존경하는 사람들에게 심어 주기 위해 자신이 죽는 방식을 하나의 우화로 만들었던 것이다. 그것은 우리들 가운데 가장 거룩한 사람은 내려다보는 신의 자비를 더 분명히 볼 수 있고, 높은 곳을 갈망하며 올려다보는 인간적인 미덕의 환영을 철저히 거부할 수 있을 만큼 인간들보다 월등히 높은 곳에 도달했을 뿐이라는 사실을 그들에게 가르치려는 것이었다. 이렇게 중요한 진리를 반박하지는 않겠다. 하지만 우리는 딤스데일 이야기에 대한 이런 해석이, 친구들 — 특히 성직자의 친구들 — 은 때로 끈질긴 믿음을 가지고 친구의 성품을 지지하는 경향이 있다는 것을 예증하는 것으로 여길 수 있을 것이다. 대낮의 햇빛이 주홍 글자를 비춘 것 같은 명백한 증거로 인해 그가 거짓되고 죄에 물든 흙의 피조물임이 밝혀졌을 때조차도 말이다.

우리가 주로 따랐던 전거가 되는 문서, 즉 헤스터를 알았던 사람들과 동시대의 증인들에게 이야기를 들은 사람들의 구두 증언을 바탕으로 기록된 오래된 원고는 지금까지의 이야기에서 우리가 취한 견해를 충분히 확인해 준다. 가련한 목사의 비참한 경험이 주는 교훈 중에서 우리는 하나만을 문장으로 표현하고자 한다. "참되어라! 참되어라! 참되어라! 너의 최악의 모습은 아니더라도 최악의 모습을 추론할 수 있는 어떤 특성을 세상에 거리낌 없이 보여 주어라!"

딤스데일이 죽은 뒤, 로저 칠링워스로 알려진 노인의 모습과 행동에 나타난 변화보다 더 놀랄 만한 일도 없었다. 그의 모든 힘과 활기, 그의 모든 생명력과 지력(知力)이 즉시 빠져나가서 그는 햇빛 속에 뿌리가 뽑힌 잡초처럼 확실히 시들고 오그라들어 사람들의 시야에서 사라져 버렸다. 이 불행한 사람은 복수를 추구하고 체계적으로 행하는 것을 자기 삶의 원칙으로 삼았기 때문에, 그 사악한 원칙이 승리하고 완성되어 더 이상 그것을 지지할 물질이 없게 되었을 때, 다시 말해서 그가 수행할 악마의 임무가 지상에 더 이상 남아 있지 않게 되었을 때, 인간성을 상실한 그에게는 자신의 주인이 임무를 부여하고 그에 맞게 보수를 주는 곳으로 가는 일만 남았던 것이다. 그러나 우리가 오랫동안 가까이 알아 온 이 모든 그림자 같은 존재들에게 ─ 그의 동료들뿐 아니라 로저 칠링워스에게도 ─ 우리는 기꺼이 관대해지고 싶다. 사랑과 증오가 심층적으로는 동일한 것이 아닌가 하는 문제는 흥미로운 관찰과 탐구의 주제이다. 사랑과 증오는 모두 극도로 발전할 경우 고도의 친밀함과 마음의 지식을 가정하기 마련이며, 한 개인이 자신의 애정과 정신적인 삶의 양식을 위해 다른 사람에게 의존하게 만들고, 열정적으로 사랑하는 사람이나 열정적으로 증오하는 사람 모두 대상이 사라지면 외롭고 쓸쓸해지는 법이다. 따라서 철학적으로 보았을 때 이 두 감정은 그중 하나가 우연히 천상의 빛으로 보이고 다른 하나는 어둡고 무시무시한 빛으로 보인다는 것을 제외하고는 본질적으로 동일한 것 같다. 정신적인 세계에서 의사와 목사는 ─ 서로의 희생자였지만 ─ 알지 못하는 사이에 지상에서 축적된 그들의 증오와 반감이 황금빛 사랑으로 바뀌는 것을 발견하게 되었을지도 모른다.

이 논의를 접어 두고 우리는 독자에게 전달할 일이 있다. 늙은 로저 칠링워스가 죽었을 때(이는 같은 해에 일어났는데) 벨링엄 총독과 윌슨 목사가 집행자 역할을 했던 그의 마지막 유언에서, 그는 이곳과 영국에 있는 큰 재산을 헤스터 프린의 딸인 귀여운 펄에게 물려주었다.

그렇게 해서 — 요정 아이였고, 일부 사람들이 계속해서 악마의 자손이라고 여겼던 — 펄은 당대에 신세계에서 가장 부유한 상속녀가 되었다. 아마도 이런 상황은 대중의 평가에 아주 중요한 변화를 가져왔을 것이고, 모녀가 이곳에 남았더라면 귀여운 펄이 결혼 적령기가 되었을 때 그들 중에서 가장 독실한 청교도의 혈통과 자신의 야성적인 피를 섞었을지도 모른다. 그러나 의사가 죽고 얼마 되지 않아 주홍 글자를 단 여인은 귀여운 펄과 함께 사라졌다. 오랜 세월 동안 — 이름 첫 자가 새겨진 부목 조각이 해안가에 밀려오듯이 — 모호한 소식이 간간이 바다를 건너오긴 했지만, 그들에 대해 확실한 소식을 받지는 못했다. 주홍 글자의 이야기는 전설이 되었다. 하지만 주홍 글자의 마법은 여전히 유효해서 가련한 목사가 죽었던 처형대와 헤스터 프린이 살았던 해안가 오두막은 여전히 경외심을 불러일으켰다. 어느 날 오후 이 오두막 가까이에서 몇몇 아이들이 놀고 있을 때, 아이들은 회색 옷을 입은 키 큰 여인이 오두막집 문으로 다가서는 것을 보았다. 지난 세월 동안 이 문은 한 번도 열린 적이 없었지만, 그녀가 그 문의 자물쇠를 열었든지, 아니면 썩어 가는 나무와 쇠가 그녀의 손에 떨어져 내렸든지 아니면 그녀가 이런 장애물들을 그림자처럼 통과해 미끄러져 들어갔든지 어쨌든 그녀는 안으로 들어갔다.

문가에서 그녀는 잠시 걸음을 멈추고 주위를 돌아보았는데, 이는 아마도 그렇게 변화한 모습으로 그녀가 이전에 열정적인 삶을 살았던 집을 혼자 들어간다는 생각이 견딜 수 없을 만큼 외롭고 쓸쓸했기 때문이었다. 그러나 그녀가 머뭇거린 것은 가슴에 주홍 글자를 보여 주기에는 충분했지만 아주 잠시뿐이었다.

헤스터 프린은 돌아와서 오랫동안 버렸던 치욕을 다시 달았다. 그런데 귀여운 펄은 어디 있단 말인가? 만일 살아 있다면 그녀는 한창 싱그럽게 피어날 꽃다운 어린 숙녀가 되었을 것이다. 이 요정 아이가 때아니게 처녀로 요절했는지 아니면 그녀의 야성적이고 화려한 성격이 부드러워지고 차분해져서 여성의 부드러운 행복을 누릴 수 있게 되었는지는 아무도 알지 못했고, 확실한 소식도 듣지 못했다. 그러나 남은 생애 동안 주홍 글자의 은둔자는 이국 땅에 사는 사람의 사랑과 관심을 받고 있다는 표시가 있었다. 영국의 문장학(紋章學)에는 알려져 있지 않은 것이었지만 문장으로 봉인된 편지가 오곤 했다. 오두막에는 헤스터가 사용하지 않을, 그러나 부자들만 구입할 수 있고 또 그녀에 대한 애정으로 상상했을 고급스러운 물건들이 있었다. 또한 애정 어린 마음에 섬세한 손가락으로 만들어진 소품들, 작은 장신구들, 그리고 오랫동안 기억할 아름다운 기념품들도 있었다. 그리고 한번은 헤스터가 아기 옷을 수놓고 있는 모습이 눈에 띄었는데, 이 옷은 너무도 화려하게 황금빛 색깔로 수놓은 것이어서 우리의 수수한 색깔의 공동체가 이 옷을 입은 아기를 보았더라면 공공연한 소란이 일어났을 것이다.

요컨대 펄은 살아 있을 뿐 아니라 결혼하여 행복했고 엄마를 잊지 않고 있었으며, 슬프고 외로운 엄마를 자신의 집에서 기꺼이 즐겁게 모셨을 것이라고 당대의 소문도 믿었고 — 한 세기 후에 조사를 벌였던 퓨 검사관도 믿었으며 — 그리고 최근의 공직 후계 자 역시 굳게 믿고 있다.

그러나 헤스터 프린에게는 펄이 가정을 꾸린 알려지지 않은 지역보다는 이곳 뉴잉글랜드에서 더 진실한 삶이 있었다. 이곳에서 그녀는 죄를 지었고, 이곳에 그녀의 슬픔이 있었으며, 그녀의 회개도 이곳에서 이루어질 것이었다. 때문에 그녀는 돌아와서 — 쇠처럼 엄한 시대의 가장 엄격한 치안 판사도 강요하지 못했을 것이기에 그녀의 자유 의지로 — 우리가 어두운 이야기를 들려준 그 상징을 다시 달았다. 이후 그 상징은 그녀의 가슴을 떠나지 않았다. 그러나 헤스터의 고되고 친절하며 헌신적인 생애의 세월이 지나는 동안 주홍 글자는 더 이상 세상의 경멸과 비난을 받는 낙인이 되지 않았다. 오히려 슬퍼해야 하고 두려움으로 그러나 또한 존경심으로 바라보아야 할 어떤 것의 표본이 되었다. 그리고 헤스터 프린이 아무런 이기적인 목적을 갖고 있지 않았고 조금도 자신의 이익이나 쾌락을 위해 살지 않았기 때문에, 사람들은 자신들의 슬픔과 당혹스러운 일들을 가져와서 큰 고통을 겪은 그녀에게 상담을 구했다. 특히 여인들은 — 상처받고, 소모되고, 부당한 취급을 받고, 잘못 사용된 혹은 잘못에 빠진 죄지은 열정의 시련을 끊임없이 반복하면서, 아니면 존중받지 못하여 찾는 이도 없기에 주지도 못한 마음의 외로운 짐을 지고 — 헤스터의 오두막을 찾아와 자신들은 왜 그렇게 비참하며 치유책은 무엇인가를 물었다. 헤스터는 최선을 다해 그들을 위로하고 상담했다. 그녀는 어느 밝은 시대에 천국의 시간이 도래해 세상이 그것을 위해 성숙해진다면, 보다 확실한 상호 행복의 기반 위에 남녀의 관계 전체를 확립하기 위해 새로운 진리가 드러날 것이라는 그녀의 확고한 믿음을 그들에게 심어 주었다. 이전에 헤스터는 자신이 예언녀가 될 운명일 것이라고 막연히 상상했지만, 죄로 물들고 수치로 고개를 숙인, 혹은 심지어 일생에 걸친 슬픔의 짐을 진 여인에게 신성하고 신비로운 진리의 사명이 맡겨지는 것은 불가능하다는 것을 오래전에 깨달았다. 다가오는 계시의 천사와 사도는 실제로 여인이긴 했지만 고귀하고 순수하고 아름다우며 어두운 슬픔이 아니라 천상적인 기쁨의 수단을 통해 지혜로워진, 그리고 그런 목적에 성공적인 삶의 참된 시험을 통해 어떻게 신성한 사랑이 우리를 행복하게 만드는지를 보여 주는 그런 여인이어야 했다.

헤스터 프린은 그렇게 말하면서 슬픈 눈으로 주홍 글자를 내려다보았다. 그리고 아주 오랜 세월이 흐른 뒤, 훗날 국왕 교회가 들어설 곳 옆에 있던 묘지에 오래되어 움푹 들어간 무덤 가까이에 새 무덤이 만들어졌다. 이 무덤은 오래된 무덤 가까이 있었지만 마치 잠들어 있는 두 사람의 먼지가 서로 섞일 권리를 갖고 있지 않은 양 그 무덤과 공간을 두고 떨어져 있었다. 그러나 두 무덤은 하나의 묘비로 충분했다. 주변에는 문장(紋章)이 새겨진 기념비들이 있었고 이 소박한 석판에는 — 호기심을 갖고 조사하는 사람이라면 여전히 발견하겠지만, 무슨 뜻인지 어리둥절할 — 양각으로 새긴 방패 모양의 문장 비슷한 것이 있었다. 거기에는 하나의 도안이 있었는데 이 도안에 딸린 문장의 어구는 우리가 이제 끝낸 전설에 대한 간략한 설명과 제명(題名)의 역할을 할 것이다. 그것은 너무 음울했고, 그림자보다 더 어두운 불타오르는 한 점 불빛에 의해 부드러워졌을 뿐이었다.

'검은 바탕에 빨간 글자 A.'

7 **점잖은 사회** 호손이 태어난 매사추세츠 주의 세일럼(Salem)이다. 1849년 대통령 선거에서 휘그당의 재커리 테일러(Zackary Taylor)가 당선되자 민주 당원이었던 호손은 세관에서 실직했다.

9 **묘사했을 때이다** 호손은 결혼 후 에머슨의 소유였던 구목사관에 머물렀고, 이곳에서의 자전적 이야기 모음을 1846년에 『구목사관에서 나온 이끼(*Mosses from an Old Manse*)』란 이름으로 출판했다.

  이 교구 직원 P. P.의 일기 *Memoirs of P. P., Clerk of this Parish*. 초기 18세기에 진지한 자서전들을 풍자적으로 모방한 자서전으로서 익명으로 출판되었다.

10 **가장 긴 이야기** 이 책에는 원래 『주홍 글자』 이외에 다른 단편 소설들이 포함될 예정이었다. 가장 긴 이야기는 『주홍 글자』를 말한다.

11 **킹 더비** 일라이어스 해스킷 더비(Elias Hasket Derby, 1739~1799)는 선주였고 동양 무역의 선구자였으며, 독립 혁명 당시 사략선(私掠船)의 선장이기도 했다. 그는 올드 킹 더비(Old King Derby)라는 별명도 갖고 있었다.

  알 수 있다 호손은 여기에서 미국 정부의 영문 머리글자인 U. S.를 의인화시킨 엉클 샘(Uncle Sam)으로 부르고 있다. 서문 곳곳에서 미국 정부는 이렇게 의인화되고 있다.

12 영국과의 전쟁 1812년 미국과 영국 간의 전쟁을 뜻한다.

13 공무원들이었다 「마태오의 복음서」 9장 9절에서 마태오는 예수가 제 자로 삼을 때 세관 계산대에 앉아 있었다.

14 로코포코 Loco-foco. 민주 당원을 뜻한다. 이 말은 1835년에 등불을 빼앗겼음에도 불구하고 촛불과 로코포코, 즉 딱성냥의 빛으로 회의 를 계속했던 급진 민주 당원을 뉴욕의 보수파 민주 당원들이 부른 데 에서 유래했으며, 이후 휘그 당원들이 민주 당원들에 대한 욕설로 사 용했다. 호손은 민주 당원이었다.

15 갤로스 힐 Gallows Hill. 1692년 세일럼 마녀재판 당시 마녀들이 처 형된 곳이다.

영국인 이주민 호손의 조상인 윌리엄 호손(William Hathorne)은 1630년 영국에서 매사추세츠로 이주했다.

16 그의 아들 윌리엄 호손의 아들 존 호손(John Hathorne)은 1692년 의 세일럼 마녀재판에서 판사로 활약했다.

19 소개했다 호손은 1846년에 세일럼 세관의 검사관이 되었고 1849년 까지 재직했다.

20 밀러 장군 General James F. Miller. 1812년 전쟁에서 두각을 나타 냈으며, 24년 동안 징수관으로 근무했다.

27 존 애덤스 John Adams. 미국의 제2대 대통령이었으며 아들 존 퀸 시 애덤스(John Quincy Adams)는 제6대 대통령이었고, 존 퀸시 애 덤스의 손자는 유명한 사학자이자 작가인 헨리 애덤스(Henry Adams)이다.

29 타이컨데로가 요새 Fort Ticonderoga. 18세기 중엽 '프랑스 인디언 전쟁'으로도 알려진 영국과 프랑스의 '7년 전쟁' 동안 1754년과 1757년 사이에 프랑스군에 의해 뉴욕 주 북부의 샘플레인 호수 근처 에 세워진 요새이다.

31 치페와 혹은 이리 요새에서 영국과의 1812년 전쟁 중 1814년에 벌

어진 나이아가라 전투를 말한다.

32 해 보겠습니다 밀러 장군은 런디스 레인(Lundy's Lane)에 있는 영국 포병 부대를 탈취하라는 스콧 장군(General Scott)의 명령을 받고 이렇게 대답했다고 한다.

35 물들기도 했었다 호손은 1841년 초절주의자들이 보스턴 근처에 설립한 이상적인 실험적 농업 공동체인 브룩 농장(Brook Farm)에 몇 달간 참여한 적이 있었다. 이곳에서의 경험이 호손의 소설『블라이스데일 로맨스(*Blithedale Romance*)』의 주제가 되었다. 이후 그는 콩코드(Concord)에 있는 에머슨의 구목사관에서 3년간 기거했으며, 이곳에 있을 때 에머슨의 동료였던 엘러리 채닝(Ellery Channing)을 알게 되었다. 애서베스(Assabeth) 강은 콩코드 근처에서 콩코드 강과 합류한다. 헨리 소로(Henry David Thoreau)는 월든 연못가에서 작은 오두막을 짓고 혼자 살았는데 이때의 경험을 토대로『월든(*Walden*)』이라는 에세이집을 출간했다. 조지 힐러드(Goerge Hillard)는 보스턴의 법률가요 박애주의자였고 호손의 친구였다.

올컷 Amos Bronson Alcott. 매우 몽상적인 미국 초절주의자이며, 『작은 아씨들(*Little Women*)』을 쓴 루이자 올컷(Louisa May Alcott)의 아버지이다.

36 초서 Geoffrey Chaucer.『캔터베리 이야기(*The Canterbury Tales*)』를 쓴 중세 영국의 대표적 시인이며 1374년부터 1386년까지 세관의 감사관으로 일했다. 로버트 번스(Robert Burns)는 18세기 말과 19세기 초의 대표적인 영국 낭만주의 시인이고 1789년부터 1791년까지 물품세 징수관으로 일했다.

38 포레스터 윌리엄 그레이(William Gray, 1750~1825)는 부유한 상인이었으며 매사추세츠의 부지사였다. 사이먼 포레스터(Simon Forrester, 1776~1851) 선장은 당시 세일럼에서 가장 부유한 시민이었다.

39 때문일 것이다 미국 혁명 전쟁 초기에 영국군이 보스턴을 점령했을

때 세일럼은 매사추세츠 식민군의 중심지가 되었다. 워싱턴 장군은 1776년 3월에 보스턴을 포위했고 영국의 하우 장군은 노바스코샤(Nova Scotia)의 핼리팩스(Halifax)로 자신의 군대를 철수했다.

호민관 정치 시절 올리버 크롬웰(Oliver Cromwell)이 1653년부터 1658년까지 호민관으로 통치하던 영국 혁명 시기를 말한다.

40　**펠트의 연대기에서** 조지프 펠트(Joseph B. Felt)의 『세일럼 연대기(*Annals of Salem from its First Settlement*)』(1827)에 1760년 3월 24일 세일럼과 마블헤드의 검사관이었던 조너선 퓨의 사망이 기록되어 있다.

41　**큰 역할을 했다** 원문은 '메인 스트리트(Main Street)'. 호손은 나중에 이 이야기를 이 책에서 제외했다가 후에 『눈 이미지와 다른 두 번 들려준 이야기(*The Snow-Image and Other Twice-Told Tales*)』(1852)에 포함시켰다.

51　**캐러 간단 말인가** 캘리포니아 금광은 이 글이 집필되기 1년 전인 1849년에 발견되었다.

52　**당선된 것이었다** 1848년에 휘그당의 재커리 테일러(Zackary Taylor)가 대통령에 당선되었다.

54　**구검사관** 검사관 직을 잃은 호손 자신을 말한다.

55　**지상을 오르내렸다** 워싱턴 어빙(Washington Irving)의 모음집 『향사 제프리 크레이욘의 스케치북(*The Sketch Book of Geoffrey Crayonn Gent.*)』에 실린 「슬리피 할로의 전설(The Legend of Sleepy Hollow)」에서 미국 독립 전쟁 때 독일 용병으로 참여했다가 목이 잘린 채 교회 묘지에 묻혀 밤이면 목을 찾아 돌아다닌다고 알려진 유령 이야기의 주인공.

56　**새로워진 것들이다** 이 글을 쓸 당시 저자는 『주홍 글자』와 더불어 몇몇 단편 소설과 스케치를 출판할 계획이었다.(호손 원주)

57　**아닐 수 없다** 호손의 단편 「마을 펌프에서 나온 실개천(A Rill from the Town Pump)」을 암시하는 대목이다.

58　　**유토피아**　토머스 모어 경(Sir Thomas More)의 『유토피아(*Utopia*)』
는 1515년 라틴어로 쓰였으며 초기 미국 정착민들에게는 영국을 이
상적인 사회와 풍자적으로 대조시킨 작품으로 널리 알려져 있었다.

59　　**띠게 되었다**　아이작 존슨(Isaac Johnson)은 보스턴으로 이주해 온
1630년에 사망했다. 그의 땅은 감옥, 묘지, 교회 부지를 제공했다.
따라서 호손은 이 소설이 1630년보다 15~20년 후인 1645~1650년
경에 시작한다고 암시하고 있다. 그러나 이 소설에서 발생하는 사건
들을 토대로 시간을 재구성하면 1642년에 시작해서 1649년에 끝난
다. 소설 속의 가장 확실한 역사적 근거는 제12장에 나오는 윈스롭
총독(Governor Winthrop)의 사망인데, 이는 역사적으로 1649년 3
월 26일의 일이다. 그리고 이 사건이 소설이 시작한 지 7년 후로 말
하고 있기 때문에 소설의 시작은 1642년이라고 보아야 한다.

　　앤 허친슨　Anne Hutchinson(1590~1643). 청교도 목사들이 성령
을 받지 못했으며 신의 무한한 은총에 대해 설교하지 않는다고 비판
했고, 스스로 계시를 받았다고 주장했다는 죄목으로 청교도 지도자
들에게 도덕률 폐기론자(antinomian)로 낙인찍혀 재판을 받고 추방
되었다. 청교도들에게 박해받은 대표적인 인물로 꼽힌다.

60　　**뉴잉글랜드**　New England. 미 동북부의 메인, 버몬트, 뉴햄프셔, 매
사추세츠, 로드아일랜드, 코네티컷을 일컫는다.

　　도덕률 폐기론자　도덕률 폐기론(antinomianism)은 라틴어로 '반대
한다'는 뜻인 anti와 '법'을 뜻하는 nomos가 결합된 말로서, 기독교
인들은 도덕법을 지키지 않아도 된다는 이단적인 교리를 지칭한다.
이 말은 종교 개혁 당시 기독교인은 오로지 신의 은총에 의해 성스러
워진다는 논리를 극단으로 몰아가 선행이 구원에 도움을 주지 않으
므로 악행 역시 구원에 방해되지 않는다고 주장한 요하네스 아그리
콜라(Johannes Agricola)를 비판하기 위해 마르틴 루터(Martin
Luther)가 처음 사용하였다.

　　퀘이커 교도　퀘이커교(Quakerism)는 1647년에 영국인 조지 폭스

(George Fox)가 창시한 기독교의 한 분파로, 그리스도의 현존하는 실재를 강조하고, 기독교인은 그리스도와의 만남을 통해 죽음에서 생명으로 내적으로 변화한 자들이며, 교회는 이런 변모한 자들의 우정에 기초하고, 목사는 타인에게 그리스도의 존재를 현실로 만들어 주는 자라고 주장했다. 퀘이커 교도들은 점차 침묵 속의 기도를 중시하게 되었다. 퀘이커교의 정식 명칭은 친구들의 종교 협회(Religious Society of Friends)로서 이는 「요한의 복음서」 15장 15절에서 예수가 "이제 나는 너희를 종이라고 부르지 않고 벗이라고 부르겠다. 종은 주인이 하는 일을 모른다. 그러나 나는 너희에게 내 아버지에게서 들은 것을 모두 다 알려 주었다"고 한 데에서 유래했다. 퀘이커라는 말은 이들이 감동적으로 말할 때 몸을 떠는 것을 조롱하여 비판자들이 사용한 말이다. 퀘이커 교도들은 미국에서 청교도들에게 이단으로 몰려 박해를 받았다.

61 **히빈스 부인** 앤 히빈스(Ann Hibbins)는 1656년에 마녀로 처형되었다.

62 **엘리자베스 여왕** 영국의 여왕 엘리자베스 1세(1558~1603)를 말한다.

63 **법령집에 있죠** 채찍질이나 낙인, 처형 같은 형벌을 가하는 것은 「출애굽기」 20장 14절의 "간음하지 못한다"는 계명에 근거한 것이었다. 플리머스 식민지(Plymouth Colony)의 법은 간음을 뜻하는 Adultery의 머리글자 A를 가운에 달게 했는데 이 법령은 1694년에 제정되었고, 이 소설의 시점에선 채찍질이 일반적이었다. 1688년의 세일럼 법원 기록에는 헤스터 크러퍼드(Hester Craford)가 간음을 저질러 출산한 뒤 채찍질의 처벌을 받았는데, 이를 담당한 인물이 호손의 조상이었다고 기록되어 있다.

74 **암스테르담** 영국 국교도와 결별한 분리주의자들, 즉 필그림과 영국 국교도를 정화하고자 했던 청교도는 영국에서의 박해를 피해 네덜란드의 암스테르담으로 도피했다. 필그림은 1620년 메이플라워(May Flower)호를 타고 뉴잉글랜드의 케이프 코드(Cape Cod)에

도착했다.

75 다니엘 「다니엘」 5장에서 예언자 다니엘은 벨사살 왕의 잔치에서 벽에 나타난 글자를 "왕을 저울에 달아 보시니 무게가 모자랐다"는 뜻으로 해석하여 하느님의 뜻을 어긴 벨사살 왕에 대한 예언을 풀이했고, 그날 밤 벨사살 왕은 살해된다.

77 벨링엄 Richard Bellingham(1592~1672). 영국에서 태어난 법률가로서 1634년에 보스턴으로 이주했고 1641년과 1654년 그리고 1665년부터 1672년까지 매사추세츠 베이 식민지의 총독이었다.

78 존 윌슨 John Wilson(1588~1667). 영국 조합 교회주의 목사로서 1630년 보스턴에 왔으며 앤 허친슨에 반대한 대표적인 목사였다.

87 처방전이지 레테(Lethe)는 그리스 신화에서 저승인 하데스(Hades)에 있는 강으로 이 강물을 마시면 모든 것을 망각하게 된다고 한다. 네펜테(Nepenthe)는 고대 이집트인들이 마셨던 약으로 슬픔을 잊게 해 준다고 한다. 파라켈수스(Paracelsus)는 15세기 스위스의 연금술사이자 의사이다.

93 블랙 맨 Black Man. 악마를 뜻하며, 민담에 나오는 악마나 악마의 사자는 악을 숭배하기 위해 숲 속에 모이는 마녀 집회와 관련된다.

101 이마에 찍은 낙인 「창세기」 4장에서 카인은 아벨을 시샘하여 죽인다. 하느님이 그를 저주하고 내쫓자, 카인은 사람들이 자신을 죽이려 할 것이라 말하고, 하느님은 그를 죽이지 못하도록 이마에 표를 찍어 준다.

110 성서가 명하듯이 「잠언」 13장 24절에는 "자식이 미우면 매를 들지 않고 자식이 귀여우면 채찍을 찾는다"는 말씀이 있다.

115 돌진했다 그리스 신화에서 카드모스는 용을 죽이고 이 용의 이빨을 뿌리는데, 이 이빨들이 무장한 군인들로 자라나 서로 싸우다가 죽고 다섯 명만 살아남는다.

119 말을 했었다 중세 교회와 청교도들은 악령이 잠자는 사람에게 난폭한 성격의 아이를 잉태하게 한다는 미신을 신봉한 적이 있다.

루터 독일의 종교 개혁가인 마르틴 루터(Martin Luther, 1483~1546)는 선행이 아닌 믿음에 의한 구원을 설교했다.

120 **있기 때문이었다** 벨링엄 총독은 1641년에 선출되어 1642년 봄에 임기를 마쳤다. 이후 1654년에 총독으로 재선되기 전까지 치안 판사와 부총독으로 봉사했다. 현시점은 펄이 세 살 때로 1645년이다.

125 **영국 연대기** 라파엘 홀린셰드(Raphael Holinshed)의 『영국, 스코틀랜드, 아일랜드 연대기(*Chronicles of England, Scotland, Ireland*)』는 당시 인기 있는 역사책이었다.

127 **피큇 전쟁** 1637년에 코네티컷 밸리(Connecticut Valley)에 거주하는 영국인 정착민들과 그 지역의 피큇(Pequot) 인디언들 사이에 일어난 전쟁으로 인디언 부족이 거의 전멸되었다.

핀치 프랜시스 베이컨(Francis Bacon, 1561~1626)은 영국의 대법관, 에드워드 쿡(Sir Edward Coke, 1552~1634)은 법원장, 윌리엄 노이(William Noye, 1577~1634)는 법무 장관, 존 핀치(Sir John Finch, 1584~1660)는 하원 의장과 재판장을 역임했다.

128 **블랙스톤 목사** Blackstone. 보스턴 지역에 최초로 정착한 영국 국교도 목사로, 청교도들을 싫어해서 청교도들이 보스턴에 온 이후 인디언들에게 갔다.

129 **요한의 머리** 「마르코의 복음서」 6장 14절에서 29절에 다음과 같이 기록되어 있다. 헤롯 왕이 동생 필립보의 아내 헤로디아와 결혼한 것에 대해 세례자 요한은 옳지 못한 행동이라고 간언한다. 헤롯의 생일 잔치에서 춤을 춘 헤로디아의 딸에게 헤롯은 소원을 들어주겠다고 약속한다. 헤로디아는 자신의 결혼에 반대한 세례자 요한에게 앙심을 품고 자신의 딸에게 세례자 요한의 머리를 쟁반에 담아 갖고 오게 해 달라고 헤롯 왕에게 청하라고 말한다. 헤롯 왕은 이 청을 거절할 수 없어 세례자 요한의 머리를 쟁반에 담아 오게 한다.

131 **무질서의 주인** Lord of Misrule. 중세에 크리스마스를 기념하던 연회나 잔치의 사회자를 의미한다.

여인 '주홍색 여인', '바빌론의 여인'은 고대 바빌론의 방탕과 우상 숭배를 비난하는 용어로, 「요한의 묵시록」 18장에서 유래한 말이다. 종교 개혁 시대에 가톨릭교회를 비난하는데 사용되었다.

144 **케넬름 딕비** Sir Kenelm Digby(1603~1665). 해군 사령관을 역임한 영국의 외교관으로, 점성술과 연금술을 연구한 자연 철학자였다.

146 **새 예루살렘** 「요한의 묵시록」 21장 2절에 구원받은 자들의 거룩한 도성은 새 예루살렘으로 묘사된다.

150 **고블랭직** 고블랭(Gobelin)은 15세기 중반의 직물 제조 가문 이름이다. 1601년에 헨리 4세가 고블랭 기술자에게 태피스트리 제조를 맡긴 후에 이 이름은 태피스트리 제작의 정수를 의미하게 되었다.

151 **생생하게 보였다** 「사무엘 하」 11~12장에 나오는 이야기로서 예언자 나단은 우리아의 아내 밧세바를 탐하기 위해 그를 전쟁터에 내보내 죽게 한 다윗 왕을 비난한다.

152 **오버베리 경의 살인 사건** 작가 토머스 오버베리(Sir Thomas Overbury, 1581~1613)는 자신의 후견인이었던 로체스터 자작(Viscount Rochester)이 방탕한 에식스 백작 부인 프랜시스 하워드(Frances Howard)와 결혼하는 것에 반대했다는 이유로, 백작 부인의 음모에 말려 런던탑에서 독살되었다.

156 **음산한 불빛같이** 존 버니언(John Bunyan)의 『천로 역정(*Pilgrim's Progress*)』의 주인공 크리스천은 천국으로 가는 순례의 여정에서 지옥의 문을 지나간다.

165 **흑체 활자** black letter. 고대 영어 혹은 고딕체 활자를 뜻한다.

170 **혀 모양의 불** 「사도행전」 2장 1절부터 11절까지의 말씀에, 성령이 혀 모양의 불길로 신도들에게 내려와 신도들은 자신들의 언어로 사도들의 가르침을 이해한다.

172 **에녹** 「창세기」 5장 21절부터 24절까지의 말씀에서 에녹은 하느님과 같이 살다가 하느님이 데려간다고 기록되어 있다. 「히브리인들에게 보낸 편지」 11장 5절에서도 에녹은 믿음으로 인해 죽지 않고 하늘로

옮겨졌다고 기록되어 있다.

174 타락한 신앙에 적합한 딤스데일이 행한 고행은 그가 속한 개신교보다 로마 가톨릭교회에서 더 잘 수행된 것이라는 의미이다.

180 윈스롭 총독 John Winthrop (1588~1649). 1630년에 매사추세츠 베이 식민지를 건설했고 죽을 때까지 이곳에서 총독과 부총독을 역임했다. 그가 이곳의 삶을 기록한 일기의 확장판이 1825년과 1826년에 걸쳐 『뉴잉글랜드 역사(*The History of New England*)』라는 이름으로 출간되었다.

181 제네바식 외투 칼뱅주의 목사들이 입던 검은 외투를 의미한다. 칼뱅주의의 본고장은 제네바였다.

195 자비의 수녀 자비의 (동정) 수녀회(The Sisters of Mercy)는 1831년 아일랜드의 더블린에서 설립된 가톨릭 여성 수도회이다.

213 가지, 말채나무, 사리풀 옛 민담에서 이 식물들은 마법의 독을 만들어 낸다고 알려져 있었다.

222 엘리엇 사도 John Eliot (1640~1690). 영국의 케임브리지에서 교육을 받고 1631년에 보스턴으로 이민 와 아메리카 인디언들의 방언으로 설교했으며, 후에 '인디언들의 사도'로 알려졌다.

223 연주창 아이들에게 흔했던 결핵이지만 유전되지는 않는다.

264 선출 축하 설교 총독을 새로 선출했을 때 목사가 하는 설교로서 당대에 목사에게는 큰 영광으로 여겼다.

271 앤 터너 Ann Turner(1576~1615). 오버베리 독살 사건에서 에식스 백작 부인인 프랜시스 하워드를 도운 사실이 밝혀져 1615년에 처형되었다. 처형될 당시 그녀는 자신이 발명한 노란 녹말풀로 만든 주름 옷깃을 입으라는 판결을 받았고, 이후 노란 녹말풀은 더 이상 유행하지 않았다. 152 페이지의 주 '오버베리 경의 살인 사건' 참조.

272 권력자 숲 속의 악마를 의미한다.

276 새 예루살렘 「요한의 묵시록」 21장 9절부터 27절에 거룩한 도성인 새 예루살렘이 묘사되어 있다.

283 **취임식 행사** 런던 시장의 연례 취임 행사는 11월 9일로서 피로연 행렬이 포함되어 있었다.

284 **콘월과 더번셔 방식** 영국 서부의 콘월(Cornwall)과 데번셔(Devonshire)에서 유래한 레슬링 방식으로 둘 다 바지와 웃옷을 입고 시합을 하지만, 데번셔 방식에서는 신발도 신고 무릎 밑으로는 발로 차는 것이 허용된다.

290 **병사들의 집단** 이 단체의 정식 명칭은 'The Ancient and Honorable Artillery Company of Massachusetts' 이다.

계보 문장원 College of Arms. 1484년 리처드 3세가 설립한 영국 왕립 기관으로서 문장(紋章)을 담당했다.

템플 기사단 Knights Templar. 제1차 십자군 원정 직후인 1119년에 성지를 방문하는 순례자들을 보호할 목적으로 창단되었다. 그들의 본부인 템플 마운트(Temple Mount)가 솔로몬 왕의 템플이 있던 곳이었기 때문에 기사단은 자신들을 '솔로몬 왕 템플의 가난한 기사단' 이라 불렀고 후에 이를 줄여 템플 기사단이라고 불렀다.

291 **브래드스트리트, 엔디콧, 더들리** 사이먼 브래드스트리트(Simon Bradstreet), 존 엔디콧(John Endicott), 토머스 더들리(Thomas Dudley)는 모두 뉴잉글랜드 식민지 초기의 총독들이다.

292 **인크리스 매더** Increase Mather. 리처드 매더(Richard Mather)의 아들이고, 코튼 매더(Cotton Mather)의 아버지로, 하버드 대학 총장이었고, 청교도 성직자로 정치에 깊숙이 관여했다. 그는 마녀재판에 관여해 오명을 얻기도 했다.

296 **어떤 분** 악마를 완곡하게 표현한 것이다.

라플란드 Lapland. 스칸디나비아 반도 북부에서 대부분이 북극권에 속하는 라프족의 거주지로서 노르웨이, 스웨덴, 핀란드, 러시아 연방 4개국에 걸쳐 있다.

297 **마왕** 원어로 'Prince of the Air' 는 마왕을 뜻한다.

309 **유혹자** tempter. 사탄을 뜻한다.

주홍 글자 — 청교도 사회와의 갈등과 화해

양석원(연세대 영문과 교수)

1. 너새니얼 호손의 생애

너새니얼 호손(Nathaniel Hawthorne)은 1804년 7월 4일 미국 독립기념일에 매사추세츠 주 세일럼(Salem)에서 아버지 너새니얼 호손(Nathaniel Hathorne)과 어머니 엘리자베스 매닝 호손(Elizabeth Manning Hathorne) 사이에 태어났다. 그의 조상은 청교도 집안이었으며, 그중 존 호손(John Hathorne)은 세일럼의 마녀재판에서 판사로 활동했다. 호손은 이 사실을 부끄럽게 여겨 청년기에 자신의 성에 w를 추가했다고 알려지기도 한다. 선장이었던 호손의 아버지는 결혼 직후 바다로 떠났고 그 후 7개월 만에 첫딸 엘리자베스(Elizabeth)가 태어났으며, 이후 아버지가 잠시 집에 체류할 때 호손과 누이동생 마리아 루이자(Maria Louisa)가 태어났다. 1808년 루이자가 태어난 지 얼마 되지 않아 아버지가 수리남(Surinam)에서 사망하자 그는 어머니와 누이들과 세일럼의 외가로 이사했다. 1813년에 그는 학교에서 공놀이를 하다가 발을 다쳐 한동안 집에서 사전 편찬자인 우스터(J. E. Worcester)의 교육을 받았다. 이 기간에 그는 에드먼드 스펜서(Edmund Spenser)의 『선녀 여왕(*The Fairie Queene*)』, 존 버니언(John Bunyan)의 『천로 역정(*The Pilgrim's Progress*)』, 세익스피어의 희곡과 월터 스콧(Sir Walter Scott)의 소설들을 읽었다. 호손은 후에 『선녀 여왕』에 나오는 주인공의 이름을 따서 딸의 이름을 우나(Una)라고 지었다.

1818년에 호손의 어머니는 세 자녀를 데리고 메인 주의 레이먼드(Raymond)로 이사했다. 호손은 이곳에서 사냥과 낚시, 스케이팅과 숲 속 여행을 즐겼는데 이런 경험은 호손의 작품에 큰 영향을 미쳤다. 1819년에 호손은 다시 세일럼으로 돌아와 새뮤얼 아처(Samuel Archer)의 학교에서 수학하며 습작했다. 이때 월터 스콧의 소설들, 토비아스 스몰렛(Tobias Smollett)의 『로더릭 랜덤(*Roderick Random*)』, 앤 래드클리프(Ann Radcliff)의 『우돌포의 미스터리(*The Mysteries of Udolpho*)』, 윌리엄 고드윈(William Godwin)의 『칼렙 윌리엄스(*Caleb Williams*)』, 그리고 『아라비안나이트(*Arabian Nights*)』 같은 작품들을 읽었다. 1821년부터 1825년까지 호손은 메인 주의 보든 대학(Bowdoin college)을 다녔고, 이때 헨리 와즈워스 롱펠로(Henry Wadsworth Longfellow)와 1852년에 제14대 대통령으로 당선된 프랭클린 피어스(Franklin Pierce) 그리고 허레이쇼 브리지(Horatio Bridge) 등과 교제했다.

호손은 1825년에 세일럼에 돌아와 이때부터 1837년까지 주로 집에 머물며 창작을 시작한다. 호손은 1828년에 뉴헤이븐을, 1831년에 뉴햄프셔를, 1832년에는 버몬트를 여행하고, 대학 친구인 피어스와 브리지 등과 만나 몇몇 애정 행각을 벌이기도 했다. 그러나 이 시기에 그는 무엇보다도 식민지 시대의 역사를 탐구하고 집필에 몰두하며 문학적 창작력을 연마했다. 1828년에는 최초의 장편 역사 소설인 『팬쇼(*Fanshaw: A Tale*)』를 익명으로 자비 출판했다가 곧바로 이 작품을 가능한 한 모두 회수하여 처분했다. 1830년에는 세일럼 신문 『가제트(*Gazette*)』에 최초의 단편 소설 「스리 힐스 계곡(The Hollow of the Three Hills)」을 발표했다.

그 후 수년 동안 호손은 자신이 쓴 이야기들의 첫 모음 『내 고향의 일곱 이야기(*Seven Tales of My Native Land*)』를 출판하려 했으나 출판사를 찾지 못하자 원고를 불태웠다. 또한 1829년에 「다정한 소년(The Gentle Boy)」, 「로저 맬빈의 매장(Roger Malvin's Burial)」, 「내 친척 몰리노 소령(My Kinsman, Major Molineux)」 등을 포함한 두 번째 단편집 『지방 이야기(*Provincial Tales*)』를 출판하려 했으나 보스턴 출판업자인 새뮤얼 굿리치(Samuel G. Goodrich)가 이 이야기들을 자신의 잡지 『토큰(*The Token*)』에 게재했다. 마찬가지로 『뉴잉글랜드 매거진(*New England Magazine*)』의 편집인인 파크 벤저민(Park Benjamin)은 호손이 세 번째로 계획한 단편 소설집 『이야기꾼(*The Story Teller*)』을 무산시키고 대신 자기 잡지에 이 이야기들을 게재했다. 1837년에 친구 브리지가 호손의 단편집 출판으로 인해 발생할 손실을 보전하기 위해 250달러를 굿리치 출판사에 미리 지불했고, 그 결과 호손의 첫 단편집『두 번 들려준 이야기(*Twice-Told Tales*)』가 출판되었다. 여기에는 호손이 그때까지 발표한 단편 소설과 스케치 36편 중 18편이 포함되었다. 이 단편집의 제목은 셰익스피어의『존 왕(King John)』제3막 제4절에 나오는 "인생은 졸린 자의 무딘 귀를 성가시게 하는, 두 번 들려준 이야기처럼 지루하거늘"이라는 문구에서 따온 것이었다. 대학 친구 롱펠로가『노스 아메리칸 리뷰(*North American Review*)』에 호의적인 서평을 써 주었다.

1838년에 호손은 미국 교육 개혁에서 중요한 인물이었던 엘리자베스 피바디(Elziabath Peabody)의 동생인 소피아 피바디(Sophia Peabody)를 만났고 몇 달 후 그녀와 약혼했다. 그는 결혼 자금을 마련하기 위해 1839년에서 1840년 사이에 보스턴 세관에서 소금과 석탄의 양을 검사하는 검량관으로 일하며 1천5백 달러의 연봉을 받았다. 1841년에는 사회 개혁가 조지 리플리(George Ripley)가 매사추세츠 주의 웨스트 록스베리(West Roxbury)에 설립한 실험적인 유토피아 공동체 브룩 농장(Brook Farm)에서 초절주의자들과 생활하며 이 프로젝트에 1천 달러를 투자하지만 별 소득 없이 2개월 만에 농장을 떠났다. 이 농장에서의 생활은 1852년에 출판한 그의 세 번째 소설인『블라이스데일 로맨스(*The Blithedale Romance*)』의 주제가 된다.

1842년 7월에 호손은 소피아 피바디와 결혼했고 그 후 3년 동안 호손은 콩코드에 있는 랠프 왈도 에머슨(Ralph Waldo

Emerson) 조상의 집이었던 구목사관에서 살며 에머슨, 헨리 소로(Henry David Thoreau), 마거릿 풀러(Margaret Fuller) 등과 교제했다. 호손은 역사 · 전기적 이야기를 다룬 아동 도서 『할아버지의 의자(*Grandfather's Chair*)』, 『유명한 노인들(*Famous Old People*)』, 『자유 나무(*Liberty Tree*)』를 1841년에 출판했다. 1843년에는 딸 우나가 태어났고 3년 후인 1846년에는 아들 줄리언(Julian)이 태어나 호손 부부는 매우 행복한 시절을 보냈다. 1846년에 그는 이전에 발표한 단편 소설들과 스케치를 묶어 서론을 달아 『구목사관에서 나온 이끼(*Mosses from an Old Manse*)』를 출판했는데 여기에 「로저 맬빈의 매장」과 「젊은 굿맨 브라운(Young Goodman Brown)」이 처음 수록되었다.

1846년에 호손은 오랫동안 민주당에 공헌한 대가로 세일럼 세관의 검사관으로 임명되었다. 그는 휘그당으로 정권이 교체되자 연봉 1천2백 달러를 받고 1849년 6월에 해직되기까지 3년여를 세관에서 근무했는데 이 기간 동안 거의 작품 활동을 하지 못했다. 그해 여름 어머니가 사망하여 호손은 큰 감정적 시련을 겪는다. 호손은 그해 9월부터 집필에 몰두하여 1850년 1월에 「큰 바위 얼굴(Great Stone Face)」과, 자신을 내쫓은 세일럼의 휘그 당원들에 대한 냉소적 비판을 담은 「세관(The Custom-House)」, 그리고 『주홍 글자(*The Scarlet Letter*)』를 마지막 세 개의 장을 제외하고 모두 완성했다. 그는 원래 「세관」을 서론으로 삼고 여러 스케치들을 수록한 『옛 시절의 전설들(*Old Time Legends*)』의 약 절반 정도를 차지하는 긴 이야기로 이 소설을 계획했다. 그러나 장편 소설이 단편집보다 더 잘 팔릴 것이라는 출판업자 티크너(William D. Ticknor)의 동료인 제임스 필즈(James Fields)의 충고를 받아들여 다른 이야기들을 제외하고 이 소설을 단독으로 출판했다. 『주홍 글자』는 병적이고 외설스럽다는 비판을 받기도 했지만 미국과 영국에서 큰 반향을 일으켰고 호손은 뛰어난 로맨스 작가라는 명성을 얻었다.

호손은 이후 매사추세츠 주의 레녹스(Lenox)로 이사해 1년 반동안 살았는데 이때 인근에 살던 소설가 허먼 멜빌(Herman Melville) 및 시인 올리버 웬들 홈스(Oliver Wendell Holmes, Sr.)와 친교를 나누었다. 이 기간 동안 호손은 『일곱 박공의 집(The House of the Seven Gables)』(1851), 『눈 이미지와 다른 두 번 들려준 이야기(The Snow-Image and Other Twice-Told Tales)』(1852)를 출간했다. 매사추세츠 주의 웨스트 뉴턴(West Newton)으로 이사한 호손은 1852년에 『블라이스데일 로맨스』를 집필했고, 콩코드에서 에이머스 올컷(Amos Bronson Alcott)이 소유했던 집 힐사이드(The Hillside)를 구입해 웨이사이드(Wayside)라고 개명했다. 이곳에서 대학 친구 프랭클린 피어스를 위해서 1852년의 대통령 선거 유세용 전기인 『프랭클린 피어스의 생애(The Life of Franklin Pierce)』를 쓰고, 『소년 소녀를 위한 신기한 책』의 속편으로 유명한 신화 이야기를 아동용으로 다시 쓴 『소년 소녀를 위한 탱글우드 이야기(Tanglewood Tales for Girls and Boys)』를 집필했다. 대통령에 당선된 피어스가 1853년에 호손을 영국 영사로 임명하여 이후 1857년 8월까지 리버풀에서 영사로 근무한 후 사직했다.

그는 그 후 2년 동안 영국과 유럽을 여행했다. 1858년에 호손은 이탈리아 특히 로마와 피렌체에 체류하면서 화가, 조각가, 시인들을 만나고 박물관과 성당을 방문했으며 자신이 관찰한 내용을 비망록에 자세히 기록했다. 그는 1858년에 피렌체에서 소설 집필을 시작해 1859년에 영국의 레드카(Redcar)로 돌아와 완성하는데 이 소설에 자신이 기록한 비망록의 내용 상당 부분이 사용되었다. 그리스의 조각가 프락시텔레스(Praxiteles)의 작품으로 알려진 목신의 조각상에 영감을 받은 이 소설은 1860년에 런던에서 『변신(*Transformation*)』으로 출판되었고 미국에서는 호손이 더 선호했던 제목인 『대리석 목신(*The Marble Faun*)』으로 출판되었다.

호손은 1860년 6월에 미국으로 돌아와 웨이사이드를 개조하려 했으나 재정을 충당하기 어려웠다. 제임스 필즈가 호손에게 영국에서 쓴 비망록을 바탕으로 『애틀랜틱 먼슬리(*Atlantic Monthly*)』에 게재할 스케치를 요청했으나, 이로 인해 호손은 과로로 건강이 나빠지기 시작했다. 그는 영국에 대한 에세이를 모아 『우리의 옛 고향(*Our Old Home*)』으로 출판했고 이를 피어스에게 헌정했다. 그는 네 개의 미완성 작품 ―『조상의 하인(*Ancestral Footman*)』, 『셉티미우스 펠턴(*Septimius Felton*)』, 『돌리버 로맨스(*The Dolliver Romance*)』, 『그림쇼 박사의 비밀(*Dr. Grimshawe's Secret*)』― 을 남겼다. 호손은 건강 회복을 위해 피어스와 여행을 하던 중 뉴햄프셔 주의 플리머스(Plymouth)에서 1864년 5월 19일에 사망하여, 5월 23일 콩코드에 있는 슬리피 할로 묘지(Sleepy Hollow Cemetery)에 묻혔다. 올컷, 에머슨, 필즈, 홈스, 롱펠로, 로웰이 그의 관을 운구했다.

2.『주홍 글자』의 시대적 배경

호손이『주홍 글자』를 집필했던 19세기 중반의 미국은 정치, 경제, 문화적으로 커다란 변화를 겪고 있었다. 미국은 1776년에 독립을 선언하고 1787년에 헌법을 제정하여 독립국으로 출발한 이후 1861년 남북 전쟁이 발발하기까지 지리적으로 영토를 확장하고, 경제적으로 발전하여 산업국으로 발돋움했으며, 정치적으로는 노예제 문제로 인해 남과 북이 거듭되는 타협과 갈등의 악순환을 반복했다.

또 제3대 대통령이었던 토머스 제퍼슨(Thomas Jefferson)이 1803년에 프랑스로부터 루이지애나를 사들여 영토를 확장한 후, 1830년에는 국회에서 인디언 추방 법안을 통과시켜 인디언들을 국가적 차원에서 체계적으로 몰아내어 인디언 보호 구역에 감금하고 — 결국 19세기 말에는 저항하는 모든 인디언들을 굴복시킨다 — 서부 영토를 차지했다. 그리고 1845년에는 텍사스를 합병하고 1846년에는 영국과의 조약을 통해 오리건을, 1848년에는 멕시코 전쟁을 통해 캘리포니아와 뉴멕시코를 확보했다. 이런 영토 확장에도 불구하고 운송 수단의 괄목할 만한 성장으로 미국인들의 교류는 더 활발하고 생활권은 더욱 단축되었다. 1825년에 이리 운하(Erie Canal)가 완성된 후 미국은 1840년까지 무려 3천 마일의 운하를 만들어 운송과 교통에 획기적인 변화를 가져왔고 미국인들은 증기선과 역마차를 이용해 편리하고 빠른 여행을 할 수 있게 되었다. 이 무렵 개발된 철도는 날씨와 지리적 조건의 제약을 받던 운하와 달리 미국의 내륙 지역까지 교통수단을 제공했는데, 1840년대에 이르면 철도가 역마차를 대신함으로써 여행은 더욱더 편리하고 효율적이 되었다. 1840년대 이후에는 전신의 사용도 늘어나 미국은 운송과 통신에서 대도시들 사이의 네트워크를 형성할 수 있었다.

1820년대에 뉴잉글랜드 지역의 직물 산업에서 출발한 근대적 공장 제도는 신발 공장으로 확대되고, 영국의 제철 기술과 석탄 용광로를 사용해 다양한 기계를 생산할 수 있게 되었다. 1850년대에 이르러 미국은 표준 부품들을 제조하여 조립하는 미국적 제조 기술을 통해 무기와 재봉틀 및 다양한 농기구들을 생산하게 되었다. 이때 공장의 노동력을 제공한 이들 중 상당수가 이민 노동자들이었다. 이 기간 동안에 뉴욕, 보스턴, 필라델피아 등 미국 동북부의 주요 도시들은 인구가 폭발적으로 증가했다. 1830년대에 미국으로 이민 온 이들은 50만 명에 그쳤지만 1840년대에는 150만 명, 1850년대에는 250만 명으로 늘어났고 그 결과 미국의 인구는 증가하고 도시는 다양한 민족으로 구성된 대도시로 탈바꿈하게 되었다. 한편 이 기간 동안 수많은 미국인들이 서부로 이주하였고 1849년에는 캘리포니아에 금광이 발견되어 갑자기 인구가 몰려든 탓에 캘리포니아는 이듬해 주(州)로 편입되었다.

정치적으로 이 시기의 미국은 인디언 추방과 멕시코 전쟁이라는 큰 국가적 혼란을 겪었다. 하지만 당대 미국의 정치적 혼란을 가져온 더 큰 위기는 노예제로 인한 남북의 충돌이었다. 미국에서 영토가 주로 편입될 때 그 주가 노예제를 허용하는지 여부로 노예 주인가 자유 주인가를 결정하였고, 전통적으로 노예제를 금지하는 북부의 영토와 노예제를 허용하는 남부의 영토가 각각 한 개씩 주로 편입됨으로써 균형을 맞추어 왔다. 1819년에 미주리가 주(州)로 편입되는 것을 신청했을 때에도 북부의 메인이 자유 주로 편입됨으로써 균형을 맞추어 자유 주와 노예주는 각각 12개가 되었다. 이때 남북의 갈등을 해소하기 위한 방편으로 메인과 미주리가 주(州)로 편입되는 법안에 북위 36도 30부 이상의 영토에서는 노예제를 금하는 조항이 포함되었는데 이것이 바로 미주리 타협(The Missouri Compromise)이다. 1849년에 멕시코 전쟁에서 획득한 영토가 주(州)로 편입될 때 문제는 복잡하게 되었다. 당시 노예주와 자유 주는 각각 15개로 균형을 이루고 있었지만, 캘리포니아는 자유 주로 편입하려 했고, 뉴멕시코와 유타 역시 자유 주로 편입된다면 남과 북의 균형이 깨질 위기에 있었다. 노예제를 옹호한 남부인들은 이런 위기의식으로 연방 탈퇴를 거론하기 시작했다. 이외에도 D. C.(District of Columbia)에서 노예 무역을 금지하는 것과 남부에서 북부로 도망친 노예를 주인에게 송환하는 법에 대한 논쟁이 당시의 정치권을 큰 소용돌이로 몰아넣었다. 결국 캘리포니아를 자유 주로 편입시키고, 나머지 주는 노예제에 제한을 두지 않으며, D. C.에서는 노예제가 아닌 노예 무역만을 금지시키고, 도망친 노예의 송환을 더 엄격히 시행하는 도망 노예법(Fugitive Slave Law)을 통과시키는데 이것이 '1850년 타협(The 1850 Compromise)'이다. 그러나 이런 타협들은 노예제를 둘러싼 남북 갈등을 근본적으로 해결한 것이 아니라 임시방편에 불과했고 이 갈등은 결국 남북 전쟁을 통해 폭발하게 된다.

이 기간 동안 미국의 문학 역시 큰 변화를 맞았다. 경제적 발달로 미국의 문학 시장도 크게 성장했지만, 미국 작가들이 창작의 대가로 생계를 유지할 정도로 창작에 전념할 수 있는 여건은 조성되지 못했다. 미국은 1790년에 저작권 보호법을 마련했지만 미국 작가들이 국제적인 저작권 보호를 받을 수 있게 된 것은 1891년에야 가능했다. 더구나 미국 작가들이 저작권을 주장할 경우, 자신들의 작품이 유명한 영국 작가들의 작품보다 비싸져 결국 독자들을 잃게 되는 결과를 초래했다. 따라서 당시 작가들은 몇몇 예외적인 베스트셀러 작가들을 제외하고는, 에드거 앨런 포(Edgar Allan Poe)처럼 잡지나 신문 편집자가 되어 생계를 유지하며 자기 작품을 직접 출판하거나 아니면 멜빌과 호손처럼 작품 활동을 거의 중단하고 세관 직원으로 생계를 유지할 수밖에 없었다.

이들 작가들은 당시에 경제적 발전으로 야기된 물질문명에 대해 매우 비판적인 관점을 가지고 있었다. 에머슨은 인간이 사물을 이용하는 것이 아니라 물질이 인간을 지배한다고 비판했고, 소로는 물질적 소유에 탐닉하는 미국인들을 강하게 질책했으며, 레베카 하딩 데이비스(Rebecca Harding Davis)는 『제철 공장에서의 삶(Life in the Iron-Mills)』에서 임금 노동자들의 처절한 삶과 계층의 벽을 적나라하게 묘사했고, 멜빌은 「총각들의 천국과 처녀들의 지옥(The Paradise of Bachelors and the Tartarus of Maids)」이란 단편에서 공장 제도에 의해 기계화되어 가는 여성 노동자들의 착취 실태를 고발했다. 세속화된 기독교를 냉소적으로 비판한 호손의 단편 「천국행 철도(The Celestial Rail-road)」의 제목도 이런 시대상을 잘 보여준다.

이 시기의 문학은 18세기 말과 19세기 초의 합리주의적 사고에서 벗어나 낭만주의로 이행하던 시기였다. 사실과 도덕, 진리에 기초한 역사서와 전기를 창작보다 더 높이 평가했던 풍조는 19세기 중반에도 계속되었지만, 이미 워싱턴 어빙(Washington Irving) 같은 작가는 문학이 교훈을 주는 것이 아니라 즐거움을 주는 것이라고 주장하며 문학의 자율성을 강조했고, 이런 변화가 가속화되어 사실 못지않게 상상력을 중요한 가치로 인정하기 시작했다. 영국과 유럽의 낭만주의는 미국에서 초절주의(Transcendentalism)의 형태로 독특하게 나타났다. 대표적인 초절주의자였던 에머슨은 초기 저서 『자연(*Nauture*)』에서 인간의 가장 고차원적인 능력을 이성(Reason)으로 보고 이 능력으로 인간은 자연의 현상 세계를 초월하여 신적인 정신세계에 도달할 수 있다는 낙관적인 비전을 제시했다. 에머슨에게 큰 영향을 받은 소로는 『월든(*Walden, or Life in the Woods*)』에서 인간이 물질문명에 의해 소모된 삶이 아니라 본질을 추구하는 단순한 삶을 살 것을 역설했다. 월트 휘트먼(Walt Whitman) 역시 에머슨에게 큰 영향을 받았지만 그는 에머슨과 달리 정신뿐 아니라 육체의 중요성도 강조했고, 특히 그의 시집 『풀

잎(*Leaves of Grass*)』에 수록된 「나 자신의 노래(Song of Myself)」
는 전통적인 주제와 형식을 파괴한 파격적인 시로서 미국 시의 역
사에 획기적인 이정표를 남겼다.

이 시기에 또한 남부 출신의 포는 「도난당한 편지(The Purloined
Letter)」와 「모르그가의 살인 사건(The Murders in the Rue
Morgue)」를 비롯한 많은 뛰어난 단편 소설을 썼고, 스토 여사
(Harriet Beecher Stowe)는 『톰 아저씨의 오두막(*Uncle Tom's
Cabin*)』을 써서 일약 베스트셀러 작가가 되었다. 1840년대와 1850
년대는 이렇게 미국이 탁월한 작가와 작품들을 배출한 시기였다.
1940년대의 저명한 문학 비평가인 매티슨(F. O. Matthieson)은 이
시기를 다룬 자신의 비평서를 '미국의 문예 부흥(*The American
Renaissance*)'이라고 명명했다. 매티슨의 표현대로 이 시기는 미
국 작가들이 영국의 영향력에서 벗어나 미국적인 작품을 창작하여
미국의 문학적 독립 선언을 한 문예 부흥의 시기였다. 그중에서도
호손의 『주홍 글자』는 멜빌의 『모비딕(*Moby-Dick*)』과 더불어 19세
기 미국의 문예 부흥기를 대표하는 걸작이며 세계 문학의 반열에
들기에 결코 손색이 없는 명작이다.

3. 『주홍 글자』의 비평과 해석

호손과 멜빌 이전에도 미국적 고딕 소설을 쓴 찰스 브록덴 브라
운(Charles Brockden Brown), 「립 밴 윙클(Rip Van Winkle)」

같은 스케치로 국제적 명성을 얻은 워싱턴 어빙, 인디언과 우정을 나누는 백인 사냥꾼 내티 범포(Natty Bumpo)를 주인공으로 삼은 소설들 — 소위 레더 스타킹 이야기(Leather Stocking Tales) — 을 쓴 제임스 페니모어 쿠퍼(James Fenimore Cooper) 같은 뛰어난 소설가들이 있었고, 이들과 동시대에도 포와 스토 여사를 비롯한 여러 훌륭한 소설가들이 있었다. 그러나 이 시대를 대표하는 소설가는 역시 멜빌과 호손으로, 이 두 작가의 작품들 중에서도 작품의 깊이와 독창성에서 『모비딕』과 『주홍 글자』에 비견할 만한 작품은 찾을 수 없다.

이 두 소설이 독창적인 창작력과 정신세계의 정수가 체현된 걸작이라는 점에는 이론의 여지가 없다. 이들도 이 소설들이 인간의 심오하고 심지어는 극단적인 경험을 예술적으로 승화시킨 걸작이라는 점을 인식하고 있었다. 이는 멜빌과 호손 모두 자신들의 소설을 묘사하면서 '지옥의 불'이란 표현을 쓴 것에서 알 수 있다. 멜빌은 1850년 6월 29일, 호손에게 보낸 편지에서 『모비딕』을 "지옥의 불 속에서 끓여진" 것이라 말할 만큼 이 작품이 인간의 격렬한 감정의 불에 담금질된 작품이라는 점을 시사했다. 호손 역시 1850년 친구 브리지에게 쓴 편지에서 『주홍 글자』가 "지옥의 불에 달궈진 이야기(h—ll-fired story)"여서 어떤 밝은 빛으로도 비추기 어렵다고 고백했다. 그는 또 자신이 전날 밤 아내에게 『주홍 글자』의 결말을 읽어 주었는데 그녀가 이를 듣고 상심하여 슬픈 마음과 두통이 생겨 잠자리에 들었다고 말했다. 1855년의 비망록에서 그는 아내에게 이 소설의 결말을 읽어 줄 때 자신의 목소리가 마치 폭풍 후의 바다처럼 솟아오르다 가라앉을 만큼 흥분했으며, 이 작품을 쓰는 동안 자신이 다양한 감정을 겪어 매우 긴장된 상태에 있었다고 고백했다.

『주홍 글자』는 자신과 아내뿐 아니라 이후 수많은 독자들의 마음을 뒤흔든 큰 호소력을 지닌 작품이다. 무엇 때문에 이 소설은 그처럼 큰 호소력을 지니는 것일까? 무엇이 이 소설을 뛰어난 작품으로 만드는가? 이 소설의 의미는 과연 어디에 있을까? 이 소설은 독자들의 사랑과 감동을 받아 온 작품일 뿐 아니라 미국 문학을 대표하는 소설로서 처음 출판되었을 때부터 현재에 이르기까지 수많은 비평과 해석을 받아 왔다. 위에 제기된 문제들에 대한 답을 모색하는 짧은 글에서 이 길고 복잡한 비평과 해석의 역사를 섭렵하거나 개괄할 여력은 없다. 그러나 이러한 비평의 역사에서 중요한 몇 가지 견해를 짚어 보는 것은 이 소설이 지니는 다양한 의미를 가늠하고 이 소설에 대한 독자의 이해를 돕는 좋은 출발점이 될 것이다.

이 소설이 출판되었을 때 미국 평론계의 반응은 몇 가지로 요약할 수 있다. 우선 당대의 평가에서 가장 중요한 것은 작품의 도덕성이었다. 아서 클리브랜드 콕스(Arthur Cleveland Coxe)라는 평자는 이 소설이 청교도 목사의 역겨운 애정 행각을 다룬 매우 부도덕한 소설이며 호손은 당시에 미국이 외설적이라고 배타시한 프랑스 문학의 시대를 열어 문학을 타락시킨 장본인이라고 혹평했다. 그러나 대부분의 평자들은 이 소설이 매우 뛰어난 도덕성을 지닌 작품이라는 긍정적인 평가를 내렸다. 에버트 다이킹크(Evert

A. Duykinck)는 이 작품이 당대에 방탕한 주제를 다룬 것으로 알려진 프랑스 작가 조르주 상드(George Sand)의 영향을 받지 않고 건전한 도덕을 보여 주며, 호손에게는 그의 청교도 조상의 정신이 살아 있다고 말했다. 콕스가 불륜과 간음이라는 주제를 다룬 호손을 비판했다면, 다이킹크는 이런 죄에 대한 고통과 심판이 이루어지는 과정에 담긴 도덕적 교훈에 주목했다고 볼 수 있다. 에드윈 퍼시 휘플(Edwin Percy Whipple)도 이 작품은 도덕적 법의 정수를 탐구했으며 아무리 방탕한 사람도 이 작품을 읽고 나면 매우 건전한 결심을 하지 않을 수 없을 것이라고 주장했다.

당대의 비평가들이 주목한 또 다른 면은 이 작품의 어두운 분위기였다. 휘플은『주홍 글자』의 비극성을 강조하면서 이 작품의 결점은 등장인물들의 병적인 내면의 열정이 너무 어둡고 강렬하게 그려진 반면 밝은 면이 부족한 것이라고 지적했다. 이 작품은 작가가 느끼는 고통의 일부가 독자에게 전달될 만큼 호소력이 뛰어나지만, 어두운 열정에 천착한 나머지 전반적인 인상은 예술적 취향에 만족스럽지 못하다는 것이다. 헨리 촐리(Henry F. Chorley)도 이 소설이 매우 강력하지만 고통스러운 이야기라고 말하면서 이런 열정과 비극은 소설에 적합한 주제가 아니라고 평했다.

이 소설에 대해 당대 비평이 주목한 세 번째 면은 이 소설의 예술성이었다. 다이킹크는 이 소설을 심리적 로맨스라고 부르면서 이 소설이 인간의 내면세계를 정교하게 또 시적이고 극적으로 해부한 작품이라 칭찬했고, 휘플도 이 작품의 비극성을 결점으로 지적하면서도 호손이 포착하기 어려운 인간의 감정과 열정 특히 병적인 마음의 상태를 놀라운 상상력으로 매우 생생하게 포착했다고 지적했다. 촐리 역시 죄와 슬픔이라는 주제가 소설에 적합하지 않다고 비판했지만 이런 주제가 예술적으로 다루어진다면 『주홍 글자』보다 더 순수한 형태로 공감을 불러일으키며 다루어질 작품이 없을 만큼 이 소설은 예술성이 뛰어나다는 점을 인정했다.

　도덕성, 비극성, 예술성과 더불어 당대의 비평이 주목한 또 다른 요소는 딤스데일과 헤스터의 대조적인 성격과 삶이다. 조지 베일리 로링(George Bailey Loring)은 이 작품에서 딤스데일은 헤스터를 사랑했지만 자신의 죄를 고백할 도덕적 용기와 정직함을 갖지 못했기 때문에 그의 모든 종교적 지혜로도 자신을 구원하지 못한다고 평가했다. 반면 헤스터는 자신의 죄에 대한 처벌의 대가로 사회로부터 버림받지만 자신의 고난을 통해 영웅적인 자질을 얻게 된다고 말하며 헤스터의 영웅적인 면을 강조했다. 외적으로 그녀는 치욕과 무시, 냉대의 대상이지만 내면적으로는 오히려 더 큰 종교적 지혜와 자유를 얻고 영웅적인 인물로 태어나며, 따라서 도덕과 종교의 차원에서 헤스터는 딤스데일보다 더 뛰어난 인물이라는 것이다. 로링의 이런 주장은 이 작품의 도덕성을 분석하는 과정의 결과였지만, 이 작품의 주인공이 과연 누구인가에 대한 후대 비평가들의 논쟁을 예견하게 한다.

　『주홍 글자』는 1940년대 이후에야 전문적인 현대 비평가들의 분석 대상이 된다. 하지만 그전에 두 명의 소설가가 이 작품에 대한 매우 흥미롭고 중요한 비평을 제시했다. 그중 한 사람이 마크 트웨인(Mark Twain)과 더불어 19세기 후반 미국의 가장 중요한 소설가로 꼽히는 헨리 제임스(Henry James)였다. 제임스는 호손의 생애와 작품을 다룬 저서 『호손(*Hawthorne*)』에서 『주홍 글자』가 영어로 쓰인 뛰어난 작품 가운데 가장 우울한 작품이지만 호손의 걸작임에 틀림없으며 오랫동안 호손의 명성에 큰 기여를 할 것이라고 선언했다. 그는 『주홍 글자』야말로 그때까지 미국이 낳은 가장 훌륭한 작품이고 미국적인 토양과 분위기를 반영한 작품이면서도 유럽 문학에 결코 뒤지지 않는 자질을 갖춘 아름답고 경탄스러운 문학이라고 극찬했다. 그러나 제임스는 사실주의 작가답게 『주홍 글자』가 뛰어난 상상력의 산물임에 분명하지만 지나치게 상상적인 요소를 남용한 나머지 현실적인 요소가 부족하다고 비판했다. 제임스에 의하면, 이 소설의 등장인물들이 독립적인 인물들이라기보다 한 사람의 다양한 내면세계를 반영한 존재들로 느껴진다는 것이다. 제임스의 비평에서 또 한 가지 주목할 점은 헤스터보다는 딤스데일을 중요하게 여겼다는 것이다. 제임스에 의하면 이 소설은 딤스데일과 헤스터의 사랑을 다루지만, 소설의 핵심은 두 연인의 사랑이 아니라 사랑 이후의 긴 세월 동안 뒤따르는 도덕적 상황이다. 제임스는 이 소설에서 헤스터 이야기는 부차적이며 헤스터는 첫 장면 이후 보조적 인물로 전락하고 이 소설의 대단원은 고통을 겪고 죄를 보속하는 딤스데일의 몫이라고 주장했다.

『주홍 글자』에 대한 중요한 언급을 한 또 다른 작가는 20세기 영국 소설가인 D. H. 로런스(David Herbert Lawrence)였다. 로런스는 『고전 미국 문학 연구(*Studies in Classic American*

Literature)』에서 『주홍 글자』가 미국인의 분열된 내면세계를 보여 준다고 주장했다. 미국인의 내면은 표면적 의식에서는 밝고 쾌활하지만 표면 밑의 잠재 의식에는 악마적인 파괴성이 자리 잡고 있다. 『주홍 글자』는 미국인의 심층적인 내면세계의 악마성을 드러내는 상징적 의미를 지닌 작품이다. 에덴동산에서 아담과 이브가 지혜의 나무를 먹은 뒤 인간은 피의 지식(blood knowledge)을 억압하는 마음의 지식(mind knowledge)을 갖게 되어 자신의 행위를 죄악시하게 되었다. 이후 피의 지식과 마음의 지식, 즉 육체와 정신은 투쟁해 왔는데 현대 미국에서는 마음의 지식이 승리하여 미국인은 육체를 죄악시하고 핏기를 상실한 창백한 유령 같은 존재가 되었다. 사실 미국인은 정신에 대한 믿음을 버렸으며 순수와 정신의 가치를 더 이상 믿지 않는다. 그러면서도 그들은 이 정신에 대한 믿음이 주는 감각만을 사랑하게 되어 마약 중독자처럼 끊임없이 정신적 가치를 부르짖는다.

　로런스에 의하면, 『주홍 글자』는 정신에 대한 미국인의 거짓 믿음을 폭로하는 작품이고 딤스데일은 바로 이런 위선을 보여 주는 대표적 인물이다. 그는 정신, 순수, 이타적 사랑을 실제로 믿지 못하면서 이를 끊임없이 추구하는 거짓된 믿음의 사도이다. 딤스데일은 자신의 정신적 추구를 파산시킨 여인 헤스터를 증오한다. 그래서 여성은 악마적이며 남자를 파멸시키는 복수의 여신이다. 그러나 헤스터는 딤스데일처럼 위선적이지 않다. 그녀는 자신을 낙인찍은 남성적 세계에 대한 복수심으로 가득 찬 자기 내면의 마성을 정직하게 인정한다. 로런스는 사회에서 배척당한 집시 여인의 눈과 마주쳤을 때 그 여인에게 공감했던 기억을 떠올리며, 자신의 악마적 내면을 인식하는 눈과 마주쳤을 때 안도의 한숨을 내쉬는 헤스터를 이해하고, "관능적이고 동양적인" 그녀에게 크게 공감한다. 로런스의 관점에서 볼 때 문제는 피의 지식을 억압한 마음의 지식의 위선에 있고, 헤스터를 증오하는 딤스데일에게 있다. 이 소설에서 가장 위험한 것은 남성을 타락시키는 여성이 아니라 인간의 피의 지식을 억압하는 도덕이고 죄짓지 말 것을 역설하는 호손의 교훈이다. 바로 이런 점에서 로런스는 작품의 중심을 도덕적인 딤스데일이라고 여긴 제임스와 달리, 이 작품의 감정적 중심은 반항적이고 관능적인 헤스터에게 있음을 시사한다.

1940년 이후 『주홍 글자』를 다룬 현대 비평의 갈래는 무수히 많지만 그중에서도 과거의 비평과 다른 점을 하나 찾는다면 아마 이 작품의 문학적 형식에 대한 관심일 것이다. 특히 문학을 사회 역사적 문맥에서 자유로운 자율적 존재로 본 신비평가(New Critic) 들은 이 소설이 매우 잘 짜인 균형 잡힌 구성을 갖고 있다고 주장하면서 그 예로 처형대의 역할을 지적했다. 매티슨이 지적한 대로 이 소설 제2장에서 헤스터는 주홍 글자를 달고 처형대 위에 서 있는 처벌을 받고, 이 소설의 중간인 제12장에서는 딤스데일이 밤에 처형대 위에서 죄를 고백하려다 실패한 후 헤스터와 펄과 함께 서 있으며, 마지막 결론인 제24장의 바로 앞인 제23장에서 딤스데일은 처형대에서 마침내 자신의 죄를 고백하고 펄의 키스를 받으며 헤스터의 품에서 죽어 간다. 이렇게 처형대는 소설의 처음과 중간과 끝에 위치해 이 소설의 구조를 떠받드는 뼈대 역할을 하고 있다.

더 나아가 릴런드 슈버트(Leland Schubert)는 이 소설의 처음 세 장과 마지막 세 장의 배경이 장터이고, 처음 세 장과 가운데 장 사이의 여덟 개 장 중 처음 세 장은 주로 펄과 헤스터를 다루고, 나머지 다섯 개의 장은 칠링워스와 딤스데일을 다루며, 가운데 장 이후 마지막 세 장 사이의 여덟 개의 장도 헤스터와 펄을 다루는 세 장과 그 뒤에 이어지는 다섯 개의 장이 뒤따라, 이 작품은 모두 일곱 부분으로 나뉜다고 지적했다. 슈버트의 이런 구분을 따르지 않아도 이 작품이 얼마나 균형 잡힌 구조를 지니고 있는가는 첫 장과 가운데 장 사이의 중간 지점인 제7장의 배경인 벨링엄 총독 저택이 청교도 사회를 대표하고, 반대로 가운데 장과 마지막 장의 중간 지점인 제17장, 제18장의 배경은 청교도 사회와 정반대되는 숲으로서 이 둘이 대칭적으로 자리 잡고 있다는 점에서도 확인할 수 있다. 청교도 사회의 한복판인 벨링엄 총독의 저택에서 헤스터의 가슴에 달린 주홍 글자가 벨링엄의 갑옷에 반사되어 크게 확대되어 나타나는 것과 대조적으로, 청교도 사회의 영향력이 사라진 숲에서 헤스터는 주홍 글자를 떼어 버린다.

이 소설의 주인공이 딤스데일인가 헤스터인가에 대한 논쟁도 이 작품의 구성과 밀접한 관련이 있다. 대럴 에이블(Darrel Abel)은 헤스터를 주인공으로 여기는 견해를 정면으로 반박하면서 호손은 고통받는 헤스터에게 공감하지만 그럼에도 불구하고 헤스터의 도덕적 결함을 비판적으로 보았다고 주장했다. 반면 세 개의 처형대 장면은 딤스데일의 도덕적 승리의 과정을 보여 준다. 처음의 처형대 장면에서 딤스데일은 헤스터와 함께 처형대 위에 올라야 한다는 것을 알면서도 그렇게 하지 못하고, 두 번째 처형대 장면에서는 처형대에 오르지만 밤에 올라갈 뿐이며, 마지막 장면에 와서야 대낮에 처형대에 올라 비로소 자신의 죄를 공개적으로 고백한다. 따라서 이 세 장면은 딤스데일이 처형대에서 자신의 죄를 고백하고 싶은 욕망과 그것을 방해하는 힘 사이에서 투쟁하는 과정을 보여 주며, 이 세 장면의 구조적 중요성은 소설의 주인공이 헤스터가 아니라 딤스데일이란 점을 증명해 준다는 것이다. 소설 제목인 주홍 글자가 헤스터의 가슴에 달려 있지만, 사실 주홍 글자가 가장 확연히 드러나는 것은 헤스터의 가슴에서가 아니라 '주홍 글자의 드러남'이란 제목의 제23장에서 벗겨진 딤스데일의 가슴에 새겨진 형태로 나타날 때이다. 로이 메일(Roy R. Male)도 이 소설의 처음 3분의 1은 헤스터가 자신의 죄를 깨달아 도덕적인 성장을 이루는 것을 보여 주지만 이런 성장은 완전한 것이 아니고, 다음 3분의 1은 죄의 짐이 헤스터에게서 딤스데일로 넘어가는 과정을 보여 주며, 마지막 3분의 1은 딤스데일의 도덕적 성장을 보여 주는데 딤스데일의 성장은 헤스터의 성장과 달리 완전한 것이라고 주장했다.

이런 견해에 대해 페미니즘은 예리한 비판을 가했다. 특히 니나 베임(Nina Baym)은 딤스데일을 이 소설의 중심이라고 주장한 에이블을 신랄하게 비판하며 구조적인 면에서 『주홍 글자』는 딤스데일의 이야기가 될 수 없다고 역설했다. 베임에 의하면 24개의 장으로 구성된 이 소설에서 열세 개의 장이 헤스터에 관한 것이고, 세 개의 장이 헤스터와 딤스데일에 관한 것이며, 여덟 개의 장만 딤스데일에 관한 것이다. 더구나 소설의 서론인 「세관」에서 주홍 글자는 전적으로 헤스터와 관련되며 딤스데일은 아예 언급조차 되지 않는다. 또한 「세관」에서 이 소설의 재료를 제공한 퓨 검사관은 헤스터의 이야기를 쓰라고 명령한다. 베임은 에이블 같은 비평가들이 헤스터가 아니라 딤스데일을 주인공으로 주장한 이유는 신비평가들이 남녀를 구분하고 위대한 미국 문학에서 여성이 주인공이 되는 것을 허용하지 않았던 사회적 이데올로기를 갖고 있었기 때문이라고 주장한다. 또한 그들은 사회 질서를 중시했기 때문에 헤스터를 낭만적 개인주의의 화신으로 폄하했다는 것이다. 베임은 성격에 있어서도 딤스데일보다 헤스터가 우월하다고 지적한다. 딤스데일은 자신의 죄를 고백하지 못하는 위선자일 뿐 아니라 죽는 순간까지도 사회가 아닌 자신만을 생각하는 반면, 헤스터는 한때 사회를 전복할 반항적인 생각을 가졌지만 결국 사회와 화해하며 살아간다는 것이다.

보다 최근에 신역사주의 비평은 『주홍 글자』의 시대적 배경'에서 소개한 19세기 중반의 미국 역사와 이 소설의 관계를 밝히는데 크게 공헌했다. 예를 들어 신역사주의 비평가 중 한 사람인 조너선 애럭(Jonathan Arac)에 의하면 『주홍 글자』의 정치학은 노예제 폐지론(abolitionism)의 위험성을 경고하는 것이며, 헤스터가 반항적 예언녀에서 사회 순응적인 인물로 바뀌어 유토피아적 세계의 도래를 먼 미래로 연기하는 것은 호손이 소속된 민주당이 노예 해방을 막연한 먼 미래로 연기했던 것과 유사하다고 지적했다. 래리 레이놀즈(Larry Reynolds)는 호손이 당대의 유럽 혁명에 비판적이었고, 휘그당이 민주당에 대해 승리한 것을 1848년 프랑스 혁명에 비유했다고 주장했다.

4. 『주홍 글자』의 작품 세계

이제까지 살펴본 비평 이외에도 『주홍 글자』는 정신 분석, 해체론, 독자 반응 이론 등 다양한 비평 대상이 되었지만, 이제 이런 다양한 비평에 대한 본격적인 논의는 전문적인 비평의 장에 맡기고, 지금까지 살펴본 내용을 토대로 이 소설의 의미에 대해 간단히 정리해 보자. 『주홍 글자』는 호손 당대의 미국 역사의 흔적을 지니고 있지만 1640년대의 청교도 시대를 배경으로 삼은 만큼 청교도 시대의 미국 사회와도 밀접하게 연관되어 있다. 호손은 자신의 청교도 조상을 존경하기도 하면서 그들의 엄격함을 비판하고 자신의 조상이 마녀재판에 가담했던 것에 대해 수치심도 느끼는 이중적이고 모호한 태도를 가지고 있었다. 그러나 호손은 「세관」에서 말한 것처럼 자신이 청교도 조상과 불가피하게 연결되어 있다고 느꼈기 때문에 큰 관심과 호기심을 갖고 청교도 시대의 미국 역사를 매우 자세히 연구했으며, 이런 역사적 관심으로 인해 이 시대의 모습을 생생하게 그려 낼 수 있었다.

딤스데일이 작품 결말에서 자신의 죄를 고백하는 것은 청교도 전통에 입각한 것이라 볼 수 있다. 청교도들은 교회의 일원이 되기 위해서는 자신의 신앙 체험을 공개적으로 고백해야 했고 청교도 사회는 여러 가지 범죄에 대해 공개적으로 고백할 것을 요구하기도 했다. 이런 점에 비추어 볼 때 딤스데일이 고백하는 장면은 청교도 역사를 자세히 탐구한 호손이 역사적인 상상력을 동원해서 만들어 낸 장면으로 보인다. 또한 제1장에서 어두운 색의 흉측한 식물들과 대조되어 나타나는 야생 장미가 앤 허친슨의 발자국을 따라 생겨났을지도 모른다는 언급은 청교도 사회가 탄압한 대표적인 역사적 인물에 대한 호손의 관심이 없으면 가능하지 않았을 것이다. 그 밖에도 이 작품에는 벨링엄 총독, 그리고 존 윈스롭 전 총독의 죽음 같은 실제 인물과 역사적 사건이 등장한다. 무엇보다 헤스터가 가슴에 간음을 뜻하는 Adultery의 첫 글자인 A를 가슴에 달고 다니는 처벌을 받는 것은 플리머스 식민지(Plymouth Colony)의 덕스베리에 사는 멘댐 부인(Goodwife Mendame of Duxbury)이 간음을 저질러 채찍질을 받고 왼쪽 소매에 Adultery의 약자 AD를 달고 다닌 실제 사건의 역사적 기록에 기초한다. 호손은 『미국 비망록(*The American Notebooks*)』에서 "옛 식민지 법에 의해 간음을 저질렀다는 표시로 글자 A를 달고 다니도록 선고를 받은 여인의 생애"에 대해 기록한 바 있다. 헤스터라는 이름 역시 청교도 역사에서 나온 것으로 보인다. 세일럼 지방 법원 기록에는 1668년 11월에 헤스터 크러퍼드(Hester Craford)란 여인이 존 웨지(John Wedg)와 간통(fornication)을 저질러 임신을 했고 이로 인해 채찍질형을 선고받았으나 이 형의 집행이 출산 후 6주 뒤로 연기되었다는 기록이 있다.

이렇듯 『주홍 글자』는 청교도 역사에 깊이 뿌리 내린 작품이다. 그러나 이런 역사적 자료는 이 소설의 토양을 제공할 뿐, 결코 이 소설의 본질은 아니다. 이 소설의 본질은 호손이 청교도 시대의 역사에 대한 탐구에서 얻은 여러 자료와 구상에 문학적 상상력을 통해 뼈대와 살을 입혀 청교도 시대를 배경으로 살아간 등장인물들의 삶을 생동감 있게 극적으로 창조해 냈다는 데 있다. 모든 문학 작품의 창작에 상상력은 필수 불가결한 요소이지만, 앞서 지적한 바와 같이 낭만주의가 지배하던 19세기 중엽의 미국 문학에서 상상력은 창작의 원동력이었고 호손은 문학적 상상력의 가치에 대해서 상당히 자의식을 갖고 있었다. 이는 소설의 서문인「세관」에서 명확히 드러난다. 아마 현대 독자들은 이 서문이 『주홍 글자』와 긴밀히 연결되어 있다는 것을 쉽게 알기 어려울 것이다. 왜냐하면 이 긴 서문은 호손이 세일럼 세관에서 살았던 3년 동안 관찰한 인물들에 대한 때로 냉소적이고 때로 해학적인 비판적 묘사가 주를 이루고, 또 집권한 휘그당에 의해 쫓겨난 호손이 집권당을 비판하고 자신이 속한 민주당을 옹호하는 정치적 발언 등으로 가득 차 있기 때문이다. 사실 이 서문은 호손이 『주홍 글자』만을 위해 쓴 것도 아니다.

하지만 이 서문을 좀 더 자세히 들여다보면 호손이 『주홍 글자』를 쓰게 된 과정뿐 아니라 이 과정에 담긴 중요한 의미를 발견하게 되는데, 그 의미는 다름 아닌 상상적 문학의 자율성과 문학적 상상력의 중요성에 대한 선언이다. 호손은 이 서문에서 세관의 여러 인물들을 그리면서 작가였던 자신이 속했던 낯선 세속적 현실의 세계가 인간을 얼마나 정신적으로 피폐하게 만드는가를 신랄하고 해학적인 언어로 그려 냈다. 호손은 자신도 그런 인물로 전락하지 않을까 전전긍긍하며 정권 교체로 인해 이 세계에서 다시 문학의 세계로 돌아오게 된 것을 다행으로 여긴다. 물론 호손은 자신이 해직된 것에 대해 개인적인 분노를 느꼈을 것이고 자신의 해직을 전화위복의 계기로 합리화한 측면도 없지 않다. 그러나 실제로 호손이 세관 직원으로 근무하면서 창작 활동을 하지 못했다는 점을 고려하면 호손의 이런 발언을 자기 합리화로만 치부할 수 없을 것이다.

「세관」의 전체적인 흐름은 세관이라는 세속의 세계에서 호손이 상상력을 상실했다가 다시 회복하는 과정으로 읽을 수 있다. 그는 밀러 장군의 젊은 시절을 상상하면서 자신의 녹슨 상상력을 가동해 보고 세관에서 생명력을 잃은 상상력의 회복을 위해 안간힘을 쓴다. 호손의 상상력이 부활했다는 것을 보여 주는 결정적인 장면은 바로 퓨 검사관이 남긴 헤스터 프린에 대한 기록을 발견하는 장면이다. 역사적으로 존재하지 않았던 문서와 이 문서를 싸고 있던 주홍 글자를 찾아내는 이야기를 창조해 냄으로써 호손은 비로소 세관의 삶에서 상실했던 상상력을 다시 찾는다. 세관 건물 1층에서 주홍 글자가 있는 2층으로 올라가는 공간적 이동 자체가 현실의 세계에서 상상의 세계로 이동하는 과정에 대한 은유적 표현이다.

호손은 헤스터에 관한 퓨 검사관의 문서를 발견한 후에 상상력이 발휘되는 상황에 대해 자세히 묘사한다. 그는 달빛이나 석탄의 불빛에 의해 일상의 사물들이 평소의 모습을 벗고 정신적인 사물들로 탈바꿈하는 과정을 묘사하면서 상상력에 의한 창작의 과정을 "사실적인 것과 상상적인 것이 만나…… 실제 세계와 동화의 세계 사이에 있는 중간 지대가" 창조되는 것으로 묘사한다. 그리고 호손은 이런 상황에서도 꿈의 세계를 진실의 세계로 만들 수 없다면 로맨스를 쓸 자격이 없다고 말하는데, 이런 호손의 발언에 기초해서 20세기의 많은 미국 문학 비평가들은 미국 소설이 현실에 기초한 영국 소설과 달리 현실과 상상을 혼합하거나 아니면 현실에서 벗어난 상상의 세계를 만들어 내는 특성을 지녔다고 주장하기도 했다.

「세관」은 이렇게 호손이 상상력을 되찾는 이야기이지만 미국 문학사의 관점에서 보면 상상력의 해방이 비로소 완성되는 이야기이기도 하다. 앞서 말했듯이, 18세기 말부터 19세기 초에 그리고 19세기 중반까지도 미국 작가들은 사실과 진리와 역사가 상상력보다 우선한다는 미국 사회의 지배적인 생각에 영향을 받지 않을 수 없었다. 미국의 초기 소설가들은 자신들의 소설이 사실과 진리에 기초했으며 도덕적 교훈을 지닌 작품이라는 것을 강박적으로 강조했었다. 워싱턴 어빙이 「립 밴 윙클」에서 이런 도덕적 교훈에 집착하는 세태를 냉소적으로 비꼬았지만 여전히 사실과 진리와 교훈에 대한 미국 사회의 요구는 매우 강했다. 아마 호손이 로맨스의 세계를 상상의 세계가 아니라 현실과 상상의 중간 지대라 말하고 『주홍 글자』가 역사적 기록에 기초했다고 주장하는 것도 이런 사회적 요구에 대한 타협일 수 있다. 그러나 행간을 읽는 독자라면 호손이 사실은 상상력의 해방을 이야기하고 있다는 것을 의심하지 않을 것이다. 그는 퓨 검사관의 문서가 실제로 존재하고 그 문서를 에식스 역사 협회에 맡기겠다고 말하며 자신의 소설이 퓨 검사관의 문서에 담긴 사실에 충실했다고 말하면서도 자신은 "그 사실들이 내가 만들어 낸 것처럼 거의 혹은 전적으로 자유롭게 다루었다"는 모순적인 궤변을 말하지 않는가?

퓨 검사관은 물론 실존 인물이긴 하지만 실은 호손이 사실에 기초해서 상상적으로 새로 창조한 자신의 문학적 영감이다. 호손은 자신의 청교도 조상들이 자신을 보잘것없는 글쟁이 후손으로 폄하하는 것을 상상하면서 그들에 대한 미묘한 적대감을 드러낸다. 이런 적대감은 단순히 마녀재판에 가담했던 자신의 조상에 대한 수치심과 혐오감일 뿐 아니라 상상력을 허용하지 않았던 청교도 시대에 대한 로맨스 작가의 비판이기도 하다. 호손은 플리머스 식민지의 지도자였던 윌리엄 브래드퍼드(William Bradford)가 『플리머스 농장에 관하여(*Of Plymouth Plantation*)』에서 방탕한 속인으로 비판한 토머스 모턴(Thomas Morton)의 이야기를 「메리마운트의 5월의 기둥(The Maypole of Merrymount)」이란 단편 소설에 새로 쓰면서 청교도의 엄격하고 편협한 세계관을 비판하기도 했다. 그래서 자신의 문서를 토대로 이야기를 쓰라는 퓨 검사관의 명령에 흔쾌히 응답하는 호손은 자신의 청교도 조상이 아니라 문학적 영감을 주는 상상적인 조상의 후예로 새로 태어나는 것이며, 이런 문학적 영감의 인도를 받아 『주홍 글자』라는 상상의 세계를 창조하는 것이다. 「세관」 마지막 부분에서 호손은 자신을 현실과 다른 세계에 속한 시민으로 묘사하며, 이제 자신이 현실이 아닌 상상의 세계에 들어서고 있음을 암시한다. 그 상상의 세계가 서문 바로 뒤에 펼쳐지는『주홍 글자』의 세계이며 독자들은 이제 호손이 되찾은 상상력으로 창조해 낸『주홍 글자』의 세계로 초대 받는 것이다.

「세관」은 이렇게 독자들을 현실 세계에서『주홍 글자』라는 상상 의 세계로 인도하는 역할을 하는 서론일 뿐 아니라『주홍 글자』의 세계와도 긴밀한 연속성을 갖는다. 호손이「세관」에서 문학가 후 손의 가치를 알아보지 못하는 편협하고 근엄한 인물로 묘사한 청 교도 조상은 여인의 정교한 마음을 헤아리지 못하는 늙은 청교도 목사의 모습으로 더 넓게는 인간의 사랑과 열정을 죄악시하고 처 벌하는 청교도 사회의 모습으로 다시 나타난다. 그리고「세관」에 서의 작가 호손의 모습은 소설 속 등장인물들에게서 부분적으로 투영되어 나타난다. 세관 직원들을 면밀히 관찰하고 해부하는 호 손의 모습은 딤스데일의 내면을 관찰하고 해부하는 칠링워스에게 서, 자신의 공적인 직분과 내면적인 세계에서 갈등하는 작가 호손 의 모습은 목사로서의 신분과 죄인으로서 자기 내면 사이에서 갈 등하는 딤스데일에게서 나타난다. 그리고 무엇보다도 청교도 조 상에게서 비판받고 조롱받는 작가 호손의 모습은 청교도 사회에 서 배척받고 처벌받는 헤스터에게서 읽을 수 있다.

그러나 호손과 헤스터의 유사성은 단지 청교도 사회에 의해 배 척받는다는 점에만 있는 것이 아니라 이들이 모두 상상력을 지니 고 그 상상력을 펼치는 존재라는 점에 있다.『주홍 글자』라는 주옥같은 작품을 상상력으로 수놓은 작가 호손과 주홍 글자를 상상력을 동원해 금실로 화려하게 수놓은 헤스터 사이에는 어떤 깊고 필연적인 관계가 있을 수밖에 없지 않을까? 이런 점에서 역자는 헤스터를 주인공으로 보는 시각에 공감한다. 그러나 헤스터가 이 소설의 주인공인 이유는 단순히 헤스터에 대한 분량이 더 많아서도, 헤스터가 딤스데일보다 더 도덕적이어서도 아니다. 그렇다고 해서 작가 호손이 헤스터를 일방적으로 옹호했다거나 헤스터에게만 공감을 가졌다는 것은 물론 아니다. 오히려 호손은 헤스터에게 혹독할 정도로 비판적이다.

앞서 소개한 페미니즘 비평가 니나 베임의 주장에 의하면, 헤스터는 자비의 수녀로 살아감으로써 청교도 사회와도 화해를 하며 딤스데일보다 도덕적으로 더 고결한 인물이 된다. 하버드 대학의 영문과 교수이며 신역사주의 비평가인 색번 버코비치(Sacvan Bercovitch)는 『주홍 글자의 임무(*The Office of the Scarlet Letter*)』에서 이 화해의 과정을 역사적이고 이데올로기적인 것으로 설명했다. 버코비치에 의하면, 이 소설은 헤스터가 청교도 사회와 화해하는 목적론적 종말을 향해 진행되는 구조를 지닌다. 그 결론은 「세관」에서 퓨 검사관의 원고에 나타난 헌신적으로 봉사하는 성녀로서의 헤스터이다. 즉 주홍 글자의 임무는 반항적인 헤스터를 자기희생적인 성녀로 길들이는 것이고, 소설 『주홍 글자』는 이 과정에 관한 이야기이다. 따라서 이 소설의 한가운데인 제13장 '헤스터의 또 다른 모습'에서 과격한 사상에 빠져 여성다운 아름다움을 상실하고 정신적으로 방황하는 헤스터를 묘사한 후 나타나는 "주홍 글자는 아직 그 임무를 다하지 못했던 것이다"라는 문단은 이런 목적이 아직 성취되지 않았음을 경고하는 작가 호손 그리고 더 크게는 호손이 속한 19세기 미국 사회의 지배 이데올로기의 복소리이다.

이 소설의 결말에서 헤스터는 자신의 오두막으로 다시 돌아와 자발적으로 주홍 글자를 가슴에 다시 달고, 젊었을 적의 자신처럼 불공평하고 불합리한 세상에서 상처받은 젊은 여인들에게 정의로운 세상이 먼 미래에 올 것이라고 말하며 이들의 마음을 위로해 주는 상담자가 된다. 여기에서 중요한 점은 바로 헤스터의 이런 변화가 자발적으로 이루어진다는 것이다. 헤스터는 다시 청교도 사회로 돌아올 필요가 없었고 주홍 글자를 다시 달 필요도 없었다. 그러나 헤스터는 돌아와 주홍 글자를 자발적으로 다시 달고 청교도 사회에서 상처받은 여인들을 교화하여 그들의 반항심을 봉쇄하는 청교도 사회 질서의 대변자가 되며 이로써 주홍 글자의 임무는 완성된다. 이데올로기란 이렇게 강압적으로 지배 이념을 부과하는 것이 아니라 사회 구성원이 스스로 동의하게 만드는 과정이며, 따라서 『주홍 글자』는 헤스터가 스스로 청교도 사회의 질서와 세계관을 받아들이는 과정을 그림으로써 19세기 미국의 자유주의 이데올로기가 실현되는 것을 보여 준다. 이렇듯 버코비치의 탁월한 해석에 의하면, 헤스터는 지배 이데올로기에 순응하고 동화된다.

헤스터가 동화되고 길들여지는 것과 반대로 딤스데일은 마지막 처형대 장면에서 자신의 죄를 고백하고 성인화된다. 숲 속에서 헤스터에게 자신을 도와 달라고 애걸하던 나약하고 불쌍한 딤스데일은 헤스터와 도망갈 것을 결심하면서 생기를 얻어 마을로 돌아오는데, 이런 변신은 전적으로 악의 유혹에 넘어간 것으로 묘사된다. 그러나 총독 선출 축하 설교를 다시 쓰는 순간부터 딤스데일은 마치 성령을 받은 듯 또 다른 변신을 겪는다. 선출 축하 설교를 하기 위해 행진하는 딤스데일의 모습은 이미 육체의 껍질을 벗고 영적인 존재로 변모한 모습이다. 그가 처형대에서 자신의 가슴을 열어젖혀 주홍 글자를 드러내는 과정에서 그는 1인칭이 아니라 3인칭으로 자신을 부른다. 딤스데일은 이미 이 세상이 아니라 천국에 속한 인물인 것이다. 그리고 딤스데일은 헤스터의 주홍글자가 "자신의 가슴에 달고 있는 것의 그림자에 지나지 않는다"고 말함으로써 자신의 고통이 헤스터의 고통보다 더 크고 숭고했다고 암시하며, 그의 가슴에 새겨진 주홍 글자마저도 자신의 "가장 내밀한 심부를 불태운 것의 표상에 지나지 않다"고 말함으로써 주홍 글자라는 외적인 상징으로도 자신의 숭고한 정신적 고통을 나타낼 수 없다고 암시한다. 이 장면에서 주홍 글자의 주인공은 헤스터가 아니라 딤스데일이 되며 딤스데일은 주홍 글자라는 상징마저 뛰어넘는 성인으로 고양된다. 그래서 이 소설의 결말에 작가 호손은 헤스터를 길들이고 딤스데일을 성인화하는 두 가지 임무를 다 완수했다고 볼 수 있다.

호손이 딤스데일을 성인화하고 헤스터를 자비의 수녀로 교화시키는 것은 그가 여성에 대한 당대의 보수적인 성 이데올로기에 속해 있었음을 보여 준다. 제13장 '헤스터의 또 다른 모습'에서 호손은 헤스터가 여성적인 아름다움을 잃고 해쓱해진 궁극적인 이유를 과격한 사상에 심취했기 때문이며, 여성은 남녀의 불평등을 포함한 사회적 문제를 사상으로 해결할 수 없고 오로지 마음으로만 해결할 수 있다고 말한다. 여성에게 이성적이고 지적인 능력이 아니라 정서적인 마음이 중요하다는 주장은 19세기 미국을 지배했던 감상주의 이데올로기의 주장이며, 이는 남성의 활동을 공적인 영역으로 여성의 활동을 가정의 사적인 영역으로 구분하려는 남성 지배적인 이데올로기와 불가피하게 연결되어 있었다. 아마도 이를 가장 잘 보여 주는 예가 스토 여사의 『톰 아저씨의 오두막』일 것이다. 이 소설에서 레이철 핼리데이(Rachel Halliday) 여사의 부엌은 남성이 사회에서 겪는 모든 고난이 해소되는 이상적인 여성의 영역으로 묘사된다. 가정은 남성이 경제·정치적 사회생활에서 겪는 고통을 덜어 주고 안식처를 제공하는 여성의 영역이며, 여성은 바로 이런 가정의 천사가 되는 것이다. 이런 감상주의 가정 이데올로기는 이상적인 여성상을 만들어 냈다. 당시 사회가 참된 여성성(true womanhood)의 속성으로 주장한 것은 가정성, 복종, 정숙 그리고 경건함이었다. 가정에 머물면서 남편에게 복종하고 신앙적으로 경건하고 정숙한 부인이 당시 사회가 요구하는 여성상이었던 것이다.

남성적이고 공적인 영역과 여성적이고 사적인 영역의 구분은 청교도 시대에는 더욱더 엄격하게 여기던 구분이었고 여성에게 글을 읽고 쓰는 지적인 행위는 비판의 대상이었다. 헤스터는 청교도 시대의 기준으로나 작가 호손의 시대의 기준으로나 모두 사회가 요구하는 여성상을 크게 위반하는 여성이다. 호손은 이렇게 청교도 사회에 반항적인 헤스터를 관능적이고 동양적이라고도 묘사한다. 여기에서 동양을 이성적인 서구와 달리 관능적이고 열정적이라고 폄하했던 당시 서구 사회에 팽배한 오리엔탈리즘의 관점에서 호손이 헤스터를 이단적인 타자로 규정하고 있음을 엿볼 수 있다. 때문에 호손은 지적인 사상에 탐닉하는 헤스터의 행위를 간음보다 더 심각한 죄로 여기고 그녀의 지적인 탐구를 도덕적인 방황으로 규정하며 주홍 글자의 임무가 완수되지 않았다고 경고했던 것이며, 결국 헤스터를 자발적으로 주홍 글자를 달고 가난한 이를 돌보며 상처받은 젊은 여인들을 교화시키는 정숙하고 경건한 인물로 만들었던 것이다. 데이비드 레버렌즈(David Leverenz)가 지적한 바와 같이, 심지어 호손은 사랑과 증오의 양극은 서로 만난다고 말하면서 남성들인 딤스데일과 칠링워스가 내세에서 서로 화해할 것을 암시하고, 다른 한편으로 여성인 헤스터만은 지상에 남아 끝까지 고통과 처벌을 받게 한다고도 볼 수 있다.

그러나 호손이 이렇게 딤스데일을 영웅적인 성자로 만들고 헤스터를 가혹하게 정죄하고 처벌하며 교화시키는 보수적인 이데올로기를 갖고 있었다면 이는 호손이 등장인물 중 헤스터와 가장 유사하다는 앞서 제시한 주장과 모순되는 것이 아닌가? 이 질문에 대한 대답은 그렇다는 것이다. 신비평가들의 주장과 달리 문학은 항상 통일되어 있지 않으며 모순으로 점철되어 있고 분열되어 있다. 호손은 모호성의 특징을 지닌 작가이며, 『주홍 글자』는 모순으로 가득 찬 작품이다. 이 작품에서 호손은 딤스데일을 성인화하고 도덕적 관점에서 헤스터를 판단하고 처벌하며 청교도적 사상으로, 그리고 호손 당대의 자유주의 이데올로기로 그녀를 동화시키고 길들이면서도, 동시에 반항적인 상상력의 소유자인 헤스터와 공감하며 그녀의 성격을 가장 뛰어나게 묘사했다.

이 소설의 주요 등장인물인 헤스터, 딤스데일, 칠링워스, 그리고 펄까지 모두 독특한 인물들이다. 헨리 제임스의 말대로, 또 앞에서 역자가 지적한 대로 이들은 모두 호손이라는 한 개인의 심리 상태를 다양하게 투영한 존재들일 수도 있다. 그러나 이 인물들이 단지 작가 내면의 한 부분을 반영하는 데 그치지 않는 것은 이들이 모두 뚜렷한 개성을 지니고 독자적인 사고와 행동을 하는 인물로 그려지고 있다는 점에서 알 수 있다. 개연성을 상당히 벗어난 인물로 묘사되는 펄을 제외한다면, 세 인물 모두 뛰어난 성격 묘사(characterization)를 받고 있다. 미국 문학에서 이 세 인물은 이전 문학의 등장인물을 닮은 것으로 여기지 않는다. 오히려 이들은 후대 문학의 등장인물들이 바로 이들과 유사하다고 말할 만큼 독창적인 개성의 소유자들이다. 멜빌의 『모비딕』의 주인공인 에이하브(Ahab)나 그의 단편 소설 「서기 바틀비(Bartleby, the Scrivener)」의 주인공에 견줄 만한 이들의 뛰어난 성격 묘사는 아마도 『주홍 글자』를 명작으로 만드는 중요한 요인일 것이다. 주요 등장인물 중에서도 헤스터의 성격 묘사가 가장 뛰어나다는 점은 그녀가 가장 다층적인 성격을 가진 인물이라는 점이 증명해 준다. 정도의 차이가 있겠지만 딤스데일이 처음부터 끝까지 종교적이고 칠링워스가 처음부터 끝까지 악마적인 평면적 인물들이라면, 헤스터는 반항적인 여인, 사랑하는 연인, 과격한 사상가, 엄격하고 다정한 엄마, 자비의 수녀에 이르기까지 다양한 측면을 갖고 있을 뿐 아니라 그중 어느 면이 헤스터의 참모습이라고 단정하기 어려운 다면적 인물이다.

호손은 의식적으로는 딤스데일에게 그리고 청교도 사회와 당대 미국의 이데올로기에 공감하고 있었다 하더라도 무의식적으로는 자신이 처벌하는 헤스터에게 더 큰 공감을 가졌을 수 있다. 앞서 지적한 바와 같이 문학인으로서 호손의 정체성을 규정하는 것은 상상력이며, 이는 바로 헤스터의 특성이기 때문이다. 그래서 호손은 17세기 남성적인 청교도 사회와 19세기 자유주의 이데올로기의 편에서 상상력과 반항의 여인인 헤스터를 길들였지만, 무의식적으로 헤스터를 가장 뛰어나고 다면적인 인물로 창조해 냈다. 헤스터는 호손의 자기모순과 자기 분열을, 그리고 시대의 모순을 가장 잘 나타내 주는 인물이며, 그녀가 이 소설의 주인공이 되는 이유도 바로 모순과 갈등을 만들어 내는 인물이기 때문이다. 앞서 잠시 언급했듯이 호손은 청교도 조상을 존경하면서도 그들에 대해 비판적이며, 상상력을 억압하고 도덕성과 공동체의 가치를 강조하는 17세기 청교도 사회와 상상력의 해방을 선언하는 19세기 개인주의 시대 작가 호손은 대립한다. 이런 대립은 『주홍 글자』에서 청교도 사회와 헤스터의 대립으로 나타난다. 모든 문학에서 그렇듯이, 특히 소설의 서사의 원동력은 모순과 갈등이다. 이런 모순과 갈등이 없다면 소설은 실패하거나 무미건조해지고 극적 모멘텀을 상실한다.

딤스데일은 『주홍 글자』의 주요 인물이기는 하지만 이런 대립의 한 축을 점하지는 못한다. 딤스데일은 한순간 헤스터와 사랑을 나눈 죄를 저질러 청교도 사회의 규범을 위반했지만 그는 이 위반을 죄로 인식하면서 자신의 내면을 포함한 모든 것을 신앙의 관점에서만 판단한다는 점에서 철저히 청교도적인 인물이다. 딤스데일이 청교도의 가치관을 벗어나지 못한다는 사실이 딤스데일이 위선적이라는 점보다 더 중요할 수 있다. 딤스데일은 이미 청교도적 가치관을 내면화시킨 인물이기 때문에 그가 보여 주는 갈등은 서로 다른 두 가치관 사이의 대립이 아니라 내면화된 — 프로이트식으로 말하자면 초자아적인 — 양심이 가하는 거역할 수 없는 질책이 낳는 고통일 뿐이다. 딤스데일은 이런 청교도적 세계관에 매몰되어 있기 때문에 스스로를 신의 도구로 여길 뿐 어떤 독립적인 사상의 자유도 누리지 못한다. 그는 숲속에서 헤스터와 도망칠 것을 결심하면서도 자신이 청교도 사회의 목사로서 수행할 총독의 선출 축하 설교에만 관심을 가질 만큼, 그리고 죽는 순간에도 내세에서의 만남의 가능성을 묻는 헤스터에게 죄와 구원이라는 종교적 진리만을 가르칠 만큼 청교도적 가치관에 충실하다.

칠링워스는 의사요 학자로서 인간의 신체뿐 아니라 정신까지도 과학적으로 분석하는 과학적 사고를 대변하는 인물로서 청교도적인 종교적 사고와 대조적인 태도를 갖는다. 그는 또한 포로 생활을 하면서 인디언들의 의술을 배운 인물로서, 당시에 청교도들이 인디언들을 이단적인 미개인이며 악마적인 존재로 여겼다는 점을 고려하면, 이단적이고 악마적인 측면도 지니는 인물이다. 일부 청교도들이 딤스데일의 주치의가 된 칠링워스를 악마의 사자로 여기는 것은 이런 인식을 보여 준다. 그러나 칠링워스가 청교도 사회의 선악의 이분법적인 관점에서 악을 대변하고, 그와 딤스데일의 투쟁이 선과 악, 나아가서는 신과 악마의 대립으로 묘사되기는 하지만, 이것이 소설의 주요 동력이 되는 갈등과 대립은 아니다. 그의 복수는 사회적 차원에서가 아니라 처음에는 헤스터만 나중에는 딤스데일까지 두 사람만 아는 철저히 비밀스럽고 개인적인 차원에서 이루어진다. 때문에 그는 악마적인 인물임에도 불구하고 청교도 사회에서 아무런 이의 없이 받아들여지고 그에 대한 반감은 사회적인 문제로 등장하지 않는다.

이와 반대로 헤스터는 청교도 사회에서 큰 파장을 일으키는 인물이며 그녀의 가슴에 주홍 글자를 다는 것은 그녀가 저지른 죄를 처벌함으로써 그녀와 청교도 사회의 갈등을 없애고 질서를 회복하려는 청교도적인 해결 방식이다. 이 소설의 서사를 이끌어 가는 가장 중요한 동력은 이렇게 헤스터가 주홍 글자를 가슴에 다는 처벌을 받은 결과, 청교도 사회와의 갈등이 해소되는가의 여부이다. 헤스터가 다른 인물들보다 더 중요한 이유는 그녀가 청교도 사회와 대립하고 사회적 모순을 가장 잘 담고 있기 때문이다. 에이하브 선장과 모비딕의 증오와 원한 관계가 없는 『모비딕』을, 남부의 위선적이고 타락한 세계와 이를 역겨워하는 순수한 소년 허클베리 핀 간의 갈등이 없는 마크 트웨인의 『허클베리 핀의 모험(*The Adventures of Huckleberry Finn*)』을, 유럽의 전통과 관례의 세계에 매몰되어 정신적으로 타락한 유럽화된 미국인들과 순수한 미국 여성 이저벨 아처(Isabel Archer) 사이의 갈등이 없는 헨리 제임스의 『여인의 초상(*The Portrait of a Lady*)』을 상상할 수 있는가? 마찬가지로 근엄한 정교도 사회와 이에 맞서 자신의 세속적 사랑을 신성한 것으로 여기는 헤스터의 갈등이 없는 『주홍 글자』를 상상하는 것은 불가능하다.

헤스터와 청교도 사회의 갈등은 헤스터가 청교도 사회에서 고통받는 여인들에게 유토피아적인 세계가 막연한 미래에 도래할 것이라고 위로하면서 그들을 현재의 질서에 순응하게 만드는 상담자가 되어 자신이 대변했던 갈등과 반항의 요소를 스스로 봉쇄하는 역할을 함으로써 표면적으로는 청교도 사회의 — 그리고 19세기 자유주의 이데올로기의 — 승리로 끝난다. 그러나 이 소설을 호손의 걸작으로 만드는 것은 이렇게 헤스터가 길들여지기 때문이 아니다. 이 소설에서 가장 인상 깊은 것, 독자에게 가장 크게 호소하는 것은 자비의 수녀로서의 늙은 헤스터가 아니라 딤스데일과의 사랑을 신성한 것이라고 말하며 당당하게 청교도 사회와 맞서고 자신의 사랑을 위해 고통을 감수하는 아름답고 젊은 여인으로서의 헤스터이다. 헤스터는 궁극적으로 길들여지고 봉쇄되지만 자신을 억압한 지배 이데올로기가 만들어 낸 공식 역사에 또 다른 역사를 새겨 넣는다. 헤스터의 이야기는 바로 그런 억압받은 자들의 비공식적인 역사의 흔적이다. 퓨 검사관은 검사관으로서의 공무를 수행하면서도 비공식적으로 지역의 역사와 이야기를 발굴하여 수집했고, 헤스터의 이야기는 그렇게 퓨 검사관에 의해 역사의 가장자리에서 구원된 비공식적인 역사의 이야기이다. 퓨 검사관의 명령에 의해 헤스터의 이야기를 쓰는 호손은 자신의 상상적 조상의 정신적 유산을 물려받아 공식적 역사에서 억압되어 망각될 운명에 놓인 헤스터의 이야기를 복원시킨다.

퓨 검사관이 발굴하고 호손이 복원한 헤스터의 이야기는 남성적이고 억압적인 지배 이념의 공식 역사에 주홍색의 뚜렷한 자취를 남긴다. 따라서 소설의 제목인 주홍 글자는 매우 중요하다. 헤스터가 청교도 사회에 길들여진다면 헤스터의 반항과 열정과 상상력을 나타내는 금실로 수놓은 주홍 글자는 청교도의 색깔인 검은색으로 동화되어야 한다. 그러나 작품 마지막은 검은 바탕에 여전히 동화되지 않고 검은색과 대조를 이루며 독자들의 상상적 시야를 물들이는 주홍색을 보여 준다. 아마도 호손이 자신이 처벌하고 길들이는 헤스터를 가장 매력적인 인물로 창조해 낸 모순을 범한 것은 마음속 깊은 곳에서 그녀를 사랑했기 때문이 아닐까? 그래서 그는 그녀의 주홍색을 여전히 남겨 둔 것이 아닐까? 역자를 비롯한 수많은 독자들이 시대와 성별을 넘어 헤스터를 사랑하는 것도 그녀가 꺼지지 않은 불씨 같은 주홍 글자의 의미를 끊임없이 일깨워 주기 때문이리라.

마지막으로 역자의 변을 한마디 해야겠다. 160년 전의 호손의 길고 장중한 문체를 살리면서 원문에 충실하게 또 현대 독자들이 편하게 읽을 수 있도록 번역하는 일이 쉽지 않았다. 오역과 서투른 번역이 있다면 전적으로 역자의 책임이다. 몇몇 까다로운 원문의 해석을 도와준 연세대학교 영문과의 동료 로렌 굿맨(Loren

Goodman) 교수에게 감사를 드린다.

판본 소개

　『주홍 글자』는 1850년 3월에 초판이, 그리고 같은 해 4월에 호손의 서문을 추가한 재판이 출판되었다. 현재 학계에서 공인되는 판본은 1962년에 오하이오 주립 대학 출판부가 총 23권의 호손 전집 1권으로 출판한 판본이다. 역자가 사용한 판본은 학계에서 역시 큰 권위를 인정받는 노턴 출판사에서 출판한 Norton Critical Edition의 3판본(1988년)이다. 이 판본은 1850년 3월에 출판된 『주홍 글자』 초판을 따르고 있다. 역주도 이 판본의 각주를 기초 자료로 참고했다.

너새니얼 호손 연보

1804   매사추세츠 주 세일럼에서 너새니얼 호손과 엘리자베스 매닝 호
        손 사이에서 출생.

1808   선장이었던 호손의 아버지가 수리남에서 사망하여 집안이 빈곤에
        처함.

1809   어머니와 누이 엘리자베스, 루이자와 함께 세일럼의 외가로 이사.

1813   발을 다쳐 집에 있으면서 독서를 많이 하게 됨.

1818   어머니, 누이들과 함께 메인 주의 레이먼드로 이사.

1819   세일럼에 돌아와 새뮤얼 아처의 학교에서 수학.

1821   보든 대학에서 수학하며 롱펠로와 프랭클린 피어스와 교제함
        (~1825).

1825   세일럼으로 돌아와 어머니 집에서 주로 생활을 하며 집필함
        (~1835).

1828   익명으로 첫 소설 『팬쇼』를 자비로 출판하였으나 후에 원고를 처
        분하여 그의 사후까지 재출판되지 않음.

1830   세일럼 신문 『가제트』에 최초의 단편 소설 「스리 힐스 계곡」 발표.

1837   최초의 단편 소설집 『두 번 들려준 이야기』 출판.

1839   소피아 피바디와 약혼. 보스턴 세관에서 검량관으로 근무(~1841).

1841	매사추세츠 주, 웨스트 록스베리의 브룩 농장에서 생활. 이 개혁 프로젝트에 1천 달러를 투자하지만 연말에 농장을 떠남. 세 권의 아동 문학 『할아버지의 의자』, 『유명한 노인들』, 『자유 나무』 출판.
1842	소피아 피바디와 결혼해 매사추세츠 주 콩코드의 구목사관으로 이사하고. 에머슨, 소로, 풀러 등의 초절주의자들과 교제함.
1846	이전에 발표한 단편 소설들과 스케치를 묶고 서론을 달아 『구목사관에서 나온 이끼』를 출판함.
1850	『주홍 글자』 출판. 매사추세츠 주의 레녹스 인근 농장으로 이사하고 멜빌을 만남.
1851	『일곱 박공의 집』, 『눈 이미지와 다른 두 번 들려준 이야기들』, 『소년 소녀를 위한 신기한 책』 출판. 매사추세츠 주의 웨스트 뉴턴으로 이사.
1852	『블라이스데일 로맨스』와 프랭클린 피어스 전기 출판.
1853	『소년 소녀를 위한 탱글우드 이야기』 출판. 영국의 리버풀에서 미국 영사로 근무(~1857).
1857	로마, 피렌체, 그리고 영국의 레드카에서 생활(~1859).
1860	『대리석 목신』 출판. 귀국 후 로맨스 집필을 시작하지만 임종 시에 네 가지 미완성 작품 ―『조상의 하인』, 『셉티미우스 펠턴』, 『돌리버 로맨스』, 『그림쇼 박사의 비밀』―을 남김.
1863	『오래된 우리 집』 출판.
1864	뉴햄프셔 주의 플리머스에서 사망. 매사추세츠 주 콩코드의 슬리피 할로 묘지에 묻힘.

새롭게 을유세계문학전집을 펴내며

을유문화사는 이미 지난 1959년부터 국내 최초로 세계문학전집을 출간한 바 있습니다. 이번에 을유세계문학전집을 완전히 새롭게 마련하게 된 것은 우리가 직면한 문화적 상황에 적극적으로 대응하기 위해서입니다. 새로운 을유세계문학전집은 세계문학의 역할이 그 어느 때보다 중요해졌다는 인식에서 출발했습니다. 오늘날 세계에서 타자에 대한 이해는 우리의 안전과 행복에 직결되고 있습니다. 세계문학은 지구상의 다양한 문화들이 평등하게 소통하고, 이질적인 구성원들이 평화롭게 공존할 수 있는 문화적인 힘을 길러 줍니다.

을유세계문학전집은 세계문학을 통해 우리가 이런 힘을 길러 나가야 한다는 믿음으로 만들어졌습니다. 지난 5년간 이를 준비하기 위해 많은 노력을 기울였습니다. 세계 각국의 다양한 삶의 방식과 문화적 성취가 살아 있는 작품들, 새로운 번역이 필요한 고전들과 새롭게 소개해야 할 우리 시대의 작품들을 선정했습니다. 우리나라 최고의 역자들이 이들 작품 속 한 문장 한 문장의 숨결을 생생히 전하기 위해 심혈을 기울였습니다. 또한 역자들은 단순히 번역만 한 것이 아니라 다른 작품의 번역을 꼼꼼히 검토해 주었습니다. 을유세계문학전집은 번역된 작품 하나하나가 정본(定本)으로 인정받고 대우받을 수 있도록 최선을 다했습니다. 세계문학이 여러 경계를 넘어 우리 사회 안에서 주어진 소임을 하게 되기를 바라며 을유세계문학전집을 내놓습니다.

을유세계문학전집 편집위원단(가나다 순)
김월회(서울대 중문과 교수)
박종소(서울대 노문과 교수)
손영주(서울대 영문과 교수)
신정환(한국외대 스페인어통번역학과 교수)
정지용(성균관대 프랑스어문학과 교수)
최윤영(서울대 독문과 교수)

을유세계문학전집

을유세계문학전집은 계속 출간됩니다.

을유세계문학전집 연표